Sadie Matthews a écrit, sous pseudonyme, six romans dans lesquels elle décrit des univers décadents où la démesure règne en maître. *L'Étreinte de la nuit* est sa première tentative d'exploration d'un aspect plus intime – et plus intense – des relations et de la vie. Sadie vit à Londres avec son mari.

Sadie Matthews

L'Étreinte de la nuit

La trilogie *Fire after dark* – I

Traduit de l'anglais (Grande-Bretagne) par Laurence Boischot

ÉDITIONS FRANCE LOISIRS

Titre original : *Fire After Dark*

Les personnages et événements de ce livre sont les produits de l'imagination de l'auteur ou utilisés de manière fictive. Toute ressemblance avec des personnes, lieux ou événements existant ou ayant existé serait purement fortuite.

Édition du Club France Loisirs,
avec l'autorisation des Éditions Bragelonne.

Éditions France Loisirs,
123, boulevard de Grenelle, Paris.
www.franceloisirs.com

ISBN : 978-2-298-08129-9

Remerciements

Je remercie chaleureusement toute l'équipe de Hodder & Stoughton, en particulier Harriet, mon éditrice, et Justine, ma correctrice. Leurs encouragements m'ont été d'une aide précieuse.

Coup de chapeau également à mon agent et à tous les collaborateurs de David Higham Associates.

Je tire mon inspiration de celles et ceux qui ont le courage et l'imagination nécessaires pour mener la vie qu'ils désirent sans empiéter sur celle d'autrui. Nous disposons tous d'un don merveilleux : à nous d'en jouir sans modération pour en tirer une extase éclairée – le plaisir en partage.

À X. T.

Première semaine

Chapitre premier

La ville que je vois défiler depuis le taxi me coupe le souffle. J'ai l'impression de parcourir un gigantesque décor de théâtre que déroulerait une main invisible. Je ne suis qu'une spectatrice, calme, silencieuse et hors d'atteinte. Mais, dans la touffeur de cet après-midi de juillet, Londres bat son plein : les voitures encombrent les rues, les trottoirs grouillent de monde et les piétons se déversent par centaines sur la chaussée à chaque feu rouge. Partout, des corps, de tous âges, de toutes tailles, de toutes formes et de toutes les couleurs. Un lieu dans lequel sont ancrées des millions de vies. Je suis subjuguée.

Qu'est-ce que j'ai fait ?

Nous longeons un immense espace vert où des gens paressent au soleil, et je me demande s'il s'agit de Hyde Park. Mon père prétend que ce parc est plus vaste que Monaco. Je ne sais pas quoi en penser. Monaco est un mouchoir de poche, mais quand même. Cette idée me fait frémir et je me rends compte que j'ai peur. Étrange, pour moi qui suis pourtant plutôt téméraire.

N'importe qui flipperait, à ta place, rien de plus normal. Et puis, après mes dernières mésaventures, pas étonnant que ma belle assurance me déserte. Un sentiment tristement familier me noue l'estomac et je respire un grand coup pour le dissiper.

Pas aujourd'hui. Tu dois garder les idées claires. Assez pleuré et cogité comme ça : rappelle-toi pourquoi tu es venue.

— On y est presque, ma belle, annonce une voix qui me fait sursauter.

C'est le chauffeur, qui me parle par l'Interphone. Il me regarde dans le rétroviseur.

— Je connais un raccourci à partir d'ici, reprend-il. On va éviter tout ce trafic, ne vous en faites pas.

— Super, merci.

À vrai dire, je n'en attendais pas moins d'un taxi londonien – ils ont la réputation de connaître les rues de la ville sur le bout des doigts, et c'est justement ce qui m'a décidée à m'en payer un plutôt que de lutter pour trouver mon chemin dans le métro. Ma valise ne pèse pas très lourd, mais la perspective de la trimballer dans les couloirs et les escalators par cette chaleur ne m'enchantait pas plus que ça. Je me demande si le chauffeur essaie de deviner ce que je fais là – une jeune fille somme toute ordinaire, en robe à fleurs et gilet rouge, avec des tongs aux pieds et des lunettes de soleil relevées sur la tête, les cheveux noués en une queue-de-cheval dont s'échappent des mèches folles, mais qui s'achemine pourtant vers une destination prestigieuse.

— C'est la première fois que vous visitez Londres ? demande-t-il avec un sourire.

— Oui.

Ce n'est pas tout à fait vrai ; mes parents m'y ont emmenée une fois pour Noël, quand j'étais petite. Je n'en ai gardé que des souvenirs confus : le bruit et la foule, d'immenses magasins aux vitrines illuminées, le léger crissement du pantalon en Nylon que portait le Père Noël quand je m'étais assise sur ses genoux, le chatouillement de sa barbe en polyester contre ma joue. Mais je préfère taire ces détails, n'ayant pas le courage d'entamer une conversation avec le chauffeur. Cette ville m'est inconnue, de toute façon. C'est la première fois que j'y viens seule.

— Vous êtes venue en solo ? insiste-t-il.

Je ressens une pointe de nervosité, même si je sais qu'il veut juste faire la conversation.

— Non, je vais rejoindre ma tante.

Nouveau mensonge. Mais il hoche la tête, satisfait. Tandis qu'on s'éloigne du parc, il zigzague à toute allure entre bus et berlines, dépasse des cyclistes, prend des virages sans ralentir et accélère quand les feux de circulation passent à l'orange. Bientôt, les grandes artères laissent place à des rues étroites et bordées de belles maisons en pierre dotées de clôtures en fer forgé noir, de portes aux couleurs vives et de hautes fenêtres ornées de jardinières aux fleurs exubérantes. La richesse ambiante est palpable, et pas seulement parce que des voitures de luxe stationnent un peu partout. Tout est immaculé, des bâtiments aux trottoirs, et j'aperçois des domestiques qui ferment des rideaux pour se protéger du soleil.

— Elle n'est pas à plaindre, votre tante, plaisante le chauffeur en prenant une rue adjacente encore plus étroite, puis une petite allée. Ce n'est pas donné, de vivre par ici.

Je ris en guise de réponse, ne sachant pas quoi dire. La ruelle est bordée, d'un côté, par des écuries converties en maisonnettes au prix sans doute exorbitant et, de l'autre, par un imposant immeuble d'au moins six étages. Je devine à son allure Art déco qu'il date des années 1930 : façade grise, porte en noyer rehaussée de panneaux de verre. Le chauffeur s'arrête devant l'entrée et annonce :

— Et voilà. Randolph Gardens.

Je n'aperçois que de la pierre et de l'asphalte.

— Mais où sont les jardins ?

La seule végétation visible consiste en deux pots de géraniums suspendus de part et d'autre de la porte.

— Oh, il devait y en avoir, avant. Vous voyez ces petites maisons, là ? C'étaient des écuries, à l'époque. J'imagine qu'elles devaient appartenir à une grande propriété ou deux. Ça a sans doute été démoli, peut-être pendant la guerre.

Ça fera 12,70 livres, ma belle, dit-il après avoir jeté un coup d'œil au compteur.

Je fouille dans mon sac et en sors 15 livres.

— Gardez la monnaie, dis-je en espérant laisser un pourboire correct.

Le chauffeur ne semble pas étonné, et j'en conclus que j'ai visé juste. À peine ai-je refermé la portière et sorti ma valise du coffre qu'il exécute un demi-tour impressionnant de précision vu l'étroitesse de la ruelle, fonçant vers de nouvelles courses.

Je lève la tête. Me voici arrivée devant ma nouvelle demeure. Pour un temps, du moins.

Un portier à la chevelure blanche me lance un regard inquisiteur lorsque je passe les portes et m'avance vers lui en traînant mon bagage. Résistant à l'envie d'essuyer la sueur qui perle sur mon front, je me présente.

— Bonjour, je viens loger dans l'appartement de Celia Reilly. Elle m'a dit qu'on me donnerait la clé à l'accueil.

— Votre nom ? demande le bonhomme, bourru.

— Beth, enfin… Elizabeth. Elizabeth Villiers.

— Voyons voir, grommelle-t-il dans sa moustache en parcourant le dossier posé sur son bureau. Ah oui, Mlle E. Villiers, qui doit occuper l'appartement 514 en l'absence de Mlle Reilly, dit-il en me considérant de son regard perçant, mais pas hostile. Vous le surveillez, c'est ça ?

— Oui, enfin, je surveille surtout le chat, dis-je dans un sourire qu'il ne me rend pas.

— Ah oui, c'est vrai qu'elle a un chat. Je ne comprends pas pourquoi on persiste à enfermer ces pauvres bêtes dans des appartements, mais ainsi va la vie... Voici les clés, indique-t-il en faisant glisser une enveloppe vers moi. Si vous voulez bien signer le registre.

J'obéis, puis le portier m'expose quelques-unes des règles de l'immeuble tout en m'accompagnant jusqu'à l'ascenseur. Puis il me propose de laisser ma valise pour la monter lui-même un peu plus tard, mais je refuse poliment. Au moins, j'aurai toutes mes affaires sous la main. Une fois dans la cabine, je m'examine dans le miroir : je suis rouge et luisante de sueur, contrastant étrangement avec le cadre immaculé de l'immeuble. Je me suis résignée au fait que je ne ressemblerai jamais aux élégantes que j'admire tant, avec leurs pommettes saillantes et leur crinière lustrée. J'ai un petit visage en forme de cœur avec des yeux bleus tout ronds et des cheveux d'un blond foncé qui m'arrivent aux épaules et qui ont une fâcheuse tendance à partir dans tous les sens si je ne les dompte pas. En général, je me contente d'une queue-de-cheval nouée à la va-vite.

— Ma pauvre, tu ne fais ni *My Fair Lady*, ni riche lady de Mayfair, dis-je à mon reflet.

Je détecte sur mon visage les indices de mes récents déboires. J'ai les joues creusées et les yeux empreints d'une tristesse qui semble ne pas vouloir me quitter. J'ai aussi l'air plus petite, comme si je m'étais voûtée sous le fardeau du chagrin.

Essayant de retrouver l'étincelle qui animait autrefois mon regard, je joue la carte de l'autosuggestion :

— Allez, sois forte !

C'est pour cela que je suis venue, après tout. Il ne s'agit pas d'une fuite – pas entièrement, du moins –, mais d'une tentative de redécouvrir l'ancienne Beth, une fille courageuse et curieuse de tout, au caractère bien trempé.

À moins que cette Beth-là n'ait été détruite à tout jamais.

J'essaie d'éviter ces réflexions morbides, mais c'est difficile.

L'appartement 514 se situe au milieu d'un couloir tapissé d'une épaisse moquette. La clé tourne sans un bruit dans la serrure et, une seconde plus tard, j'entre. Une surprise m'attend, sous la forme d'un petit hoquet suivi d'une plainte aiguë. Puis une fourrure chaude m'effleure les mollets et manque de me faire trébucher.

Je me penche et découvre une boule de poils noire, aux iris dorés et au museau écrasé comme un coussin sur lequel on viendrait de s'asseoir.

— Hé, bonjour ! Tu dois être De Havilland.

Le chat miaule de plus belle, dévoilant de petites dents pointues et un bout de langue rose.

Je jette un regard alentour tandis que la bestiole se met à ronronner comme une turbine en se frottant contre mes jambes, visiblement ravie de faire ma connaissance. À en juger par le vestibule, Celia est restée fidèle à l'esprit de l'immeuble. Le sol est un damier noir et blanc, adouci par un tapis en cachemire blanc. Sous un miroir Art déco flanqué de deux luminaires en chrome de forme géométrique, une console d'un noir luisant supporte une vasque en porcelaine blanche ornée d'un liseré argenté, elle-même entourée de deux vases. L'ensemble respire l'élégance discrète.

Je m'y attendais, cela dit. Chaque fois que mon père a évoqué l'appartement de sa marraine, dans lequel il a séjourné à plusieurs reprises, il est resté évasif mais a réussi à me donner l'impression que cet endroit était à l'image du raffinement de Celia. Adolescente, elle s'est lancée dans une carrière de mannequin qui l'a propulsée sur le devant de la scène et lui a permis d'acquérir une belle fortune, puis elle a changé de voie pour devenir journaliste de mode. Elle s'est mariée deux fois : la première s'est soldée par un divorce, la seconde par un veuvage. Elle n'a jamais eu d'enfants, ce qui explique peut-être qu'elle ait gardé une telle fraîcheur. Marraine dilettante, elle ne se mêle de la vie de mon père que quand ça lui chante, débarquant sans crier gare puis disparaissant comme elle était venue. Il m'a raconté qu'il restait parfois sans nouvelles pendant des années, jusqu'au jour où elle s'invitait chez lui, les bras chargés de cadeaux, toujours impeccablement vêtue, et tentait de se faire pardonner ses longs silences. Je me souviens de l'avoir rencontrée alors que je n'étais qu'une gamine timide en short, la tignasse ébouriffée et les genoux cagneux.

Je n'aurais jamais imaginé devenir un jour aussi sophistiquée que cette femme aux courts cheveux gris, qui portait des vêtements magnifiques et des bijoux incroyables.

Allez, avoue : même aujourd'hui, tu n'oserais pas imaginer lui arriver à la cheville. Pas une seule seconde.

Me voici pourtant dans son appartement, dont je peux disposer comme bon me semble pendant les cinq prochaines semaines.

Son coup de téléphone nous a pris au dépourvu. Je n'écoutais pas ce que disait mon père, jusqu'à ce qu'il raccroche et se tourne vers moi, l'air pensif.

— Beth, ça te dirait, un petit séjour à Londres ? Celia part en voyage ; elle a besoin que quelqu'un garde son chat et elle s'est dit que ça te plairait peut-être de vivre dans son appartement l'espace de quelques semaines.

— Quoi ? ai-je demandé en levant les yeux de mon roman. Elle me propose de vivre dans son appartement ?

— Oui. Il est situé dans un quartier plutôt chic – Mayfair ou Belgravia. Je ne sais plus très bien, ça fait des années que je n'y suis pas allé, dit-il en jetant un regard amusé à ma mère. Celia s'offre une petite retraite de cinq semaines dans les forêts du Montana. Apparemment, elle a besoin de se ressourcer spirituellement. Voyez-vous cela !

— C'est ce genre de petite folie qui lui permet de rester jeune, rétorqua ma mère en essuyant la table de la cuisine. Ça ne viendrait pas à l'idée de n'importe quelle dame de soixante-douze ans, un truc pareil, répliqua-t-elle en contemplant le bois fraîchement nettoyé d'un air mélancolique. Je trouve l'idée plutôt séduisante. Je ne serais pas contre une retraite spirituelle…

Son regard se perdit dans le vague, comme si elle pensait à l'éventail des possibles, à toutes les vies qu'elle aurait pu mener. Mon père semblait sur le point de faire un commentaire acerbe, mais se retint lorsqu'il décela l'expression sur son visage. Je lui en fus reconnaissante. Après tout, ma mère avait abandonné sa carrière pour l'épouser et nous élever, mes frères et moi. Elle avait bien le droit de rêver un peu.

— Alors, qu'est-ce que tu en dis, Beth ? me demanda-t-il. Ça t'intéresse ?

Maman me lança un regard lourd de sens. Elle voulait que j'accepte, savait que c'était la meilleure chose à faire étant donné les circonstances.

— Tu devrais y aller, ma chérie, souffla-t-elle. Ça te fera du bien de tourner la page après ce qui s'est passé.

Je frémis presque à cette simple allusion. Je ne supportais toujours pas qu'on en parle.

— Chut ! m'exclamai-je, au bord des larmes et les joues en feu.

Mes parents échangèrent un coup d'œil, puis mon père se lança.

— Ta mère a peut-être raison, tu sais, dit-il d'un ton bourru. Ça ne te ferait pas de mal de mettre un peu le nez dehors.

Cela faisait plus d'un mois que je vivais quasiment en recluse dans la maison. Je ne supportais pas l'idée de les voir ensemble. Adam et Hannah. Cette seule pensée me retournait l'estomac et me donnait le vertige.

— Peut-être, balbutiai-je. Je vais y réfléchir.

On n'en parla plus ce soir-là. Je déployais des efforts surhumains pour me lever le matin… Prendre une décision pareille était au-dessus de mes forces. Ma confiance était réduite à néant, si bien que je doutais de moi en toutes circonstances, même quand il s'agissait de choisir le menu du repas. Alors, accepter ou non la proposition de Celia… Après tout, j'avais choisi Adam, je lui avais fait confiance, et j'en subissais les conséquences. Le lendemain matin, ma mère appela Celia, et elles discutèrent des aspects pratiques du voyage. Le soir même, je lui téléphonai à mon tour. Le simple fait d'entendre sa voix débordante d'enthousiasme me mit du baume au cœur.

— Tu me rendrais service, tu sais, Beth. Mais c'est aussi l'occasion de t'amuser. Il est temps que tu sortes un peu de ton trou paumé et que tu explores le monde.

Celia était une femme indépendante, qui menait sa vie comme elle l'entendait. Si elle me croyait capable d'entreprendre cette aventure, c'est que je devais l'être.

Je décidai donc d'accepter son offre. Évidemment, alors que la date de mon départ approchait, je sentis ma volonté faillir et je me fis violence pour ne pas renoncer à ce projet. Si j'arrivais à faire mes bagages et à vivre seule dans l'une des plus grandes métropoles du monde, tout espoir n'était pas perdu pour moi. J'aimais beaucoup la petite ville du Norfolk où j'avais grandi, mais, si c'était pour rester cloîtrée à la maison à cause d'Adam, cela ne servait à rien de s'y éterniser. Autant mettre les voiles. Rien ne me retenait, après tout. Je travaillais à mi-temps dans un petit café depuis l'âge de quinze ans. J'avais arrêté pendant mes études, puis repris du service une fois mon diplôme en poche, me demandant ce que j'allais bien pouvoir faire de ma vie. Ça n'amusait pas mes parents de voir leur fille se morfondre dans sa chambre. Ils avaient d'autres ambitions pour moi.

La vérité, c'est que j'étais revenue pour Adam, tandis que mes amis de fac partaient explorer le monde avant d'entamer des carrières passionnantes, voire de s'établir à l'étranger. Je les avais écoutés raconter leurs aventures et leurs aspirations, sachant que je me contenterais pour ma part d'un retour à la case départ. Adam était le centre de mon univers, le seul homme que j'aie jamais aimé. Pour moi, la question ne se posait même pas : ma vie se déroulerait à ses côtés, c'était une évidence. Depuis la fin du lycée, Adam travaillait dans le bâtiment pour la société de son père dont il espérait hériter un jour. La perspective de passer le reste de son existence au même endroit ne semblait pas lui déplaire. Je ne pouvais pas en dire autant, mais je n'avais aucun doute quant à mon amour pour Adam. J'étais prête à mettre entre parenthèses mon désir d'explorer le monde si c'était pour vivre avec lui.

Sauf que, maintenant, je n'ai plus le choix.

De Havilland pousse un miaulement plaintif et me mordille la cheville pour attirer mon attention.

— Pardon, bonhomme, dis-je en posant mon sac par terre. Tu as faim ?

En guise de réponse, il me tourne autour tandis que je pars à la recherche de la cuisine. J'ouvre d'abord la porte d'un placard, puis celle des toilettes, avant de tomber sur la bonne. Je repère aussitôt les gamelles du chat posées sous la fenêtre située à l'extrémité. Il n'y reste pas une miette, et De Havilland semble attendre son prochain repas avec impatience. J'aperçois, sur une petite table blanche, des paquets de croquettes, quelques documents, ainsi qu'un petit mot, rédigé d'une main ferme et fleurie.

« Bonjour, ma chérie !

Je vois que tu es bien arrivée. C'est merveilleux. Voici de quoi nourrir De Havilland. Il te suffit de remplir le plus petit des deux bols deux fois par jour. N'en mets pas trop ; dose comme s'il s'agissait de biscuits apéritifs. Quel veinard, ce chat ! Assure-toi aussi qu'il ait toujours de l'eau fraîche. Tu trouveras toutes sortes d'instructions dans les papiers que je t'ai laissés sous ce petit mot, mais il ne s'agit en aucun cas de règles. Tu fais ce que tu veux, ma belle ! Amuse-toi bien.

On se voit dans cinq semaines.

Je t'embrasse,

C. »

Les pages dactylographiées contiennent des recommandations pour la litière du chat, les divers équipements de l'appartement, la chaudière, la trousse de premiers secours, et la liste des personnes à contacter en cas de problème. Le portier y figure en bonne place – à la fois gardien d'immeuble et garde-fou. Le portier qui fera tout pour m'éviter de craquer, en quelque sorte. Waouh ! Si je fais des jeux de mots, même faiblards, c'est peut-être que ce voyage commence déjà à porter ses fruits.

De Havilland me regarde en miaulant sans discontinuer, et sa petite langue rose frémit.

— Ça vient, ça vient...

Une fois le dîner de Sa Majesté servi, je visite le reste de l'appartement. La salle de bains est une merveille carrelée de noir et de blanc avec des appliques en chrome et en bakélite, mais la chambre me laisse carrément sans voix. Le lit à baldaquin argenté ; l'épais duvet et les coussins d'un blanc immaculé ; le papier peint chinois représentant des perroquets aux couleurs chatoyantes qui s'observent à travers des branches de cerisiers en fleurs ; l'immense miroir qui surmonte la cheminée ; la superbe coiffeuse près de la fenêtre, de l'autre côté de laquelle trône un fauteuil victorien en épais velours violet… l'ensemble est somptueux.

Je retrouve enfin l'usage de la parole et m'extasie tout haut.

— Comme c'est beau !

Peut-être vais-je absorber un peu de l'élégance de Celia en occupant son intérieur.

Cet appartement dépasse de loin mes rêves les plus fous. Je me représentais un lieu chic et sobre, à la mesure d'une femme prospère et indépendante, mais rien ne m'avait préparée à pareille beauté. Je longe le couloir et débouche dans le salon, décoré dans des tons apaisants de vert pâle et de gris pierre, le tout rehaussé de quelques touches de noir, de blanc et d'argent. Les lignes pures du mobilier et de la lampe en chrome rendent un hommage supplémentaire aux années 1930. Un long canapé agrémenté de coussins blancs, ainsi que des fauteuils bas aux accoudoirs incurvés, entourent une table basse minimaliste d'un noir laqué. Une bibliothèque encastrée occupe l'essentiel du mur du fond ; les étagères blanches regorgent de livres et d'objets merveilleux : sculptures chinoises et pièces de jade. Le vert tendre de la cloison face à la fenêtre est orné de panneaux argentés qui reflètent la lumière presque comme des miroirs, et sur lesquels sont gravés des saules pleureurs. Des appliques en verre brossé alternent avec ces tableaux, et une authentique peau de zèbre habille le parquet massif.

Cette exquise évocation d'un âge d'or de l'élégance m'enchante. J'admire tout ce que je vois, des vases en cristal contenant les tiges charnues d'un bouquet de lys aux pots à gingembre chinois qui flanquent la cheminée en chrome, au-dessus de laquelle Celia a exposé une gigantesque et impressionnante œuvre d'art moderne de Patrick Heron. Écarlates, mordorés, ocre et vermillon, ces hardis coups de pinceau contribuent à créer un tourbillon chaleureux dans cette oasis vert d'eau aux teintes claires.

Je tourne sur moi-même, bouche bée. Je n'aurais jamais cru que des gens décoraient vraiment ainsi des pièces à vivre, regorgeant de trésors et impeccablement entretenues. Ça ne ressemble en rien à ma maison, que je trouve douillette et rassurante, mais qui est perpétuellement en désordre et envahie par un tas d'objets inutiles.

Mon œil est attiré vers la baie vitrée qui s'étend sur toute la longueur de la pièce. À part des stores vénitiens, qui me paraissent toujours démodés mais sont tout à fait à leur place ici, rien ne vient obstruer la vue, ce qui me surprend d'autant plus que l'immeuble d'en face est tout proche. Je traverse la pièce : à quelques mètres à peine se trouve une façade identique.

Étrange… pourquoi avoir laissé aussi peu d'espace ?

Je tends le cou pour essayer de me situer. Les bâtiments forment un U autour d'un grand parc, et soudain je comprends mieux pourquoi la résidence s'appelle Randolph Gardens. Si je me penche un peu, je distingue, sur la gauche, des parterres de fleurs aux couleurs exubérantes, des arbres touffus, des sentiers de gravier qui mènent à un court de tennis et à une fontaine. Assis sur les bancs ou sur la pelouse, des résidents profitent des derniers rayons du soleil. La plupart des appartements bénéficient d'une vue sur le parc. Mais, au milieu de la branche centrale du U se trouve, de part et d'autre du porche qui mène aux jardins, une aile très étroite comportant un appartement par étage. Chacun d'entre eux a donc une vue imprenable sur son homologue d'en face, plus proche que si une rue les séparait. Je me trouve dans l'un d'entre eux, au cinquième étage alors que le bâtiment en compte sept.

Une réflexion me vient à l'esprit. *Est-ce que ces appartements-là étaient moins chers que les autres?* Je comprends mieux pourquoi Celia a choisi des couleurs claires et des panneaux argentés pour décorer cette pièce. Avec un vis-à-vis pareil, la luminosité doit être réduite. *Mais bon, c'est le quartier qui compte, et nous sommes à Mayfair, ma chère.*

Les rayons du soleil ont déserté ce pan de l'immeuble, et la pièce est plongée dans une douce pénombre. Je me dirige vers l'une des lampes lorsque mon regard est attiré par l'appartement d'en face, soudain éclairé d'une lumière vive, de telle sorte que j'ai l'impression de voir un écran de cinéma ou la scène d'un petit théâtre. J'en distingue parfaitement l'intérieur, et ce que j'y vois me fait sursauter. Un homme arpente le salon d'un pas tranquille. Rien d'étonnant à cela, mais le fait qu'il ne porte rien d'autre qu'un pantalon noir retient mon attention, et je m'immobilise. Je me rends compte qu'il parle au téléphone et, bien que je ne discerne pas clairement ses traits, l'impression d'ensemble est celle d'une beauté classique, avec un front décidé, des sourcils fournis et d'épais cheveux bruns. Mon nouveau voisin est par ailleurs large d'épaules, doté d'une musculature harmonieuse et très bronzé, comme s'il revenait de longues vacances dans un pays chaud.

J'ai beau me sentir un peu gênée, je ne peux détacher mon regard de cet homme. Sait-il que je le vois se promener à moitié nu ? Comme je n'ai encore allumé aucune lumière, il ne peut pas savoir qu'on l'observe. Forte de cette réflexion, je me détends et profite pleinement du spectacle que m'offre à son insu ce bel inconnu. J'ai vraiment l'impression de regarder un acteur évoluer sur un écran, vision délicieusement détachée. Soudain, j'éclate de rire. Celia mène vraiment la belle vie !

Pendant encore quelques minutes, je suis des yeux le manège de mon voisin qui bavarde au téléphone en faisant les cent pas dans son salon, torse nu. Puis il tourne les talons et sort de la pièce.

Peut-être qu'il est allé s'habiller, me dis-je, vaguement déçue. Puisqu'il est parti, j'allume une des lampes, et une douce lumière orangée baigne la pièce, prêtant une aura nouvelle aux ornements argentés des murs et aux sculptures de jade. De Havilland entre en silence et saute sur le canapé, puis lève les yeux vers moi, comme pour m'inviter à le rejoindre. Je m'assieds à côté de lui et, aussitôt, il monte sur mes genoux, fait trois petits tours et s'installe confortablement avant de se mettre à ronronner. Je commence à caresser cette boule de poils dont la chaleur me réconforte.

Au bout de quelques instants, je me rends compte que je pense toujours à l'inconnu d'en face, si séduisant et si gracieux, évoluant tranquillement dans son appartement, sans se douter une seule seconde qu'il est épié. Il ne semblait pas souffrir de sa solitude. Peut-être parlait-il avec sa petite amie ? Ou alors il discutait avec quelqu'un d'autre, mais sa copine l'attendait dans sa chambre et, en ce moment, il est avec elle, en train d'achever de se déshabiller. Puis il s'allonge auprès d'elle et se penche pour l'embrasser. Elle ouvre les bras et le serre contre lui, passant les mains sur son dos lisse et musclé…

Arrête, tu n'arranges pas ton cas.

Je baisse la tête et ferme les yeux. Une image d'Adam, souriant, s'invite dans mon esprit. C'était comme ça qu'il m'avait séduite : avec ce sourire qui faisait remonter un coin de sa bouche, creusait une fossette dans chaque joue et faisait pétiller ses yeux bleus. Nous étions tombés amoureux l'été de mes seize ans, pendant ces longues et chaudes journées où il n'y a rien d'autre à faire que s'amuser. Je le retrouvais dans les ruines de l'abbaye et nous passions des heures à traîner, à papoter, puis à nous embrasser. Nous étions insatiables. Adam était encore tout dégingandé alors que je m'habituais à peine aux regards insistants des hommes sur ma poitrine. Nous avions attendu un an avant de faire l'amour, et ce fut à la fois maladroit et magnifique. Avec le temps, nous avions appris à nous connaître, à nous donner du plaisir, et l'idée d'avoir un autre partenaire un jour ne m'effleurait même pas. Comment vivre quelque chose d'aussi doux et passionné si ce n'était avec Adam ? J'adorais ces moments où il me tenait dans ses bras et me jurait qu'il m'aimait plus que tout. Je n'avais jamais regardé un autre homme que lui.

Arrête ça tout de suite, Beth ! Tu te fais du mal. Pire, tu le laisses te faire du mal.

J'essaie de refouler le souvenir, mais il refait surface malgré mes efforts, et la scène s'impose à moi avec une terrible netteté. Je faisais du baby-sitting non loin de chez moi, et il était prévu que je reste jusqu'à minuit, au moins. Finalement, la mère de l'enfant dont j'avais la garde avait eu une migraine, et le couple était rentré plus tôt que prévu. Il était à peine 22 heures, j'étais libre comme l'air et j'avais empoché l'équivalent d'une soirée complète.

Toute joyeuse, je décidai de faire une surprise à Adam. Il habitait alors chez son frère Jimmy, qui lui louait sa chambre d'amis pour une bouchée de pain. Comme Jimmy était en voyage, Adam avait prévu d'inviter quelques potes à regarder un film en buvant des bières. Il avait eu l'air déçu quand je lui avais dit que je ne pourrais pas les rejoindre et serait donc ravi de me voir débarquer à l'improviste.

J'ai l'impression de revivre l'enchaînement des faits. J'entre chez Jimmy, surprise de ne trouver personne, et me demande où sont passés les garçons. La télé est éteinte et, au lieu d'entendre des canettes qu'on ouvre et des commentaires sur le film en cours, un profond silence règne sur la pièce. Ma surprise va tomber à l'eau. Peut-être qu'Adam ne se sentait pas très bien et qu'il a décidé de se coucher tôt. J'avance dans le couloir et me dirige vers la porte de sa chambre, qui m'est aussi familière que la mienne.

Je tourne la poignée en appelant « Adam ? », mais tout doucement, au cas où il serait déjà endormi. Je vais entrer, de toute façon. Le regarder et me demander à quoi il rêve avant de l'embrasser sur la joue et de me blottir contre lui…

Je pousse le battant et remarque que la lampe de chevet est allumée – celle-là même qu'Adam recouvre d'un foulard rouge pour tamiser l'éclairage quand nous faisons l'amour. D'ailleurs, la lumière qui filtre est teintée d'écarlate. Je cille et remarque que la couette forme une bosse, qui remue. Mais qu'est-ce qu'il fabrique ?

Je l'appelle de nouveau, plus fort, cette fois.

— Adam ?

Le mouvement cesse, les formes changent, une main repousse la couverture et je vois…

La cruauté de ce souvenir m'arrache un petit cri de douleur, et mes paupières se crispent. C'est comme un vieux film que je ne peux m'empêcher de passer en boucle. Mais, cette fois, je me force à rouvrir les yeux et soulève De Havilland pour le reposer sur le canapé à côté de moi. Je refuse de me laisser aller aux larmes et à l'apitoiement. Si je suis venue ici, c'est pour tourner la page, alors autant commencer tout de suite.

Mon estomac crie famine. Je me rends dans la cuisine et ouvre le frigo, qui est presque vide. Je me promets de faire des courses dès le lendemain et déniche, dans un placard, un paquet de crackers et une boîte de sardines. Ce repas modeste est un festin pour mes papilles affamées. Tandis que je lave mon assiette, rassasiée, un énorme bâillement m'échappe. Je regarde ma montre : il n'est même pas 21 heures, pourtant je me sens épuisée. La journée a été longue, et je n'arrive pas à croire que je me suis réveillée ce matin dans ma chambre de petite fille.

Tant pis, je vais aller me coucher. De toute façon, il me tarde d'essayer le lit de Celia. Sous un baldaquin argenté, mon moral ne peut que remonter. Décidant de mettre en pratique ma petite devise de la soirée, je retourne dans le salon pour éteindre les lumières. J'ai déjà la main sur l'interrupteur quand je remarque que mon voisin est de retour. Il ne porte même plus le pantalon noir de tout à l'heure, remplacé par une serviette nouée autour de sa taille, et ses cheveux mouillés sont plaqués contre son crâne. Planté au milieu de la pièce, il regarde chez moi. À vrai dire, il m'observe, les sourcils froncés. Nous nous dévisageons un instant, tout proches mais pas assez pour pouvoir déceler l'expression de nos regards qui se croisent.

Puis, d'un geste presque involontaire, j'appuie sur l'interrupteur et la lampe s'éteint. Une fois plongée dans l'obscurité, je me rends compte qu'il ne peut plus me voir, alors que je distingue plus nettement chaque détail de son salon de là où je me tiens. L'inconnu s'avance vers la fenêtre, s'appuie sur le rebord et approche son visage, curieux. J'ose à peine respirer, et encore moins bouger. Je ne saurais dire pourquoi je préfère qu'il ne me voie pas, mais je tiens absolument à rester cachée. Il reste ainsi un petit moment, les sourcils toujours froncés, et j'admire, immobile, les lignes de son torse et de ses bras aux muscles saillants.

Puis il se redresse et quitte la pièce, et j'en profite pour regagner le couloir, refermant la porte derrière moi. En sécurité à l'abri des regards, je pousse un profond soupir.

— Non mais qu'est-ce qui m'a pris ? dis-je tout haut. (Réconfortée par le son de ma propre voix, j'éclate de rire.) Bon, ça va pour cette fois, mais que ça ne se reproduise pas : ce mec va croire que je suis folle à lier s'il me voit rôder dans le noir et jouer les statues de sel dès qu'il me regarde. Allez, au lit !

Heureusement, je repense à ce pauvre De Havilland juste à temps et vais lui ouvrir la porte du salon, au cas où il aurait envie de sortir. Sa litière se trouve dans la cuisine, et je m'assure qu'il y a bien accès. Je m'apprête à éteindre la lumière du couloir, puis me ravise.

Je sais, c'est une superstition de gamine de croire que la lumière chasse les monstres et les cambrioleurs, mais je me retrouve toute seule dans un appartement inconnu, au beau milieu d'une grande ville. Alors, juste pour cette nuit, je laisse la lumière allumée.

À vrai dire, même emmitouflée dans le lit douillet de Celia et épuisée, je ne peux me résoudre à éteindre la lampe de chevet. Je m'endors dans sa douce lueur et ne me réveille que le lendemain matin.

Chapitre 2

— Excusez-moi, vous pourriez me dire où se trouve Laï Cester Square ?

— Pardon ?

Je me retourne, éblouie par le soleil éclatant de cette belle matinée. Aucun nuage ou presque ne vient gâcher le ciel bleu et limpide.

— Laï Cester Square, articule la dame, avec un fort accent américain.

Elle porte un chapeau et de grosses lunettes noires, ainsi que l'uniforme de la parfaite touriste : polo rouge, pantalon ample, baskets aux pieds et sac à dos de rigueur. Elle tient un guide de Londres dans une main. Derrière elle, son mari patiente, habillé quasiment à l'identique.

Interdite, je répète :

— Laï Cester ?

Je me suis baladée de Randolph Gardens à Oxford Street, l'une des rues les plus commerçantes de Londres. J'observe la foule, qui se presse déjà à cette heure matinale, et m'arrête parfois devant les vitrines. Je ne m'attendais pas à trouver une atmosphère aussi animée à seulement cinq minutes de marche de chez Celia.

— Euh… je ne suis pas sûre.

— Regardez, c'est là, m'indique l'Américaine en me tendant sa carte. On veut voir la statue de Charlie Chaplin.

— Ah ! Leicester Square, dis-je en le prononçant comme il se doit.

— Lester ? reprend-elle, ébahie, avant de se tourner vers son mari. Tu entends ça, chéri, ils appellent ça Lester. Franchement, cette ville est truffée de pièges quand on ne s'y connaît pas.

Je m'abstiens de l'informer que je suis moi-même une touriste, flattée qu'elle me prenne pour une Londonienne. Il faut croire que j'ai l'air à l'aise. Je lui prends la carte des mains et l'examine attentivement avant de reprendre la parole.

— Vous pouvez y aller à pied, ce n'est pas très loin. Regardez, vous continuez par là. Une fois à Oxford Circus, vous prenez Regent Street jusqu'à Piccadilly Circus. Vous traversez et continuez tout droit, et vous arrivez à Leicester Square.

— Merci beaucoup ! s'exclame l'Américaine avec un grand sourire. Vous êtes très gentille. On est un peu perdus… il y a tellement de monde. Mais on adore, c'est magnifique !

— Je vous en prie. Passez un bon séjour à Londres.

Je les regarde s'éloigner, en espérant qu'ils arriveront à bon port et que la statue de Charlie Chaplin ne les décevra pas. Je devrais peut-être m'y rendre, un jour. Ça peut valoir le coup d'œil.

Je sors mon propre guide de mon sac à main et le feuillette tandis que le flot de piétons poursuit son chemin autour de moi. Le quartier pullule de grandes enseignes, de magasins de téléphonie mobile, de pharmacies, d'opticiens de luxe et de bijouteries. Les larges trottoirs sont bordés de petites échoppes qui vendent des souvenirs, des bagages et toutes sortes de choses à boire où à manger : fruits, pralines, gaufres…

Je veux visiter la Wallace Collection, un musée gratuit situé non loin d'ici, qui rassemble une profusion d'œuvres d'art et de mobilier baroques. Puis je m'offrirai un déjeuner quelque part et verrai bien ce que l'après-midi me réserve. J'éprouve une délicieuse sensation de liberté : je ne dois rien à personne, j'ai tout le loisir de me faire plaisir, et la journée me tend les bras ; l'éventail des possibles est pleinement déployé. En cinq semaines, je n'arriverai pas à découvrir Londres de fond en comble, mais j'ai bien l'intention de savourer au moins les incontournables : la National Gallery, la National Portrait Gallery et le British Museum. Cette perspective suffit à faire saliver la diplômée d'histoire de l'art que je suis.

Le soleil brille dans un ciel sans nuages et je me sens d'humeur presque guillerette. La foule qui m'entoure pourrait s'avérer intimidante, mais je trouve qu'il y a dans cet anonymat quelque chose de rassurant. Chez moi, je ne peux aller nulle part sans croiser au moins un visage connu. C'est une des raisons pour lesquelles je n'osais plus mettre le nez dehors : tout le monde était au courant de mon histoire avec Adam. Notre dernière conversation, au cours de laquelle Adam m'avait avoué que Hannah et lui couchaient ensemble depuis des mois – ce qui signifiait que leur relation datait d'avant mon retour de l'université –, avait dû faire jaser dans notre petite ville. Et moi, innocente, j'étais revenue de la fac en croyant retrouver mon âme sœur, celui qui disait m'aimer plus que tout au monde. J'avais été le dindon de la farce ; tout le monde devait se demander combien de temps il me faudrait pour comprendre et quelle serait ma réaction.

Maintenant, au moins, les curieux sont fixés.

Ici, en revanche, personne ne sait rien ; personne ne se soucie de moi, de mon humiliation ou de mon cœur brisé. Je prends une grande bouffée d'air frais, le sourire aux lèvres. Un imposant bus rouge passe dans la rue et me rappelle que je suis à Londres. La capitale s'offre à moi ; je n'ai plus qu'à la découvrir.

Je me remets en marche, légère et insouciante pour la première fois depuis des semaines.

L'après-midi touche à sa fin quand je regagne Randolph Gardens. Mon sac de courses me meurtrit la main et je meurs d'envie de retirer mes chaussures avant de savourer une boisson fraîche. Je suis épuisée, mais enchantée par ma journée. J'ai trouvé la Wallace Collection et y ai passé la matinée, à me régaler de toutes les merveilles rococos dont regorge cette superbe demeure d'époque Régence. Je me suis délectée des compositions enchanteresses de Fragonard et de la délicatesse de François Boucher, m'extasiant devant son portrait de Madame de Pompadour dans une somptueuse robe rose. Puis j'ai admiré les statues, les meubles et les ornements, avant de m'attarder dans la galerie des miniatures.

J'ai déjeuné dans un café proche du musée, où ma faim de loup m'a aidée à surmonter ma timidité – je n'aime d'ordinaire pas manger seule. Une fois rassasiée, j'ai décidé d'arpenter la ville au petit bonheur la chance. Je me suis retrouvée dans Regent's Park et y ai passé deux bonnes heures à déambuler, tantôt dans des roseraies immaculées, tantôt sur des chemins bordés de vastes pelouses et d'arbres exubérants, tantôt le long de lacs ou de terrains de sport et d'aires de jeu. J'ai même eu droit à une drôle de surprise : le barrissement d'un éléphant m'a fait sursauter, puis j'ai compris, en apercevant la petite tête pommelée d'une girafe, que j'étais à deux pas du zoo. Riant de ma naïveté, j'ai repris la direction de la maison, empruntant une rue commerçante, et dégoté, entre une boutique de vêtements et une autre d'ameublement de luxe, un supermarché où je me suis arrêtée faire le plein de provisions. Je n'ai eu besoin de consulter mon plan que deux fois pendant le trajet, et je commence à me sentir londonienne. L'Américaine de ce matin ne se doutait pas que j'étais aussi paumée qu'elle, et à présent je le suis beaucoup moins. Je me réjouis déjà des visites qui m'attendent demain. Je n'ai presque pas pensé à Adam. Enfin, pas trop, et les rares fois où j'ai pensé à lui, il m'a semblé distant, étranger à cette nouvelle vie que je viens d'entamer. Son emprise sur moi s'en trouve singulièrement amoindrie, et ça fait un bien fou.

— Salut, le chat !

De Havilland m'attend derrière la porte et, sitôt que je suis entrée, me manifeste sa joie de me revoir. Il ronronne comme un fou et se frotte à mes mollets avec un plaisir non dissimulé, ondulant entre mes chevilles à chacun de mes pas.

— Tu as passé une bonne journée ? Parce que moi, oui. J'ai même fait des courses, regarde : je vais pouvoir cuisiner ! Je sais, je sais, ça paraît fou. Je parie que tu me croyais incapable de me débrouiller aux fourneaux. Eh bien, figure-toi que je ne m'en tire pas si mal. Ce soir, c'est steak de thon grillé avec une sauce asiatique, du riz et des légumes sautés. Je doute que Celia possède un wok, mais je vais trouver de quoi préparer ça, ne t'en fais pas.

Je me mets au travail tout en parlant à la boule de poils qui me surveille de ses yeux dorés et bienveillants. Ce n'est qu'un animal, mais j'apprécie sa compagnie. Sans lui, l'exercice serait autrement intimidant.

Après le dîner – excellent malgré l'absence de wok –, je passe au salon en me demandant si l'inconnu d'en face va se montrer, mais son appartement est plongé dans l'obscurité.

Je traverse la pièce et commence à inspecter la bibliothèque de Celia. Outre une belle sélection de romans, de recueils de poèmes et d'essais historiques, je découvre une impressionnante collection de volumes concernant la mode. Certains retracent l'évolution des grandes maisons et d'autres sont consacrés à la vie de couturiers célèbres, mais la plupart sont de beaux livres contenant des photos sur papier glacé. J'en sors quelques-uns et m'assieds par terre pour les parcourir, émerveillée par ces clichés d'art qui immortalisent l'élégance du siècle passé. L'un d'eux, au détour d'une page, retient mon attention. Datant visiblement des années 1960, il représente une jeune fille d'une beauté incroyable. Ses yeux immenses sont soulignés par des traits d'eye-liner qui donnent à son regard quelque chose de félin. Elle se mord la lèvre, et ce geste trahit une intense vulnérabilité qui contraste étrangement avec la noblesse de ses traits, la coiffure impeccable de ses cheveux bruns et la superbe minirobe en dentelle blanche qu'elle porte.

Tandis que je parcours du bout des doigts les contours de son visage, je me rends compte que je la connais. Un coup d'œil aux portraits encadrés sur une table d'angle confirme ce que je sais déjà : il s'agit de Celia – sans doute l'un des premiers clichés de sa carrière. Au fil des pages, je trouve trois autres photos de Celia, dont se dégage toujours une impression d'extrême délicatesse. Elle pose sur l'un de ces clichés avec les cheveux coupés très court, et ce look garçonne lui donne l'air encore plus jeune.

Ça alors, c'est vraiment bizarre. Moi qui la considérais comme une femme forte… Pourtant, sur ces images, elle semble si fragile. Comme si la vie lui avait déjà joué des tours. Comme si elle se battait seule contre un monde froid et cruel.

Elle a vaincu, après tout. Je déniche d'autres photos d'elle à divers moments de sa carrière, et il semble que sa vulnérabilité s'estompe avec les années. La Celia trentenaire qui rit sans retenue a clairement gagné en assurance et ne craint plus d'affronter le monde. Elle a la quarantaine épanouie et sophistiquée, puis la cinquantaine raffinée. Aucun chirurgien n'a retouché son image. Son âge se lit sur son visage, et cela lui va à ravir.

Peut-être qu'elle a tout simplement compris que la vie ne fait pas de cadeaux. Il n'y a qu'en en étant conscient qu'on peut continuer à avancer.

Un son strident déchire soudain le silence et je sursaute. Ce n'est pourtant que mon téléphone ; mes parents viennent aux nouvelles.

— Je vais bien, maman. Super, même. L'appartement est magnifique, j'ai passé une journée superbe… Tout va pour le mieux.

— Tu manges comme il faut ? demande ma mère, inquiète.

— Bien sûr !

— Et tu as assez d'argent ? renchérit mon père.

Je l'imagine, assis dans le salon tandis que ma mère utilise le combiné de la cuisine.

— Oui, papa, largement. Ne vous en faites pas pour moi.

Je leur décris l'appartement et mes visites du jour dans les moindres détails, expose mes projets pour le lendemain et les rassure quant à ma capacité à me débrouiller toute seule comme une grande, puis nous raccrochons et je me retrouve soudain entourée de ce silence étrange qui suit une conversation animée.

Je me lève et m'avance vers la fenêtre, luttant contre la solitude qui guette. J'étais contente d'entendre mes parents, mais, sans le vouloir, ils m'ont replongée dans ma déprime. J'ai sans cesse l'impression de me débattre pour tenter de sortir du marasme émotionnel où j'ai sombré en surprenant

Adam dans les bras d'une autre. Le moindre pas en avant me coûte un effort surhumain, et il suffit d'une pichenette pour me faire rechuter.

L'appartement d'en face est toujours plongé dans le noir. Où se trouve l'homme que j'ai aperçu hier soir ? Je me rends compte que, sans me l'avouer, j'ai attendu avec impatience le moment de revenir m'installer dans cette pièce pour le revoir. Cet inconnu a plus ou moins habité mes pensées pendant toute la journée, sans que j'en sois bien consciente. Sa silhouette à demi nue, la grâce de ses mouvements, la franchise de son regard quand il m'a surprise – tout cela est gravé dans ma mémoire. Il ne ressemble à aucun des hommes que j'ai pu voir dans ma vie. En vrai, du moins.

Adam n'est pas particulièrement grand et, si les travaux qu'il exécute pour la société de son père ont développé sa force physique, ses muscles semblent plus massifs que déliés. Au fil des ans, il est devenu de plus en plus carré et trapu, peut-être parce que le gras et la friture constituent la base de son alimentation. En plus, il adore se détendre en descendant quelques bières, avant d'aller se chercher un *fish and chips* au coin de la rue. Quand je l'ai vu, cette fameuse nuit, dressé sur un coude au-dessus de Hannah, qui avait l'air aussi horrifiée que lui, la première chose qui m'est venue à l'esprit, c'est qu'il avait l'air bouffi. Son torse était d'un blanc pâteux et son ventre pendait vers celui de Hannah, qui n'était pas en reste avec ses gros seins et ses hanches pleines.

— Beth ! s'est-il écrié. (Plusieurs émotions se succédèrent sur son visage : incompréhension, culpabilité, gêne et – incroyable mais vrai – exaspération.) Qu'est-ce que tu fous là, putain ? Tu devais pas être en train de faire du baby-sitting ?

Hannah n'a rien dit, mais son inquiétude s'est muée en une jubilation malsaine. Elle m'a couvée d'un regard empreint de défi, comme si elle cherchait la bagarre. Prise en flagrant délit, elle a voulu se défendre en passant à l'attaque. Elle refusait d'endosser le rôle de la séductrice sans vergogne et voulait faire de moi la pauvre idiote se mettant en travers de l'amour sublime de Roméo et Juliette. Elle a tenté de rendre sa nudité non plus honteuse mais honorable, comme si elle me criait : « Eh oui ! On baise ! On est fous l'un de l'autre, incapables de résister à une telle attirance. Tu n'as rien à faire ici ! »

Ne me demandez pas comment je me suis débrouillée pour comprendre tout ça en l'espace des quelques secondes qu'il m'a fallu pour appréhender la scène. Il faut croire que l'intuition féminine n'est pas une pure invention. J'ai brutalement compris que tout ce en quoi je croyais une minute auparavant était en fait mort depuis longtemps, et que la douleur insupportable qui me vrillait la poitrine était celle de mon cœur qui volait en éclats.

J'ai fini pas retrouver l'usage de la parole. Implorant Adam du regard, je n'ai pu dire que : « Pourquoi ? Mais pourquoi ? »

Je pousse un profond soupir. Même une belle journée à me perdre dans l'immensité londonienne ne semble pas suffire à me faire oublier cet épisode sordide. Comment y échapper ? Quand cela va-t-il cesser ? Le chagrin m'a épuisée, je n'en peux plus. Personne ne parle jamais de l'extrême fatigue qui va de pair avec une infinie tristesse.

Toujours aucune lumière chez mon voisin d'en face. J'imagine qu'il mène une existence placée sous le signe de la richesse et du raffinement. Il doit dîner au restaurant en compagnie de femmes aussi belles, sophistiquées et fortunées que lui.

Ma décision est prise.

— J'ai besoin de manger une bonne petite glace.

Je m'éloigne de la fenêtre et annonce à De Havilland, lové sur le canapé :

— Je reviens dans un petit moment.

Puis j'attrape mes clés et sors.

Une fois dehors, la belle confiance acquise au cours de la journée me déserte lentement, comme l'air qui s'échappe d'un pneu crevé.

Entourée de hauts bâtiments intimidants, je ne sais plus où aller. J'avais l'intention de demander au portier, mais, lorsque je suis passée dans le vestibule, il ne se trouvait pas à son bureau. Je me suis donc dirigée vers les grandes artères, mais aucun des magasins que j'aperçois sur mon chemin ne m'intéresse. Quoi qu'il en soit, tout est fermé à cette heure tardive. Derrière les grilles métalliques qui protègent les vitrines, j'aperçois des tapis persans, des vases chinois, des chandeliers et des vêtements de luxe. Aucune chance de trouver un pot de glace ici. J'erre dans la chaude soirée d'été, essayant de me rappeler par où je suis arrivée. Je passe devant des bars et des restaurants d'une élégance inouïe. De grands types en costume noir avec des oreillettes montent la garde à l'entrée. Séparés du trottoir par des haies d'arbustes en pot, des couples fument des cigarettes, attablés devant de grandes assiettes de mets appétissants, un seau à champagne à portée de main.

Je commence à me décourager. Qu'est-ce que je fais là ? Comment ai-je pu me croire capable de survivre dans un monde pareil ? J'ai dû être prise d'un accès de folie, c'est parfaitement ridicule. Je ne suis pas à ma place et ne le serai jamais. J'ai envie de pleurer.

C'est alors que j'aperçois une enseigne allumée et presse le pas, soulagée. Deux minutes plus tard, je ressors de la petite épicerie avec un sac en plastique contenant un pot de glace hors de prix, heureuse. Encore faut-il retrouver mon chemin.

Je me rends compte que je n'ai pas vu de télévision chez Celia, ni d'ordinateur, d'ailleurs. J'ai apporté mon vieux portable, mais je doute fort qu'il y ait une connexion Internet dans l'appartement. J'imagine mal manger de la glace sans regarder un film ou une série en même temps, mais tant pis, il n'y a pas mort d'homme. Après tout, ça aura le même goût, non ?

Je tourne au coin de l'allée qui mène à Randolph Gardens et – inutile de me demander comment je réussis cet exploit – je percute un homme de plein fouet. Il devait marcher devant moi et s'est arrêté sans que je le remarque. Résultat : je lui rentre dedans.

— Oh !

Je recule d'un pas, dérape du trottoir et atterris dans le caniveau. Mon sac plastique m'échappe et le pot de crème glacée roule jusqu'à une bouche d'égout encombrée de feuilles mortes et de papiers gras.

— Je suis désolé, s'excuse l'inconnu en se retournant. Vous ne vous êtes pas fait mal ?

Je reconnais le beau visage de mon voisin d'en face. Le feu aux joues, je balbutie :

— Non, non. C'était ma faute, de toute façon. Je n'avais qu'à regarder où j'allais.

De près, il est tout simplement magnifique, à tel point que j'ai du mal à le regarder et me concentre plutôt sur la coupe impeccable de son costume sombre et sur le bouquet de pivoines blanches qu'il tient. *Ça alors !* Ce sont mes fleurs préférées.

— Permettez-moi de vous aider, dit-il d'une voix au timbre grave qui respire l'intelligence et le savoir-vivre.

Il s'avance, comme s'il comptait descendre dans le caniveau pour récupérer ma glace, et je bafouille, la mine écarlate :

— Non, attendez ! Je vais le faire !

Nous nous baissons en même temps et il pose sa grande main chaude sur la mienne. Je m'écarte avec un sursaut et tombe à la renverse. Il me saisit le bras et me rattrape *in extremis*, m'évitant de m'étaler par terre.

— Tout va bien ? demande-t-il tandis que je me redresse.

Il me soutient toujours, et je suis tellement gênée que j'ai peur d'entrer en combustion spontanée.

— Oui…, dis-je en articulant à grand-peine, déroutée par la sensation de ses doigts sur ma peau. Vous pouvez me lâcher, maintenant, ça va aller.

Il me lâche et je me penche pour rattraper le sac en plastique dans lequel on distingue clairement le pot de glace. Des feuilles mortes ont adhéré au sachet. Je me passe la main sur le front après les avoir délogées. Mauvaise idée : je sens que j'y laisse une traînée noirâtre. Je dois avoir une mine effroyable.

— Vous avez raison, c'est un temps à manger de la glace, fait-il remarquer avec un sourire.

Je lève les yeux vers lui, timide. Est-ce du sarcasme que je discerne dans sa voix ? Après tout, je ne suis qu'une pauvre fille dans le caniveau, la figure barbouillée de saleté, cramponnée à son pot de glace comme une gamine à un sachet de bonbons. Lui, en revanche… Ses yeux sont si sombres qu'ils paraissent presque noirs, mais ce sont surtout ses sourcils qui attirent mon attention : ils forment deux lignes pures, deux arcs dotés d'un je-ne-sais-quoi vaguement diabolique. Son nez est parfaitement droit, à l'exception d'une petite bosse qui, paradoxalement, contribue à sa perfection. Sa bouche sensuelle esquisse un sourire révélant de belles dents blanches.

Mon esprit faiblard ne parvint qu'à formuler un « waouh » ébahi. Je hoche la tête, incapable d'émettre le moindre son.

— Je vous souhaite une bonne soirée. Vous allez pouvoir savourer cette glace bien méritée, finit-il par dire avant de s'éloigner et de gravir les marches du perron d'un pas vif.

Je le regarde disparaître, toujours debout dans mon caniveau, et je me rends compte que j'ai de la terre entre les doigts de pieds. J'inspire longuement. Il était temps : j'ai retenu mon souffle pendant toute la conversation. Je suis troublée et j'ai la tête qui bourdonne.

D'un pas lent, je regagne l'appartement de Celia et me rends aussitôt au salon. Celui d'en face est éclairé, et je distingue clairement mon beau voisin. Sans allumer la lumière, je vais chercher une cuillère à la cuisine puis installe une chaise devant la fenêtre, ni trop près ni trop loin, de façon à voir sans être vue. J'ouvre mon pot de glace et observe les allées et venues de ce presque inconnu incroyablement sexy. Il a ôté sa veste et sa cravate. Sa chemise bleue épouse la carrure de ses épaules et son pantalon sombre met en valeur le galbe de ses longues jambes. Il semble tout droit sorti d'une séance photo pour un magazine de mode. Son salon est doté d'un coin salle à manger. Logique : si les appartements sont agencés de la même façon, sa cuisine doit être tout en longueur, comme celle de Celia. Cette dernière se contente visiblement de la petite table qui s'y trouve, mais cet homme a sans nul doute des goûts plus civilisés en la matière.

Est-ce qu'il aime cuisiner? Quel genre d'homme est-il? Comment s'appelle-t-il? J'éprouve le besoin de lui donner un nom – mais lequel? J'élimine d'office les prénoms : nous n'avons pas été présentés, et c'est de toute façon beaucoup trop personnel. Et puis j'imagine mal le baptiser Sebastian ou Theodore pour découvrir ensuite qu'il s'agit en fait de Reg ou de Norm. Non, il me faut trouver quelque chose de mystérieux et de suffisamment vague pour contenir tout le champ des possibles…

M. R.

Oui, c'est ça! Je vais l'appeler M. R., pour Randolph Gardens.

M. R. revient dans le salon avec un seau à champagne et deux flûtes. Il attend donc de la visite, à moins qu'il ne compte siffler deux verres en même temps. Je ne vois plus le bouquet de fleurs. Je m'assieds en tailleur dans le fauteuil et attaque mon dessert. Je racle longuement la surface du pot, puis retourne la cuillère sur ma langue pour laisser fondre la glace et en savourer la douceur rafraîchissante. C'est de la vanille toute simple, comme j'aime.

M. R. disparaît de nouveau et, le temps qu'il revienne, j'ai englouti un quart du pot et De Havilland, blotti entre mes jambes croisées, ronronne comme un bienheureux. De toute évidence, M. R. a pris une douche avant de se changer. Il porte à présent un ample pantalon en lin et un tee-shirt bleu qui lui vont à ravir – et il n'est pas seul.

J'écarquille les yeux en la voyant, puis me colle une petite gifle mentale. *Quoi ? Il n'a pas le droit d'avoir une copine ? Il ne sait même pas qui tu es ! Tu t'imagines qu'il est à toi juste parce que tu as passé deux soirées à le mater ?*

J'ai presque envie de rire face à cet accès de folie. Pourtant, le fait de voir ce qui se passe dans son appartement me donne l'impression que nous sommes liés de façon assez intime. Je sais bien que c'est mon imagination débordante qui me joue des tours, mais le sentiment persiste quand même. Je me penche en avant pour mieux distinguer l'invitée de M. R.

Je m'en doutais : tu ne feras jamais le poids face à une fille pareille.

Le terme « fille » est d'ailleurs inapproprié. C'est une femme à part entière, à côté de laquelle j'ai l'air d'une gamine gauche et mal peignée. Elle est grande et mince, dotée d'une classe naturelle et vêtue d'un tailleur-pantalon en lin clair et d'un tee-shirt blanc. Elle a les cheveux bruns et ondulés, coupés au carré, et son rouge à lèvres carmin donne à l'ensemble une touche sensuelle dénuée de vulgarité. Elle a les traits fins et distingués, et semble tout droit sortie des pages de *Vogue*. C'est le genre de femme qui ne se montrerait jamais avec des fringues informes, des auréoles sous les bras ou une queue-de-cheval toute bête. Elle ne tomberait jamais dans le caniveau et ne s'étalerait pas de la terre sur le front, elle.

C'est le genre de femme qu'on invite dans un appartement de Mayfair et à qui on offre des pivoines blanches et du champagne. Je parie qu'elle n'a jamais passé une soirée à manger de la glace avec un chat endormi pour toute compagnie parce que son copain a décidé d'en baiser une autre.

Le seul souvenir de Hannah – allongée là, nue, les seins offerts aux regards avec leurs tétons bruns, le ventre luisant de sueur – donne à ma glace un goût amer. Je me penche par-dessus De Havilland pour reposer le pot et ce mouvement le dérange. Il me le fait savoir en plantant légèrement ses petites griffes dans mes mollets, avant de reprendre une posture détendue.

— Aïe ! Sale bête…

Je ne le gronde pas vraiment. Les fines écorchures qu'il m'a infligées ne sont pas entièrement désagréables et me ramènent à la réalité.

— Désolée, bonhomme. Je ne bouge plus, c'est promis.

Je reprends mon observation. M. R. sort la bouteille du seau à champagne et son amie lui tend les flûtes. Elle raconte quelque chose qui semble l'amuser tandis qu'il défait le papier doré du goulot et retire la capsule. Puis il éclate de rire. Cette femme est bien entendu drôle et spirituelle en plus d'être magnifique. Clairement, les fées ne se soucient guère d'équité quand elles se penchent sur nos berceaux.

C'est très étrange de voir mes voisins sans les entendre. J'ai l'image mais pas le son et, par réflexe, j'ai presque envie d'attraper la télécommande pour vérifier que je n'ai pas fait une fausse manipulation.

Le bouchon saute en silence, une mousse fine surgit du goulot, et la femme approche les verres pour la recueillir. M. R. les sert, attendant que les bulles redescendent pour remplir les flûtes. Puis il repose la bouteille dans son seau et tous deux trinquent avant de prendre une petite gorgée. Je les dévore des yeux, à tel point que je sens presque le champagne pétiller sur ma langue. À quoi trinquent-ils ? Quelle grande occasion célèbrent-ils ?

J'imagine M. R. murmurer quelque chose comme : « À toi, ma chérie. » Elle frissonne au son de cette voix grave et empreinte de *sex-appeal* qui lui chuchote des propositions indécentes. Je désire tant faire partie de ce monde que je dois me retenir de me lever et de leur faire de grands signes jusqu'à ce qu'ils ouvrent la fenêtre et m'invitent à les rejoindre. Ils évoluent dans une atmosphère de calme et de félicité. Ils bavardent en buvant tranquillement, puis vont s'asseoir dans le canapé. Au bout de quelques minutes, M. R. sort, laissant la femme seule dans le salon. Elle répond à un appel sur son téléphone portable et se cale au fond du canapé. Soudain son visage se métamorphose et adopte une expression cruelle et hautaine. Elle se met à parler à toute allure et sans doute très fort, puis, sa tirade finie, met rageusement fin à l'appel avec un mouvement de tête agacé.

M. R. refait son apparition et dépose des plats sur la table. Il l'a forcément entendue – elle criait presque –, pourtant ils se sourient comme si de rien n'était. La femme se lève et va inspecter ce qu'il vient d'apporter, tandis qu'il s'absente le temps d'aller chercher deux plats supplémentaires. Je ne vois pas ce qu'ils contiennent, mais cela me semble largement suffisant. Ils s'attablent et je ne peux m'empêcher de les envier. Je ne souhaiterais pas seulement m'inviter à leur table, je voudrais faire partie de leur monde d'élégance et de sophistication.

Au-dehors, le crépuscule laisse la place à la nuit et dessine encore plus nettement la scène qui se déroule devant moi. Puis M. R. se lève et s'approche de la fenêtre. Je retiens mon souffle. Il regarde droit vers moi, comme s'il me voyait.

Que va-t-il faire ?

Soudain, le rideau tombe, me privant de tout spectacle. Il s'agit en fait d'un store blanc, mais le résultat est le même.

Je soupire, étrangement triste. Ils sont partis, m'ont écartée de leur vie enchantée, et je ne peux rien y faire.

La solitude que je ressens alors m'étonne moi-même. Je pose la main sur la fourrure chaude de De Havilland, qui dort paisiblement, et tente d'y puiser du réconfort, mais j'ai envie de pleurer.

Chapitre 3

Le lendemain, contrairement à mes habitudes, je me réveille tard. J'ouvre les rideaux et découvre un ciel sans nuage et un soleil radieux. Je passe la matinée à l'appartement, où je prends enfin le temps de déballer mes affaires et de ranger la cuisine tout en chantonnant au son de la vieille radio de Celia. J'avais prévu de visiter la National Gallery puis de marcher jusqu'à Westminster Abbey, mais le temps passe trop vite. Vers midi, je me fais un sandwich et lave une pomme pour aller manger dans le parc de l'immeuble.

Le portier m'indique gentiment comment m'y rendre : il faut emprunter la porte située au milieu de l'aile principale. Je traverse donc le bâtiment et descends l'étroit sentier qui passe entre l'appartement de Celia et celui de M. R. Je lève les yeux vers nos fenêtres respectives, mais, bientôt, je me retrouve en plein soleil et baisse la tête. Le lieu est superbe, un vrai paradis miniature. Des parterres de fleurs entourent une fontaine et des bancs, suivis d'un carré d'herbe qu'on a évité de tondre trop soigneusement, ce qui lui donne un petit air de prairie. Au-delà se trouvent deux courts de tennis bien entretenus. Deux dames d'âge mûr se livrent tranquillement à quelques échanges sur l'un d'eux.

Je sors de mon sac la couverture que j'ai trouvée dans le placard de l'entrée et l'étends sur la pelouse près des courts. Le bruit des cordes que heurte la balle et les « pardon ! » occasionnels constituent une bande-son étrangement réconfortante. Je sors mon déjeuner et mon livre, puis m'installe tranquillement. Le soleil progresse doucement, me léchant d'abord les orteils, puis me chatouillant les mollets. Le temps qu'il atteigne mes cuisses, je suis rassasiée et somnole à moitié, parcourant mon livre d'un œil distrait. Je ne me rends pas tout de suite compte que les deux dames ont quitté le court de tennis et que leurs souples échanges ont laissé la place à des coups frappés avec plus de violence et accompagnés de grognements typiquement masculins. Un entraîneur encourage son élève.

— Bien ! Avancez sur votre coup droit et montez au filet ! Volée ! Volée ! Voilà, excellent ! Bien joué !

Sa voix ne me parvient pas clairement. Je suis surtout consciente des rayons du soleil qui me réchauffent et me caressent les paupières. Je ne prête pas attention à la fin du match et ne reviens vraiment à la réalité que quand une ombre s'arrête sur mon visage et me fait frissonner. J'ouvre les yeux et vois qu'un homme est debout devant moi, mais il me faut quelques secondes pour distinguer les traits de l'inconnu, tout de blanc vêtu, nimbé d'un halo lumineux, tel un ange. Mon illusion est due au fait qu'il porte un short et un polo de tennis blancs.

Oh, mon Dieu. C'est lui. C'est M. R.

Je n'ai pas fini de le dévisager – il a les cheveux mouillés et plaqués en arrière, et la sueur perle sur son visage – et de me dire qu'il est encore plus beau comme ça, lorsqu'il me sourit et prend la parole :

— Bonjour.

— Bonjour, dis-je d'une voix haletante, alors que c'est lui qui vient de fournir un effort physique.

— C'est bien vous que j'ai croisée hier soir ?

— Oui.

Je me redresse en m'efforçant de déployer des trésors d'élégance. Je ne peux me résoudre à lui faire la conversation alors que je suis allongée, mais, même assise, je me sens toute petite.

Il s'accroupit pour se mettre à ma hauteur, et je distingue enfin son regard ténébreux qui semble me percer à jour. Je me sens vulnérable face à ces yeux magnifiques.

— Et c'est vous qui occupez l'appartement de Celia, poursuit-il. Je viens de faire le rapprochement. Je vous ai aperçue par la fenêtre hier ou avant-hier, fait-il remarquer tandis que son sourire s'évanouit. Celia va bien, j'espère ? demande-t-il, l'air inquiet.

Je crois déceler, dans sa voix grave et mélodieuse, un léger accent étranger que je ne parviens pas à situer. Cela explique peut-être sa peau mate et ses cheveux bruns. Il se déplace un peu et je sens la chaleur qui émane de son corps, douce et salée à la fois.

— Oui, oui, elle va très bien. Elle est en voyage pour quelque temps et m'a confié la garde de son appartement.

— Ah, d'accord ! s'écrie-t-il, visiblement soulagé. J'ai eu peur qu'il ne lui soit arrivé quelque chose. Je veux dire, c'est une femme incroyable pour son âge, mais… Bref, je suis content de savoir qu'elle va bien.

— Oui, oui… tout va bien.

Quelle repartie éblouissante ! Allez, quoi, parle-lui, fais bonne impression ! Mais l'image raffinée de son invitée d'hier me revient en mémoire et me laisse sans voix. Assise sur ma couverture, à moitié endormie, je dois faire piètre figure, par comparaison.

— Super ! lance-t-il sans se départir de son sourire éblouissant. Eh bien, j'espère que vous allez passer un bon moment ici. Si vous avez besoin d'aide, n'hésitez pas à me faire signe, d'accord ?

— Euh… d'accord, dis-je, même si je doute d'avoir le courage de faire une chose pareille.

— Vraiment, j'insiste. N'hésitez pas.

— OK… merci.

— Au revoir, à une prochaine.

Il se lève et m'observe un long moment, comme s'il attendait que j'ajoute quelque chose, puis s'en va.

— Au revoir.

Bravo, Beth ! Là, au moins, tu es sûre d'avoir fait forte impression ! J'ai envie de me mettre des baffes. *Tu lui as prouvé que tu avais à peu près autant de conversation que le banc, là-bas. Même ses balles de tennis avaient plus de répondant !*

Cela dit, honnêtement, qu'est-ce qui pourrait bien arriver ? Je n'imagine pas que cet homme puisse s'intéresser à moi, la pauvre fille incapable de garder son copain. Et puis, M. R. est pris.

Je le regarde s'éloigner vers l'entrée du bâtiment lorsque, soudain, il se retourne et me jette un dernier regard. Celui-ci ne dure qu'une poignée de secondes, mais suffit à me faire frissonner de plaisir. Ai-je rêvé ou ai-je lu plus que l'amabilité d'un voisin dans ses yeux ? Décidément, sa proximité m'affecte plus que je ne l'aurais cru. Je suis bien réveillée à présent, et l'effervescence de cette belle journée d'été me donne des ailes. Je ne m'étais pas sentie aussi légère depuis bien longtemps. Je savoure la fraîcheur de l'herbe entre mes orteils, tout en observant M. R., qui regagne la porte de l'immeuble et disparaît. Puis je tourne la tête vers le court de tennis, où l'entraîneur ramasse les balles.

Heureuses petites balles, frappées par la grâce de M. R. Cette idée saugrenue me fait éclater de rire. *OK, autant l'admettre : tu en pinces pour lui. Profites-en, ça donnera un peu de piquant à tes vacances. Et puis, ça ne peut pas faire de mal, pas vrai ?*

Cette petite conversation a suffi à illuminer ma journée entière. Je sors me promener et découvre la grandeur de Piccadilly et des institutions célèbres qui bordent la place : le Ritz, *Fortnum & Mason*, la Royal Academy… Je descends St James' Street et longe des boutiques à l'ancienne : chapeliers, cavistes, maroquineries et enseignes spécialisées dans la vente d'articles pour fumeurs dotées de caves à cigares. Je marche entre des demeures aux murs crénelés, puis débouche sur l'immense avenue qu'on appelle The Mall. Je longe un parc idyllique, avec Buckingham Palace en ligne de mire. Voilà, j'ai atteint le cœur du Londres touristique, le rêve en bleu, blanc, rouge de la monarchie, qui n'est pourtant qu'un des multiples aspects de cette ville gigantesque. Je déambule dans le parc, où des enfants courent partout, lancent du pain aux canards et jouent sur des balançoires, puis je débouche sur une autre facette de Londres : le Parlement, dont les tourelles gothiques contrastent avec la pâleur majestueuse de l'abbaye de Westminster, que je comptais visiter ce matin. Mais, au lieu de me mêler à la file d'attente qui s'allonge devant l'entrée, j'observe ces touristes patients et me demande ce qu'ils pensent de l'édifice. Puis je rentre à la maison en empruntant le même chemin qu'à l'aller.

Le soir, elle est de retour.

Le store est relevé et je distingue parfaitement ce qui se passe dans l'appartement d'en face. Je décide donc de dîner près de la fenêtre, en observant le film muet que jouent M. R. et sa copine rien que pour moi. Ils s'attablent et partagent un repas qui semble délicieux, tout en bavardant gaiement. Je m'attends à voir le rideau tomber au moment où l'intrigue devient intéressante, comme la veille, mais il n'en est rien. Soudain, ils se lèvent, la femme remet sa veste et ils sortent. M. R. éteint la lumière au passage.

Où vont-ils ? Qu'est-ce qui se passe ?

Cet imprévu me déstabilise. Je bondis, réveillant De Havilland, et fonce vers le placard de l'entrée. J'ai vu que Celia y stockait toute une collection de manteaux et de chapeaux. J'enfile un trench Burberry avant de m'éclipser. L'ascenseur se trouve justement à mon étage et j'en ressors, quelques instants plus tard, juste à temps pour voir M. R. et sa copine descendre les marches du perron. Je les suis dans mon déguisement improvisé, cheveux lâchés et col remonté.

À quoi tu joues ? Tu te prends pour une détective ?

Je suis tout excitée mais je ne peux pas m'empêcher d'avoir un peu honte. Et s'ils me voyaient ? Et si M.R. me reconnaissait et me demandait pourquoi je les prends en filature ? Est-ce que j'arriverais à inventer une excuse valable ? Tant pis, maintenant que je suis lancée, je dois aller jusqu'au bout de cette folie. Je veux savoir où ils se rendent. Aussi étrange que cela puisse paraître, j'ai la sensation de faire partie de leur vie autant qu'ils font partie de la mienne. De toute façon, ils vont sans doute héler un taxi, me contraignant à rentrer bredouille à Randolph Gardens et à reprendre mes esprits.

Mais, une fois de plus, ils me surprennent.

Ils empruntent des petites rues en devisant tranquillement, trop bas pour que je les entende. L'itinéraire semble leur être familier, alors que je ne reconnais rien du tout.

Si tu les perds, tu es dans la merde. Le plan est là-haut dans ton sac.

L'obscurité ne me facilite pas la tâche, mais j'essaie de me repérer tout en gardant un œil sur les deux silhouettes qui marchent devant moi. Je me tiens à une distance respectable, mais je ne peux pas savoir si je me fonds dans le paysage ou si je risque de me faire remarquer. J'espère juste qu'ils ne vont pas brusquement faire demi-tour.

Heureusement, ils poursuivent leur chemin, les talons hauts de la jeune femme claquant bruyamment sur le trottoir. Elle porte une robe de couleur sombre tandis que M. R., lui, a gardé son costume, moins la veste. À vrai dire, je ne suis pas du tout discrète avec mon trench par cette chaleur. Autour de moi, tout le monde ou presque est en tee-shirt.

Tant pis, si on te pose des questions, tu n'auras qu'à jouer les Anglaises excentriques.

Sauf que personne ne va rien me demander : personne ne se préoccupe de moi. C'est ce qui me plaît tant, ici : je peux faire ce que je veux, être qui je veux. Et dire que, dans la ville où j'ai grandi, un simple changement de coiffure peut alimenter les potins pendant des jours entiers !

Bientôt, nous quittons les sombres ruelles et débouchons sur une artère bien éclairée où filent des voitures, des bus et des taxis. Nous la traversons et, de l'autre côté, commence un quartier piéton regorgeant de boutiques insolites, de bars et de pubs devant lesquels de jeunes gens fument des cigarettes, un verre à la main. J'ai peur de perdre la trace de M. R. et de la jeune femme dans cette foule, mais ils progressent d'un pas lent et régulier ; ils ne se doutent pas un seul instant qu'ils sont suivis. À mesure que nous nous éloignons, les bars deviennent plus exubérants, et je vois des drapeaux arc-en-ciel flotter au-dessus des boîtes gays, tandis que d'autres lieux sont dotés d'entrées plus discrètes, protégées par d'épais rideaux. Sous des porches illuminés de petites guirlandes, des femmes en minijupes et bustiers attendent des clients.

Le quartier chaud ? C'est là qu'ils se rendent ?

Après avoir dépassé quelques enseignes louches, je commence à me demander ce que je fais là. Puis l'atmosphère change de nouveau ; le quartier reste animé mais il y règne une atmosphère singulière, où business et détente se côtoient ; d'austères immeubles de bureau – où j'imagine bien les locaux d'agences de marketing ou de communication – alternent avec des bars et des restaurants dans lesquels se pressent des gens aux looks divers et variés, du plus négligé au plus raffiné. Certains dégustent de la cuisine exotique tandis que d'autres boivent du vin, de la bière ou des cocktails en terrasse. La douceur de cette soirée d'été est combinée aux âcres effluves des cigarettes et des gaz d'échappement, ainsi qu'aux senteurs mêlées de centaines de cuisines – un cocktail détonant. Le quartier vibre littéralement, et la fête battra son plein jusqu'aux premières lueurs de l'aube, bien après la fermeture des théâtres, des cinémas et des pubs.

Derrière cette double façade dédiée à la société de consommation, je perçois autre chose de plus viscéral. Je passe d'abord devant un sex-shop, du genre de ceux qui vendent essentiellement des boas de toutes les couleurs, des chocolats aux formes scabreuses et de la lingerie coquine pour les enterrements de vie de jeune fille. Ces établissements proposent une belle variété d'objets plus ou moins stimulants, mais semblent surtout considérer le sexe comme une blague pas très fine. C'est alors que j'aperçois un magasin à la vitrine plus élaborée. Les mannequins portent des bottes en vinyle brillant aux talons vertigineux, des bas résille, des culottes fendues en dentelle, des porte-jarretelles en cuir clouté et des soutiens-gorge, en cuir également mais avec autant de piques métalliques que de clous, et une ouverture de rigueur pour les tétons. Les mannequins sont tous équipés de casquettes, de masques ou de cravaches. À l'intérieur de la boutique, des costumes entiers ainsi que d'autres exemples de lingerie me donnent presque envie d'entrer et de toucher.

La vitrine suivante est celle d'une librairie qui expose des beaux livres aux couvertures en noir et blanc. Les clichés sont franchement artistiques et ouvertement consacrés au corps humain – nu, vêtu de parures exotiques et érotiques, ou en pleine étreinte avec un autre corps humain…

M. R. et son amie poursuivent leur route devant moi sur le trottoir encombré. J'essaie de ne pas les perdre de vue, tout en examinant la boutique suivante. Il s'agit d'un sex-shop, superbement décoré, avec des ailes d'ange dorées au-dessus de la porte et un écriteau avertissant les clients potentiels que la boutique est réservée aux personnes majeures.

Ah, mais oui ! Ce doit être Soho.

Je ne suis pas innocente au point d'ignorer l'existence de ce quartier chaud de Londres, mais, d'après ce que j'en vois, celui-ci n'a plus rien de malfamé depuis longtemps. Pas de relations illicites ou fugitives par ici, les rues respirent la prospérité et regorgent de gens de tous horizons, dont pas un seul ne semble gêné par la sexualité qui s'exhibe dans les vitrines autour de nous. Ici, cela ne représente qu'un des nombreux plaisirs que l'on peut s'offrir.

La décontraction générale me rappelle mes origines provinciales. Je n'avais jamais rien vu de pareil et me sens vaguement mal à l'aise de regarder des objets pareils en pleine rue. Avec Adam, on osait à peine se tenir la main en public et on ne discutait presque jamais de ce qu'on faisait une fois le foulard rouge posé sur la lampe. Je ne conçois même pas d'entrer dans l'une de ces boutiques pour examiner de plus près tel ou tel article. Autant crier sur tous les toits que j'ai une vie sexuelle débridée et que celle-ci va de pair avec ce genre d'accessoires. Je veux dire, un tube de chocolat à s'étaler sur la peau, c'est une chose ; un énorme vibromasseur, c'en est une autre. Je m'imagine à la caisse, en train de tendre mon *sex toy* à un vendeur et de le payer en essayant de ne pas mourir de honte. Je ne supporterais pas l'idée de croiser le regard de quelqu'un qui sait parfaitement ce que je vais en faire.

C'est alors que M. R. tourne à gauche, traverse une place sombre puis une autre rue avant d'obliquer dans une ruelle éclairée par un unique lampadaire orange. J'ai l'impression de remonter le temps. Autour de moi, d'imposantes demeures d'époque Régence dressent leurs grilles en fer forgé noir entre le trottoir et les escaliers menant vers le sous-sol. Je ne saurais dire si ce sont des habitations, des hôtels ou des bureaux ; toutes les fenêtres sont équipées de stores, et seuls quelques-uns sont bordés d'un rai de lumière révélant la vie à l'intérieur.

Le couple que j'épie se dirige droit vers l'un des immeubles en brique et descend l'escalier métallique, qui résonne sous leurs pas. Puis, une porte s'ouvre et se referme sur eux. Une fois sûre qu'ils sont bien entrés, je me penche par-dessus la rambarde. Les deux fenêtres du sous-sol sont dépourvues de stores, mais l'éclairage tamisé ne me permet de distinguer que des silhouettes en mouvement. S'agit-il d'un bar ou d'un appartement privé ?

Je n'en ai pas la moindre idée, mais ma timidité m'empêche de mener l'enquête.

— Pardon, dit une voix grave derrière moi.

Un homme en costume me dépasse et, l'air décidé, emprunte le même escalier et la même porte que M. R. et sa compagne. Je recule, un peu honteuse. Je ne peux raisonnablement ni les suivre ni les attendre ; il va donc falloir que je retrouve mon chemin. Il me semble qu'Oxford Street n'est pas très loin. Si j'arrive jusque-là, je suis sauvée.

Tu deviens complètement dingue.

Pourtant, je ne peux m'en empêcher. J'ai l'étrange sensation qu'un monde d'aventures existe en parallèle du mien, tout proche et terriblement attirant. Un monde dont les portes s'ouvrent devant M. R. et son amie alors qu'on me les claquerait au nez. L'existence qu'ils y mènent est mille fois plus palpitante que ma paisible petite vie de provinciale.

Je devrais les laisser tranquilles, mais c'est plus fort que moi : je suis tombée sur un fil doré qui dépassait et ne peux résister à l'envie de tirer dessus, même si je risque gros.

Je retire mon trench.

Allez, on rentre.

Je rebrousse chemin jusqu'à une rue dont je reconnais le nom pour l'avoir vu sur mon plan. Je prends la direction que je crois être celle d'Oxford Street et, quelques minutes plus tard, trouve un magasin encore ouvert parmi les bars et les restaurants. On dirait une librairie, mais avec de jolies babioles en prime et, sur un coup de tête, je décide d'entrer.

Une dame aux cheveux gris m'accueille d'un sourire, puis me laisse parcourir les rayonnages tranquillement. Très vite, je comprends la raison de sa discrétion : il s'agit d'une librairie érotique, regorgeant de romans, de recueils de poèmes et de livres de photos assez orientés. Je survole les titres mais n'ose feuilleter le moindre volume sous les yeux de la vendeuse. Je m'éloigne des étagères et lève les yeux vers les superbes croquis exposés sur les murs. Un petit cri m'échappe et je tourne la tête, rougissante, pour voir si l'on m'a entendue. Chaque dessin représente des gens en train de faire l'amour. On ne distingue aucun visage ; l'artiste s'est concentré sur les bustes de ses sujets et sur l'endroit où ils se fondent. Une femme est assise à califourchon sur un homme, le dos cambré et les mains posées sur son torse ; une autre est à genoux sur un canapé et son partenaire se tient derrière elle, la pénétrant profondément.

J'ai les joues en feu. Où que je me tourne, des images lascives s'imposent à moi : une main refermée sur une érection phénoménale, une femme approchant sa bouche d'un gland, presque dans une attitude de vénération ; un sexe féminin offert aux regards, les lèvres gonflées et ouvertes par deux doigts délicats. Une femme pénétrée par deux énormes pénis à la fois…

Oh, mon Dieu, mais où est-ce que tu es allée te fourrer ?

Je jette un coup d'œil alentour et me dirige vers une bibliothèque en noyer dotée de portes vitrées, contenant toutes sortes d'objets magnifiques en marbre, en cristal et en jade sur des présentoirs en cuir ou en velours.

Je m'approche et un nouveau cri m'échappe. Je suis décidément d'une naïveté à faire peur. Les objets que j'admire s'avèrent être des *sex toys* de luxe. Je lis les descriptifs soigneusement calligraphiés :

« Gode en jade – 545 £ »

« Rosebud en cristal – 230 £ »

« Boules de geisha en marbre – 200 £ les trois »

« Perles d'amour en onyx – 400 £ »

Une autre étagère regroupe une collection de minces cravaches en cuir, ainsi qu'une canne d'aspect ancien dont le pommeau représente en fait, si on regarde bien, un phallus en érection.

Tout en bas du meuble sont regroupés des instruments en métal dont l'usage m'échappe complètement, jusqu'à ce que je lise les cartons qui les accompagnent. Il s'agit de pinces à tétons et de vis s'appliquant à diverses parties sensibles du corps. À côté, se trouvent des menottes en cuir noir doublées de fourrure blanche, ainsi que des cordes de différentes couleurs.

— Est-ce que vous recherchez quelque chose en particulier ?

La vendeuse m'adresse un sourire bienveillant, pourtant je me mets à bredouiller.

— Oh, euh… non, merci… Je regardais, c'est tout.

Elle semble parfaitement comprendre ma gêne, et je me détends un peu.

— Nous avons d'autres articles plus abordables là-bas, m'indique-t-elle. Ceci est notre collection d'objets d'art, d'où les prix un peu élevés.

Elle m'entraîne vers des vitrines où se côtoient toutes sortes de jouets en latex. Certains ressemblent à d'énormes missiles à deux têtes ou plus, d'autres à de minces stylets longilignes aux couleurs vives.

— Vous avez sans doute entendu parler de ces modèles, reprend-elle en suivant mon regard. Les plus fins sont spécialement conçus pour la stimulation anale. Pour la pénétration vaginale, nous pouvons vous proposer des godes plus imposants. Celui-ci, par exemple, fait partie de nos meilleures ventes, dit-elle en attrapant l'un des monstres.

Je retiens mon souffle. Cet engin est énorme, tant en longueur qu'en diamètre. J'ai du mal à croire que ça puisse rentrer. Je n'ai jamais utilisé de *sex toy* et j'envisage mal d'introduire un truc pareil en moi. Je n'ai eu qu'un seul partenaire et, même s'il n'avait pas à rougir de sa virilité, cela n'avait rien à voir avec ce que j'ai sous les yeux.

La vendeuse désigne l'une des excroissances qui dépassent du gode.

— Ceci sert à la stimulation du clitoris. Vous pouvez l'utiliser comme ça, ou bien…

Elle appuie sur un interrupteur à la base du *sex toy* et la petite excroissance se met à effectuer une rotation avec un bruit discret. Le mouvement s'accompagne de petites lumières qui s'allument et s'éteignent en rythme, me faisant penser à une mini soirée disco.

— C'est merveilleusement efficace, commente la dame en souriant. Son succès n'est pas dû au hasard. Et encore, vous n'avez pas tout vu…

Elle enclenche un second interrupteur, et c'est l'ensemble du gode qui se met à vibrer tandis que, sous la surface, une espèce d'anneau monte et descend. Le bruit sourd du moteur me rappelle les ronronnements du chat de Celia, et cette chose étrange semble d'étonnamment bonne humeur. Avec toutes ces lumières, on dirait presque un organisme vivant – quelque spécimen marin rarissime et exotique. Je me retiens à grand-peine de déglutir, et la vendeuse finit par éteindre le monstre avant de le reposer à sa place.

— Nous avons beaucoup d'autres modèles. Si vous avez des questions, n'hésitez pas. Je reste à votre entière disposition.

— Merci.

Alors que je prends le temps d'examiner les vibromasseurs exposés devant moi, une excitation nouvelle me parcourt l'échine. Il y a des gens qui font ça. Des gens normaux. Ni des pervers ni des nymphomanes – tout simplement des femmes qui assument leur libido. Pour être honnête, je suis en manque de sexe depuis ma rupture. En perdant Adam, je n'ai pas seulement dû faire le deuil de mon ami et de l'homme à qui j'avais donné mon cœur, mais également de mon amant – de celui qui me caressait, m'embrassait, me câlinait. Il me désirait, aimait promener ses mains sur mes seins et mes hanches, avait appris à connaître mon intimité et à me donner du plaisir avec sa langue, ses doigts et son sexe. Maintenant qu'il est parti, mon corps réclame son dû. Toutes les fois où j'ai trempé mon oreiller de larmes en repensant à la trahison d'Adam et au fait qu'il se consacrait à présent au corps d'une autre, c'était également le lien charnel que je regrettais amèrement. La solution à mon problème résidait-elle dans ces drôles d'objets, avec leurs têtes vibrantes conçues pour stimuler le clitoris et leurs formes profilées de manière à atteindre le point G ?

Pourquoi tu n'en achètes pas un ? Il n'y a personne d'autre dans la boutique, la vendeuse est sympa et, de toute façon, tu ne la reverras jamais. Elle se fiche éperdument de savoir ce que tu en feras…

Après tout, je vis seule dans l'appartement de Celia : l'endroit idéal pour tenter de telles expériences.

Puis je me rappelle que je n'ai pas d'argent sur moi. Je renonce aussitôt à cette alléchante rêverie.

Je remercie la vendeuse avant de remettre ma veste et de sortir, les mains dans les poches.

La clochette de la porte tinte derrière moi.

Je me concentre sur mon itinéraire mais, alors même que je regagne les grands axes que je connais, je me rends compte que quelque chose a changé. Je me sens plus vivante, je vibre d'une façon nouvelle et apprécie étrangement la caresse du vent sur mes joues. Sous mon trench, je suis brûlante de désir.

Chapitre 4

Le lendemain, je suis encore tout excitée. C'est une sensation délicieusement impudique, qui me donne envie de m'étirer comme un chat pour sentir les draps sur ma peau ou de me tenir nue devant la fenêtre pour m'offrir aux caresses du vent. Allongée sur le dos, je descends une main le long de mon ventre et effleure les boucles fines entre mes jambes. Mon clitoris dépasse un peu de mes lèvres, et je passe un doigt dessus. Instantanément, ce point si sensible réagit et gonfle légèrement, comme pour réclamer davantage d'attention. Une douce chaleur se répand dans mon ventre.

L'image du gode énorme que j'ai vu la veille, avec son anneau et cette espèce de petit pouce placé juste au bon endroit, me revient en mémoire, accompagnée des croquis exposés dans la librairie. Je déglutis et inspire profondément tandis que l'excitation monte. Je revois M. R., d'abord dans sa tenue de tennis, la sueur perlant sur son visage, puis nu jusqu'à la taille, drapé dans sa serviette. Je passe mon doigt plus avant entre mes lèvres gonflées et humides, et ce geste me fait tressaillir. Mon clitoris est tout dur, et chaque terminaison nerveuse m'implore de poursuivre mon mouvement.

Pourquoi pas ?

Ce ne serait évidemment pas la première fois que je me donne du plaisir. Les longs mois passés loin d'Adam pendant mes études m'ont enseigné les mérites de cette pratique solitaire, mais, depuis cette terrible soirée, je ne supporte plus de me toucher. Je me suis sentie trop violemment rejetée et n'ose plus laisser mon imagination vagabonder assez pour me conduire à l'orgasme.

Mais peut-être que maintenant, tu pourrais... ?

Je repasse le doigt sur mon clitoris engorgé et, cette fois, des ondes de plaisir me parcourent les cuisses et le ventre. Mon corps entier me supplie de lui offrir cette délicieuse délivrance. Je me caresse un peu plus fort, et l'intensité de mes sensations m'arrache un petit soupir.

Puis ça se reproduit. Je revois cette scène atroce : Adam qui se tourne vers moi, toujours allongé sur Hannah. Je revois son ventre mou parsemé de poils bruns et drus, et les jambes écartées de Hannah qui révèlent un triangle de boucles humides. Je revois avec horreur ses lèvres rouges et gonflées qui épousent étroitement la verge d'Adam.

Je pousse un grognement de dépit. Le désir qui courait dans mes veines un instant plus tôt m'a désertée.

Pourquoi est-ce qu'il a fallu que tu penses à ça ? Pourquoi est-ce que tu n'arrives pas à oublier ? Je crains que cette image ne me hante à jamais. Le spectacle bestial de leur accouplement tue mon enthousiasme ; le souvenir du sexe d'Adam, que je croyais mien et qui nous procurait tant de plaisir, plongé dans le corps d'une autre, achève de freiner mes ardeurs.

J'effleure de nouveau mon clitoris, qui réagit avec espoir, mais il est trop tard. Peine perdue : ma chair réclame la jouissance, mais mon esprit refuse de coopérer. Je me lève et file dans la douche pour me débarrasser de mon excitation.

Étrangement, mon incapacité à atteindre l'orgasme ne suffit pas à entamer mon humeur langoureuse du réveil. J'avais prévu d'enfiler des vêtements confortables et des baskets afin de passer la journée à me cultiver dans divers musées et galeries, et d'emporter un pique-nique plutôt que de dépenser une somme folle pour déjeuner dans un attrape-touristes. Mais ce programme ne me séduit plus autant, éclipsé par le souvenir des grands magasins qui longent Oxford Street. Lorsque je suis arrivée, il y a quelques jours à peine, j'étais bien trop intimidée pour envisager d'y entrer seule, mais un changement subtil s'est produit.

Je me prépare du café et un bol de céréales tout en parlant à De Havilland, qui témoigne tout l'intérêt qu'il porte à mes bavardages en s'attaquant au griffoir fixé à la porte d'un des placards.

— Tu crois vraiment que Londres me redonne du courage ? dis-je tandis qu'il s'applique à lacérer le panneau. J'étais tout sauf trouillarde, avant, tu sais. Je suis partie étudier dans une université où je ne connaissais absolument personne et je me suis fait plein d'amis, au final.

Cette réflexion me fait penser à Laura, une camarade de classe devenue ma meilleure copine. Elle se trouve actuellement en Amérique du Sud, où elle passe ses derniers mois de liberté avant de revenir à Londres et de commencer à travailler pour un cabinet de conseil en management. Elle a promis de m'écrire chaque fois qu'elle arriverait à se connecter à Internet, mais ça fait un moment que je n'ai pas consulté mes e-mails. Je n'y pensais même plus. Étrange, d'habitude, je suis scotchée à mon ordinateur et m'amuse à grappiller toutes sortes d'infos sur l'actualité de mon entourage. Pourtant, depuis que je suis arrivée, mon portable gît dans un sac à côté du lit, abandonné.

Je décide de l'emporter avec moi aujourd'hui. Tous les cafés proposent le Wi-Fi gratuit, maintenant.

Tandis que je m'habille, je me demande ce que pensera Laura de ma rupture. Elle va se montrer compatissante, mais je sais qu'au fond elle sera contente pour moi. Elle a essayé d'apprécier Adam, mais, la seule fois où il est venu me rendre visite à la fac, ils n'ont pas accroché du tout.

Tandis qu'ils discutaient, je voyais bien dans les yeux de Laura qu'elle contenait à peine son irritation. Puis, après le départ d'Adam, elle a tenté de tenir sa langue mais a fini par craquer.

— Tu ne trouves pas qu'il est un peu… enfin, un peu chiant ? Il a passé la soirée à parler de lui et ne t'a posé quasiment aucune question sur tes études !

Évidemment, je l'ai défendu. Bien sûr, Adam était parfois un peu égoïste ; il avait tendance à raconter un peu toujours les mêmes histoires, mais il m'aimait. Je n'avais aucun doute là-dessus.

— Je me demande juste s'il t'aime assez, tu comprends, a-t-elle repris, l'air inquiet. Il semble croire qu'il n'a pas besoin de faire d'effort pour te garder. Je ne suis pas sûre qu'il te mérite, Beth. Mais bon, s'il te rend heureuse, c'est ce qui compte.

Après ça, Laura s'est bien gardée de faire part de son opinion concernant Adam, mais, lorsqu'un étudiant en troisième année de droit m'a manifesté un intérêt un peu appuyé, elle m'a encouragée à passer du temps avec lui, histoire de voir ce qui en ressortirait. Évidemment, je n'en ai rien fait, puisque j'étais prise.

À force de penser à Laura, je me rends compte que j'ai besoin de compagnie. Après tout, j'ai passé le plus clair de mon temps toute seule depuis que je suis arrivée. Aussitôt, mes plans prennent une nouvelle direction. J'aurai tout le loisir de hanter les galeries d'art un autre jour.

— Elle vous va à ravir ! Vraiment, on dirait que cette coupe est faite pour vous !

Je sais bien que la vendeuse qui s'extasie devant moi ne fait que son métier et que toutes les clientes à qui elle adresse ses conseils lui paraissent magnifiques. Pourtant, son regard semble sincère, et je m'autorise à la croire.

Et puis, à moins que le miroir ne soit truqué, cette robe me va étonnamment bien. Elle ne payait pas de mine sur le cintre – ce n'est qu'une petite robe noire somme toute ordinaire –, mais j'ai l'impression qu'elle sublime mes charmes cachés. Elle souligne ma poitrine et ma taille à la perfection avant de suivre la courbe de mes hanches et de s'évaser en plis fluides jusqu'aux genoux. Le tissu légèrement brillant et soyeux épouse mes formes tout en gardant une certaine tenue.

— Il vous la faut absolument, souffle la vendeuse derrière mon épaule. Elle tombe parfaitement, c'est incroyable ! s'exclame-t-elle dans un sourire. C'est pour une occasion particulière ?

Je mens sans vergogne.

— Oui, je suis invitée à une fête, ce soir.

— Ce soir ? répète la vendeuse en écarquillant les yeux.

Elle doit déjà imaginer l'histoire – forcément croustillante – de cette jeune cliente qui cherche une robe de soirée au dernier moment.

— Vous vous offrez une journée relooking ? reprend-elle.

Je m'examine dans le miroir. Je me sens incroyablement sexy et sophistiquée dans cette robe magnifique. En revanche, je n'ai pas pris le temps de me maquiller, j'ai les cheveux lâchés et ne possède pas de chaussures assorties à cette tenue. Une journée relooking ? Je me demande ce que ça peut bien coûter.

J'ai toujours été prudente et économe, et ne me suis jamais laissée aller à dépenser sans compter ou à acheter des choses dont je n'avais pas vraiment besoin. À vrai dire, contrairement à la majorité des autres étudiants, je n'étais pas criblée de dettes en sortant de l'université. Au contraire, je disposais toujours d'un petit pécule.

Et si tu vivais, un peu ? Lâche-toi, pour une fois ! Fais-toi plaisir !

Ma décision prise, j'articule d'une voix lente :

— Pourquoi pas…

La vendeuse applaudit avec un enthousiasme communicatif.

— Oh, merveilleux ! Je vais vous aider. Commençons par la robe : il vous la faut absolument, et je ne dis pas ça pour faire du chiffre. Elle vous va vraiment à ravir. Si vous voulez, je vous la mets de côté pendant que vous profitez de tout ce qu'on peut vous offrir ici : le spa, les soins du visage et du corps…

— Ne nous emballons pas.

— … ainsi que le salon de coiffure et de manucure, conclut-elle, les yeux brillants à la perspective de rendre mon corps imparfait digne de cette robe magnifique.

Soudain, son regard s'assombrit sous l'effet de l'inquiétude.

— Oh, mais j'y pense : il ne reste peut-être plus de créneaux disponibles. Attendez, je vais passer quelques coups de fil. Je suis sûre que je peux trouver une solution.

Avant que je n'aie pu réagir, elle passe derrière le comptoir et décroche le téléphone. J'ai beau lui faire de grands gestes pour lui signaler que je ne veux pas de soins du visage, elle me prend quand même un rendez-vous.

— Je vous promets que vous allez adorer, dit-elle en composant un autre numéro. Vous savez, vous avez une peau impeccable, mais elle me semble un peu sèche. Vous n'utilisez pas de crème de nuit ? Non ? Vous devriez. Je peux vous en recommander une, très agréable à appliquer, qui nourrit et réhydrate l'épiderme en profondeur.

Je n'ai toujours pas réussi à placer un mot, mais elle est en train de parlementer avec la coiffeuse.

— Oui, c'est ça, une coupe et un brushing dit-elle en jetant un coup d'œil critique à mes cheveux. Oh, Tessa, si tu as le temps, ajoute aussi des mèches. Ça ne peut pas faire de mal.

Lorsqu'elle raccroche pour de bon, j'ai plusieurs rendez-vous un peu partout, dont le premier est dans cinq minutes à peine.

La vendeuse, qui jubile littéralement, confie sa caisse à une de ses collègues pendant qu'elle m'accompagne à l'étage du spa. Il y règne une atmosphère si sympathique et détendue que je me laisse porter par l'enthousiasme ambiant. Lorsque ma bonne fée me confie à Rhoda, l'esthéticienne, j'ai renoncé à exercer le moindre contrôle sur le reste de ma journée. Bientôt, je suis allongée sur un lit tandis que Rhoda me masse le visage avant de l'enduire d'une sorte d'argile. Puis elle place des disques frais sur mes paupières fermées et me laisse reposer tranquillement. C'est le genre d'expérience divinement relaxante que j'ai toujours cru réservée aux autres, mais, en sentant des doigts experts retirer le masque de mon visage et appliquer une crème onctueuse sur ma peau, je me surprends à penser : *Et pourquoi pas moi, d'abord ? Pourquoi n'aurais-je pas droit à tout ça ?*

— Et voilà ! s'exclame Rhoda après un moment en me tendant divers échantillons. Vous avez une mine superbe.

Je me regarde dans le miroir en passant à la caisse – ma bonne fée a fait des miracles, mais tout travail mérite salaire – et je dois avouer que je me trouve rayonnante. Mon imagination me jouerait-elle des tours ? Toujours est-il que je me sens merveilleusement bien.

Rhoda m'informe qu'un coiffeur m'attend au dernier étage et, un court trajet en ascenseur plus tard, je suis installée dans un confortable fauteuil, avec une blouse en Nylon noir sur les épaules et une pile de magazines sur les genoux. Un jeune homme tout mince portant un tee-shirt noir et une improbable frange blonde me propose diverses coupes et couleurs. Je suis passée par plusieurs phases durant mon adolescence, mais, ces derniers mois, je ne me suis pas du tout occupée de mes cheveux. Le résultat est un subtil dégradé de teintes, de mes pointes jaune paille à mes racines brun souris. Quant à déceler la trace d'un style quelconque dans mes mèches trop longues et fourchues, cela relèverait de l'archéologie.

Cedric prend les choses en main. Avec une aisance déroutante, il applique le contenu de différents petits flacons sur mes cheveux avant de les envelopper de papier d'aluminium. Puis il m'installe sous un casque chauffant, et je prends le temps de parcourir mon magazine. Une demi-heure plus tard, Cedric me confie aux bons soins d'une jeune femme aux mains divinement douces, qui rince tous les produits colorants de mes cheveux avant de les laver avec un shampoing parfumé à la noix de coco qui les laisse soyeux.

Puis Cedric refait son apparition, équipé d'un peigne et d'une paire de ciseaux. Tout en bavardant gaiement, il sépare mes mèches et les coupe avec des gestes vifs et sûrs. Je me regarde dans le miroir en essayant de deviner à quoi je vais bien pouvoir ressembler après une telle métamorphose. Une fois qu'il a fini, Cedric me vaporise quelque chose autour de la tête avant d'attraper son sèche-cheveux et de me demander :

— Glamour ou ordinaire ?

Je dévisage mon reflet un instant puis réponds :

— Glamour.

Voici le scénario qui a mûri dans mon esprit : ce soir, je dîne avec M. R. Ce soir, il ne va pas retrouver la femme que j'ai aperçue chez lui. C'est moi qu'il veut et, en me voyant, il va s'exclamer, abasourdi : « C'est bien vous ? La jeune femme qui habite chez Celia ? La gamine de l'appartement d'en face ? Mais… mais vous êtes… »

Perdue dans ma rêverie, j'entends à peine le ronronnement du sèche-cheveux qui me chauffe agréablement les oreilles. À l'aide d'une brosse ronde, Cedric forme de grosses boucles qui dessinent un halo doré autour de ma tête. Puis il se vaporise de la laque sur les mains et travaille mes mèches, donnant du volume à l'ensemble avant de lisser un peu pour obtenir un carré long et discrètement ondulé. Il m'a en outre fait une frange effilée qui me tombe sur l'œil, me donnant un petit air gentiment aguicheur.

— Ça vous plaît ? s'enquit Cedric en reculant d'un pas et en inclinant la tête pour examiner son œuvre d'un œil critique.

— C'est… Waouh, c'est super beau !

J'en ai la gorge nouée. Je me souviens de quoi j'avais l'air encore récemment, après une crise de larmes au sujet d'Adam.

La pauvre fille dans le miroir avait les yeux bouffis, les cheveux filasse et la peau blafarde. Elle me paraît bien loin, et je ne la regrette pas du tout !

— Ma chérie, je suis enchanté ! Je savais que je pouvais faire quelque chose pour te rendre encore plus belle. Bon, apparemment, tu es attendue au rez-de-chaussée pour une petite session maquillage et manucure.

Je m'approche de la caisse et tends ma carte bleue en pensant : *Tant pis, je me moque complètement du prix.* Tout le personnel que j'ai rencontré s'est montré absolument adorable avec moi, et je trouve ça fantastique.

Quand je sors de l'ascenseur, j'ai l'impression de faire partie de la famille royale. On m'attend pour m'emmener vers le comptoir qui m'a été réservé. Alors commence un autre épisode de ma métamorphose. Une toute jeune maquilleuse, à qui l'uniforme du magasin semble ajouter quelques années, se met au travail. Elle m'hydrate la peau, puis ajoute un sérum et une solution ionisée avant d'appliquer divers anticernes, fonds de teint et poudres. Elle accompagne ses gestes de compliments sur ma peau, mes cils, mes yeux et ma bouche. Je suis presque tentée de croire que je suis devenue, comme par magie, l'une des plus belles femmes du monde. À vrai dire, même si je garde la tête sur les épaules, la sensation est grisante.

Des touches de couleurs viennent souligner mes sourcils, mes cils, mes joues et mes lèvres ; des fards irisés, des crayons mats... Quand, enfin, chaque parcelle de mon visage a été retouchée, la maquilleuse s'éloigne et m'annonce d'une voix joyeuse qu'elle a fini. Puis elle me tend un miroir.

Mon reflet me coupe le souffle. Je sais bien que cette fille est une artiste et que ça fait partie de son métier de m'inciter à acheter les produits qu'elle a utilisés.

Il n'empêche que je ne me suis jamais trouvée aussi belle. L'ovale de mes yeux est mieux défini que lorsque je les souligne de khôl, mes cils paraissent plus longs, et le bleu de mes iris semble briller de malice. Mes joues sont délicieusement rosées et mes lèvres rouge cerise me donnent un air gourmand. J'ai l'impression de m'être échappée des pages d'un magazine.

J'achète une bonne partie des produits que la maquilleuse m'a appliqués – c'est le but de la manœuvre, après tout –, puis on m'entraîne vers une table où une jeune femme me vernit les ongles en rouge vif tout en me racontant, avec un fort accent de l'East End, ses problèmes de cœur. Je dois admettre que je l'écoute à peine, perdue dans ma rêverie. Je me vois entrer dans un restaurant et me diriger vers M. R., qui se lève pour m'accueillir, bouche bée. Alors que j'approche, il cède à l'envie irrésistible de me prendre dans ses bras et de...

— Et voilà ! annonce la fille d'un ton enjoué. Laissez sécher pendant une vingtaine de minutes pour être tranquille, OK ?

Il ne me reste plus qu'une mission à accomplir : trouver une paire de chaussures assorties à ma nouvelle robe. J'ai déjà tellement fait chauffer ma carte bleue… je ne suis plus à ça près. Il faut que j'aille au bout de cette folle journée. Je déniche une paire d'escarpins noirs à bout pointu, puis retourne à la case départ : auprès de la vendeuse qui a lancé cette idée.

— Oh ! Vous êtes tout simplement magnifique ! s'exclame cette dernière en applaudissant. Vous êtes encore plus belle que ce que je pensais ! Franchement, c'est une véritable métamorphose !

Elle a raison. Une fois que j'ai enfilé ma nouvelle robe et les talons assortis, le résultat me donne des ailes. Finalement, il y a peut-être une vie après Adam. Peut-être que je rencontrerai, un jour, quelqu'un qui puisse m'aimer, me désirer… même si je sais que M. R. n'est qu'un fantasme, évidemment.

— Merci beaucoup, dis-je à ma bonne fée. Sincèrement, vous avez été géniale. Je vous remercie de tout cœur.

— Mais vous le méritez, voyons ! rétorque-t-elle avec un sourire avant de se pencher vers moi d'un air complice. Et maintenant vous allez vous rendre à cette fête et leur en mettre plein la vue !

Lorsque je sors du magasin, j'ai l'impression que les têtes se tournent sur mon passage, admirant ma jolie robe et ma nouvelle coupe. Dire qu'il y a trois jours j'ai débarqué à Londres toute suante et échevelée ! J'espère secrètement que, si Celia me voyait à présent, elle serait fière de moi.

Au détour d'une allée perpendiculaire à la rue, je débouche sur une petite place et décide de déjeuner dans l'un des restaurants qui s'y trouvent. Ma métamorphose a duré des heures et je meurs de faim, si bien que manger seule ne me fait plus peur. Tandis que je dévore une délicieuse assiette de pâtes, je m'amuse de la frayeur qu'une telle situation m'inspirait autrefois. Me voilà en train de déjeuner en solo dans un restaurant sans qu'il m'arrive quoi que ce soit de terrible. Personne n'a surgi à ma table pour me demander comment diable j'osais faire une chose pareille; le garçon n'a pas refusé de prendre ma commande d'un air outré. Au contraire, j'ai été reçue et servie avec une discrète courtoisie, et c'est fort agréable.

L'après-midi est bien avancé lorsque je ressors du restaurant, pourtant je ne me sens pas d'humeur à rentrer à la maison. Je me dirige vers le nord et prends la direction du quartier chic où je suis passée le premier jour en faisant mes courses. Je ne vais pas vraiment retrouver M. R. – ce petit scénario n'existe que dans mon imagination –, mais j'ai envie de prolonger la magie de ce plaisant fantasme. C'est d'ailleurs cette humeur joueuse qui me pousse à agir quand j'aperçois, dans une vitrine, un billet qui m'intrigue. Je me trouve devant une galerie d'art moderne, aux murs blancs et au parquet en bois clair. Mon œil est immédiatement attiré par les immenses tableaux. J'ai consacré une partie de mes études à l'évolution de l'expressionnisme et de l'art en général pendant l'entre-deux-guerres. Les œuvres exposées ici pourraient bien être influencées directement par cette période.

Le petit mot, rédigé d'une main élégante sur un carton blanc, annonce :

« Nous recherchons un(e) assistant(e) expérimenté(e) pour une mission d'une durée déterminée. Merci d'adresser votre candidature à l'intérieur de la galerie. »

Je reste un moment à relire ces deux phrases, vaguement consciente de mon reflet dans la vitrine. Je suis venue à Londres dans l'idée de trouver un petit boulot d'été, histoire de m'occuper et, peut-être, de faire mes premiers pas dans une nouvelle voie. Je n'envisage pas de m'éterniser dans mon petit café de province, surtout quand tous mes amis s'apprêtent à entamer une carrière londonienne. J'ai peut-être encore une chance de me concocter un avenir dans cette ville. Contrairement à ce que je croyais il y a encore quelques semaines, je n'ai peut-être pas raté le coche. Laura m'a proposé de vivre en colocation avec elle à Londres quand elle sera rentrée, mais, lorsqu'elle m'a fait cette offre, je n'avais pas de perspective d'emploi et, de toute façon, je pensais emménager avec Adam.

J'aperçois du mouvement à l'intérieur de la galerie – un grand homme mince aux pommettes saillantes et au nez aquilin. Il porte un costume sombre et se déplace autour d'un bureau, situé le long du mur, vers le milieu de la pièce. M'a-t-il vue ?

Je m'apprête à partir en abandonnant cette idée saugrenue, mais quelque chose m'arrête. Je suis plus pimpante que jamais ; si je ne parviens pas à faire bonne impression à un employeur potentiel aujourd'hui, c'est que j'en suis fondamentalement incapable. Sans même élaborer de plan précis, je pousse la porte et me dirige droit vers l'homme d'un pas assuré, mes talons claquant sur le parquet. L'inconnu se tourne vers moi ; il a les cheveux d'un blond grisonnant, coupés très court et légèrement clairsemés. Ses yeux gris semblent perpétuellement voilés par ses paupières un peu lourdes et son nez proéminent domine des lèvres minces et un menton décidé. Il porte des lunettes, dont la monture dorée est si discrète qu'on la remarque à peine. Ses mains sont d'une grâce incroyable, et il respire la sophistication et la culture.

Il ne dit rien à mon approche mais hausse les sourcils d'un air interrogateur.

D'une voix sûre et posée, je me lance :

— Bonjour. J'ai vu le carton en vitrine. Si vous cherchez toujours quelqu'un, j'aimerais vous proposer ma candidature.

Il hausse un peu plus les sourcils et m'examine des pieds à la tête.

— Je cherche toujours, en effet, mais j'ai des entretiens tout à l'heure, déclare-t-il en souriant, poli mais distant. Et puis, je souhaite embaucher quelqu'un qui ait de l'expérience.

Clairement, il ne me prend pas au sérieux. Peut-être que ma toute nouvelle élégance me porte préjudice en lui donnant l'impression que je ne suis qu'une poupée superficielle qui s'intéresse plus à la nuance de son rouge à lèvres qu'à la palette d'un peintre moderne. Cette réaction m'agace : un homme cultivé devrait pourtant savoir qu'on ne juge pas une femme uniquement sur son apparence. Il faut savoir se laisser surprendre, non ?

Ma confiance endormie se réveille peu à peu.

— Si c'est de l'expérience que vous recherchez, j'ai passé plusieurs années à travailler dans la vente.

Bon, ce n'est pas tout à fait vrai : je servais surtout des cafés. Cela dit, nous proposions aussi des cartes postales et une jolie sélection de théières, de cafetières et de tasses. Je poursuis donc sur ma lancée :

— Quant à mes connaissances théoriques, je suis diplômée d'histoire de l'art et spécialisée dans les mouvements du début du XXe siècle : le fauvisme, le cubisme, ainsi que leur évolution, après la Première Guerre mondiale, jusqu'aux courants expressionniste et moderniste. Si j'en juge par l'artiste que vous exposez en ce moment, ces tendances vous intéressent également. Je distingue clairement une influence postexpressionniste, sans doute le Bloomsbury Group. J'adore la simplicité quasiment naïve du trait et ces couleurs presque passées. Ce tableau, là, le vase de fleurs avec la chaise, ça pourrait être un Duncan Grant.

Le propriétaire de la galerie me dévisage un instant, puis un sourire se dessine sur ses lèvres minces et, une seconde plus tard, il éclate de rire.

— Le moins qu'on puisse dire, c'est que vous êtes enthousiaste, et votre diplôme d'histoire de l'art m'intéresse. Venez, asseyez-vous, que l'on discute un peu. Voulez-vous un thé ou un café ?

— Un café, merci.

Je lui offre mon plus beau sourire et prends la chaise qu'il m'indique. Nous nous entendons à merveille. Cet homme est un interlocuteur tout à fait charmant, aux manières exquises, et je ne ressens pas la nervosité que j'associe d'habitude aux entretiens d'embauche. J'ai plutôt l'impression de bavarder de façon informelle avec un professeur bienveillant, à ceci près que cet homme a mille fois plus de classe que mes anciens profs. Sans jamais paraître indiscret, il m'incite à lui raconter mes études, ma vie à l'université, mes préférences artistiques. Il veut savoir pourquoi j'ai choisi cette voie alors que je suis moi-même une piètre peintre et dessinatrice.

— Le monde a autant besoin d'amateurs que de créateurs, vous savez, me fait-il remarquer. Prenez l'exemple du théâtre : en plus des acteurs et des metteurs en scène, il faut des agents, des producteurs, des imprésarios, des mécènes…, toutes sortes de gens qui font tourner la machine. C'est pareil pour les livres : les auteurs ont besoin des éditeurs et des correcteurs, sans parler des libraires, qui choisissent souvent ce métier par passion. Il en va de même pour l'art : pas besoin de savoir peindre comme Renoir pour comprendre les œuvres et la mécanique complexe qui consiste à les acheter, à les promouvoir et à les vendre.

J'entrevois la possibilité d'une carrière dans le monde de l'art et sens l'euphorie me gagner, puis le galeriste me regarde par-dessus ses lunettes cerclées d'or et poursuit :

— Mais ce sont des domaines dans lesquels il est très difficile de se faire une place. La concurrence est rude, et il faut savoir se faire remarquer. Plus d'une dizaine de personnes ont répondu à mon annonce, ayant reconnu qu'il s'agissait d'une occasion en or pour acquérir de l'expérience.

Ma déception doit se lire sur mon visage car il sourit gentiment.

— Cela dit, vous me plaisez, Beth. Il se trouve que l'un des professeurs que vous avez mentionnés est un vieil ami, ce qui me rassure complètement sur vos qualifications. Vous savez quoi ? Je vais de toute façon honorer mes rendez-vous de cet après-midi, mais je n'oublie pas notre conversation. Je vous rappelle qu'il s'agit d'un contrat à durée déterminée, reprend-il d'un ton sérieux. Mon assistant, hospitalisé en urgence, va rester en observation pendant quelques semaines mais, dès qu'il sera rétabli, il reprendra son poste.

— Bien sûr.

Je me garde bien de préciser que je ne suis moi-même londonienne que pour un peu plus d'un mois. Si je décroche ce travail – ce qui me paraît peu probable –, j'aviserai.

Le propriétaire de la galerie me tend une carte de visite blanc ivoire sur laquelle est écrit, en lettres calligraphiées bleu marine :

« James McAndrew
Riding House Gallery »

Ses coordonnées sont inscrites en dessous. Je lui donne mon numéro de téléphone et mon adresse e-mail, qu'il note sur un bloc. Son écriture lui ressemble : élégante, mesurée et un peu surannée.

— Je vous recontacte, me dit James avec un nouveau sourire plein de sagesse.

Lorsque je ressors, quelques instants plus tard, je jubile littéralement. J'ai envie de rire comme une gamine en apercevant mon reflet dans les vitrines des magasins. Je n'en reviens toujours pas de me trouver si jolie, avec mes cheveux dorés et soyeux et cette robe qui épouse mes formes. Quel que soit le résultat de cet entretien, je suis fière d'avoir osé entrer et défendre mes chances. D'ailleurs, je décide de retourner voir James de toute façon, ne serait-ce que pour lui demander des conseils sur les démarches à entreprendre pour faire carrière dans le monde de l'art.

Je regarde ma montre et sursaute presque en voyant l'heure qu'il est. *C'est fou, le temps que ça prend, de se faire pomponner*, me dis-je en reprenant le chemin de la maison.

L'appartement d'en face est plongé dans l'obscurité. Je garde les yeux rivés sur la fenêtre du salon dans l'espoir que la lumière va soudain s'allumer et révéler la présence de M. R. Je meurs d'impatience de le voir. Toute la journée, il a occupé mes pensées et accompagné le moindre de mes gestes, comme si c'était lui qui m'observait en secret. Ce soir, je me sens prête à lui faire face sans bafouiller. Avant de me rendre dans le salon, j'ai retouché mon maquillage, passé les doigts dans mes cheveux et lissé ma robe sur mes hanches. Je me sens sexy et sophistiquée, comme si j'avais fait un minuscule pas pour me rapprocher de sa superbe copine.

Et tu crois vraiment qu'il va le remarquer ?!

Le temps passe, l'appartement de M. R. reste résolument sombre, et la déception me gagne. Je dîne seule, face à sa fenêtre d'un noir opaque. Je trouve ça étrangement triste, un appartement vide qui se laisse gagner par la nuit sans personne pour l'illuminer et l'animer. Les meubles et les objets perdent tout sens si nul ne les utilise. De Havilland me fait la tête parce que je l'ai repoussé chaque fois qu'il a essayé de me grimper sur les genoux. Tant pis : je refuse d'avoir des poils de chat sur ma robe toute neuve. Vexé, il se dirige vers le canapé et s'y installe en me tournant le dos.

Soudain, le plan qui a germé dans mon esprit toute la journée sans que je m'en aperçoive prend forme.

Chapitre 5

BETH VILLIERS – ESPIONNE ÉMÉRITE.

Non… plutôt… *Beth Villiers, la Mata Hari de Mayfair.*

Je ris de ma propre bêtise. J'ai enfilé mes nouveaux talons pour ressortir. Je devrais avoir les pieds martyrisés, mais mes nouveaux escarpins sont d'un confort étonnant. Cintrée dans le trench de Celia, je répète quelques répliques en silence.

Ça alors ! Quelle coïncidence ! Je ne pensais vraiment pas vous rencontrer ici. Oui, je suis venue retrouver un ami, James. James McAndrew. Il possède une galerie d'art non loin et m'a proposé de le rejoindre ici pour boire un verre. Il est en retard, d'ailleurs ; je me demande ce qui le retient. Si vous pouvez m'offrir quelque chose ? Avec grand plaisir, merci. Ma robe vous plaît ? Oh, merci, vous êtes trop aimable…

Dans ma rêverie, M. R. et moi nous entendons à merveille. Je retrouve sans peine le chemin jusqu'aux rues animées de Soho. En fait, j'ai même mémorisé les vitrines des magasins qui ont retenu mon attention et les visages des gens que j'ai croisés la veille. Je comprends mieux pourquoi la police organise les reconstitutions de scène de crime si tôt après les faits. Ensuite, les souvenirs s'estompent.

Je tourne dans la petite rue mal éclairée aux demeures de style Régence. Je trouve l'endroit étrange pour un bar. Il faut vraiment être au courant pour s'aventurer par ici, et encore… tout le monde n'aurait pas l'idée d'emprunter l'escalier qui mène au sous-sol.

Je m'arrête près de la grille en fer forgé et prends une profonde inspiration. Je rassemble tout le courage que cette journée a fait renaître en moi.

Allez, vas-y. Carpe diem*, ma belle, n'aie pas peur.*

Je descends les marches et mes talons résonnent sur le métal avec plus d'assurance que je n'en ressens. Une fois arrivée en bas, je regarde par les fenêtres. L'éclairage est tamisé, et je distingue à peine les clients assis à des tables sur lesquelles brûlent des bougies. D'autres formes évoluent, brouillées. J'examine la porte d'entrée, noir de jais, portant l'inscription « L'Asile » en lettres blanches.

Il est trop tard pour faire demi-tour. Espérons juste qu'une bande d'aliénés ne t'attende pas à l'intérieur.

L'appréhension fait battre mon cœur et c'est d'une main tremblante que je pousse la porte. Celle-ci n'est pas verrouillée et s'ouvre lentement sur un petit vestibule qu'éclaire une lanterne en forme d'étoile suspendue à une chaîne. Un panneau encadré proclame : « Vous qui entrez ici, laissez toute espérance. »

Qu'est-ce que c'est que cet endroit ?

Je fais quelques pas dans le vestibule et ne rencontre personne, même si je vois, sur une table, un registre relié avec une couverture de cuir, ouvert à côté d'un porte-plume argenté, d'un encrier à l'ancienne et d'une boîte noire en métal sur laquelle le nom de l'établissement se détache en lettres d'or.

Le couloir qui mène au bar est vide, et j'avance prudemment en cillant pour m'habituer à l'éclairage tamisé. Les clients attablés sont tous habillés avec un goût exquis, et je perçois le murmure de plusieurs conversations mêlées. Cocktails, verres de vin et flûtes à champagne renvoient la lumière des bougies, mais mon œil est attiré vers le fond de la pièce, où plusieurs cages sont suspendues au plafond par des chaînes. Chacune d'elles abrite une personne. Je plisse les paupières.

Tu vois ce que je crois ou tu hallucines ?

Une femme en sous-vêtements noirs est menottée, les poignets liés par une lourde chaîne. Elle porte des talons aiguille, et des lanières de cuir s'entrecroisent autour de ses jambes. Un masque incrusté de pièces de métal lui dissimule la moitié du visage, et ses cheveux sont tirés en un sévère chignon. Elle s'agrippe aux barreaux de sa cage et évolue avec une sensuelle lenteur, s'étirant autant que le lui permet l'espace confiné où elle se trouve. Les autres cages contiennent des proies semblables : des femmes presque nues, au visage en partie couvert et attachées aux barreaux d'une manière ou d'une autre. Il y a aussi un homme, qui ne porte qu'un très court short en cuir et un collier à pointes, par lequel il est enchaîné au plafond de sa cage. Il se tient prostré et regarde le sol.

Tandis que j'essaie de comprendre ce que je vois, un individu en costume s'approche d'une des cages. La fille qui s'en trouve prisonnière se redresse de façon à ce qu'il puisse l'examiner. Il se penche vers elle et lui murmure quelque chose à l'oreille, après quoi elle baisse les yeux et adopte une posture de soumission. Il continue à lui parler, et elle répond par de légers hochements de tête. Il finit par ouvrir la porte de la cage et par en faire sortir la fille en la tirant par la chaîne qui lui lie les poignets. Elle le suit sans la moindre résistance entre les tables du bar.

Qu'est-ce qui se passe, ici ? C'est un bordel ou quoi ? Et… c'est dans ce genre d'endroit que M. R. et sa copine aiment traîner ? Vraiment ?

— Qu'est-ce que vous faites ici ? Qui êtes-vous ? aboie une voix agressive à côté de moi.

Je sursaute et me tourne vers celui qui m'a apostrophée ainsi. Il semble ordinaire à première vue – de taille moyenne, tout de noir vêtu –, mais il s'avère terrifiant. Il a le crâne rasé et une sorte de motif tribal tatoué sur la moitié du visage. Ses yeux luisent de colère, tellement pâles qu'ils paraissent presque blancs. Sa fureur menaçante me glace.

— Comment êtes-vous entrée ? demande-t-il.

Quelques clients tournent brièvement la tête avant de se désintéresser de la scène. Ils ont sans doute l'habitude de ce genre d'incident.

Les mains tremblantes, je bafouille :

— Euh… je… La porte était ouverte. Je pensais que…

— Ceci est un club privé. Seuls les membres sont autorisés à entrer, crache-t-il méchamment. Vous n'avez rien à faire ici, alors cessez de fouiner et repartez là d'où vous êtes venue.

Sous le feu de son regard méprisant, j'ai l'impression d'être une sale môme prise en flagrant délit et humiliée devant toute la classe. Je rentre la tête dans les épaules, comme la pauvre imbécile que je suis.

— Vous m'avez entendu ? insiste-t-il d'un ton mordant. Sortez sur-le-champ ou je me charge de vous escorter jusqu'à la porte.

Je ne sais pas d'où me vient la force de bouger, mais je tourne les talons, dépasse cet affreux individu, traverse le vestibule et sors. Je gravis les marches de l'escalier d'un pas tremblant, les yeux brûlants, horrifiée par ma mésaventure.

À quoi bon ? Comment as-tu pu croire que tu trouverais ta place dans cette ville de fous ? Qu'est-ce qui t'a pris de dépenser autant d'argent à essayer de te faire passer pour une vraie femme alors que tu n'es qu'une stupide gamine ?

C'est sans espoir. Adam a eu raison de me larguer. Je n'arriverai jamais à devenir celle que j'aspire à être. Debout sous le lampadaire qui éclaire le trottoir, je laisse libre cours à mon chagrin, contente que les alentours soient déserts ou presque. Je cherche en vain un paquet de mouchoirs dans la poche de ma veste, puis renifle et m'essuie les yeux du dos de la main. Il a suffi de quelques paroles acerbes pour me réduire à une pleureuse pathétique et esseulée.

— Ça va ?

Je lève les yeux vers celui qui m'a posé cette question mais ne distingue pas ses traits à travers mes larmes. Sa voix m'est pourtant familière.

— Vous pleurez. Est-ce que je peux vous aider ? Vous êtes perdue ?

Je cille et, cette fois, je vois son visage à la lumière du lampadaire et lis l'inquiétude dans ses yeux. Au moment où je comprends à qui j'ai affaire – et où mon estomac effectue un gracieux saut périlleux –, l'expression de M. R. change. Il sourit et fronce les sourcils en même temps, l'air interloqué.

— Eh, mais vous êtes la fille qui habite chez Celia. Qu'est-ce que vous fabriquez ici ?

— Euh… je…

Il se tient si près de moi que je me retrouve incapable de formuler la moindre pensée rationnelle, émerveillée par ces yeux au regard intense, ces sourcils si bien dessinés, ces lèvres si parfaites. Que doit-on ressentir en embrassant cette bouche sensuelle ? En caressant ce visage magnifique ? J'ai envie de suivre du doigt la courbe de sa mâchoire pour sentir sa barbe naissante.

— Vous êtes perdue ? répète-t-il.

Je hoche la tête en me retenant de renifler.

— Oui, je… j'étais sortie me promener.

Je m'interromps et prie pour ne pas être prise de hoquet. Il ne manquerait plus que ça !

— J'ai dû m'aventurer plus loin que je ne croyais, conclus-je.

— Eh, ne pleurez pas, dit M. R. gentiment tandis que ses yeux reflètent la lumière du lampadaire. Tout va bien, maintenant. Je vais vous ramener à la maison.

— Mais… (Je suis sur le point d'objecter qu'il souhaitait sûrement se rendre au club, mais évite la gaffe de justesse.) J'imagine que vous avez des projets pour la soirée. Je ne voudrais pas vous embêter.

— Ne soyez pas ridicule, rétorque-t-il d'un ton presque brusque. Je ne vais pas vous laisser toute seule ici. Je vous raccompagne.

J'ai peur de l'avoir agacé. Il sort son téléphone, tape un rapide message, puis reporte son attention sur moi, l'air étrangement sévère.

— Voilà, c'est réglé. Allez, on rentre.

Mes larmes se tarissent lorsque je me rends compte que – incroyable mais vrai – je suis en train de me promener dans Soho en compagnie de M. R. Il porte un costume impeccablement coupé et, tandis que nous marchons côte à côte, j'estime qu'il doit mesurer près de un mètre quatre-vingt-cinq. En tout cas, il me dépasse largement alors que, avec mon mètre soixante-dix, je ne suis pas exactement petite. Il cale son pas sur le mien, de sorte que je ne suis pas obligée de me presser pour le suivre. Je me sens légère et euphorique, comme un ballon gonflé à l'hélium. Si je ne fais pas attention, je risque de me mettre à planer.

Nous approchons d'un groupe d'adolescents en voyage scolaire attroupés devant un fast-food, et M. R. me met une main dans le dos pour me guider devant lui. Lorsque nous émergeons de cette joyeuse foule, je suis muette d'excitation à ce simple contact – et terriblement déçue lorsqu'il retire sa main.

— Vous vous êtes vraiment éloignée de Randolph Gardens, reprend-il. Vous n'avez pas pensé à prendre un plan ? Ou à consulter l'application GPS de votre téléphone ?

— Non. C'était stupide de ma part.

— Oui, vraiment stupide, affirme-t-il presque avec colère avant de se radoucir. Il aurait pu vous arriver quelque chose, vous savez. Enfin, j'ai comme l'impression que vous ne venez pas souvent à Londres.

— Non, en effet, c'est la première fois.

— Ah bon ? Mais alors comment connaissez-vous Celia ?

Toute trace d'agacement a disparu, et ses yeux ont retrouvé leur lueur chaleureuse.

— C'est la marraine de mon père. Elle a toujours fait partie de ma vie, mais de loin. Je ne la connais pas vraiment. Enfin, je ne la vois pas souvent, et c'est la première fois que je viens chez elle. J'osais à peine y croire quand elle m'a proposé de venir occuper son appartement.

— Je comprends que vous ayez sauté sur l'occasion.

Si ça se trouve, les gens croient que nous sommes ensemble. Est-ce que ça peut paraître crédible qu'il soit mon copain ? Il est tellement beau…

Tandis que nous marchons vers l'ouest en direction de Mayfair, je ne peux m'empêcher de dresser la liste de ses qualités. Il a de grandes mains larges, avec des doigts forts, et je me demande à quoi elles ressembleraient contre ma peau, ou ce que je ressentirais s'il les faisait glisser sur mon dos nu. Je frissonne légèrement à cette idée. Ses vêtements sont luxueux et il se déplace avec aisance, mais sans l'arrogance que l'on pourrait attendre d'un homme aussi beau et visiblement riche.

Il commence à me parler de Celia et me raconte qu'ils ont fait connaissance à cause de la proximité de leurs appartements.

Sans blague !

Je fais l'innocente ; après tout, il ne semble pas savoir que je l'ai épié par la fenêtre.

— Son appartement est incroyable, hein ? poursuit-il. Je suis passé y prendre le café à une ou deux occasions. Quelle femme ! J'adore l'écouter parler de sa carrière ; c'est une vraie mine d'anecdotes !

Il éclate de rire, et j'en fais autant. Il semble connaître Celia bien mieux que mon père, et la façon dont il parle d'elle me donne envie de découvrir qui elle est vraiment.

— J'aimerais lui ressembler plus tard, reprend M. R. Elle assume complètement son âge mais n'a rien perdu de son goût de la vie. Cela dit, je me fais quand même un peu de souci pour elle. Elle a beau afficher une énergie incroyable, elle ne rajeunit pas. Même si elle refuse de confesser la moindre vulnérabilité, je garde un œil sur elle, au cas où il lui arriverait quelque chose.

Et en plus, il est gentil ! Pitié, tuez-moi sur-le-champ !

— Mais bon, vous connaissez Celia ! lance-t-il d'un ton enjoué. C'est une jeune fille de soixante-douze ans. Je suis sûr qu'elle nous enterrera tous, puis entreprendra l'ascension de l'Everest dans la foulée.

Maintenant que j'ai séché mes larmes, la tension est retombée entre nous et sa colère à me savoir perdue semble l'avoir quitté. Nous approchons de Randolph Gardens, et je ralentis le pas pour prolonger cet instant partagé avec M. R. Dès que nous serons arrivés, chacun rentrera chez soi, et je n'en ai pas envie. J'apprécie beaucoup trop le courant délicieusement électrique qui passe entre nous.

Soudain M. R. s'arrête et me fait face.

— Vous êtes toute seule, n'est-ce pas ?

Je hoche la tête et il m'observe longuement avant de reprendre d'une voix douce :

— Vous voulez passer chez moi ? J'ai l'impression qu'un petit café ne vous ferait pas de mal et ça m'ennuierait de vous laisser dans votre coin alors que vous êtes encore bouleversée. En plus, j'ai tellement parlé que je ne vous ai pas laissée en placer une ; je ne sais rien de vous.

J'adore le son de sa voix, riche et grave, rassurante. *Il me propose de monter boire un café ?* Mon cœur s'emballe et je commence à trembler.

— Je veux bien, merci, dis-je d'une voix légèrement haut perchée. C'est très gentil à vous.

— Super ! Allons-y.

Il tourne les talons et gravit les marches du perron avant de s'arrêter pour me lancer un regard. Je suis pétrifiée à l'idée qu'il ait changé d'avis, mais il murmure :

— Je ne connais même pas votre nom.

— Beth. Je m'appelle Beth.

— Beth. C'est joli, commente-t-il avec un de ses incroyables sourires. Moi, c'est Dominic.

Puis il se dirige vers l'entrée de l'immeuble et je lui emboîte le pas.

Dans l'ascenseur, la proximité de nos deux corps me coupe le souffle. Je n'ose pas regarder M. R. en face mais je sens son bras effleurer le mien. Il suffirait d'un léger mouvement pour que l'on se retrouve serrés l'un contre l'autre.

Et si l'ascenseur s'arrêtait? Si on se retrouvait coincés? J'imagine la scène: M. R. m'attirant tout contre lui, pressant ses lèvres sur les miennes… *Oh, mon Dieu.* Ce simple fantasme réveille une vive flamme au creux de mon ventre. Je lance un regard en coin à M. R., persuadée que lui aussi perçoit cet étrange courant électrique qui crépite entre nous.

Je suis presque soulagée de sentir l'ascenseur s'arrêter. M. R. sort dans le couloir et je le suis, reprenant peu à peu mon souffle. C'est très étrange de se trouver dans la partie de l'immeuble symétrique à la mienne et, privée de l'anonymat de la rue, je me laisse gagner par la timidité. Tout est inversé par rapport à l'aile où se situe l'appartement de Celia, et j'ai l'impression déroutante d'être passée de l'autre côté du miroir, comme Alice dans le roman de Lewis Carroll. Avec un sourire, Dominic ouvre la porte de son appartement et dit:

— Entrez sans crainte. J'aurais dû vous rassurer avant: je ne suis pas un psychopathe qui tue ses victimes à coups de hache. Pas le jeudi, en tout cas.

J'éclate de rire. Il ne m'est même pas venu à l'esprit que je puisse ne pas être en sécurité avec lui. Après tout, c'est un ami de Celia et je sais exactement où il vit. Tout va bien.

J'entre, et la première chose que je vois, c'est mon reflet dans le miroir du vestibule – ainsi que l'expression d'horreur sur mon visage quand je constate ce qui est advenu de mon nouveau look. Mes cheveux ont perdu tout leur volume et pendent lamentablement, tandis que mon maquillage a disparu, me laissant toute pâle, à l'exception des ravissantes traînées de mascara qui soulignent mes yeux rougis. Génial. La grande classe.

Un « oh » m'échappe.

— Quelque chose ne va pas ? demande Dominic en retirant sa veste – geste qui me permet d'apercevoir le contour d'un bras musclé à travers le tissu de sa chemise.

— J'ai du mascara partout ! Je ne ressemble à rien.

— Attendez.

Il s'approche de moi, lève la main et, à mon plus grand étonnement, essuie doucement les traces de maquillage sous mes paupières.

Je retiens mon souffle. Sa peau est chaude et douce, et je me rends compte qu'il me regarde droit dans les yeux avec une expression intense. Il s'immobilise et laisse ses doigts au contact de ma joue. J'ai l'impression qu'il va me caresser le visage, et il n'y a rien au monde que je souhaite tant. Je cille et prends une petite inspiration. Aussitôt, Dominic semble revenir à lui. Il détourne les yeux et laisse retomber sa main.

— Je vais préparer le café, annonce-t-il avant de se diriger vers la cuisine, me laissant seule.

Je rêve ou nous venons de partager un moment crucial?

J'entends la bouilloire siffler et Dominic appeler :

— Comment est-ce que vous aimez votre café ?

— Euh... avec un peu de lait, c'est tout.

Je me tourne vers le miroir et tente d'arranger ma coiffure, mais Dominic revient et je dois abandonner.

— Je vais prendre votre veste, dit-il. Il fait un peu chaud pour un vêtement pareil, vous ne trouvez pas ?

Il saisit le trench d'un geste mesuré, et j'ai l'impression qu'il s'applique à rester poliment distant pour éviter de reproduire le petit moment de tout à l'heure.

— Je, euh... je suis très frileuse, dis-je, comme une niaise. Je suis très sensible aux changements de température.

Dominic me conduit dans le salon et désigne le canapé aux coussins carrés et aux lignes modernes.

— Asseyez-vous pendant que je finis de préparer nos tasses.

J'avance doucement vers le canapé, prenant le temps de regarder autour de moi. J'avais déjà une idée des lieux, mais l'effet est complètement différent maintenant que je me tiens au beau milieu de la pièce. L'intérieur est bien plus luxueux que ce qu'il y paraît de loin, mais cela ne devrait pas me surprendre. Un homme qui peut s'offrir un appartement dans le quartier doit également pouvoir le décorer à son goût. L'ensemble est très moderne, dans des tons beiges et gris, avec des touches de noir. Le canapé d'angle est d'un blanc cassé qui rappelle la couleur de la pierre, agrémenté de gros coussins gris et blancs. De l'autre côté de la table basse, dont le plateau en verre repose sur des blocs de granit, se trouvent deux élégants fauteuils de cuir noir. Aux extrémités du canapé, deux petites tables de bois clair identiques accueillent la même lampe en verre surmontée d'un abat-jour noir. Diverses poteries ornent la pièce – des trios de vases blancs de tailles différentes, une sorte de dôme à motifs de tourbillons noirs –, de même que des œuvres d'art tribal. Un masque de bois sombre occupe une partie du mur principal. Un cadre semble contenir une peinture abstraite en noir et blanc, qui s'avère être, lorsque je m'approche, une immense photographie. Il s'agit d'un vol d'oiseaux, les ailes brouillées par la rapidité du mouvement. Les tapisseries consistent en un épais tissu qui ressemble à du chanvre, et l'épaisse moquette en laine crème indique que ces lieux n'accueillent ni enfants ni animaux de compagnie. Un immense écran plat domine la cheminée, dont le manteau est décoré de gros cierges d'église, éteints à l'heure qu'il est. Près de la fenêtre, une petite table fait office de minibar plutôt bien fourni.

Je m'assieds, admirative.

Pas de doute, c'est le repaire d'un célibataire.

L'ensemble dégage une aura résolument masculine, mais pas oppressante. Tout est d'un goût exquis, comme je m'y attendais.

Un meuble bizarre attire mon attention. Il pourrait presque s'agir d'un tabouret ou d'un fauteuil bas, mais il y a deux espèces d'accoudoirs, assez espacés, d'un même côté tandis que, de l'autre, se déroule une pente terminée par un renflement.

Drôle d'objet. À quoi ça sert ?

Une image s'impose soudain à mon esprit – un *flash-back* de la scène dont j'ai été témoin au club. Je revois la fille s'étirer et se frotter contre les barreaux de sa cage, les yeux brillants derrière son masque de cuir, puis suivre l'homme qui l'a fait sortir, docile comme une chienne en laisse. Il s'agit du lieu où Dominic a emmené sa compagne la fois où je les ai suivis. Le doute qui s'empare de moi me fait frémir. Dominic m'a subjuguée par sa beauté, son aura et sa gentillesse, mais il n'est peut-être pas aussi lisse qu'il y paraît.

Le voici justement qui revient dans le salon, chargé d'un plateau où il a disposé une cafetière, deux tasses et un pot à lait. Il place le tout sur la table basse puis s'assied sur l'autre branche du canapé, proche de moi mais pas trop.

— Alors, Beth, racontez-moi, commence-t-il en versant du café puis du lait dans une tasse qu'il me tend ensuite. Qu'est-ce qui vous a amenée à Londres ?

Je manque de révéler la vérité – « On m'a brisé le cœur, et je suis venue dans l'espoir de le soigner » –, puis je me ravise. C'est un brin trop personnel.

— Je suis une pauvre petite provinciale venue chercher l'aventure, dis-je.

Je savoure le café – fort et brûlant, juste comme j'aime.

— Alors vous avez bien choisi votre destination, renchérit-il en hochant la tête d'un air sage. Londres est la ville la plus géniale du monde. Évidemment, j'aime beaucoup Paris et New York – et j'adore L.A., quoi qu'en disent les grincheux –, mais Londres... c'est vraiment un endroit à part. Et vous vous trouvez en plein cœur de ce lieu merveilleux ! s'exclame-t-il en ouvrant les bras.

Je suis son geste du regard : partout autour de nous, des centaines de fenêtres brillent dans la nuit estivale.

— J'ai une chance incroyable, et je la dois à Celia, avoué-je, sincère.

— Oh, je suis sûr que vous lui rendez service également.

Le sourire dont il me gratifie réveille l'étincelle de tension que j'ai perçue tout à l'heure. Serait-il en train de flirter ?

J'adore la sensation que me procure sa proximité, le contraste déconcertant entre la blancheur de sa chemise tendue sur ses larges épaules et la chaleur de sa peau brune. Je suis des yeux les contours de sa bouche, et mon souffle s'accélère tandis qu'un petit frisson naît au creux de mon ventre et se faufile jusqu'entre mes jambes. J'espère qu'il ne se rend pas compte de l'effet qu'il a sur moi. Je reprends une gorgée de café brûlant pour me calmer un peu. Quand je relève enfin la tête, Dominic est en train de me dévisager et je dois retenir un hoquet de surprise.

— Je serais curieux de connaître vos impressions sur Londres. Vous voulez bien m'en parler ?

Je ne comprends pas ma soudaine timidité. Le magnétisme de cet homme fait resurgir la fille gauche et maladroite que j'essaie de sublimer. J'entreprends de lui raconter le début de mon séjour, cherchant mes mots à tout bout de champ. J'aimerais l'impressionner par ma volubilité au sujet des œuvres d'art que j'ai admirées, par exemple, mais je me trouve réduite à énumérer mes visites comme une touriste lambda. En hôte parfait, Dominic pose des questions pertinentes et semble fasciné par mes anecdotes. Il ne se rend évidemment pas compte que cette charmante attention ne fait qu'aggraver ma gêne. Dans un effort pour paraître cultivée, je poursuis :

— J'ai adoré les miniatures de la Wallace Collection, de même que le portrait de Madame de Poppadum, dis-je dans une tentative pour paraître cultivée.

— Madame de Poppadum ? répète Dominic, interloqué.

— Oui, la maîtresse de Louis XV, dis-je, tout heureuse de pouvoir étaler ma culture.

— Oh ! s'exclame-t-il. Vous voulez parler de Madame de Pompadour.

— Oui, Madame de Pompadour. Ce n'est pas ce que j'ai dit ?

— Non, il me semble avoir entendu « Madame de Poppadum ». C'est trop mignon !

Il renverse la tête en arrière, et la pièce se met à résonner de son rire franc et grave.

Je me joins à son hilarité, mais ma stupidité me fait rougir de honte, et soudain les yeux me piquent de nouveau. *Ah non ! Pas question ! Tu ne vas pas te remettre à chouiner !* J'ai beau me réprimander intérieurement, cela n'arrange rien, au contraire. Je me suis couverte de ridicule et, comme une gamine, j'en ai les larmes aux yeux. Je rassemble toutes mes forces et me mords la joue pour me contenir.

Dès que Dominic remarque mon expression, il arrête de rire et redevient sérieux.

— Eh, ne vous en faites pas. Il n'y a pas de mal, j'ai très bien compris à qui vous faisiez allusion. C'était drôle, donc j'ai ri, mais je ne me moquais pas de vous.

Il tend la main et la pose sur la mienne.

Un étrange phénomène se produit alors. Le contact de sa peau sur la mienne me brûle presque, et le courant électrique qui passe entre nous me fait frissonner. Je lève les yeux vers lui, éberluée, et il me rend mon regard, tout aussi surpris, comme si lui non plus ne s'attendait pas à de telles sensations. J'ai l'impression de deviner sa vraie personnalité, dépouillée de toute politesse ou autres convenances. Et il voit clair en moi.

Chaque jour, chacun d'entre nous croise des centaines de visages sans en être vraiment conscient. On échange des regards dans le train ou le bus, l'escalator ou l'ascenseur, à la caisse d'un supermarché ou d'un magasin, sur le chemin du travail ou du retour. Autant de minuscules connexions rompues sitôt établies. Pendant une poignée de secondes, on reconnaît l'existence d'une personne, le fait qu'elle a une vie, une histoire, un passé qui l'a amenée inexorablement sur notre route à cet instant. Puis on détourne la tête et on se perd, chacun partant vers son avenir propre.

Pourtant, alors que je regarde Dominic, j'ai la certitude de le connaître, même si c'est un étranger – comme si notre différence d'âge et d'expérience ne comptait pas.

Tout disparaît autour de nous. Je n'ai plus conscience de rien à part de sa main sur la mienne et du torrent d'émotions qui me traverse tandis que ses yeux semblent me comprendre de façon intime et absolue.

Cet échange muet a paru durer des siècles, mais il ne s'est écoulé que quelques secondes. Je commence à revenir à moi, comme un plongeur qui atteint enfin la surface de l'eau, et me demande avec un frisson d'anticipation quelle sera la suite les événements.

Dominic a l'air à la fois déstabilisé et émerveillé, comme s'il venait de vivre quelque chose de totalement nouveau et inattendu. Il ouvre la bouche et s'apprête à parler, lorsque nous entendons un bruit en provenance du vestibule. Dominic tourne la tête vers la porte, et je suis son regard juste à temps pour voir une femme entrer d'un pas vif, l'air contrarié. Malgré la saison, elle porte un long manteau de fourrure sombre.

— Tu étais où ? demande-t-elle d'un ton impérieux en s'avançant dans la pièce.

Elle s'arrête net en m'apercevant, puis me détaille de la tête aux pieds, aimable comme une porte de prison.

— Oh, fait-elle avant de se tourner vers Dominic. Qui c'est ?

Le charme est rompu. Dominic retire sa main de la mienne et nous présente.

— Vanessa, je te présente Beth. Beth, voici mon amie Vanessa.

Je murmure un rapide « bonsoir ». Il s'agit de la femme que j'ai déjà vue en sa compagnie. Elle s'appelle donc Vanessa. Ça lui va bien.

— Beth habite juste en face, explique Dominic, dont le ton posé trahit néanmoins une légère agitation. En bon voisin, je lui ai proposé de passer boire un café, conclut-il.

— Comme c'est aimable, rétorque Vanessa en me saluant d'un hochement de tête. Sauf qu'on était censés se retrouver il y a deux heures, toi et moi.

— Je sais. Je suis désolé. Tu n'as pas reçu mon message ?

Il évite de mentionner qu'il a volé à mon secours dans les rues de Soho.

Elle lui jette un regard glacial signifiant clairement qu'elle ne souhaite pas aborder le sujet de leur rendez-vous devant moi. Je me lève aussitôt.

— Merci beaucoup pour le café, Dominic. Je vais rentrer ; il ne faudrait pas que je laisse De Havilland seul trop longtemps.

— De Havilland ?

— Le chat de Celia.

— Il faut qu'elle rentre s'occuper du chat. Comme c'est mignon ! raille Vanessa. Nous ne voudrions surtout pas vous retenir.

Dominic se lève à son tour.

— Faites comme vous voulez, Beth, mais vous pouvez rester le temps de finir votre café.

— Non, je vais y aller, merci quand même.

Il me raccompagne à la porte et, lorsqu'il me tend ma veste, je sonde ses yeux presque noirs. Ai-je rêvé cet instant magique partagé ? Dominic est redevenu l'étranger poli que j'ai croisé dans la rue, pourtant une complicité demeure dans la profondeur de son regard.

— Prenez soin de vous, Beth, murmure-t-il. Je suis sûr qu'on se reverra bientôt.

Alors que je m'apprête à sortir, il se penche vers moi et m'effleure la joue du bout des lèvres. Je lutte pour ne pas tourner la tête et offrir ma bouche à ses baisers, comme je rêve de le faire. Ma peau est brûlante là où il m'a touchée.

Ma voix n'est qu'un soupir quand je réponds :

— Avec plaisir.

Puis il ferme la porte et je regagne l'ascenseur en me demandant si mes jambes arriveront à me porter jusque chez Celia.

Chapitre 6

Ma boîte de réception est pleine de messages, sans intérêt pour la plupart. Tout en les supprimant un à un, je me demande pourquoi j'ai souscrit aux newsletters de tant de sites de shopping en ligne ou de potins. Un grand *latte* refroidit doucement à côté de moi, le cacao fondant sur la mousse du lait. Je me trouve dans un de ces cafés où tout le monde est attablé devant un ordinateur portable, une tasse à moitié pleine à portée de main, histoire de profiter du Wi-Fi gratuit. Un e-mail de Laura est arrivé dans mon courrier indésirable, et je clique dessus. Elle traverse le Panama et m'a envoyé, en pièces jointes, des photos où on la voit croulant sous un énorme sac à dos mais avec le sourire, devant des paysages verdoyants et magnifiques.

« Tu me manques. Je suis impatiente de te retrouver. J'espère que tu passes un bel été dans les bras d'Adam. Plein de bises, Laura. »

Je regarde ces quelques mots, ne sachant comment lui répondre. Elle me croit toujours chez mes parents, occupée à travailler au café le jour et à passer mes soirées avec Adam. J'ai déjà parcouru un bon bout de chemin depuis cette époque-là, et quelque chose me dit que l'aventure ne fait que commencer. J'envisage d'écrire un long message à Laura pour tout lui raconter, mais je ne suis pas encore prête. Mon secret est encore trop étrange, trop délicat ; il n'existe pas encore vraiment. Si j'en parle, je risque de le tuer dans l'œuf par inadvertance.

Un délicieux frisson me parcourt l'échine quand je repense au moment magique que j'ai partagé avec Dominic hier soir. (C'est fou la vitesse à laquelle j'ai abandonné le surnom de « M. R. », qui me semble à présent puéril et ridicule.) Au simple souvenir de son regard, de l'intimité qui s'est aussitôt invitée entre nous, j'ai le corps en émoi, comme si mes organes faisaient des loopings sous ma peau. C'est tantôt plaisant, tantôt insupportable.

Et puis… il y a Vanessa. La compagne de Dominic. La femme que j'ai vue chez lui et avec qui il avait rendez-vous hier soir.

Certes, mais il ne lui a pas dit qu'il m'avait rencontrée à Soho, ni qu'il l'a laissée en plan pour m'aider.

Ça ne veut rien dire, crétine.

Oui, bon, j'ai le droit de rêver, non ?

Je tape un rapide message à Laura, lui disant que je suis ravie de voir qu'elle se régale et qu'il me tarde qu'on se revoie pour que je puisse lui raconter tout ce qui m'arrive. Tandis que j'écris, je vois un nouveau message atterrir dans ma boîte et, dès que j'ai envoyé ma réponse à Laura, je clique dessus. Il provient de james@ridinghousegallery.com. *Qui ça ?* Il me faut quelques secondes pour me rappeler. *Mais oui ! L'entretien à la galerie.*

J'ouvre le message.

« Bonjour Beth,

Ce fut un plaisir de vous rencontrer hier. J'ai vu d'autres candidats après vous, mais je dois avouer qu'aucun d'entre eux n'a montré un enthousiasme comparable au vôtre – ou ce je-ne-sais-quoi qui me laisse à penser que nous devrions former une bonne équipe, vous et moi. Si le poste d'assistante à la galerie vous intéresse toujours, j'aimerais vous revoir afin de vous en parler plus longuement. Communiquez-moi vos disponibilités et je vous appellerai.

Dans l'attente de votre réponse, je vous souhaite une belle journée.

James McAndrews. »

Je dois le relire trois fois avant d'oser y croire. James me propose de travailler pour lui. *C'est fantastique !* Je jubile, aux anges. La journée d'hier n'a donc pas été un fiasco total : mon nouveau look m'a au moins servi à ça. Je suis bien consciente de ma chance : trouver un emploi dans une galerie pareille constitue une incroyable aubaine.

Qui sait où ça pourrait te mener ?

Je me dépêche de répondre à James pour l'informer que le poste m'intéresse toujours beaucoup et que je serais ravie de travailler avec lui. J'ajoute qu'il peut m'appeler sur mon portable à tout moment. À peine ai-je envoyé ce message que mon téléphone sonne.

— Allô ?

— Allô, Beth. James à l'appareil.

— Bonjour !

— Alors, prête à devenir ma nouvelle assistante ? demande-t-il, un sourire dans la voix.

— Et comment !

— Quand pouvez-vous commencer ?

— Lundi, si ça vous va.

Il éclate de rire.

— Décidément, votre enthousiasme ne se dément pas ! Lundi, c'est parfait.

Il me fournit quelques détails sur ce qu'il attend de moi ainsi que sur le salaire – à peine plus élevé que ma paie au café, mais c'est la loi quand il s'agit d'une opportunité comme celle-ci. Je le remercie avec effusion, puis raccroche, regonflée à bloc. On dirait bien que Londres a décidé de m'ouvrir ses portes, après tout. Je rédige un rapide e-mail à mes parents pour leur annoncer la bonne nouvelle et les assurer que je vais bien. Par les fenêtres du café, je vois le soleil radieux qui caresse la ville.

Ce sont tes derniers jours de liberté absolue avant de commencer à travailler. Autant en profiter.

Je finis mon *latte*, range mon ordinateur et repasse à l'appartement pour déposer mes affaires. Ensuite, je me dirige vers la National Gallery. Tout ce que je croise me paraît grisant. *C'est fou à quel point un changement d'humeur peut transformer le monde.* La Gallery est bien trop vaste pour que je puisse tout visiter en une seule fois, je décide donc de privilégier les salles dédiées à l'Europe du début du XXe siècle, histoire de me préparer à mon nouvel emploi. Puis je termine la journée sur une généreuse dose de faste et de munificence dans l'aile consacrée à la Renaissance.

Alors que je regagne Trafalgar Square et ses lions de bronze noir qui montent la garde près des fontaines, je me fais la réflexion que ce serait un crime de passer le reste de cette belle journée enfermée. Me frayant un chemin parmi les touristes, je retourne à l'appartement où j'attrape ma couverture, mes lunettes de soleil, un livre, une bouteille d'eau et un fruit avant de descendre dans les jardins. Je traverse le parc et m'installe à la même place que la dernière fois, près des courts de tennis. Ces derniers sont vides, nulle trace de Dominic. Cela ne devrait pas me décevoir ; il travaille sans doute à l'heure qu'il est. Je me demande ce qu'il fait dans la vie. Lorsque je l'ai vu s'entraîner avec son prof, c'était en pleine journée, après tout. Qui sait ? Peut-être que son métier lui permet d'avoir des horaires flexibles.

Je m'allonge et commence à lire, me délectant de la chaleur du soleil sur ma peau. J'ai beau essayer de me concentrer sur mon roman, mes pensées me ramènent sans cesse à Dominic et à cet instant magique que nous avons partagé hier. Lui aussi a senti quelque chose, aucun doute possible. Je me rappelle l'expression qu'il a affichée, cette espèce d'incompréhension face à la force du lien qui venait de surgir entre nous, comme s'il se disait : « Quoi ? Cette fille ? Mais… c'est tellement improbable… »

Je pousse un long soupir d'aise et repose mon livre avant de fermer les yeux pour mieux revoir le visage de Dominic et ressusciter le souvenir de sa main sur la mienne. À cette pensée, une flamme me réchauffe le ventre.

Beth.

J'entends sa voix aussi clairement que s'il se trouvait juste à côté de moi. Son timbre grave, sensuel et musical me rend toute chose. Je me passe une main le long du torse en regrettant que Dominic ne soit pas là en personne.

— Beth ?

Cette fois, sa voix est plus distincte et clairement interrogative. Dominic se tient là et me sourit de toute sa hauteur.

— Désolé, je ne voulais pas vous faire peur, reprend-il.

Je me redresse et cligne des yeux.

— Je ne pensais pas vous croiser ici.

Il porte un jean large et un tee-shirt blanc qui lui vont divinement bien. Je le trouve aussi beau en tenue décontractée qu'en costume strict.

— Je ne comprends pas bien ce que je fais là, pour être honnête, avoue-t-il avec une drôle de lueur dans le regard. Je travaillais en haut quand, soudain, j'ai eu la conviction que, si je descendais, je vous trouverais ici. Et vous voilà, conclut-il en écartant les bras.

Nous nous sourions sans rien dire, à peine gênés. Notre connexion d'hier perdure et continue de faire des étincelles.

— Et sinon, qu'est-ce que vous faites ? demande-t-il d'un ton détaché.

— Oh, je prends le soleil. Je profite de ce temps magnifique. Je m'adonne à l'oisiveté la plus totale, à vrai dire.

— J'ai assez travaillé pour aujourd'hui, reprend-il. Est-ce que ça vous dirait de vous joindre à moi ? Je connais un pub génial près d'ici. Ils ont un jardin et servent un Pimm's à tomber par terre. Je n'imagine pas de plus belle forme d'oisiveté que de m'y rendre en votre compagnie.

— Avec plaisir.

— Super. Je pourrai aussi vous montrer des coins de Londres que vous ne trouveriez peut-être pas toute seule. J'ai juste besoin de repasser chercher quelques affaires chez moi.

Est-ce que ça vous convient si on se retrouve à l'entrée dans vingt minutes ?

— C'est parfait, dis-je avec un grand sourire.

Je ne me suis jamais sentie aussi joyeuse.

J'ai juste le temps de troquer mon short et mon tee-shirt contre ma petite robe à fleurs, et mes baskets contre une paire de tongs à paillettes. Après un moment d'hésitation, je décroche un châle en dentelle suspendu dans le placard de Celia et l'enroule sur mes épaules. Combiné à ma queue-de-cheval haute et à mes lunettes de soleil, cela me donne un petit look années 1960. J'ai l'impression que ce châle va me porter chance, même si je ne conçois pas bien pourquoi. Celia verrait-elle d'un bon œil que j'entame une relation avec son voisin ? Quelque chose me dit qu'elle en serait ravie. Je l'entends presque me murmurer à l'oreille : « Vas-y, Beth, fonce ! Amuse-toi ! Qu'est-ce qui t'en empêche ? »

Dominic m'attend devant la porte de l'immeuble. Il porte des Ray-Ban à monture carrée et lit un message sur son téléphone. Lorsqu'il relève la tête et m'aperçoit, son visage s'illumine, et il range son portable dans la poche de son jean.

— Ah, super, vous êtes là ! Allons-y.

Nous parlons de tout et de rien en parcourant les rues ensoleillées de Mayfair. Dominic connaît notre destination, et je m'en remets entièrement à lui. Il m'entraîne dans des ruelles ombragées qui mènent à de petites places reculées.

Les gens sont attablés en terrasse devant des bars et des cafés aux portes grandes ouvertes pour capturer la légère brise de l'après-midi. Des corbeilles de fleurs suspendues à des crochets apportent aux façades des touches d'écarlate et de magenta. J'adore marcher à côté de Dominic. Ça me donne l'impression que nous ne faisons qu'un et qu'une partie de son aura rejaillit sur moi – même si ce n'est qu'une impression.

— Nous y voilà, dit-il alors que nous approchons d'un pub.

Il s'agit d'une bâtisse de type traditionnel, envahie par le lierre et par d'autres fleurs grimpantes. Nous traversons la salle du bar, sobre et moderne, et débouchons dans une cour transformée en un magnifique jardin par une profusion d'arbres en pots et de bacs de fleurs. Des tables en bois y sont disposées à l'ombre de grands parasols verts. Une serveuse s'approche, et Dominic commande du Pimm's. On nous apporte presque aussitôt une grande carafe contenant ce qui pourrait passer pour du thé glacé, avec des fruits coupés dedans. Je distingue des morceaux de fraise, de pomme et de concombre, ainsi que des tiges de menthe fraîche qui flottent à la surface.

— Un été sans Pimm's n'est pas un été digne de ce nom, annonce Dominic en me servant un grand verre, les fruits et les glaçons cascadant avec un bruit joyeux. Ça fait partie des choses que les Anglais font le mieux.

— Parfois, à vous entendre, on a l'impression que vous n'êtes pas anglais vous-même, dis-je d'une voix timide.

Votre accent est britannique, mais il m'arrive d'y déceler des vestiges exotiques.

Je meurs d'envie d'en savoir plus sur lui, et prends une gorgée de Pimm's pour tromper mon impatience. C'est délicieux, frais, légèrement sucré et riche de saveurs parfaitement équilibrées. Ce n'est pas la première fois que j'y goûte, mais je n'en ai jamais bu d'aussi bon. Heureusement, je sais qu'il faut se méfier : on sent à peine l'alcool, qui est pourtant bien présent.

— Vous êtes perspicace, fait remarquer Dominic en me regardant d'un air pensif. Je suis anglais, né ici même à Londres, mais mon père, en tant que diplomate, a été envoyé en mission un peu partout. J'ai donc voyagé depuis mon plus jeune âge, et passé une bonne partie de mon enfance en Asie du Sud-Est. On a habité en Thaïlande pendant quelques années, puis mon père a obtenu un poste à Hong Kong. J'adorais cet endroit mais, évidemment, au moment où je commençais à m'ouvrir au monde, j'ai été renvoyé en Angleterre, dans un pensionnat, conclut-il avec une grimace.

— Ça ne vous a pas plu ? L'idée du pensionnat m'a toujours paru super romantique.

Quand j'étais petite, je mourais d'envie d'être pensionnaire, de faire des batailles de polochons dans le dortoir en pleine nuit, etc. Mon quotidien, qui consistait à me rendre à l'école à pied et à en revenir chaque soir avec un cartable chargé de devoirs, me paraissait bien morne en comparaison des histoires d'internat qui peuplaient mes livres.

— Oh, ce n'est pas tant que ça ne me plaisait pas, reprend Dominic avec un haussement d'épaules. C'est surtout la distance, vous voyez. Prendre l'avion tout seul pour rentrer au pays pendant les vacances, ce n'est pas désagréable. Prendre l'avion tout seul pour retourner à l'école, je ne connais rien de plus atroce.

J'imagine la scène : un petit garçon luttant pour ne pas pleurer et essayant de faire bonne figure le temps de dire au revoir à ses parents à l'aéroport. Une hôtesse de l'air vient le prendre par la main tandis que sa mère, très chic avec son chapeau et ses gants, le salue d'un geste. Une fois qu'il se sait hors de vue, il ne peut retenir quelques larmes, même s'il ne veut pas que l'hôtesse s'aperçoive de son chagrin. Puis on lui indique son siège ; alors commence le long et solitaire voyage qui va le ramener en Angleterre. Une matrone au visage sévère, au chignon serré et à la poitrine imposante l'accueille à l'arrivée et le ramène au pensionnat. Je me représente l'école sous l'apparence d'une bâtisse menaçante au milieu d'une lande désolée, peuplée presque exclusivement de petits garçons qui se languissent de leur maman. Bizarrement, je ne trouve plus grand-chose de romantique à ce tableau.

— Tout va bien ? me demande Dominic en fronçant les sourcils.

— Oui, oui.

— Vous aviez l'air complètement bouleversée.

— Je m'imaginais ce que vous deviez ressentir à l'idée de quitter votre famille pour retourner à l'école, si loin…

— Oh, je n'étais pas malheureux, une fois sur place. On peut même dire que je me suis bien amusé. Je partageais une chambre avec deux autres garçons ; chacun avait apporté son duvet, ses posters, ses livres préférés. Et puis, j'adorais le sport, et on était servis. Presque chaque week-end, je représentais les couleurs de l'école, que ce soit en rubgy, en foot ou en cricket, ajoute-t-il avec un sourire. Point important en faveur des internats anglais : ils sont en général dotés d'équipements en tout genre – piscine, courts de tennis, studios pour peindre… J'en ai bien profité.

Le tableau digne de Dickens que je me suis imaginé quelques minutes auparavant disparaît aussitôt, remplacé par l'image d'une joyeuse colonie de vacances. Le pensionnat remonte dans mon estime.

— Même si j'ai adoré mon école, quand j'ai dû choisir une université, j'ai préféré déployer mes ailes et repartir à l'étranger, poursuit Dominic.

— Vous êtes retourné à Hong Kong ?

— Non, j'ai décidé d'aller aux États-Unis – à Princeton, plus précisément.

Je connais la réputation de cette université. Elle fait partie de l'élite de la côte est américaine, ce qu'on appelle la Ivy League et qui correspond à Oxford et Cambridge en termes de prestige.

— Vous avez aimé ?

— J'y ai passé des années incroyables, répond-il avec un sourire.

Je crois déceler dans sa voix une trace d'accent américain, sans doute réveillé par ses souvenirs de Princeton.

— Et vous faisiez des études de quoi ?

Je reprends une gorgée de Pimm's, et un morceau de fraise heurte doucement mes lèvres. J'ouvre la bouche et il vient se poser sur ma langue, délicieusement parfumé par l'alcool. Je mange le fruit lentement, tout en imaginant une version plus jeune de Dominic, terriblement sexy dans sa petite chemise à carreaux et son pull col V, assis dans un amphithéâtre et occupé à prendre en notes ce que dit son professeur de…

— Commerce.

… de commerce. Le prof parle avec enthousiasme, et Dominic porte désormais des lunettes à monture noire qui font de lui un sosie de Clark Kent – en bien plus beau. Il fronce légèrement les sourcils sous l'effet de la concentration, ce qui fait glisser ses lunettes. Tandis qu'il s'applique à copier les perles de sagesse que délivre son mentor au sujet des grosses multinationales et des organismes de régulation, une jeune fille assise non loin l'observe avec une fascination évidente.

Elle ne parvient pas à se concentrer tant la proximité de Dominic la fait vibrer…

J'entrouvre les lèvres en imaginant ce qu'elle doit ressentir – pas sorcier, vu ce que j'éprouve moi-même – et, sans bien m'en rendre compte, je frotte mes jambes l'une contre l'autre, appréciant le contact de ma propre peau réchauffée par le soleil.

— Beth ? À quoi pensez-vous ?

— Euh…

Tirée de ma rêverie, je m'aperçois que Dominic, penché vers moi, m'observe avec une lueur d'amusement dans ses yeux noirs.

— Non, rien, je… Je réfléchissais, c'est tout.

— Je donnerais cher pour savoir à quoi.

Je me sens rougir.

— Oh, non, c'est sans importance.

Je maudis mon imagination débordante ; cette sournoise m'attire toujours dans un univers si réel qu'il me paraît presque palpable.

Dominic rit doucement et je me dépêche de poursuivre la conversation, tout en espérant qu'il ne soit pas extralucide. Ce serait le comble de la honte.

— Et après Princeton, qu'est-ce que vous avez fait ?

— J'ai fait un *master* à Oxford, et le réseau que je m'y suis constitué m'a permis de décrocher mon emploi actuel.

J'ai travaillé deux ans pour un fonds d'investissement, histoire de me familiariser avec les lois de la finance.

—Quel âge avez-vous ?

—Trente et un ans, répond-il, l'air soudain méfiant. Et vous ?

—Vingt-deux. J'en aurai vingt-trois en septembre.

Dominic semble soulagé ; il a sans doute craint que je ne sois une de ces jeunes filles qui paraissent plus que leur âge.

Je reprends une gorgée de Pimm's, et Dominic m'imite. Nous sommes parfaitement à l'aise, alors que la teneur de notre conversation révèle à quel point nous nous connaissons peu.

—En quoi consiste votre métier ?

Je me doutais déjà que ce devait être quelque chose en rapport avec l'économie, pour permettre à un homme relativement jeune, comme Dominic, de vivre à Mayfair. À moins que ce ne soit un riche héritier, évidemment.

—Je fais de la finance. Des investissements, répond-il, évasif. Je travaille pour un homme d'affaires russe fortuné, que j'aide à gérer ses biens. Ça me permet de voyager un peu partout dans le monde, mais je suis essentiellement basé à Londres, et mes horaires sont très flexibles. Si je ressens le besoin de m'octroyer un après-midi de repos, comme aujourd'hui, rien ne m'en empêche, conclut-il en me souriant.

—Intéressant, dis-je, même si je ne sais toujours pas ce qu'il fait, au juste.

La vérité, c'est que ça me fascine parce que c'est lui, tout simplement.

— Mais assez parlé de moi. Ma vie n'a rien d'exceptionnel. J'aimerais en apprendre davantage à votre sujet. Par exemple : votre copain n'a aucune objection au fait que vous soyez venue seule à Londres ?

J'ai l'impression qu'il me taquine, s'amusant de la gêne qui me fait rougir et balbutier :

— Je suis célibataire, à vrai dire.

— Vraiment ? Ça m'étonne.

Difficile de savoir s'il est sincère ou ironique. Ses yeux noirs peuvent parfois se montrer bien opaques. J'espère que je n'ai pas donné l'impression de brandir mon célibat comme une invitation. Ça m'embarrasserait terriblement qu'il le croie, surtout qu'il est pris, lui. D'ailleurs, je tiens peut-être ma chance d'en apprendre plus à ce sujet.

J'adopte un ton détaché.

— Et vous ? Depuis quand sortez-vous avec Vanessa ?

Aussitôt, je crains d'avoir dépassé les bornes. Le visage de Dominic se ferme, comme si toute émotion l'avait déserté. Son expression, ouverte et amicale encore une seconde plus tôt, est devenue glaciale.

— Oh, je… je suis désolée, dis-je précipitamment. C'était très grossier de ma part. Je ne voulais pas…

Puis, aussi brusquement qu'il s'était rembruni, Dominic redevient l'homme charmant que j'ai connu jusque-là, bien que son sourire me semble un peu forcé.

— Non, ne vous en faites pas. Vous n'avez rien dit de grossier.

Je soupire de soulagement.

— Je me demandais juste ce qui a pu vous faire croire que nous étions ensemble, Vanessa et moi.

— Oh, eh bien… Elle m'a donné cette impression de… enfin, que vous étiez très proches, comme un couple, quoi.

Oh, misère, pourquoi faut-il que tu t'exprimes aussi mal dans les moments importants ?

Dominic marque une pause avant de reprendre la parole.

— Vanessa et moi ne sommes pas en couple. Nous sommes juste bons amis.

Je repense au club où je les ai vus entrer. Ils doivent vraiment être d'excellents amis pour se rendre ensemble dans ce genre d'endroit. D'ailleurs, je n'arrive toujours pas à réconcilier ce que j'y ai aperçu avec le comportement ouvert et sympathique de Dominic. Je me promets de me pencher sur ce mystère une autre fois.

Les yeux baissés, Dominic effleure le bois de la table du bout des doigts avant d'avouer d'une voix presque hésitante :

— Je ne vais pas vous mentir, Beth. Vanessa et moi sommes effectivement sortis ensemble, mais c'est fini depuis longtemps. Nous sommes juste amis, maintenant.

Je me rappelle un détail de la veille : Vanessa est entrée sans frapper. Elle possède les clés de l'appartement de Dominic. Me dit-il vraiment la vérité ?

— OK, dis-je d'une petite voix. Je ne voulais pas me montrer indiscrète, Dominic.

— Je sais. Ne vous en faites pas, il n'y a pas de mal. Voici ce que je vous propose, reprend-il pour changer de sujet. On commande un second pichet de Pimm's, puis je vous emmène dîner. Ça vous va ?

— Euh…

Je me demande comment réagir. Je ne peux quand même pas laisser un homme que je connais à peine m'inviter à dîner, si ?

— Avec grand plaisir, mais je tiens à payer ma part, bien sûr.

— On réglera ce détail plus tard, rétorque-t-il sur un ton qui me laisse à penser qu'il ne me laissera pas faire.

Tant pis. Tout ce qui compte, c'est que je m'apprête à passer la soirée entière avec Dominic et que, à moins qu'il ne se produise quelque chose de vraiment étrange, Vanessa ne risque pas de débarquer et de l'accaparer.

Je souris, ravie.

— Laissez-moi au moins payer la prochaine tournée.

— Marché conclu ! lance-t-il d'un ton enjoué tandis que je me lève pour aller commander.

Je passe une soirée absolument merveilleuse. J'adore la compagnie de Dominic et me délecte de sa beauté ténébreuse. Non seulement il me rend heureuse par le simple fait de s'offrir à mes regards, mais en outre il semble s'intéresser sincèrement à moi. Ce constat m'amène à la réflexion que je n'étais peut-être pas aussi comblée par Adam que je voulais bien le croire. Lorsque nous nous sommes séparés, ce dernier ne faisait plus le moindre effort. À mon retour de l'université, j'ai compris qu'il s'attendait à ce que je m'intègre à la petite vie qu'il s'était concoctée, entre ses potes, le pub, les *fish and chips* et la télé.

Et me voilà attablée dans ce charmant petit jardin, éclairé par la lumière dorée de cette fin d'après-midi.

— Quels sont vos rêves d'avenir, Beth ? me demande Dominic.

— Je ne suis presque jamais sortie de ma petite ville. J'aimerais voyager et, d'une manière générale, découvrir de nouveaux horizons.

— Vraiment ? fait-il en me regardant d'un air impénétrable qui semble contenir une pointe de danger. On va voir ce qu'on peut faire à ce sujet.

Mon estomac se noue. Qu'entend-il par là ? Je déglutis et tente de masquer ma gêne, mais j'ai beau énumérer les pays que j'aimerais visiter, l'étincelle d'excitation que sa remarque a suscitée perdure.

Au fur et à mesure que l'alcool pénètre dans mes veines, les derniers vestiges de ma timidité disparaissent et je me détends pleinement. Je raconte à Dominic des anecdotes amusantes sur le quotidien de ma ville natale et mes expériences parfois loufoques en tant que serveuse au café. Il rit aux éclats à mes descriptions de nos clients les plus excentriques et de leurs petites lubies.

Nous finissons par quitter le pub pour nous rendre au restaurant, et je suis tellement épatée de réussir à amuser Dominic par mes histoires que je ne prête pas du tout attention au trajet. Ce n'est qu'une fois installée à une table, sous une treille, et alors que la divine odeur d'un barbecue me rappelle que je meurs de faim, que je reviens à moi. Nous nous trouvons à la terrasse d'un restaurant persan, attablés devant une bouteille de vin blanc dans un bac à glaçons et une immense assiette contenant des crudités croquantes et parfumées aux herbes, du houmous et du pain libanais encore tout chaud. Tout est délicieux, et nous commençons à manger avec un bel appétit. Je suis déjà presque rassasiée lorsque le plat principal arrive : des grillades d'agneau mariné, accompagnées de salade et de riz blanc tout simple mais merveilleusement parfumé, sucré et salé à la fois.

Au cours du dîner, la conversation prend un tour plus personnel. Je parle de mes frères et de mes parents, de mon enfance provinciale, de ce qui m'a poussée à étudier l'histoire de l'art. Dominic, à son tour, me raconte comment c'était de grandir fils unique, entouré de serviteurs et de domestiques.

Dans cette atmosphère intime, il me paraît tout naturel de lui parler d'Adam. Je ne révèle pas grand-chose – certainement pas cette horrible nuit où je les ai surpris, Hannah et lui –, mais je lui laisse entendre que ma première relation sérieuse vient de se terminer.

— C'est un passage difficile, que l'on traverse malheureusement tous un jour ou l'autre, dit Dominic d'une voix douce. Sur le moment, on a l'impression que c'est la fin du monde, mais ça finit toujours par s'arranger. Je vous le promets.

Je lève les yeux vers lui, enhardie par le vin et la beauté indescriptible de cette soirée.

— C'est ce que vous avez ressenti quand Vanessa et vous vous êtes séparés ?

Après une seconde d'étonnement, il part d'un rire un peu tendu.

— Non, c'était différent. Vanessa n'était pas mon premier amour, et je n'étais pas le sien non plus.

Je pose les coudes sur la table.

— Mais vous avez rompu.

La même expression glaciale que tout à l'heure passe comme un nuage sur le visage de Dominic, puis disparaît.

— D'un commun accord, oui. Cela nous convenait mieux d'être amis.

— Vous avez cessé de vous aimer ?

— Pas exactement… On s'est rendu compte qu'on n'était pas aussi… compatibles qu'on l'avait cru.

Je fronce les sourcils.

— Disons que nous n'avions plus les mêmes envies, résume-t-il avant de faire signe au serveur de nous apporter l'addition. Il n'y a pas grand-chose à raconter, en fait. Nous sommes amis, maintenant, c'est tout ce qui compte.

Je saisis une pointe d'irritation dans sa voix et cherche un nouveau sujet de conversation. Je ne tiens vraiment pas à gâcher la soirée intime – presque romantique – que nous venons de passer.

— Oh, je ne vous ai pas dit ? J'ai trouvé du travail.

— Ah bon ? Où ça ? demande-t-il, sincèrement intéressé.

Je lui parle donc de la *Riding House Gallery*, et il semble ravi pour moi.

— C'est génial, Beth ! La concurrence doit être rude pour décrocher un boulot pareil ! J'imagine donc que les vacances sont finies pour vous ?

— Exactement, dis-je d'un ton faussement contrit. Me voici privée de bains de soleil dans le parc ! Enfin, en semaine, du moins…

— Oh, je suis sûr que vous trouverez le temps de vous amuser, rétorque-t-il en haussant les sourcils, une lueur malicieuse dans le regard.

Avant que je n'aie eu le temps de lui demander à quoi il fait allusion, le serveur arrive avec l'addition que Dominic règle dans sa totalité.

Il fait presque nuit lorsque nous reprenons le chemin de Randolph Gardens. La brise transporte ce parfum si particulier propre aux soirées d'été dans une grande ville : fleurs diverses, asphalte chaud, poussière sèche... Je baigne dans le bonheur.

Je me demande s'il est aussi enchanté que moi, pensé-je en jetant un regard en coin à Dominic. *Il n'a aucune raison de planer sur un petit nuage, lui. Il vient seulement de dîner avec une fille venue passer l'été à Londres. Ça doit le changer des fonds d'investissement et autres trucs de finance, mais c'est tout.*

Au fond de moi, j'espère que ce n'est pas tout, justement, mais je n'ose pas croire au miracle.

Alors que nous approchons du but, la tension monte entre nous. Un couple qui rentre à pied après un délicieux repas : quoi de plus romantique ? C'est le genre de scène qui se termine par...

J'ose à peine concevoir les mots.

Un baiser.

Il est célibataire, après tout. Il te l'a dit lui-même. Et il est hétéro puisqu'il est sorti avec Vanessa. Et puis... je n'arrive pas à imaginer que tu sois la seule à ressentir le courant qui passe entre vous.

Voilà, nous sommes arrivés. Dominic s'arrête au bas du perron et je m'immobilise à côté de lui. Une fois que nous serons entrés, il ne pourra plus rien se produire. La présence du portier empêchera toute étreinte spontanée, tout « bonne nuit » un peu appuyé.

Je lève la tête vers lui et sens la brise soulever quelques mèches autour de mon visage. *Maintenant, Dominic. Maintenant.* Je l'encourage, le supplie par la pensée, follement désireuse de sentir sa bouche magnifique sur la mienne.

Il me regarde comme s'il souhaitait mémoriser les traits de mon visage.

— Beth, murmure-t-il tout bas.

— Oui ?

J'espère que mon désir ne transparaît pas trop clairement dans ma voix.

Dominic marque une longue pause, puis se penche tout doucement vers moi. Une excitation presque insupportable me submerge. *Oh, oui, Dominic. S'il te plaît, je t'en prie.*

— Je suis pris demain, finit-il par dire. Mais… est-ce que ça vous dirait que nous passions la journée de dimanche ensemble ?

— J'adorerais, dis-je dans un souffle.

— Super, moi aussi. Je viens vous chercher vers midi, d'accord ?

Il me dévisage juste assez longtemps pour que je me demande s'il va m'embrasser, puis, d'un geste vif, il m'effleure la joue du bout des lèvres.

— Bonne nuit, Beth. Laissez-moi vous raccompagner jusqu'à l'ascenseur.

— Bonne nuit…

Je doute de pouvoir contenir plus longtemps l'explosion de désir que son contact a fait naître en moi, mais j'ajoute dans un souffle :

— Et merci.

— Mais je vous en prie, répond-il avec un regard impénétrable. Dormez bien.

Ce sera déjà miraculeux que j'arrive à fermer l'œil, me dis-je tandis que nous entrons dans l'immeuble.

Chapitre 7

Finalement, je dors comme une bienheureuse – sans doute les effets conjugués de l'excitation et de l'alcool. Je fais un rêve électrisant et échevelé dans lequel Dominic et moi sommes à une fête. Les autres invités portent des masques qui scintillent, et je passe mon temps à courir après Dominic, qui se fond dans la foule et m'échappe chaque fois. Je sais pourtant que, si j'arrive à l'atteindre, il se produira quelque chose de merveilleux. Après plusieurs heures de poursuite, je parviens à l'attraper, mais, au moment où il s'apprête à poser ses lèvres sur les miennes, je me réveille, enflammée.

J'envisage de retourner dans la libraire érotique pour y acheter un gode, histoire d'évacuer la frustration qui me travaille, mais, avant que je n'aie pu entreprendre le moindre geste, De Havilland entre et saute sur le lit, réclamant son petit déjeuner à coups de griffes. Le temps que j'accomplisse cette mission, mon excitation est retombée.

Je décide de partir à la recherche d'une ou plusieurs tenues appropriées à mon futur emploi. Je me dirige donc vers Oxford Street, mais l'ambiance qui m'y attend contraste violemment avec la journée de soins sur mesure que j'ai savourée plus tôt dans la semaine. Par ce samedi ensoleillé, les clients se pressent dans les boutiques et les vendeurs et vendeuses sont débordés et rouges de sueur malgré la climatisation. Le moindre essayage prend des heures et, lorsque je rentre à la maison, les bras chargés de paquets, je suis aussi épuisée que le personnel des magasins. Après le bain de foule que je viens de traverser, Randolph Gardens ressemble à un havre de paix et de tranquillité. Pour la millième fois au moins, je remercie Celia de m'avoir permis de vivre dans un cadre aussi idyllique. J'aurais pu me trouver contrainte de subir des heures de bus et de métro pour rejoindre une colocation miteuse ou un studio délabré loin du centre, mais, au lieu de cela, j'habite au beau milieu d'une oasis de calme luxueux.

Tandis que je déballe mes emplettes, j'anticipe avec bonheur la journée du lendemain.

En plus de la jupe stricte et des chemisiers assortis que j'ai achetés pour la galerie, je me suis offert une petite fantaisie, que je compte porter pour sortir avec Dominic. C'est une sage petite robe en tissu soyeux à motifs rose et bleu marine, à laquelle une ceinture haute, des demi-manches froncées et un col bateau juste assez échancré donnent un peu de piquant.

Je l'enfile et m'admire dans le miroir : impeccable. J'ai en outre repéré dans le placard de Celia un chapeau de paille d'allure *vintage* qui complétera parfaitement l'ensemble. Avec un soupir de satisfaction, je me déshabille et me plonge dans un bain chaud pour laver la poussière de la ville. Lorsque j'en sors, je revêts un peignoir en soie suspendu à la porte de la salle de bains et vaque à mes occupations. Sans vraiment en avoir conscience, je me garde d'allumer la lumière et laisse les ténèbres envahir le salon. Mon regard revient sans cesse vers la fenêtre d'en face, où j'espère à tout moment apercevoir Dominic. Je meurs d'envie que la scène s'illumine et m'offre le privilège de le voir évoluer dans son intimité. J'ai pensé à lui toute la journée, allant parfois jusqu'à lui parler dans ma tête.

Je dîne d'un plat de pâtes aux artichauts, poivrons et fromage de chèvre que j'ai déniché dans une épicerie, puis accorde un peu d'attention à De Havilland avant de m'installer dans le canapé avec quelques-uns des livres de Celia sur les genoux et un verre de vin à portée de main. Il n'est pas dans mes habitudes de boire seule et, tandis que je sirote mon petit blanc frais et minéral, je me trouve soudain très adulte.

Absorbée par l'histoire tout en photos de Dior et du New Look, je ne relève la tête que bien plus tard – et sursaute.

L'appartement de Dominic est allumé ; je distingue les lampes disposées de part et d'autre du canapé, mais guère plus. Les stores ne sont pas baissés, mais des rideaux de voile diaphane, que je n'avais pas remarqués lorsque j'ai visité les lieux, sont tirés sur toute la longueur de la fenêtre. Le résultat est un drôle de théâtre d'ombres, où les silhouettes sont étrangement distordues mais néanmoins reconnaissables. Je resitue sans problème le mobilier, la table et les chaises, mais l'ensemble acquiert un caractère nouveau, l'objet le plus banal se retrouvant doté d'un exotisme soudain. J'aperçois une forme bizarre, sorte de rectangle situé près du sol et armé de pointes dressées vers le plafond. Il me faut un moment pour me rappeler le siège que j'avais eu du mal à identifier.

Je me lève et m'approche de la fenêtre en silence. Je sais bien que personne ne peut me voir ni m'entendre depuis l'appartement d'en face, mais je choisis de me mouvoir avec prudence.

Deux personnes entrent dans la pièce : un homme – sans doute Dominic – et une femme, ombres chinoises qui se déplacent avec aisance derrière les voiles blancs et s'assoient. Ils ont dû laisser une fenêtre ouverte quelque part, car les rideaux se gonflent et se froissent comme sous l'effet d'un courant d'air, brouillant un peu plus la scène. Ils s'immobilisent un instant, me permettant d'avoir une vue presque nette, puis se tordent de nouveau.

Excédée, je râle entre mes dents.

— Mais arrêtez de bouger, enfin !

C'est un supplice infernal de savoir Dominic en compagnie d'une femme. Qui cela peut-il bien être ? Vanessa, sans doute : je n'ai vu qu'elle dans cet appartement. Pourtant, rien ne me permet d'en être sûre. Seule la coupe de sa robe m'indique qu'il s'agit bien d'une femme. Je réprime un cri de rage.

De Havilland a terminé son petit somme et saute sur le rebord de la fenêtre à côté de moi. Il s'assied, enroule sa queue autour de lui, cligne des yeux et suit du regard les pigeons qui volètent sur le toit d'en face. Puis il lève une patte et entreprend de la nettoyer. J'envie son calme et sa sérénité, mais je suis captivée par ce qui se déroule devant moi.

Serais-tu jalouse ?

Évidemment !

Il ne s'est rien passé de plus qu'un rendez-vous entre Dominic et moi, pourtant je suis submergée par un sentiment sauvage et possessif. Hier soir, pendant le dîner, il m'a dit qu'il avait rompu avec Vanessa. Alors pourquoi y a-t-il une femme avec lui dans son appartement ?

En même temps… tu ne lui as pas demandé s'il voyait quelqu'un d'autre.

Cette vérité m'atteint en pleine face, aussi efficace qu'un seau d'eau froide. Quelle bêtise de ma part de déduire que Dominic est célibataire. Quand je l'ai virtuellement supplié de m'embrasser en levant mon visage vers lui, lèvres entrouvertes, je croyais que la tension qui crépitait entre nous était une attirance réciproque. Mais peut-être que Dominic se sentait tout simplement gêné de découvrir que je craquais complètement pour lui.

Si ça se trouve, il est justement en train de lui raconter.

— Oh, elle est bien mignonne, mais je crois que je me suis montré un peu imprudent avec elle, dit-il à sa compagne tout en lui versant une flûte de champagne bien frais. Elle a cru que j'allais l'embrasser, hier soir. Ne sachant pas trop comment m'en sortir, je lui ai fait une bise sur la joue. Je lui ai proposé de lui faire visiter Londres demain – après tout, elle est seule ici, la pauvrette. Je me suis dit qu'elle apprécierait d'avoir un guide, rien de plus, mais maintenant j'ai peur qu'elle s'imagine des choses.

Sa copine éclate de rire et prend la flûte qu'il lui tend.

— Oh, Dominic, ta bonté te perdra ! Tu aurais pourtant pu te douter qu'une jeune naïve de ce genre tomberait amoureuse de toi au premier regard !

— Peut-être…, bafouille-t-il, un peu honteux.

— Mais enfin, mon chéri, c'est évident. Tu es beau, riche et intelligent ; à tous les coups, elle te prend pour le prince charmant depuis que tu as daigné lui sourire, plaisante-t-elle en se penchant en avant, une moue blasée sur ses lèvres impeccablement maquillées. Abrège ses souffrances, mon cœur. Appelle-la pour annuler votre sortie de demain.

— Tu as sans doute raison…

Je bous de rage face à la méchanceté de cette femme imaginaire et me sens prête à aller frapper chez Dominic pour me défendre lorsque, soudain, les rideaux cessent de remuer et je distingue mieux ce qui se déroule derrière. Les silhouettes ont changé, et je me rends compte que Dominic est nu, ou presque. Quant à la femme, si elle porte encore quelque chose, ce doit être un vêtement très ajusté. Ses contours sont nets et parfaitement dessinés. Tous deux se tiennent tout proches, comme s'ils examinaient un même objet.

La colère qu'a suscitée leur conversation imaginaire s'évanouit. Mon cœur bat la chamade, affolé par une terrible appréhension. *Il est nu ? Mais pourquoi ?*

Pourquoi un homme se déshabillerait-il en présence d'une femme ? Voilà une énigme digne de ce nom...

À moins qu'il ne s'agisse d'un massage... Mais oui, si ça se trouve, c'est juste un massage.

En tout cas, leur comportement ne semble pas annoncer une étreinte passionnée. D'après ce que je devine, ils bavardent tranquillement. Puis, soudain, je perçois un changement d'ambiance entre les deux silhouettes. L'homme s'agenouille devant la femme, tête basse. Elle le domine de toute sa taille, les mains sur les hanches et le nez en l'air, hautaine. Tout en parlant, elle se met à tourner lentement autour de l'homme, qui reste immobile. Ce petit manège dure plusieurs minutes, et je les observe, le souffle court. Je me demande à quoi cela rime – et à quoi ça va les mener.

Ma patience est bientôt récompensée. La femme se dirige vers l'étrange fauteuil et s'y installe. L'homme la rejoint à quatre pattes et s'arrête lorsqu'elle se remet à lui parler, l'air strict et inflexible. Il est à ses pieds, littéralement. D'ailleurs, elle lève une jambe et il semble lui effleurer les orteils du bout des lèvres. Puis elle attrape un objet sur la table et le lui tend. Ça ressemble un peu à un miroir, avec un long manche et une tête ovale. L'homme s'incline et porte l'objet à sa bouche.

Il l'embrasse ?

Réduite à l'état de spectatrice passive, je suis incapable d'émettre une pensée cohérente.

Voilà que l'homme, prostré de nouveau, enserre les jambes de la femme, comme s'il voulait lui grimper dessus. De fait, il s'étend en travers de ses cuisses, la tête et les bras pendant d'un côté, et les fesses à portée de sa main droite, dans laquelle elle tient toujours l'espèce de miroir.

Aussitôt qu'il est en position, elle le frappe d'un geste fluide. L'homme ne réagit pas, immobile. Elle lui assène un nouveau coup rapide et sûr, puis un autre, et ainsi de suite.

OK, tu ne rêves pas ; elle est en train de lui donner la fessée, avec une brosse à cheveux ou un engin du même genre.

J'ai la bouche sèche et les idées complètement embrouillées. La distance m'empêche de percevoir la scène en détail, surtout lorsque le vent agite les rideaux, mais ça n'en demeure pas moins la chose la plus étrange que j'aie jamais vue. Je ne peux m'empêcher de trouver cela ridicule : un homme adulte qui étend son grand corps sur les genoux d'une femme pour recevoir une sévère correction de sa main. J'ai déjà entendu parler de ce genre de pratiques, bien sûr, mais toujours sur le mode de la plaisanterie, comme si seuls les canards boiteux de la haute société s'adonnaient à ce genre de délire parce qu'ils ne se sont jamais remis des fessées de la gouvernante ou des coups de martinet du précepteur. Sauf que, évidemment, de tels sévices n'ont plus cours de nos jours, surtout pas en ce qui concerne des hommes de la trempe de Dominic – riche, beau, intelligent…

L'incompréhension m'amène au bord des larmes. Qu'est-ce qu'il lui prend ? La fessée gagne en intensité ; les gestes de la femme se font à la fois plus rapides et plus violents. Ça doit faire horriblement mal. Qui peut bien vouloir se soumettre à ce genre de torture ? Qui peut apprécier ça, enfin ?!

Brutalement, la scène change. La femme repousse l'homme et écarte les jambes, puis il revient se positionner entre elles, les bras passés par-dessus sa cuisse gauche et les pieds sous la droite. La femme saisit un nouvel instrument, plus large, plus plat, et recommence à frapper les fesses de sa victime. L'objet qu'elle utilise ressemble un peu à une paire de castagnettes : il est doté de deux panneaux qui, en se choquant l'un contre l'autre, doivent démultiplier la force de l'impact. La morsure d'un engin pareil doit être terrible, mais l'homme encaisse sans bouger. Il semble agripper la cuisse gauche de la femme, entièrement soumis. Pendant au moins vingt minutes, elle lui administre des coups à une cadence presque métronomique. Je croirais presque entendre le claquement de chaque fessée.

Puis l'homme roule au sol, prostré, tandis que la femme se lève et arpente la pièce. Elle doit avoir des fourmis dans les jambes à force de supporter le poids de sa victime sur ses genoux. Lorsqu'elle prend la parole, l'homme s'allonge à plat ventre sur l'étrange fauteuil, les jambes écartées, et tend un bras sur chacun des accoudoirs qui dépassent du même côté. Voilà donc à quoi ils servent – et pourquoi ils sont disposés ainsi.

La femme s'approche et attrape, sur une des tables, des pièces de tissu – des foulards ? – qu'elle utilise pour attacher les poignets de l'homme aux accoudoirs. Puis elle saisit un nouvel instrument : une longue lanière qui ressemble à une ceinture, sauf que je ne discerne aucune boucle. Elle fait claquer cette espèce de fouet en l'air à quelques reprises, sans doute pour réveiller un frisson d'appréhension chez sa victime. Je sais déjà ce qui va suivre et supporte à peine l'idée d'y assister, pourtant je ne peux détourner les yeux. Je vois la sangle s'élever et retomber avec force sur les fesses exposées de l'homme soumis. Un, deux, trois coups, rythmés et administrés d'une main ferme. Je n'imagine même pas la douleur que doit infliger la morsure du cuir sur la peau nue – surtout une peau déjà meurtrie par d'autres sévices. Le pauvre, il doit être sur le point de s'évanouir ou de devenir fou.

Et si j'appelais la police ? Alors que cette idée me traverse l'esprit, je jette un coup d'œil en direction du téléphone. Qu'est-ce que je leur dirais ? « Venez vite ! Une femme est en train de frapper un homme dans l'appartement en face du mien ! Il faut à tout prix l'arrêter ! » Il est consentant, après tout. Est-ce illégal de tabasser quelqu'un qui vous l'a demandé ?

Non, appeler la police serait une mauvaise idée. Cet homme aurait pu arrêter les frais à tout moment – du moins tant qu'il avait les mains libres. Tout ça, il l'a voulu.

Je ferme les yeux, horrifiée. *C'est ça que tu aimes, Dominic ?* Je me souviens qu'il a fait sa scolarité dans un internat. Peut-être a-t-il été battu lorsqu'il était enfant, ce qui aurait déclenché ce penchant incompréhensible ? Piètre théorie, mais je n'en trouve pas d'autre.

Quand je rouvre les yeux, la brise s'est levée et agite les rideaux avec force, si bien que je ne distingue plus les silhouettes à l'intérieur.

Tant mieux. J'en ai assez vu comme ça.

Alors que je me détourne, une question s'impose. Après un tel spectacle, comment vais-je faire, demain, pour regarder Dominic en face ?

Deuxième semaine

Chapitre 8

Le lendemain, quand Dominic frappe à la porte, je suis prête. Le soleil brille et la journée s'annonce chaude et radieuse. Je ne me souviens même plus de la dernière fois qu'il a plu et, quand j'ai écouté les informations à la radio ce matin, il était question d'adopter des mesures relatives à la sécheresse s'il ne pleuvait pas bientôt.

Mais, lorsque j'ouvre la porte, la pluie et le beau temps disparaissent de mes préoccupations. Vêtu d'une chemise blanche en lin, d'un short beige, et chaussé de tennis en toile, Dominic rayonne. Ses Ray-Ban dissimulent ses yeux, mais il me salue d'un franc sourire.

— Waouh ! Vous êtes magnifique.

— Merci, dis-je après une petite pirouette. J'espère que c'est approprié à notre programme du jour.

— C'est parfait. D'ailleurs, ne tardons pas, la journée s'annonce chargée.

Il semble d'humeur joyeuse, mais, en voyant le reflet de son dos dans le miroir de l'ascenseur, je ne peux m'empêcher de me demander ce que cache cette chemise d'une blancheur éclatante. Porte-t-il les marques de la lanière de cuir ? Et ses fesses ? Sont-elles couvertes d'ecchymoses après la sévère punition qu'il a subie la veille ?

Arrête de gamberger comme ça ! Tu ne sais même pas si c'est vraiment lui que tu as vu.

J'essaie de me rappeler à l'ordre, mais une petite voix sournoise me contre.

Qui veux-tu que ce soit d'autre ? Il s'agit bien de son appartement, que je sache !

Ces questions m'ont taraudée toute la nuit. Je ne suis toujours pas sûre de comprendre de quoi j'ai été témoin ; tout ce que je sais, c'est que ça n'impliquait aucun rapport sexuel. La relation de cet homme et de cette femme se situait sur un tout autre plan, qui consistait à donner ou recevoir une bonne correction. Cela, en soi, me laisse infiniment perplexe. Au beau milieu de la nuit, alors que je retournais le problème dans ma tête, j'ai décidé que la meilleure chose à faire était de cesser d'y penser et de profiter pleinement de ma journée en compagnie de Dominic. Si, d'aventure, l'occasion d'aborder le sujet se présente sans que ce soit complètement déplacé, eh bien… cela voudra dire que les choses ont sacrément évolué entre nous.

Dans les faits, aussitôt que nous sommes ensemble, le dérangeant théâtre d'ombres auquel j'ai assisté hier revêt le caractère irréel d'un rêve, si bien que j'arrive presque à me convaincre que j'ai tout imaginé. La silhouette sans visage que j'ai vue se faire torturer, ligotée à un banc, n'a rien en commun avec l'homme en chair et en os, magnifique et chaleureux, qui m'accompagne aujourd'hui et dont la simple proximité me donne de délicieux frissons. Une journée entière au côté de Dominic – je n'envisage rien de plus merveilleux.

Nous nous rendons à Hyde Park et, tandis que nous approchons, je me rappelle l'avoir longé peu après mon arrivée. La Beth qui regardait par la fenêtre du taxi ce jour-là me paraît bien lointaine, à présent. Voilà que, habillée d'une jolie robe en soie et coiffée d'un chapeau de paille *vintage* signé par un créateur, je me promène au bras d'un mec terriblement sexy qui s'apprête à me divertir pendant quelques heures. Ma vie s'est singulièrement améliorée, et j'ai à peine pensé à Adam, ces derniers jours.

— Est-ce que vous connaissez ce parc ? demande Dominic alors que nous passons l'une des portes.

Je fais signe que non.

— Il regorge de trésors cachés, et j'ai l'intention de vous en révéler quelques-uns.

— Je suis impatiente.

Nous échangeons un sourire.

Concentre-toi sur le moment présent. Savoure-le ; cela ne se reproduira peut-être jamais.

Le parc est immense, et nous parcourons une bonne distance avant que j'aperçoive une étendue d'eau dans laquelle se reflète le ciel turquoise, puis une petite cabane devant laquelle sont amarrés des barques blanches à fond vert ainsi que des pédalos.

Une exclamation m'échappe.

— Waouh !

— C'est la Serpentine, un lac artificiel creusé pour le bon plaisir de la reine Caroline. De nos jours, chacun a le droit d'en profiter.

Il règle toutes les formalités et, bientôt, nous sommes installés dans l'une des barques. Je m'assieds à l'arrière, face à Dominic, qui prend les rames et commence à nous diriger vers le milieu du lac.

Je regarde l'immense étendue d'eau qui serpente, si bien nommée, et le pont de pierre qui l'enjambe à une extrémité.

— Tout ça, c'est dû à la main de l'homme ?

— Oui, répond Dominic avec un petit sourire en coin. C'est souvent le cas des plaisirs les plus intenses. La nature nous donne un modèle, et nous apprenons à l'améliorer. Grâce aux faiblesses et caprices de divers monarques, nous avons hérité de tout ceci.

Il manie les avirons avec aisance, en de grands mouvements fluides et élégants. Visiblement, il a l'habitude de ce genre de sport. Tandis que nous glissons à la surface de l'eau, je ressens à peine les secousses des moments où il pèse sur les rames et les ramène à lui. Je laisse pendre une main par-dessus bord et trempe les doigts dans l'eau froide.

— Vous connaissez beaucoup d'anecdotes sur ce lieu ?

— Oui ; j'essaie toujours d'en apprendre un maximum sur les endroits où je vis, et Londres constitue un sujet d'étude fascinant, foisonnant d'histoire. Hyde Park était réservé à l'usage royal, jusqu'à ce que Charles Ier l'ouvre au public. Il a été bien inspiré, d'ailleurs : la moitié de la population de Londres s'y est réfugiée pendant l'épidémie de peste, espérant échapper aux miasmes.

Je laisse errer mon regard sur les vastes pelouses, tondues avec soin mais légèrement jaunies par ces deux semaines de sécheresse. Entre les arbres magnifiques qui les bordent, on aperçoit parfois d'élégants bâtiments. À la terrasse d'un café, non loin, des gens mangent des glaces ou sirotent des boissons fraîches. Je m'imagine une vaste foule de pauvres Londoniens venus par milliers trouver un abri précaire, terrifiés par la maladie qui ravage leur siècle. Je crois entendre les conversations et les disputes, sentir les odeurs nauséabondes d'une humanité entassée, voir les enfants courir autour de feux de bois sur lesquels des femmes en bonnet et tablier crasseux essaient de cuisiner tandis que, non loin de là, les hommes fument la pipe en réfléchissant à un moyen de sauver les leurs.

Sur la rive, je remarque une famille : la mère pousse un landau luxueux tandis que le père tente de passer de la crème solaire sur les bras et les jambes de sa fille, qui fait de son mieux pour lui échapper et prendre la poudre d'escampette sur sa trottinette rose.

Autres temps, autres mœurs… et autres problèmes.

Je reporte mon attention sur notre barque ; c'est un tel plaisir d'observer Dominic en plein effort. Les muscles de ses bras se tendent à chaque coup de rame et, lorsqu'il se penche en avant, sa chemise s'entrouvre légèrement, révélant quelques poils noirs sur son torse. Cette vision affole mon cœur, et je respire lentement et profondément pour essayer de me contrôler. Je ne veux pas que Dominic devine à quel point sa proximité et son magnétisme me chavirent, aussi je détourne la tête. Je me concentre sur l'eau qui glisse entre mes doigts, mais, du coin de l'œil et malgré ses lunettes noires, je me rends compte que lui aussi m'observe. Il croit peut-être que son regard est entièrement masqué. Un courant électrique me parcourt, comme si ses yeux avaient la faculté de me brûler la peau aussi sûrement que deux lasers. C'est une sensation d'une intensité incroyable, à la fois plaisante et presque douloureuse, et j'aimerais qu'elle ne cesse jamais. Dominic rame pendant un long moment, puis me demande si je veux essayer.

J'éclate de rire.

— Il ne vaut mieux pas. Je n'ai pas votre force.

Je ne résiste pas à la tentation de lui lancer un regard taquin avant de demander :

— Vous faites beaucoup d'exercice ?

— J'essaie de garder la forme. Je détesterais me laisser aller et, comme je passe pas mal de temps assis devant mon ordinateur, je saisis toutes les occasions de faire du sport.

— Du sport en salle ?

Il me dévisage avec une expression impénétrable dans ses yeux presque noirs.

— En salle, ou ailleurs, dit-il dans un murmure si chargé de sous-entendus que je frissonne.

Pour la première fois, j'ai l'impression de m'épanouir sous son regard. Les choses sont différentes entre nous, aujourd'hui. Il ne s'agit pas du geste amical d'un voisin pour une jeune fille un peu paumée. Je suis une femme, et il me désire. Ce constat me fait vibrer, et je me rends compte qu'une tension certaine s'est installée entre nous et donne à cette journée une sorte d'exubérance magnifique.

— Je fais une pause, annonce Dominic.

De minuscules gouttes de sueur perlent sur son front et sur l'arête de son nez, et je dois résister à l'envie de les cueillir du bout des doigts. Il retire ses lunettes et s'essuie, puis relève les rames et les fixe le long de la coque. Nous dérivons sous le soleil pendant un long moment d'agréable silence, puis Dominic reprend la parole.

— Je ne sais pas vous, mais cette petite promenade m'a donné faim. Si on allait déjeuner ?

— Excellente idée.

— Super. C'est parti.

Il replonge les avirons dans l'eau et prend la direction de la rive. Il consacre tous ses efforts à nous ramener sans dire un mot. Quant à moi, je me contente de l'admirer. Ses mouvements répétitifs et cadencés réveillent des souvenirs en moi, et l'image d'Adam m'apparaît. Autrefois douloureusement distincte, elle me semble étrangement brouillée, comme si j'avais du mal à me rappeler son visage. Je n'ai pas oublié les sentiments que je nourrissais pour lui, mais tout ça me paraît bien loin. Ce dont je suis sûre, en revanche, c'est qu'il ne m'a jamais inspiré ne serait-ce qu'une fraction du désir incroyable qui court dans mes veines en ce moment. Lorsque nous faisions l'amour, c'était beau, sincère et romantique, mais je n'ai jamais éprouvé le genre d'excitation que m'inspire la simple vue de Dominic en plein effort. Qu'est-ce que ce serait s'il me touchait ? Cette perspective suffit à me bouleverser, et je me déplace un peu sur ma banquette pour contenir mon désir.

— Tout va bien, Beth ?

Je réponds par un hochement de tête. Dominic n'insiste pas mais ne me quitte plus des yeux, l'air pensif. Heureusement, le temps que nous regagnions la rive, je parviens à me maîtriser. Une fois que nous avons rendu la barque, l'homme qui tient le kiosque annonce à Dominic :

— Votre commande a été livrée et installée selon vos instructions, monsieur.

— Merci, dit Dominic avant de se tourner vers moi avec un sourire. Si vous voulez bien me suivre.

Il m'entraîne vers un immense chêne dont les branches forment un cercle d'ombre sur la pelouse. Au pied de l'arbre, sur une couverture de couleur claire, est disposé un fabuleux pique-nique. Un serveur monte la garde à côté en attendant notre arrivée.

Je me tourne vers Dominic, les yeux brillants.

— Oh, merci ! C'est merveilleux !

Nous approchons suffisamment pour que je puisse voir le menu des réjouissances : du saumon poché, des crudités aux couleurs vives et variées – tomates, poivrons –, des grains de grenade, des crevettes entières, des œufs de caille dans leur coquille mouchetée, un ramequin de mayonnaise jaune doré, des tranches de rosbif saignant, une part de brie bien coulant et une baguette toute fraîche. D'élégantes verrines contiennent le dessert – quelque chose de crémeux avec des morceaux de fruits dedans. Dans un seau de glace, je crois reconnaître une bouteille de champagne. La perfection absolue.

Le serveur s'incline devant Dominic.

— Tout est prêt, monsieur.

— Ça a l'air délicieux. Vous pouvez disposer, merci.

D'un geste discret, il remet un pourboire au serveur qui s'éclipse, nous laissant seuls face à notre festin.

— J'espère que vous avez faim, me dit Dominic avec un sourire chaleureux.

— Je pourrais dévorer un bœuf !

Je m'installe joyeusement sur la couverture.

— Tant mieux. J'aime vous regarder manger. Vous avez un solide appétit, et ça me plaît.

Il sort la bouteille du seau. C'est du Dom Pérignon rosé, une marque que, même moi, je connais. Dominic fait sauter le bouchon et emplit deux coupes.

Il m'en tend une, puis lève la sienne.

— À cette belle journée d'été, et à la belle jeune femme avec qui j'ai l'honneur de la passer.

J'éclate de rire, rougissante, et nous trinquons les yeux dans les yeux avant de prendre une gorgée du vin mousseux et pétillant.

C'est tellement parfait !

Nous mangeons comme des ogres, puis, rassasiés et un peu grisés par le champagne, nous nous étendons sur la couverture et discutons tranquillement. Dominic a cueilli un brin d'herbe et le mâchonne d'un air pensif. Mon corps tout entier vibre de le sentir si près, mais une image persiste dans mon esprit malgré tous mes efforts pour ne pas y penser.

Il s'agit du spectacle de l'homme allongé sur l'étrange siège de Dominic tandis que Vanessa le fouette sans relâche avec cette lanière de cuir qui mord la chair de ses fesses jusqu'à ce qu'elles soient à vif...

— Beth...

— Quoi ? dis-je dans un sursaut.

Je me tourne vers Dominic qui, allongé sur le flanc à présent, se trouve tout près de moi. Je perçois l'odeur citronnée de son parfum, accentuée par la chaleur de sa peau. Mon estomac se noue et mes mains tremblent légèrement.

Dominic me regarde longuement dans les yeux, comme s'il cherchait à lire mon âme.

— L'autre soir... celui où je vous ai trouvée en train de pleurer dans la rue. J'y ai beaucoup repensé et je me demandais... Était-ce uniquement parce que vous étiez perdue, ou y avait-il une autre raison ?

Je reste bouche bée de surprise et détourne le regard, me concentrant sur les carreaux de la couverture.

— Eh bien, à vrai dire, je venais de me faire refouler d'un bar, dis-je tout bas. Un endroit étrange qui s'appelle *L'Asile.*

Quand je relève les yeux, le visage de Dominic est un masque glacial.

Mais pourquoi tu as dit ça? Tu es folle de parler de cet endroit? Regarde ce que tu as fait!

— Pourquoi y étiez-vous allée? demande Dominic sèchement.

— Euh... je ne sais pas. J'ai vu des gens y entrer, alors j'ai suivi... *(Ce n'est pas un mensonge, après tout. C'est vraiment ce qui s'est passé.)* Mais le videur m'a hurlé dessus, me disant que c'était un club privé et que je n'avais rien à faire là.

— Je vois…, murmure Dominic en faisant rouler son brin d'herbe entre le pouce et l'index.

— Les clubs privés, ça ne court pas les rues, par chez moi, ajouté-je sur le ton de la plaisanterie. Il ne m'est même pas venu à l'idée qu'on puisse m'interdire l'entrée.

— Et… qu'est-ce que vous avez vu, pendant que vous étiez à l'intérieur ?

Je respire profondément et secoue la tête.

— Pas grand-chose. Des gens qui bavardaient en buvant un verre. Je n'y suis restée qu'une minute.

J'ai envie de lui raconter la vérité et de lui demander ce que tout ça signifie, mais je n'ose pas. Je n'aime pas quand son visage se ferme ainsi ; je veux retrouver l'atmosphère chaleureuse, sensuelle et tellement prometteuse qui s'était installée entre nous.

— Tant mieux, murmure-t-il. Je doute que ce soit un endroit pour une fille comme vous. Vous êtes si douce… si incroyablement douce.

Il tend le bras et, à mon étonnement le plus complet, pose la main sur la mienne et me caresse avec le pouce, allumant un incendie sous ma peau. Il me regarde droit dans les yeux, et je crois déceler une sorte de conflit intérieur.

— Je ne devrais pas… Non, vraiment, je ne devrais pas.

J'ose à peine demander :

— Pourquoi ?

— Parce que vous êtes trop… Je ne sais pas, termine-t-il dans un soupir.

— Trop jeune ?

— Non, dit-il en secouant la tête, ce qui me donne envie de passer la main dans ses épais cheveux bruns. L'âge n'a rien à voir là-dedans. Il m'est arrivé de rencontrer des adolescentes d'une maturité incroyable et des quadragénaires aussi naïves que Blanche-Neige. Non, ce n'est pas ça, le problème.

— C'est quoi, alors ? demandé-je d'une voix enrouée de désir.

Dominic entremêle ses doigts aux miens, et je dois lutter pour ne pas attraper son visage et l'attirer à moi.

Lorsqu'il reprend la parole, c'est dans un murmure presque inaudible et sans oser me regarder en face. Mon cœur s'affole.

— Je n'ai pas l'habitude de m'abandonner, Beth. Pourtant, je trouve en vous quelque chose de si frais, de si merveilleusement impétueux et exaltant… Je me sens revivre à votre contact.

Chaque cellule de mon corps réagit à ses paroles, et je peine à respirer.

— Cela faisait très longtemps que je n'avais pas ressenti ça, poursuit-il encore plus bas. J'avais oublié à quel point c'est beau et, grâce à vous, je me rappelle, mais…

Évidemment, il fallait qu'il y ait un « mais ». Pourquoi faire simple quand on peut faire compliqué ? Tu viens de dire que je te faisais revivre ! Sauf que je n'ose pas prendre la parole, de peur de rompre le charme.

— Mais…, s'enferre Dominic.

Il semble si tourmenté que je finis par demander :

— Vous avez peur de me blesser ?

Il me lance un regard des plus indéchiffrables, puis part d'un éclat de rire un peu amer.

— Vous n'aurez pas le temps de me faire du mal, poursuis-je. Je ne reste que quelques semaines – pas de quoi s'engager dans une relation.

Dominic porte ma main à sa bouche. C'est le baiser le plus exquis que j'aie jamais connu, et il n'a même pas effleuré mes lèvres. Soudain il relève les yeux et dit :

— Oh, nous avons tout le temps qu'il nous faut, Beth. Croyez-moi.

Alors – enfin ! –, il m'attire à lui et je me retrouve pressée contre la chaleur de son torse, enveloppée par ses bras puissants et par son délicieux parfum. Il m'agrippe l'épaule d'une main et, de l'autre, dessine des cercles langoureux dans le bas de mon dos tandis qu'il m'embrasse. Sans même me poser de question, j'entrouvre la bouche. Les lèvres de Dominic sont aussi délicieuses que dans mon imagination, mais son baiser dépasse tous mes fantasmes. Chaud, profond, absolu, il me donne l'impression de me perdre dans la sensation de sa langue qui me caresse et me taquine. Mon corps réagit de lui-même, ma langue entre dans une danse exquise avec la sienne, et je comprends que je n'avais jamais encore été vraiment embrassée. Je ressens une félicité incomparable, comme si nos bouches étaient faites l'une pour l'autre.

Les yeux fermés, je me concentre exclusivement sur ce baiser fabuleux, qui gagne en intensité à chaque instant, ainsi que sur la sensation des mains de Dominic sur mon corps. Il cesse de me masser le dos et referme sa paume sur la courbe de mes fesses, tout en poussant un petit grognement.

Lorsque, enfin, nous nous écartons, j'ai le souffle court et les yeux brillants. Dominic me dévisage, le regard brûlant.

— J'en avais envie depuis notre première rencontre, avoue-t-il avec un sourire.

— Depuis que j'ai fait tomber mon pot de glace à tes pieds ?

— Exactement ! Tu m'as fait une très forte impression. Mais c'est le lendemain, alors que tu étais étendue sur la pelouse du jardin, que je me suis rendu compte à quel point tu étais belle.

Je me sens soudain embarrassée.

— Belle ? Moi ?

— Et comment ! renchérit-il.

Je n'arrive pas à croire qu'un homme aussi magnifique que lui puisse me trouver belle.

— Il a fallu que je me maîtrise, tu sais. Quand je t'ai trouvée en train de pleurer dans la rue, j'ai eu toutes les peines du monde à ne pas t'embrasser sur-le-champ.

J'éclate de rire.

— Et moi qui croyais que tu étais en colère !

— Pas du tout…, murmure-t-il en me soulevant doucement le menton. D'ailleurs, pardonne-moi, mais… il faut à tout prix que je t'embrasse de nouveau.

Lorsque nos bouches se rencontrent, un feu d'artifice explose dans ma tête et je m'abandonne complètement à la douceur de cet instant, comblée par les caresses de sa langue et le goût divin de ce baiser. Nous nous serrons avec ardeur l'un contre l'autre, et je sens son érection contre mon ventre. Cette preuve de son désir m'enflamme et me laisse pantelante.

Cette fois, lorsque nous rompons le baiser, Dominic dit :

— J'avais prévu toutes sortes d'activités pour le reste de la journée, mais je me sens totalement incapable de faire autre chose que ça…

— Qu'est-ce qui nous empêche de continuer ?

— On ne va pas rester ici tout l'après-midi, rétorque-t-il en prenant ma main dans la sienne et en me dévisageant. En revanche, on pourrait rentrer à la maison… Enfin, si tu veux…

Si je veux ? Il n'y a rien que je désire plus au monde !

— J'aimerais beaucoup, dis-je dans un souffle éperdu.

Après un regard éloquent, nous nous relevons, et je rassemble mon chapeau et mon sac à main.

— Et les restes du pique-nique ?

Dominic tape un message sur son téléphone.

— Ils seront là dans deux minutes pour tout remballer.

— C'était merveilleux, dis-je pour qu'il ne prenne pas ma hâte de partir pour une critique de sa journée soigneusement planifiée.

— Pas aussi merveilleux que ce qui nous attend, ajoute-t-il.

Une onde de chaleur, délicieuse et désormais familière, me parcourt.

Je ne sais pas comment nous nous débrouillons pour rentrer aussi vite mais, en un rien de temps, nous sommes dans l'ascenseur, qui nous amène chez Dominic. Nous nous embrassons avec passion, et j'aperçois notre reflet dans le miroir. La façon dont nos deux corps s'épousent, dont nos bouches se mêlent, me fait trembler de désir. J'ai tellement envie de lui que je pourrais crier.

Mon esprit embrumé se demande jusqu'où cela va nous mener, mais je ne vois pas ce qui pourrait nous arrêter. La faim dévorante qui me tenaille depuis que je connais Dominic semble encore plus impérieuse chez lui. Il m'embrasse dans le cou – sa barbe naissante chatouille ma peau tendre et m'arrache un petit cri – avant de revenir à ma bouche. Les portes de l'ascenseur sont ouvertes depuis quelques secondes lorsque nous nous rendons compte que nous sommes arrivés.

— Viens, dit Dominic d'une voix rauque en m'entraînant vers son appartement.

Enfin, nous entrons et il referme la porte derrière nous, nous garantissant l'intimité tant attendue. Je tremble de désir tandis que nous avançons à tâtons dans le couloir, trop occupés à nous embrasser pour marcher droit.

Dans la chambre de Dominic règne une douce pénombre malgré le soleil au-dehors. Son lit est immense, avec une tête matelassée en velours violet, des oreillers d'un blanc immaculé, des draps bleu ciel et un plaid en cachemire gris jeté au pied du matelas.

Maintenant que nous sommes seuls, Dominic se tourne vers moi avec une expression de pur désir qui m'excite au plus haut point. Personne ne m'a jamais contemplée comme ça.

— Tu es sûre ? me demande-t-il d'une voix rauque.

— Oui, dis-je dans un soupir. Oh, oui.

Il s'approche tout près et scrute mon visage.

— Je ne sais pas ce que tu me fais… mais il est vain d'y résister.

Il passe les mains dans mon dos et me caresse légèrement les omoplates avant de trouver la fermeture Éclair de ma robe. Il l'ouvre et je sens la fraîcheur de l'air sur ma peau. D'un geste vif, il défait la boucle de la ceinture et la robe glisse à mes pieds. Je porte un ensemble tout simple : un soutien-gorge blanc avec une bordure de dentelle et une culotte assortie.

— Tu es si belle, murmure Dominic en passant un doigt sur la courbe de ma hanche. C'est incroyable.

Le plus incroyable, c'est que je le crois. Ma sensualité réveillée, je suis prête à m'épanouir sous ses caresses. Je ne me suis jamais sentie aussi belle.

— J'ai envie de toi, chuchote-t-il avant de m'embrasser passionnément tout en promenant ses mains sur mon corps.

Il s'attarde dans mon dos puis sur mes fesses, et en savoure l'arrondi.

— Ton cul est fait pour moi, susurre-t-il à mon oreille. Il est parfait.

Je ne peux m'empêcher de me cambrer pour venir à la rencontre de ses paumes chaudes, et il pousse un doux grognement. Il dépose de légers baisers brûlants le long de ma joue, de mon cou, puis de mon épaule. Sa barbe naissante me picote délicieusement et je gémis de plaisir. Je n'en peux plus, je veux sentir sa peau brune et chaude sous mes doigts, l'odeur de son parfum. Je veux lui arracher sa chemise et embrasser son torse à l'endroit où j'ai aperçu ces quelques poils noirs, mais il me tient les bras et m'empêche de le toucher.

— Moi d'abord, murmure-t-il avec un sourire. Tu auras le droit de jouer après.

Des promesses, toujours des promesses… Oh ! C'est divin !

Sa bouche me met au supplice en approchant de mes seins, qui se soulèvent et s'abaissent au rythme de ma respiration. Il prend tout son temps, embrassant chaque parcelle de peau entre la base de mon cou et la dentelle de mon soutien-gorge. Mes tétons durcis sont terriblement sensibles contre le coton, et je ne peux m'empêcher de rejeter la tête en arrière pour offrir ma poitrine à ses baisers tandis que, enfin, il atteint la bordure de ma lingerie. Aussitôt il lève une main aux longs doigts élégants, forts et prometteurs, et repousse le tissu pour libérer mon sein droit, dont la pointe se tend comme pour réclamer l'attention de sa bouche. Avec une lenteur insupportable, il passe la langue tout autour avant de le prendre entre ses lèvres et de le sucer doucement. Je retiens mon souffle, affolée par un désir brûlant qui se répand de ma poitrine à mon sexe.

— S'il te plaît. Je n'en peux plus, je t'en supplie…

— Ah, mais la patience est une vertu, jeune fille, me taquine-t-il avec un petit rire.

Justement : je ne me sens pas vertueuse du tout, au contraire ! Je m'abandonne à ses caresses expertes comme une fille de joie dévergondée et insatiable. Il m'amène peu à peu à un état d'excitation presque insupportable.

De son autre main, il effleure mon sein gauche et en pince le téton à travers le tissu. Ma respiration est rapide et saccadée, ponctuée de petits soupirs de plaisir. Malgré moi, mes paupières se ferment tandis que mes lèvres s'entrouvrent.

Je pose les mains sur ses épaules en le suppliant :

— S'il te plaît, laisse-moi te toucher.

Il tire doucement sur mon téton du bout des dents, l'éraflant très légèrement, puis se redresse et recule d'un pas. Il m'observe un instant avec un sourire, puis déboutonne sa chemise et la laisse tomber à ses pieds. Je m'émerveille à la vue de son large torse, de sa peau brune parsemée de poils noirs entre ses tétons sombres, de ses bras musclés…

Et tout ça, c'est pour moi ?

Dominic retire ses chaussures, ne gardant que son short, qui attire mon attention. Je devine qu'il bande, mais, lorsqu'il défait sa braguette et enlève son short, je ne peux retenir un petit cri devant son incroyable érection. Son pénis fièrement dressé semble merveilleusement doux au toucher, même si sa taille et sa raideur m'indiquent clairement à quel point Dominic me veut.

Il avance d'un pas, les paupières mi-closes, et me serre dans ses bras avant de m'embrasser avec fougue. Son sexe durci et chaud se presse contre mon ventre, et je suis obsédée par le désir de le sentir en moi.

Dominic dégrafe mon soutien-gorge et le laisse tomber au sol. Je peux enfin passer les bras autour de lui et le serrer contre moi, attirant son torse contre mes seins et caressant la peau lisse et douce de son large dos. Je dessine de mes paumes ouvertes ses muscles longs et fins, avant de m'aventurer vers ses fesses fermes et rebondies.

Pas de marques.

Ce constat s'impose à moi sans que je comprenne pourquoi. Qu'est-ce que mon inconscient essaie de me dire ?

La sévère correction à laquelle tu as assisté… Dominic ne porte aucune marque. Tu les sentirais, sinon.

Donc ce n'était pas lui ! J'ignore de qui il s'agissait et pourquoi ils se trouvaient chez Dominic, mais ce n'était pas lui !

Un soulagement incroyable me submerge et libère mon désir qui, d'anticipation frémissante, se transforme en une faim impérieuse que je n'avais encore jamais éprouvée auparavant. Je serre Dominic un peu plus fort contre moi, lui griffant très légèrement le dos, puis appuie mon front contre sa poitrine et goûte sa peau, le mordillant par endroits. Je prends un de ses tétons tout bruns dans ma bouche et le suce.

— Oh oui ! s'exclame-t-il lorsque je tire doucement dessus du bout des dents.

Puis il reprend avec une pointe de vulgarité dans la voix :

— Tu veux que je te baise ?

Je relève la tête et acquiesce, laissant échapper son téton luisant de salive.

— Vraiment ?

— Oui !

— Alors demande-moi…

Je n'ai jamais dit ce genre de chose à voix haute, mais je ne suis plus en état de m'en soucier.

— S'il te plaît, baise-moi. J'ai tellement envie de toi…

Alors il me soulève et me porte jusqu'au lit comme si je ne pesais rien du tout. Il m'allonge sur le dos, de sorte que mes seins et mon ventre sont exposés à ses regards. Les draps me paraissent délicieusement frais sous ma peau brûlante.

Dominic ouvre le tiroir d'une petite table de chevet et en sort un préservatif, dont il ouvre l'emballage d'un geste fluide. Puis il déroule le latex sur son sexe tendu.

Je ne rêve pas, c'est réellement en train de m'arriver.

Je suis prête à l'accueillir en moi; j'en meurs d'envie. Il revient vers le lit et se penche, passant les doigts dans l'élastique de ma culotte pour la faire lentement descendre le long de mes jambes. Il la laisse tomber au sol et m'écarte doucement les cuisses pour approcher sa bouche de mon sexe, qui s'ouvre à ses caresses. L'attente devient insupportable; mon corps réclame le sien.

— Tu es magnifique, murmure-t-il.

Je sens son souffle sur mon clitoris et frissonne. Puis il referme les lèvres dessus avant de le taquiner du bout de la langue, le faisant réagir. Cet exquis supplice me laisse pantelante.

— Dominic, s'il te plaît, je n'en peux plus!

Il se redresse et reste un instant debout, son érection impressionnante et magnifique. Puis il s'avance sur moi et presse le bout de son gland contre mon sexe. Je remue légèrement sous son poids et écarte davantage les jambes en me cambrant pour l'inviter à me pénétrer enfin. Je ne contrôle plus mon corps, qui semble mu par la recherche de son propre plaisir.

Dominic se recule légèrement de sorte que sa verge effleure à peine mes lèvres brûlantes et gonflées.

Enfiévrée, je le supplie d'une voix faible.

— Dominic, s'il te plaît !

Il me dévisage, le regard intense et ténébreux, savourant pleinement cet instant délicieux. Un désir impossible court dans mes veines et me fait vibrer tout entière. Je me redresse légèrement et lui attrape les fesses à deux mains pour l'attirer à moi. Enfin – enfin ! – il me pénètre, d'un seul mouvement mais avec une exquise lenteur, jusqu'à me combler pleinement. Quelle sensation merveilleuse !

Un gémissement m'échappe et je l'agrippe de plus belle tandis qu'il s'avance profondément en moi. Ses traits sont crispés, comme s'il se concentrait pour faire durer le plaisir. Il donne un puissant coup de reins, puis un autre, et je soulève les hanches pour venir à sa rencontre. J'adore ce qu'il me fait ressentir ; je n'ai jamais rien connu de tel. Il accélère la cadence et j'adopte le même rythme, cambrant le dos pour mieux le recevoir. Puis il modifie un peu sa position et passe une main sous chacune de mes fesses, les agrippant pour m'attirer à lui. Les sensations qu'il me procure ainsi sont plus vives, plus explosives, et chacun de ses mouvements m'arrache un cri. Il raffermit encore sa prise sur mes fesses et oriente son bassin de façon à venir peser contre mon clitoris. Un tourbillon délicieux monte en moi, de plus en plus intense, et me transporte vers des sommets d'extase en vagues successives et presque insupportables. J'étends les jambes pour m'offrir plus complètement, et Dominic accélère, porté par la montée de mon plaisir. Je lève les yeux vers son visage, et c'est la lueur qui brille dans son regard tandis qu'il m'observe qui déclenche mon orgasme. Des spasmes fulgurants me parcourent tout entière, et je ne suis plus consciente de rien, jusqu'à ce que j'entende Dominic crier sa propre jouissance. Puis il se laisse retomber sur ma poitrine, et nous restons ainsi un long moment, haletants et épuisés.

Lorsque Dominic relève la tête, il affiche un sourire radieux.

—Alors, Beth, est-ce que tu as apprécié cette petite journée de promenade?

—J'ai surtout apprécié le retour de la promenade! dis-je en riant.

—Et ce qui a suivi le retour!

Nous éclatons de rire, liés par une intimité incroyable. Puis Dominic se retire, enlève son préservatif, le jette et revient s'étendre à côté de moi. Il me prend dans ses bras et m'embrasse doucement avant de murmurer:

—C'était fantastique, Beth. Tu n'as pas fini de me surprendre.

Je pousse un soupir de bien-être.

—Je t'avoue que c'était plutôt formidable.

— Est-ce que tu veux rester dormir ?

— Pourquoi ? Il est quelle heure ?

— Plus de 20 heures.

— Vraiment ? Je n'en reviens pas… Mais oui, j'adorerais rester dormir, dis-je en me blottissant contre lui.

— Qu'est-ce que tu dirais d'aller dîner ?

Mais le lit est chaud et douillet et, quelques instants plus tard, nous dormons comme des bienheureux.

Chapitre 9

Lorsque je me réveille, le bruit de la douche me parvient depuis la salle de bains attenante à la chambre. Quelques minutes plus tard, Dominic en sort, une serviette nouée autour de la taille. Il est tout simplement sublime avec ses cheveux noirs qui gouttent sur ses larges épaules.

Il me sourit, les yeux brillants.

— Salut ! Tu as bien dormi ?

— Très bien, dis-je en m'étirant entre les draps, avec un sourire digne du chat d'*Alice au pays des merveilles*.

— Tu es à croquer, murmure-t-il en me regardant d'un air gourmand. Si seulement je n'étais pas obligé d'aller au bureau, aujourd'hui. Je n'ai envie que d'une chose : venir te rejoindre pour un deuxième round.

Je prends ma voix la plus coquine et lance :

— Qu'est-ce qui t'en empêche ?

La vue de son corps à demi nu a suffi à réveiller mes sens, et je vibre de désir.

— Malheureusement, ma chérie, j'ai du travail et je suis déjà en retard, répond-il en saisissant une seconde serviette, plus petite, pour s'essuyer les cheveux. D'ailleurs, ce n'est pas aujourd'hui que tu commences chez ton nouvel employeur ?

Pendant quelques secondes, je me demande ce qu'il veut dire, puis je me redresse brusquement.

— Oh, mon Dieu ! La galerie !

Prise dans le tourbillon de la veille, j'avais complètement oublié mon nouveau métier. Paniquée, je demande :

— Quelle heure est-il ?

— Presque 8 heures. Il faut que je file.

— Ouf! dis-je en me détendant un peu. Je ne commence qu'à 10 heures.

— Ah, les artistes ! Vous avez la vie dure ! ironise Dominic en secouant la tête.

Soudain je sursaute et me plaque une main sur la bouche.

— Qu'est-ce qui t'arrive ? demande Dominic en haussant un sourcil.

— De Havilland ! Je ne lui ai pas donné à manger hier soir ! Oh, le pauvre ! Comment j'ai pu l'oublier ?

Je me lève et rassemble mes affaires à la hâte.

— Ne t'en fais pas. Je suis sûr qu'il se porte comme un charme et, égoïstement, je suis content que tu n'aies pas interrompu nos ébats pour aller nourrir ton chat.

— Ce n'est pas mon chat, justement : c'est celui de Celia !

J'enfile ma robe à la va-vite et me précipite vers Dominic.

— Merci ! Merci pour tout : hier midi… hier soir…

Il m'attire contre son torse encore humide. J'entends les battements de son cœur et hume son odeur, mélange de savon, d'après-rasage et de lui.

— C'est plutôt à moi de te remercier, dit-il dans un murmure qui résonne comme un grondement sourd à mon oreille.

Puis il se penche pour attraper son téléphone et ajoute :

— Je n'ai pas ton numéro. Tu veux bien me le donner ?

J'énumère les chiffres, qu'il entre dans son répertoire.

— Super, merci. Je t'enverrai un texto, comme ça tu auras le mien aussi. (Il se penche pour m'embrasser doucement. Il a un goût de menthe et de miel.) Allez, file. Il ne faudrait pas que tu arrives en retard pour ton premier jour.

Évidemment, De Havilland m'en veut à mort. Dès qu'il entend ma clé dans la serrure, il se met à brailler et, lorsque j'entre, il me fusille de son regard doré.

— Je sais, je sais ! Je t'ai oublié, c'était très vilain de ma part et j'en suis désolée. Mais je suis là, maintenant !

Il me précède dans la cuisine et trottine jusqu'à son bol, la queue dressée comme pour me signifier son mécontentement. Il ne cesse de miauler qu'une fois ses croquettes servies. Alors il se jette dessus comme s'il n'avait pas vu de nourriture depuis des semaines.

Je consulte l'horloge ; il ne faut pas que je traîne. J'ai besoin d'une bonne douche, mais, une fois sous le jet d'eau, c'est à contrecœur que je me débarrasse de l'odeur qui me colle à la peau. Elle me rappelle nos ébats d'hier, si merveilleux qu'une simple image suffit à me donner une drôle de sensation dans le ventre, comme une chute d'eau qui se jette du haut d'une falaise. Rien à voir avec ce que j'avais pu ressentir dans les bras d'Adam, en tout cas. Lorsque nous faisions l'amour, c'était toujours pareil : tranquille et plutôt satisfaisant, mais terriblement prévisible… Je n'avais jamais été possédée par l'extase torride et complètement désinhibée qui m'a submergée hier soir. Quand Dominic a pénétré en moi, j'ai éprouvé une profonde intimité, et l'orgasme que nous avons partagé était d'une intensité exceptionnelle. Cette expérience m'a profondément bouleversée. Je baisse les yeux vers mes seins couverts de mousse, l'arrondi de mon ventre, les quelques boucles en dessous… Pour la première fois, j'ai l'impression d'avoir compris ce dont j'étais capable.

C'était vraiment moi ? Est-ce que ça se reproduira ? Oh ! J'espère que oui !

Dominic me manque déjà ; j'ai autant besoin de lui que de l'air que je respire.

Dominic.

Son nom me fait frissonner de plaisir.

Eh, tu as un job, je te rappelle ! Arrête de fantasmer et rince-toi : la journée ne fait que commencer, ma grande !

J'arrive à la *Riding House Gallery* à 10 heures pétantes. James s'y trouve déjà et, lorsque je frappe à la porte, il vient m'ouvrir.

— Bonjour, Beth ! Comment allez-vous ? Vous avez passé un bon week-end ?

Il est plus grand et plus mince que dans mon souvenir, et fait très gentleman anglais avec son pantalon à pinces kaki, sa chemise rose et son pull sans manches bleu marine. Ses fines lunettes perchées sur son nez aquilin, il me sourit gentiment.

— Oui, j'ai passé un excellent week-end, merci !

— Bon, j'en suis ravi. Suivez-moi, je vais vous montrer les ficelles du métier. Règle numéro un : la journée commence par un café, et c'est le premier arrivé qui s'y colle. Ce qui m'amène à la règle numéro deux : on ne va pas chercher du café tout fait et hors de prix, on le prépare ici.

Tout en le suivant dans la petite cuisine au fond de la galerie, je demande avec un sourire :

— Et il y a combien de règles, en tout ?

— Oh, pas tant que ça ! Mais j'ai mes valeurs.

Voilà qui ne me surprend guère ; James semble avoir des idées bien arrêtées sur ce qui lui plaît ou lui déplaît. En matière de café, son choix se porte sur un mélange colombien fraîchement moulu, fort et épicé, qu'il fait passer dans une machine à expresso rutilante. Quelques minutes plus tard, il me tend un *latte* qui sent divinement bon et sirote son café noir dans une petite tasse en porcelaine.

— Voilà! soupire-t-il une fois que nous avons fini. Maintenant que nos cerveaux respectifs sont en état de fonctionner normalement, mettons-nous au travail.

Au fur et à mesure que la matinée avance, j'acquiers la certitude que je vais me plaire dans cette galerie. Sous ses dehors calmes et sophistiqués, James s'avère drôle et spirituel, et ponctue ses explications de plaisanteries et d'éclats de rire. Mon travail n'a rien de sorcier. Il s'agit de répondre au téléphone, de proposer mon aide aux visiteurs et clients potentiels et de tenir la paperasse à jour. Évidemment, comme je ne connais rien en la matière, James doit tout me montrer, mais je ne tarde pas à comprendre comment son système fonctionne.

— Je suis désolé ; je sais que tout cela reste très basique, s'excuse-t-il une fois ce premier tour d'horizon terminé. Je vous promets de vous confier des tâches plus gratifiantes, avec le temps.

— Oh, ça ne me dérange pas de commencer au bas de l'échelle, vous savez.

— À la bonne heure, rétorque-t-il avec un sourire malicieux. Je sens qu'on va bien s'entendre.

De fait, nous nous entendons à merveille. James est facile à vivre et n'arrête pas de me faire rire. Je pourrais presque

croire qu'il me drague, mais je suis rassurée à ce sujet lorsque, dans le courant de l'après-midi, un homme blond d'âge moyen entre dans la galerie. Son visage buriné contraste étrangement avec son impeccable costume blanc. Il se dirige droit vers James, l'embrasse sur la joue et se met à lui parler dans une langue que je ne reconnais pas. James lui répond avant de se tourner vers moi.

— Beth, je vous présente Erlend, mon compagnon. Excusez-le, il est norvégien.

Erlend se tourne vers moi et me salue poliment.

— Bonjour, Beth, enchanté de faire votre connaissance. J'espère que vous passerez d'agréables moments à travailler avec James. Méfiez-vous : il adore mener son monde à la baguette. Ne vous laissez pas faire.

— C'est promis, dis-je avec un sourire.

Bon, c'est sûr : James ne me drague pas.

Tandis que les deux hommes reprennent leur conversation en norvégien, je parcours du regard l'espace propre et lumineux de la galerie. J'ai envie d'exécuter une pirouette tellement je suis heureuse.

J'ai ce travail ; j'ai Dominic… Que demander de plus ?

En fin d'après-midi, je reçois un texto.

« Salut ! Tu finis à quelle heure ? Tu veux qu'on dîne ensemble ? Bons baisers, D. »

Je réponds immédiatement.

« Oui ! Je finis à 18 heures. Bises, B. »

Un nouveau message me parvient quelques instants plus tard.

« Retrouve-moi à 18 h 30 devant All Souls Church, sur Regent Street, pas loin de la BBC. Je t'embrasse. »

— Les nouvelles sont bonnes ? me demande James en haussant un sourcil par-dessus ses fines montures dorées.

Je hoche la tête en rougissant.

— C'était votre petit ami ?

Je m'empourpre de plus belle.

— Euh… non…

— Pas encore, mais cela ne vous empêche pas d'espérer, m'interrompt James avec un sourire.

Je dois ressembler à un camion de pompiers.

— Eh bien… un peu, oui.

— Quel veinard ! J'espère qu'il vous traite avec les égards que vous méritez.

Aussitôt, une image s'impose à mon esprit, me rappelant avec quels égards Dominic m'a traitée la veille. De nouveau, j'ai l'impression d'avoir sauté d'un plongeoir situé à une hauteur vertigineuse. Je n'ose pas ouvrir la bouche et me contente d'acquiescer.

La galerie ferme à 18 heures et ne se situe qu'à quelques minutes à pied de l'église où Dominic m'a donné rendez-vous. Je suis le chemin que James m'a indiqué et j'arrive largement en avance. J'observe le vieil édifice en pierre et me poste sous le portique circulaire, soutenu par six colonnes, qui domine Regent Street. La circulation est dense devant le bâtiment de la BBC, tout proche. Je m'amuse à regarder les passants, mais il me tarde de revoir Dominic. J'ai l'impression d'être une gamine qui se souvient soudain, en se réveillant, que c'est le jour de Noël : je sais qu'une divine surprise m'attend – je vais être comblée.

Je suis plongée dans la lecture d'un des panneaux affichés par la communauté lorsque Dominic arrive enfin, et je sursaute en l'entendant prononcer mon nom.

Je fais volte-face, rayonnante.

— Salut ! Tu as passé une bonne journée ?

Il est magnifique dans son costume bleu marine à la coupe impeccable – même mon œil peu exercé le devine – et, un sourire aux lèvres, il m'embrasse sur la joue tout en posant une main dans le creux de mes reins.

— Excellente, merci. Et toi ?

Je me lance dans le récit de mon premier jour à la galerie tandis que Dominic me fait traverser Regent Street et m'entraîne vers l'ouest en direction de Marylebone. Il m'écoute mais ne pose guère de questions, comme si quelque chose le préoccupait.

Alors que nous entrons dans un charmant petit bar à vin, avec une voûte de pierre éclairée par des appliques en verre fumé qui créent des ombres étranges, je finis par poser la question qui me taraude.

— Dominic ? Tu es sûr que tout va bien ?

Il ne me répond qu'une fois que nous sommes installés dans l'une des discrètes alcôves disposées le long des murs et qu'il nous a commandé deux verres de puligny-montrachet.

— Oui, oui, très bien, dit-il sans toutefois croiser mon regard.

— Dominic ? (Je place ma main sur la sienne et il la serre rapidement – trop rapidement – avant de la relâcher.) Qu'est-ce qui se passe ?

Il baisse les yeux vers la table, l'air soucieux.

— Dominic, tu m'inquiètes. Dis-moi ce qui se passe !

La serveuse apporte nos verres, et nous n'échangeons pas un mot tant qu'elle est à portée de voix. J'ai l'estomac noué par l'angoisse. Pourquoi Dominic est-il si froid ? Si distant ? Ce matin encore, il me manifestait son désir sans retenue, mais à présent il a dressé une sorte de barrière entre nous.

— Dominic, dis-je une fois que nous sommes seuls, raconte-moi ce qui ne va pas, s'il te plaît.

Il lève enfin les yeux vers moi, et j'y lis une tristesse et une désolation qui me terrifient.

— Beth, je suis désolé…, articule-t-il avec lenteur.

Soudain, je comprends tout et reçois un véritable coup de poing dans le ventre.

— Non !

La fureur fait bouillir mon sang dans mes veines. Je refuse de le laisser faire ça.

— Je suis désolé, répète-t-il en contemplant ses mains croisées devant lui, les traits crispés comme s'il souffrait. J'y ai réfléchi toute la journée et…

— Ne dis pas ça. Donne-nous au moins une chance !

Je déteste avoir l'air de le supplier, mais c'est plus fort que moi.

— Justement, rétorque-t-il en relevant les yeux. Je ne peux pas me permettre de nous donner une chance.

— Pourquoi ?

J'ai l'impression d'être emportée par une avalanche, ballottée par une force incroyable qui me retourne complètement, mais je m'efforce de rester calme.

— Ce qui s'est passé hier soir… pour moi, c'était merveilleux, magique… Est-ce que je ne suis qu'une pauvre niaise ? Est-ce que ce genre d'expérience t'arrive tout le temps ? Parce que j'ai cru que ça signifiait quelque chose pour toi aussi – qu'on vivait un moment unique…

— Mais bien sûr que c'était unique ! s'écrie-t-il d'un air peiné. C'était vraiment une expérience à part. Ce n'est pas ça, le problème, Beth.

— Qu'est-ce que c'est, alors ?

La pensée qui me hante depuis quelques jours – et que j'ai essayé de refouler de toutes mes forces – s'impose à mon esprit. *Tu sais très bien de quoi il s'agit*, me chuchote une petite voix avec une joie mauvaise. *Tu as vu quelque chose, mais il l'ignore…*

— Est-ce que tu vois quelqu'un d'autre dont tu ne m'aurais pas encore parlé ?

— Non, souffle-t-il en fermant les yeux et en secouant la tête. Non.

— Mais alors…

Allez, me chuchote la petite voix sournoise, *cesse de jouer les imbéciles. Tu en sais plus qu'il ne croit. Tu dois le lui dire.*

J'ai envie de me défendre et de hurler : *Mais ce n'était pas lui ! Je n'ai pas vu de marques sur son corps !*

Peut-être qu'elle maîtrise l'art de ne pas laisser de traces, insinue la petite voix.

Oh, non ! Je n'avais pas envisagé cette possibilité… J'ai l'impression que le monde s'écroule autour de moi. Quand j'arrive enfin à parler, c'est d'un ton hésitant, presque effrayé.

— Est-ce que c'est à cause de ce que tu fais avec Vanessa ?

Mes paroles l'ont clairement choqué. Il se fige puis ouvre la bouche, comme s'il voulait dire quelque chose mais ne trouvait pas les mots.

Je prends mon courage à deux mains et avoue :

— J'ai tout vu.

— Tu as vu quoi, exactement ?

Je craignais qu'il ne soit en colère, mais son expression reflète surtout une profonde perplexité. J'hésite entre poursuivre et me taire, mais il me sonde de ce regard sévère et glacial que j'ai appris à redouter.

— Beth, je veux savoir ce que tu as vu.

Des images de la scène me reviennent en tête : l'homme à genoux, en train d'embrasser le battoir, le mouvement régulier du bras de la femme, le théâtre d'ombres de cette étrange bastonnade.

Je me lance d'une voix ténue, tête basse.

— J'ai vu… Samedi soir, j'ai vu ce qui se passait dans ton appartement. Les voilages étaient tirés, mais l'éclairage les rendait transparents et… je vous ai vus, Vanessa et toi. Enfin, je crois l'avoir reconnue mais je n'en suis pas sûre.

J'ose enfin affronter son regard, ces magnifiques yeux noirs qui reflètent la flamme de la bougie, et il me répugne de devoir dire ce que je m'apprête à dire.

— Je l'ai vue te frapper. Au début, tu étais couché en travers de ses genoux comme un gamin capricieux, puis vous avez changé de position. Ensuite tu t'es allongé sur cette espèce de tabouret bizarre, et elle t'a fouetté avec une sorte de ceinture en cuir.

Dominic me dévisage, et je crois le voir pâlir.

— Voilà ce que j'ai vu, poursuis-je d'une voix plate. Je sais ce que vous faites, tous les deux. Est-ce que c'est la raison pour laquelle tu veux me larguer sans même nous accorder une chance ?

— Oh, Beth…, soupire-t-il avant de s'interrompre le temps de trouver ses mots. Oh, mon Dieu. Je ne sais vraiment pas quoi te dire. La scène que tu viens de décrire a eu lieu dans mon appartement ?

J'acquiesce.

— Et tu en as déduit qu'il s'agissait de Vanessa et moi ?

— Qu'est-ce que tu voulais que je pense ? Il s'agit de ton appartement, et je vous y ai déjà vus ensemble. Qui cela pouvait-il être d'autre ?

Dominic réfléchit un moment avant de répondre.

— OK, je crois comprendre ce qui s'est passé. Tu as raison sur un point : c'est bien Vanessa que tu as aperçue. Elle a un double des clés de chez moi, comme tu as dû t'en douter en la voyant débarquer l'autre soir. Par contre, poursuit-il en soutenant mon regard, l'homme qu'elle frappait… ce n'était pas moi. Je te le promets.

— OK, mais… qui est-ce que tu autorises à venir se faire battre chez toi, comme ça ?

— « Autoriser » est un bien grand mot… Je n'aime pas qu'on se serve de mon appartement comme ça. Mais Vanessa savait que j'étais absent ce soir-là, et un de ses clients a pour fantasme de jouer le riche magnat qui se fait flageller dans son intérieur cossu. Elle a dû l'amener chez moi parce qu'elle savait que le décor lui plairait. Je ne lui ai pas expressément interdit de le faire, mais je lui ai déjà demandé de ne pas me mêler à son travail, de près ou de loin. Elle abuse un peu de notre relation passée.

Je ne suis pas sûre de comprendre.

— Attends… Tu as bien dit « un de ses clients » ? « Son travail » ? Vanessa est… C'est une prostituée ?

Je n'arrive pas à le croire. Cette femme ravissante et sophistiquée est en fait une pute ? Ça me paraît peu plausible. Pourquoi aurait-elle besoin d'exercer un tel métier ?

Dominic laisse échapper un long sifflement et s'adosse à sa chaise.

— Quelle galère ! Bon, maintenant que la boîte de Pandore a été ouverte, j'imagine que je vais devoir tout t'expliquer.

— J'aimerais bien, oui, dis-je avec une pointe de sarcasme.

— OK. J'allais te parler de moi, de toute façon, mais commençons par Vanessa.

Il soulève son verre, sur lequel perlent des gouttes de condensation, et boit une gorgée, comme s'il avait besoin de se donner du courage. Je l'imite et goûte le vin blanc frais et minéral qu'il a choisi. Un peu de courage en bouteille ne me fera pas de mal non plus.

Enfin, Dominic redresse les épaules, croise les mains devant lui et me regarde dans les yeux.

— Premièrement, Vanessa n'est pas une prostituée. Du moins, pas dans le sens où tu l'entends. Elle fait payer ses clients, bien sûr, mais ne couche quasiment jamais avec eux. Les services qu'elle propose sont d'une tout autre nature.

C'est une maîtresse, ou dominatrice professionnelle, en quelque sorte. Sa spécialité consiste à offrir à des gens qui ont des désirs particuliers un cadre privé et sûr dans lequel ils peuvent vivre pleinement leurs fantasmes.

J'absorbe ces informations en silence. Les rares fois où j'ai entendu parler de dominatrices, c'était dans des films ou dans des histoires qui se moquaient de ces pratiques. Je n'avais encore jamais envisagé qu'elles existent dans le monde réel. Voilà donc le métier de Vanessa ?

Dominic poursuit ses explications.

— Pour la plupart des gens, les relations sexuelles et amoureuses suivent un schéma tout simple : un homme et une femme se déshabillent et baisent. On appelle ça le « sexe à la vanille ». Tu as déjà dû voir les couvertures des magazines de cul représentant ce qui passe généralement pour le fantasme masculin de base : des photos en couleur avec des seins nus et des chattes ouvertes, sur lesquels les mecs sont censés se branler.

Je suis un peu déroutée d'entendre des mots pareils sortir de la bouche de Dominic, surtout qu'il les prononce avec une sorte de mépris glacial.

Il se penche vers moi, me consacrant toute son attention.

— Mais beaucoup d'entre nous avons des fantasmes complètement différents de ce modèle-là. Nous avons besoin d'autre chose, et pas seulement en imagination. En actes, aussi.

Il dit « nous », donc il s'inclut là-dedans. Oh, mon Dieu ! Qu'est-ce qu'il va m'annoncer ?

— Tu te rappelles ce bar en sous-sol, *L'Asile* ? demande-t-il soudain.

Il attend que j'acquiesce pour poursuivre.

— Il appartient à Vanessa. En fait, l'immeuble entier lui appartient. Les gens y viennent pour vivre leurs fantasmes et satisfaire leurs désirs sans crainte. C'est un peu une sorte de refuge, qu'elle a créé pour celles et ceux qui partagent ses goûts.

Tandis que je digère ces informations, je revois les femmes et l'homme attachés dans leur cage.

— C'est une dominatrice…, dis-je, toujours pas revenue de ma surprise.

— Et tous les doms ont besoin de soumis, sinon aucun jeu n'est possible, conclut-il en esquissant un sourire – le premier de la soirée. C'est une histoire d'offre et de demande, de yin et de yang.

Il se tait pendant un moment, comme perdu dans ses souvenirs, puis reprend :

— J'ai rencontré Vanessa quand j'étudiais à Oxford. Elle m'a tout de suite plu ; l'attirance entre nous était électrique. Je venais de rentrer des États-Unis et ne connaissais personne, donc j'étais d'autant plus ravi de rencontrer une femme comme elle. Elle avait un comportement très singulier et n'a pas tardé à me dévoiler ses… préférences. Au début, c'était plutôt joueur : elle m'attachait au lit, m'excitait, puis me laissait en plan, parfois très longtemps. Elle me rendait fou, mais j'adorais ça. Rapidement, elle a commencé à utiliser des accessoires – foulards, cordes… Elle aimait me bander les yeux et me bâillonner avant de me faire subir ses petits caprices. Puis elle m'a initié à la fessée. Gentiment, d'abord – quelques claques administrées à la main –, puis elle est passée aux choses sérieuses. Elle apportait des battoirs et des ceintures de cuir, et consacrait le plus clair du temps qu'on partageait à me frapper. Elle aimait ça… Oh, elle aimait vraiment ça !

Ses yeux brillent à l'évocation de ce souvenir.

Il n'est donc pas très différent de l'homme que j'ai vu dans son appartement. Je n'apprécie pas du tout ce que je ressens en imaginant Vanessa et Dominic en train de faire l'amour – il s'agit d'un mélange de jalousie brûlante et d'excitation secrète à me représenter Dominic allongé sur un lit et transporté jusqu'aux confins du plaisir.

— Et toi ? Tu aimais ça ?

Il pousse un nouveau soupir et reprend une gorgée de vin.

— C'est très difficile à concevoir si tu n'as jamais essayé, mais, aussi incroyable que cela puisse paraître, le plaisir et la douleur sont très étroitement liés. La douleur ne constitue pas forcément la pire chose au monde, au contraire. Elle peut stimuler, exciter et rendre le plaisir d'autant plus intense. Si, en plus, cela fait écho à des fantasmes ou des penchants déjà en germe chez la personne – le désir de se sentir contrôlé, par exemple, ou celui d'être puni, traité comme un sale gamin ou une petite coquine à qui il faut apprendre les bonnes manières – eh bien, ça peut devenir carrément explosif.

J'essaie de comprendre, mais je n'arrive toujours pas à imaginer qu'on puisse prendre son pied à se faire battre et à souffrir. En tout cas, je ne m'imagine pas prendre mon pied comme ça, moi. Je ne pense pas nourrir le désir secret de me faire punir. Mes fantasmes sont des fantasmes d'amour.

Dominic continue ses explications, bien décidé à se délester de toute cette histoire.

— J'étais prêt à suivre Vanessa jusqu'à un certain point, mais pas au-delà, or elle en voulait davantage. Elle rêvait de m'utiliser pour mettre en scène une vraie flagellation, mais je n'en avais pas envie. Passé un certain stade, ses petits jeux ne me faisaient plus aucun effet. C'est à cette époque qu'on a découvert *Le Club*.

— *Le Club* ?

— Oui. C'est une sorte de société secrète qui se réunit dans un hangar désaffecté sur les quais de la Tamise. Ça ne paie pas de mine de l'extérieur, mais l'intérieur est entièrement consacré à l'art de la flagellation. On y trouve tout l'équipement adéquat – des choses qu'il serait délicat de stocker chez soi, comme des barres d'écartement, des croix, des rails avec des chaînes, etc.

Je déglutis péniblement. *Il parle d'une chambre de torture, là! Oh, mon Dieu! C'est le genre de choses qu'on essaie d'interdire, pas d'encourager, non? Est-ce qu'Amnesty International est au courant?*

Dominic lit l'expression sur mon visage.

— Je sais que ça a l'air sinistre, comme ça, mais je t'assure que c'est entièrement consensuel. Personne ne subit jamais rien contre son gré. Ma première expérience du *Club* a été hallucinante. J'y ai vu un homme flageller une femme, et il n'y est pas allé de main morte.

Il s'interrompt un instant, le regard perdu dans le vide, et je devine qu'il revit son souvenir.

— Elle était enchaînée à une croix de saint André – tu sais, une croix en forme de X – avec des menottes aux poignets et aux chevilles, et il a utilisé sept instruments différents. Il a commencé doucement, avec du crin de cheval, mais ça s'est terminé par un truc qu'on appelle « chat à neuf queues », sauf que celui-là comptait une bonne vingtaine de lanières. À la fin, elle était complètement à vif. C'était incroyable.

Je visualise assez bien la scène : une femme qui hurle de douleur, le dos ensanglanté, tandis qu'un homme ivre de domination la fouette de toutes ses forces. *Comment est-ce qu'on peut trouver ça plaisant?*

Je risque une timide question.

— Mais... et le sexe? Ça intervient quand, dans tout ça?

— Le sexe? demande Dominic, interloqué.

— Il s'agit bien d'une sorte de jeu sexuel, non ? Je suis peut-être complètement à côté de la plaque mais… à quel moment ils ont couché ensemble ?

— Les règles du *Club* stipulent qu'il ne peut y avoir pénétration que si les deux partenaires se trouvent dans un lieu privé et que ça fait partie du scénario sur lequel ils se sont mis d'accord. Mais nombreux sont ceux qui ressentent une forme de plaisir érotique sans ce que tu définirais comme un rapport sexuel. Pour eux, le sexe et la flagellation ne font qu'un. Ou pas, ça dépend. La relation de pouvoir entre les deux participants suffit souvent à assouvir leurs désirs.

Je le contemple en silence. Il a raison : je n'avais encore jamais envisagé que de telles pratiques existent vraiment.

— Et donc Vanessa et toi êtes devenus membres de ce club ?

— Oui. Vanessa était aux anges : elle avait enfin trouvé son terrain de jeu – la famille qu'elle cherchait depuis si longtemps. *L'Asile* est en quelque sorte le fils spirituel du *Club*, mais en plus élaboré – on y trouve plus que de la simple domination.

— Ah bon ? Parce qu'il y a plus ?

— Oh, oui ! s'exclame Dominic dans un éclat de rire. Bien plus… Mais si je commence à te parler de ça, je n'arriverai jamais à t'expliquer pourquoi je ne pourrais jamais être l'homme que tu as vu dans mon appartement.

— Et pourquoi ?

Il me regarde droit dans les yeux pour me répondre.

— Parce que, quand j'ai assisté à cette flagellation, j'ai acquis la certitude que je ne voulais en aucun cas me retrouver attaché à cette croix ou sentir la morsure de ces cruels instruments de torture. Je voulais être celui qui tient le fouet, ajoute-t-il après une brève hésitation. Je ne voulais plus recevoir de coups, je voulais en donner.

Je ne sais pas quoi dire et me contente de le dévisager, estomaquée.

Dominic pousse un long soupir, l'air abattu.

— Je n'avais pas l'intention de t'apprendre tout ça de cette façon. Je m'y suis pris comme un manche.

Trop occupée à faire le rapprochement avec ce que je sais déjà, j'entends à peine ses excuses.

— C'est à ça que tu faisais allusion quand tu m'as dit que tes désirs et ceux de Vanessa ne coïncidaient plus ?

— J'en ai bien peur, oui, répond-il en acquiesçant lentement. Il n'y a pas la place pour deux personnalités dominantes dans une même relation – pas quand le rapport de force constitue le moteur de la dynamique sexuelle. Mais surtout, nous n'étions plus amoureux. Cette partie-là de notre histoire était terminée, et nous sommes devenus amis – ce que nous aurions dû être depuis le début. Notre expérience commune de ce milieu a créé des liens très forts entre nous.

— Un peu comme des menottes, quoi, dis-je sur un ton sarcastique.

Il éclate de rire et, vexée, je proteste :

— Je ne plaisante pas ! Tout ça est super bizarre pour moi, tu sais.

Je me penche vers lui et l'examine un instant. J'aurais dû me douter qu'une beauté pareille cachait une personnalité terriblement complexe.

— Tu es en train de me dire que tu ressens le besoin de flageller des femmes, c'est ça ?

Il reprend une gorgée de vin. *Mes questions le mettraient-elles mal à l'aise ?*

— Je ne sais pas bien comment t'expliquer ça, Beth. Tu ignores tout de cet univers, donc des choses qui me paraissent parfaitement normales vont te sembler complètement abracadabrantes. Crois-le si tu veux, mais beaucoup de femmes prennent un immense plaisir à se faire dominer. Et il me plaît beaucoup de les contrôler.

Je ne sais vraiment plus quoi dire. J'essaie de me représenter cet homme, si normal au premier abord, en train de fouetter le dos d'une femme vulnérable. Un mélange de colère et de tristesse me submerge, sans que je comprenne vraiment d'où viennent ces émotions. Avant même de me rendre compte de mes gestes, je me lève et repousse ma chaise, qui crisse sur les dalles de pierre.

— Je comprends mieux pourquoi tu ne veux pas de moi, dis-je d'une voix tremblante. Ce qu'on a partagé hier soir ne te suffira jamais. C'était une expérience magnifique pour moi, mais j'imagine que, puisque tu n'as pas pu me tabasser comme un sauvage, tu n'as pas dû trouver ça très satisfaisant. Merci de m'avoir mise au courant.

— Beth ! Non ! Il ne s'agit pas de ça ! s'écrie-t-il, blessé.

Je ne le laisse pas poursuivre.

— Laisse tomber, je comprends. Il faut que j'y aille.

Je tourne les talons et fonce vers la porte. Dominic se lève à son tour et crie mon nom, mais il ne peut pas partir sans payer, et je me dépêche de héler un taxi.

— Randolph Gardens, dis-je dans un souffle en refermant la portière.

Je passe tout le trajet à frissonner comme si la température avait soudain chuté de vingt degrés.

Chapitre 10

James remarque immédiatement mon changement d'humeur lorsque j'arrive à la galerie le lendemain.

— Tout va bien ? me demande-t-il en m'inspectant pardessus ses lunettes. Vous ne semblez pas aussi enthousiaste qu'hier, ma chère.

— Si, si, je vais bien, dis-je en m'efforçant de sourire.

— J'ai compris. C'est une histoire de cœur, c'est ça ? Ne vous en faites pas, je suis passé par là. Vous n'imaginez pas à quel point je suis heureux qu'Erlend et moi formions un vieux couple paisible, bien loin des affres de la séduction. Ce que l'on perd en frissons, on le gagne largement en tranquillité, devise-t-il d'un air compatissant. Mais cela ne veut pas dire que j'ai oublié combien ça peut faire mal. Promis, je ne vais pas vous poser de question – je me contenterai de vous distraire.

Je ne vois pas bien comment James compte s'y prendre pour me faire oublier les révélations de Dominic. Je ne cesse d'y repenser. Je n'ai pas dormi de la nuit, le cerveau encombré par des images de Dominic en train de brandir toutes sortes d'instruments avec un rire diabolique avant de les abattre violemment sur le dos d'une femme soumise.

Dominic – un homme qui aime frapper les femmes. Comment est-ce possible ? Je ne comprends pas, et je ne suis même pas sûre de vouloir comprendre.

J'ai beau essayer de me convaincre, cela ne change rien à ce que je ressens pour lui. Il me manque et continue d'occuper mes pensées, malgré tous les efforts de James, qui me charge de valider les épreuves du catalogue de l'exposition à venir. Je n'ai aucune nouvelle de Dominic et, les heures passant, je sens la déprime me gagner. Je ne le reverrai sans doute jamais.

Le soir, je rentre directement à la maison, m'arrêtant uniquement pour faire quelques courses. J'essaie de me persuader que je ne surveille pas du tout l'appartement d'en face dans l'espoir d'y apercevoir Dominic. La vérité, c'est que je meurs d'envie de le voir – comme une droguée qui attend sa dose – mais, en même temps, j'en ai un peu peur. S'il apparaît à sa fenêtre, arriverai-je à me retenir d'aller sonner chez lui ?

À 20 heures, le salon de Dominic est toujours plongé dans le noir et je tourne en rond dans le mien comme un lion en cage. À plusieurs reprises, j'attrape mon téléphone pour lui envoyer un message puis me ravise au prix d'un immense effort, le tout en me demandant où il est et ce qu'il fait. Je suis sur le point de retourner à *L'Asile* pour voir s'il s'y trouve lorsque l'on frappe à ma porte.

Je me fige. *C'est lui. C'est sûr. Lui ou le portier…*

J'ouvre la porte d'un geste hésitant, le cœur battant à tout rompre. Dominic se tient devant moi, un bras appuyé au chambranle. Pour la première fois depuis que je le connais, il a une mine atroce. Il a un début de barbe, les yeux cernés et injectés de sang, et on dirait que lui non plus n'a pas fermé l'œil de la nuit. Son jean et son tee-shirt gris tout froissé lui donnent un air négligé. Il a les yeux rivés au sol mais relève la tête lorsqu'il devine ma présence.

— Salut, murmure-t-il. Je suis désolé, tu n'as probablement aucune envie de me voir, mais il fallait que je vienne…

— Ce n'est pas vrai, dis-je avec un pauvre sourire. J'avais envie de te voir, moi aussi. Tu m'as manqué.

Il a vraiment l'air abattu.

— Mais tu es partie tellement vite hier soir… Tu semblais horrifiée, choquée… dégoûtée.

Il se passe une main dans les cheveux, les ébouriffant au passage. C'est absurde, mais ça le rend terriblement sexy. Moi qui croyais aimer le Dominic élégant et tiré à quatre épingles, je me rends compte que je l'apprécie encore plus au naturel.

— Je m'y suis vraiment mal pris, Beth, reprend-il en me suppliant du regard. Je n'aurais pas dû te présenter les choses de façon aussi abrupte. De toute évidence, tu te fais une idée fausse.

J'ai la gorge sèche et déglutis péniblement avant de demander :

— Et c'est quoi, la vraie idée ?

— Tu crois que j'aime tabasser des femmes, mais ce n'est pas ça du tout, je t'assure. Tu veux bien m'accorder une seconde chance de m'expliquer ? S'il te plaît ?

Je le dévisage longuement. Je serais bien incapable de le renvoyer chez lui aussi sec, mais je suis tellement sonnée de me retrouver en sa présence que mon cerveau fonctionne au ralenti.

— Bien sûr. Entre.

Je recule pour le laisser passer et il me rejoint dans le vestibule. Il ne m'en faut pas davantage. Dès qu'il s'approche, je hume son parfum irrésistible, à la fois citronné et épicé. Je fonds littéralement de le sentir aussi près de moi ; mes genoux flageolent et je ne peux détacher mon regard de sa bouche tandis que mes propres lèvres s'entrouvrent sous l'effet du désir.

— Beth, souffle-t-il d'une voix rauque avant de m'embrasser passionnément.

Un bonheur indicible m'entraîne dans une tornade de velours, un tourbillon de sensations merveilleuses, puissantes, douces et ténébreuses à la fois. Le goût de Dominic et l'expression de son désir réveillent en moi une faim telle que je n'en avais jamais connu. J'ai terriblement envie de lui, et il suffit que ma langue effleure la sienne pour que mon sexe réagisse. Je sens l'érection de Dominic contre mon ventre – il est aussi excité que moi. Nous n'exerçons plus aucun contrôle, ni l'un ni l'autre ; nous sommes entièrement guidés par notre instinct et par la force de notre désir.

Dominic glisse les mains sous mon petit haut et le fait passer par-dessus ma tête, dévoilant mon soutien-gorge. Il baisse la tête et dépose de petits baisers brûlants à la naissance de mes seins, mais se redresse bien vite pour m'embrasser avec fougue. Je le goûte de nouveau avec ferveur et soulève son tee-shirt d'une main fébrile. Il prend le relais et l'ôte d'un geste fluide, puis presse son torse nu contre ma poitrine. Sa peau contre la mienne est un ravissement de tous les sens.

Son baiser se fait plus intense ; il me mordille les lèvres et aspire doucement ma langue. La tension que je sens monter en lui attise mon propre désir. Je griffe très légèrement son dos large et musclé, lui arrachant un grognement qui résonne dans ma bouche, puis je défais à la hâte les boutons de son jean. Aussitôt, je sens la chaleur qui irradie de son érection, tendue contre le tissu de son boxer. Je glisse la main à l'intérieur et caresse sa peau veloutée avant de refermer la paume dessus, le faisant gémir de nouveau. De son côté, il défait la fermeture de ma jupe, qui glisse à mes pieds. Puis il introduit ses doigts dans ma culotte et effleure mon sexe brûlant et engorgé. Il caresse mes lèvres humides puis glisse un doigt à l'intérieur, et je retiens mon souffle, l'embrassant avec une passion renouvelée. Il remonte un doigt vers mon clitoris, qu'il titille par de petits mouvements circulaires. Les sensations qu'il me procure ainsi me font frissonner, et je raffermis ma prise sur son pénis tendu. Nos gestes se font plus précis, plus pressants. De nouveau, il glisse un doigt en moi, puis deux, et je rejette la tête en arrière avec un cri d'extase. Il accentue son mouvement, de plus en plus fort.

— Je ne pense qu'à toi depuis qu'on a baisé, murmure-t-il. J'ai sans cesse envie de te sentir… de te goûter…

Pour toute réponse, je tire son pantalon vers le bas. Il me lâche à regret le temps que je fasse descendre son jean et son boxer le long de ses jambes musclées. Lorsque j'atteins ses pieds, je m'agenouille devant lui et presse mon visage contre son érection, humant l'odeur subtile de son excitation. Dominic passe les mains dans mes cheveux et entortille quelques mèches autour de ses doigts. Son sexe m'attire irrésistiblement, et j'ai envie de l'aimer – de lui donner autant de plaisir que j'espère en retirer bientôt. Je promène mes lèvres sur toute la longueur, émerveillée par le contraste entre la rigidité de son érection et la douceur de sa peau. Quand j'arrive à son gland, je glisse une main sous ses testicules, que je caresse doucement. J'entends Dominic retenir son souffle lorsque je les taquine de l'index puis, sans plus attendre, je prends son sexe dans ma bouche, passant la langue autour de son gland avant de le sucer avec avidité, sans cesser de le stimuler de mon autre main. Dominic commence à remuer les hanches et resserre sa prise sur mes cheveux, emporté par l'intensité du plaisir que je lui procure. Son excitation enflamme la mienne, et je me demande combien de temps je vais supporter cette délicieuse torture lorsque, soudain, il s'écarte.

— Tu vas me faire jouir, souffle-t-il d'une voix rauque.

Aussitôt, il s'agenouille par terre à côté de moi et m'embrasse avec fougue tout en me poussant doucement jusqu'à ce que je me retrouve allongée sur les dalles de marbre. La fraîcheur du sol contraste avec nos peaux brûlantes et me fait frissonner de plaisir. Puis, avec un soupir, je sens Dominic positionner son gland à l'entrée de mon sexe avant de me pénétrer d'un seul mouvement, me comblant de sensations délicieusement indécentes. Je croise les chevilles dans son dos pour trouver l'angle idéal. J'ai envie – non, besoin – qu'il s'insinue au plus profond de moi et qu'il me pousse toujours plus loin vers l'extase.

Une espèce de furie passionnée s'empare de nous, et les coups de reins de Dominic sont si puissants que notre baiser est interrompu.

Soudain, d'une seule main, il s'empare de mes deux poignets et les plaque au sol, au-dessus de ma tête. Un courant d'excitation me parcourt l'échine. Voici donc ce que ça fait d'être dominée, immobilisée sous le poids de son corps tandis qu'il prend les commandes. Quelle sensation incroyable !

— Oh oui, ma belle, chuchote-t-il entre ses mâchoires serrées, le regard enfiévré par son propre plaisir. Vas-y, jouis pour moi.

Ses mots m'excitent au plus haut point, me donnant l'impression qu'il prend possession de ma jouissance. Même l'esprit embrumé par l'érotisme intense de ce moment, je me demande si c'est un avant-goût de ce que je ressentirais en me soumettant aux pulsions de Dominic. Si c'est le cas, j'ai peut-être sous-estimé l'intérêt de la chose. Chacun de nos mouvements fait peser son pelvis contre mon clitoris et l'entraîne un peu plus loin en moi. Un plaisir de plus en plus intense rayonne dans tout mon corps, et j'ai l'impression d'être soulevée toujours plus haut par des vagues toujours plus puissantes. L'intensité de mes sensations devient presque insupportable et, alors que je n'en peux plus, l'orgasme me frappe de plein fouet et m'emporte dans un tourbillon étourdissant. Je pousse un cri inarticulé et me raidis, tandis que Dominic accélère la cadence et, dans un gémissement sourd, jouit en donnant de longs coups de reins.

Pendant quelques instants, nous restons allongés là, haletants, Dominic toujours en moi. Je lui caresse le dos, un sourire béat sur les lèvres, mais il se retire et je me rends compte qu'il a l'air soucieux.

— Dominic ? Qu'est-ce qu'il y a ?

— Je n'ai pas mis de préservatif, dit-il.

Effectivement, je sens sa semence couler le long de ma cuisse.

— Oh… Bon, je prends la pilule. Ça fait des années, et je n'ai pas pensé à arrêter quand on s'est séparés, Adam et moi. Par contre…

— Je sais, ce n'est pas le seul problème, et je n'aurais pas dû me laisser emporter comme ça, achève-t-il, l'air soudain sérieux. Écoute, je me fais régulièrement tester, histoire d'être tranquille. Je suis en parfaite santé, tu n'as pas de souci à te faire.

J'aimerais en dire autant, mais je me rappelle soudain qu'Adam couchait avec une autre en secret, et que je n'ai aucun moyen de savoir combien elle avait de partenaires ou s'ils utilisaient des préservatifs. Les larmes me montent aux yeux.

— Qu'est-ce qu'il y a, ma belle ? demande Dominic en me caressant tendrement les cheveux.

Une fois que je lui ai expliqué d'une voix tremblante, il reprend :

— À mon avis, tu n'as pas de raisons de t'en faire, mais, si ça peut te rassurer, je vais te prendre rendez-vous avec mon médecin. Il est tout près, sur Harley Street, et il est fantastique. Ou alors, si tu préfères, il y a une femme qui exerce dans le même cabinet. Ça en vaut la peine, si ça peut te tranquilliser…

Touchée par sa sollicitude, je l'embrasse sur la joue.

—Oui, je crois que je vais faire un test. Comme ça, je pourrai vraiment oublier Adam et tout ce qui le concerne.

—Super, conclut-il en déposant un léger baiser sur mes lèvres. Et si on se levait ? Le sol commence à devenir dur et froid, tu ne trouves pas ?

Je me douche la première et, lorsque Dominic ressort de la salle de bains en jean et en tee-shirt, je l'attends dans le canapé, drapée dans le peignoir en soie de Celia, un verre de vin à la main, un autre pour lui sur la table basse.

—Ce n'est pas ce que j'avais en tête en venant te voir, tu sais, fait-il remarquer avec un sourire en s'installant dans le fauteuil en face de moi. Ou peut-être que si, après tout…

Je lui rends son sourire avant d'avouer :

—J'ai passé une journée horrible.

—Moi aussi, convint-il avant de s'assombrir de nouveau. Mais il faut quand même qu'on discute.

—Je sais, dis-je avec un soupir. Ce n'est pas facile pour moi, Dominic. J'ai vraiment du mal à comprendre qu'une expérience comme celle qu'on vient de vivre ne puisse pas te suffire. Tu en veux plus, tu as envie de ce monde étrange que Vanessa t'a fait découvrir.

Dominic acquiesce lentement.

—Je ne me l'explique pas bien moi-même. Disons que c'est un peu comme une drogue. Une fois que tu as pris l'habitude de puiser ton plaisir à cette source-là, il devient difficile de s'en passer. Pour le moment, ce que nous vivons ensemble est incroyable, vraiment. Je mentirais si je prétendais le contraire, mais… je connais la suite, dit-il tandis qu'une soudaine tristesse passe sur ses traits. Dans quelque temps, ça ne va plus me satisfaire pleinement, et je vais commencer à vouloir pimenter les choses avec un peu de danger. Je vais ressentir le besoin de te contrôler, dit-il en soutenant mon regard de ses yeux perçants. Et toi, tu ne veux pas qu'on te contrôle.

— Tu n'en sais rien ! Peut-être que si, justement !

— Non. La plupart des soumis développent cette tendance très jeunes, au moment où leur sexualité s'épanouit. Je veux que tu me comprennes : je ne cherche pas à battre des femmes, c'est plus compliqué que ça. J'aime exercer un contrôle sur des personnalités qui désirent se soumettre et recevoir une correction de ma part. Naturellement, comme je suis hétéro, mes partenaires sont des femmes, mais personne ne se fait agresser ou humilier. Nous agissons toujours dans la bonne entente et en toute sécurité. Si tu éprouvais le désir de te faire fouetter ou fesser, tu le saurais sans doute déjà.

Je le dévisage un moment avant de le contredire.

— Pourtant, ça n'a pas été ton cas.

— Qu'est-ce que tu veux dire ? demande-t-il, surpris.

— Si j'ai bien compris ton histoire, tu n'as ressenti ce genre de pulsion que quand Vanessa t'a montré ce qu'elle attendait de toi. Et encore, ce n'est qu'en assistant à une flagellation que tu as découvert ton penchant dominateur.

Il prend le temps d'examiner mon argument, caressant d'un geste distrait le bras de son fauteuil.

— Tu as raison, admet-il enfin. Mais je ne sais pas si la même règle s'applique aux doms et aux soumis.

D'une voix presque implorante, je demande :

— Qu'est-ce qui nous empêche de continuer ? On verra bien ce que ça donne. Peut-être que, cette fois, tu ne ressentiras rien de ce genre.

— Je ne peux rien te promettre, Beth. Ça s'est toujours déroulé de cette façon jusqu'à présent. Je ne voudrais pas que tu nourrisses des sentiments pour moi et que tu souffres si, un jour, je te quitte parce que ça ne peut plus coller entre nous.

— C'est un peu tard, dis-je à mi-voix.

— Je sais. Je suis désolé, souffle-t-il, incapable de croiser mon regard.

J'observe son beau corps dégingandé, trop grand pour le délicat fauteuil de Celia, et me demande comment on en est arrivés là.

— Donc tu persistes ? Malgré ce qui vient de se passer, c'est fini entre nous ? On ne tente même pas l'aventure ?

Dominic relève la tête et je lis dans ses yeux un immense chagrin.

— J'en ai bien peur.

Complètement accablée, je m'écrie :

— Alors c'était juste un coup tiré dans le vide pour se dire adieu, c'est ça ?

— Tu sais bien que non, proteste-t-il doucement, blessé par mon cynisme.

En moi, la colère le dispute au chagrin.

— Comment peux-tu me dire que tu me veux, que tu n'as pensé qu'à moi pendant tout ce temps – comment peux-tu jouir comme tu viens de le faire ? – et me quitter juste après ?

Il baisse la tête un instant et, quand il la relève, il semble encore plus triste que lorsque je lui ai ouvert la porte. Il se lève doucement et lance :

— Tu sais quoi, Beth ? Je n'en sais rien du tout. Mais, crois-moi, c'est mieux comme ça. Je te le promets.

Il s'approche du canapé et se penche pour m'embrasser. Enivrée malgré moi par sa proximité, je ferme les yeux pour me protéger.

— Beth, murmure-t-il. Je n'aimerais rien tant que te montrer mon côté le plus sombre. Je voudrais pouvoir te révéler toute l'étendue du désir que j'éprouve pour toi et te faire mienne – entièrement mienne. Mais, si tu me suis sur cette route, tu ne pourras plus faire demi-tour, et je ne supporterais pas de t'entraîner là-dedans pour t'y perdre ensuite.

Il marque une courte pause avant de soupirer :

— Je suis désolé.

Je garde les yeux fermés mais je sens qu'il s'écarte, puis j'entends le bruit de ses pas et le claquement de la porte. J'ai l'impression que mon cœur se brise.

Chapitre 11

— Non, maman, je t'assure que ça va.

Je fais une grimace à James, qui vient de déposer une tasse de café sur le bureau devant moi, pour lui indiquer que je n'en ai pas pour longtemps. Il me fait signe de ne pas me presser et s'éloigne pour me laisser parler en toute liberté.

— Tu es sûre, ma chérie ? insiste ma mère d'une voix inquiète. Je me fais du souci pour toi, toute seule dans cette grande ville, tu sais.

— Oui, oui, tout va très bien. Je suis au travail, là, je ne peux pas te parler…

— Tu m'appelles plus tard ? Promis ? Je peux sauter dans un train et venir te rejoindre si tu as besoin de moi. Surtout, n'hésite pas.

— Tu n'as pas besoin de te déplacer, je t'assure. Mais je t'appelle ce soir, promis. Il faut que j'y aille, OK ?

— D'accord. Prends soin de toi, ma chérie. Je t'aime !

— Moi aussi, maman. Au revoir.

Je raccroche, réconfortée. Je n'ai absolument pas mentionné Dominic, mais ma mère a des antennes – elle a très bien senti que mon humeur n'était pas au beau fixe.

James revient me demander où j'en suis avec les épreuves du catalogue, et je lui annonce que j'ai presque fini.

— Magnifique ! Vous avez le sens du détail, chose que j'apprécie énormément. Vous m'ôtez une sacrée épine du pied, vous savez. Je ne suis pas doué pour ça. Parfois, je demande à Erlend de me relire, mais son anglais écrit n'est pas impeccable, et il lui arrive d'ajouter des erreurs au lieu d'en supprimer. On forme une sacrée paire de vieux fous, tous les deux ! rit-il en secouant la tête. Bon, quand vous aurez terminé, j'aurai d'autres tâches à vous confier.

Il m'explique les missions qui m'attendent : organiser une visite privée prévue dans une quinzaine de jours et superviser le décrochage de l'exposition actuelle ainsi que l'accrochage de la suivante. Je ne vais pas m'ennuyer, et James sera libre de se consacrer aux clients – son point fort. Je l'ai déjà vu à l'œuvre face à un homme entré un peu par hasard. Ils ont discuté des artistes représentés par la galerie et de leurs tableaux. Le client semblait réticent au début, craignant sans doute qu'on ne lui force la main, mais James lui a laissé le temps de se détendre et l'a aidé à choisir une toile qui l'inspirait vraiment. Quelques minutes plus tard, l'affaire était conclue.

J'étais très impressionnée par cette performance. Ça ne doit pas être facile de persuader quelqu'un de sortir cinq mille livres sterling de sa poche quasiment sur un coup de tête.

— En période de crise financière, comme celle que nous connaissons actuellement, les gens considèrent l'art comme un investissement, m'a expliqué James. J'ai dû passer un peu de temps à lui assurer que la cote de cet artiste allait au moins se maintenir, voire progresser. C'est ce qui préoccupe les clients en premier lieu, de nos jours, mais ils n'achèteraient pas une œuvre qui ne leur plaît pas plus que ça. C'est un investissement qui peut également leur procurer un réel plaisir.

À présent, il m'observe de son air de grand sage, par-dessus la monture de ses lunettes. Il me rappelle un peu le hibou d'une histoire pour enfants.

— Vous ne semblez pas dans votre assiette, aujourd'hui. Tout va bien ?

— Oui, oui, dis-je d'une voix morne qui trahit mon mensonge.

— Houlà, je crois qu'il est temps que nous ayons une petite discussion, rétorque-t-il avec douceur en s'asseyant en face de moi, les coudes sur le bureau et le menton dans les mains. Les épreuves sont presque corrigées, la galerie est vide… Racontez-moi vos malheurs.

J'ai du mal à croire que nous ne nous connaissons que depuis quelques jours. Nous nous entendons à merveille, et il est capable de parler d'absolument tout : rien ne semble le choquer. J'ai l'impression qu'il a accumulé une riche expérience de la vie et que celle-ci, alliée à sa gentillesse naturelle, fait de lui le parfait confident. Il s'intéresse vraiment à moi, qui plus est. *Et si tu lui avouais la vérité ?*

— Peu importe ce qui vous tracasse, vous pouvez tout me dire, intervient-il, comme s'il avait lu dans mes pensées.

— Eh bien…

Je prends une profonde inspiration et, sans plus réfléchir, je lui déballe toute l'histoire, depuis la première fois que j'ai aperçu Dominic par la fenêtre jusqu'à son refus catégorique de nous donner une chance, hier soir. Quel soulagement de ne plus garder tout ça pour moi ! Quand je finis par me taire, James a l'air franchement perplexe.

— Ah, Beth, fait-il en secouant la tête. Ce ne sont pas des problèmes de cœur classiques que vous me racontez là. Je dirais même que c'est un beau sac de nœuds.

— Je ne sais pas quoi faire. S'il ne veut pas de moi, je ne peux pas le forcer.

— Là n'est pas le problème, très chère, déclare James. Clairement, il vous veut.

— Ah bon ? Vous croyez ?

— Bien sûr. Il est dingue de vous mais ne veut pas vous faire de mal, donc il se sacrifie.

— Mais il n'en a pas besoin, enfin ! Je ne lui ai pas demandé de se sacrifier !

— Non… Vous aussi, vous êtes folle de lui. On ferait n'importe quoi quand on est en proie à une émotion aussi violente. Il anticipe les ennuis et préfère vous épargner, mais vous, vous êtes prête à souffrir plus tard pourvu que vous obteniez du plaisir dans l'immédiat.

Je prends un instant pour réfléchir à ces paroles, les yeux rivés sur le bois clair du bureau, sur les épreuves du catalogue aux illustrations chatoyantes. Puis, d'une petite voix, je me lance.

— Et si j'étais prête à souffrir dès maintenant ?

— Qu'est-ce que vous voulez dire ? demande James, interloqué.

— Dominic a décrit son besoin de contrôler l'autre comme une forme d'addiction – une sorte de drogue. Peut-être que je peux entrer dans ce monde avec lui et qu'on trouvera ensemble un moyen de le faire décrocher et de lui permettre de vivre sans ces mises en scène.

Maintenant que j'ai formulé cette idée, elle s'impose comme une évidence. Une bouffée de joie me submerge : je crois bien avoir trouvé la solution parfaite à mon problème. Pour être avec Dominic, je ne reculerai devant rien et n'hésiterai pas à me frotter à ce milieu. Je repense à la façon dont il m'a tenu les poignets et ordonné de jouir pour lui lorsque nous avons fait l'amour hier, et le souvenir de l'intense orgasme qui m'a secouée me procure un petit frisson. Cette initiation à la douleur pourrait peut-être s'avérer étonnamment plaisante...

— Il ne s'agit pas d'une plaisanterie, Beth, m'avertit James, l'air vaguement inquiet. Dominic vous a bien fait comprendre qu'il ne souhaitait pas vous mêler à cette partie de sa vie. C'est peut-être un aspect de sa personnalité que, au fond, il n'apprécie pas vraiment, ou qu'il ne veut pas partager avec vous.

— S'il ne veut pas partager ça avec moi, alors on ne pourra jamais construire une relation, or je le désire plus que tout, déclaré-je d'un ton catégorique. Et puis... (Je me sens rougir à l'idée d'avouer un truc pareil – à mon chef, qui plus est.)... je crois que je suis curieuse, aussi. Je veux comprendre le pouvoir qu'exerce cet univers. J'ai mis ma vie en sourdine pendant des années ; il est hors de question que je retourne à cette existence de somnambule.

— Alors là, d'accord, reprend James en haussant les sourcils. Si vous le faites pour vous, et pas seulement pour lui, c'est différent. Disons que ça me paraît moins dangereux. Je n'aimerais pas beaucoup vous voir entreprendre ce genre d'expérience juste pour garder votre homme. Le BDSM ne m'a jamais attiré, fait-il remarquer d'un ton pensif. Ça veut dire « Bondage, Domination et Sado-Masochisme ». Beaucoup de gays fréquentent cet univers, pourtant, notamment des fétichistes du cuir qui aiment se faire attacher et punir. J'avais des amis – un couple – qui adoptaient un rapport de maître à esclave dès qu'ils se retrouvaient seuls ou en présence d'amis proches. Je trouvais ça très bizarre, commente James en fronçant les sourcils. Ça ne me plaisait pas du tout de les voir jouer cette mascarade ; ça me mettait franchement mal à l'aise. Gareth tenait la place du maître et Joe celle de l'esclave. Gareth l'appelait « ça » ou « 1 », et Joe vivait littéralement sous ses ordres : il faisait la cuisine, le ménage et le service, souvent en se déplaçant à quatre pattes. Ils s'étaient aménagé un donjon, dans lequel ils se retiraient pour s'adonner à leurs petits jeux. Gareth y torturait Joe pendant des heures – pour leur plus grand plaisir à tous les deux, bien sûr, se hâte-t-il d'ajouter. Mais, honnêtement, ça me donnait la chair de poule. Quant à mon petit soldat, ça l'incitait plus à aller se recroqueviller dans un coin qu'à se mettre au garde-à-vous, si vous voyez ce que je veux dire.

Je regarde James avec de grands yeux, l'estomac soudain noué.

— Vous croyez que c'est ce que Dominic recherche ?

— Quoi ? Une esclave ? Non, je ne pense pas. Un soumis n'est pas un esclave, d'après ce que j'ai compris. Gareth m'a confié, un jour, que Joe était un masochiste radical – ce qu'on appelle parfois un *pain pig*. Un type un peu taré qui aime se vautrer dans la douleur, en quelque sorte.

— Un quoi ?!

— Le terme est choquant, je sais… Ça signifie que, même d'un point de vue BDSM, Joe se livrait à des pratiques dangereuses. Il recherchait vraiment des formes extrêmes de punition. Je doute que ce soit le genre de votre Dominic. En fait, vu les rapports sains et satisfaisants que vous avez déjà eus ensemble, alors que vous n'avez même pas dégainé le moindre objet en cuir, j'aurais tendance à croire qu'il n'est pas profondément sadique.

Je rougis de nouveau, mais ces informations me sont d'un grand secours. Je commence à comprendre les rouages de cet univers étrange et ténébreux.

— Merci infiniment, James, ça m'a fait beaucoup de bien de discuter.

— Mais je vous en prie, ma chère. En revanche, je pense vous avoir dit tout ce que je savais. Je doute de pouvoir vous aider davantage.

— Ce n'est pas tout à fait vrai, dis-je lentement. Vous pouvez peut-être me rendre un petit service. Enfin, pas si petit que ça. Je sais que c'est beaucoup demander, mais…

— Dites-moi tout, coupe-t-il en se penchant vers moi, les yeux brillants.

Une idée a commencé à germer dans mon esprit, et je prends le temps de choisir mes mots avant d'expliquer à James ce que j'attends de lui.

Lorsque je rentre chez moi, je me sens épuisée par les bouleversements de ces derniers jours. J'ai l'impression d'être passée à la lessiveuse émotionnelle, de l'extase pure au désespoir… Mais un bon repas, un bain chaud et une petite conversation avec De Havilland me remontent le moral. Et puis le plan que j'ai imaginé pour le reste de la soirée m'amuse et m'excite à la fois, même si j'ai du mal à croire que je m'apprête vraiment à faire ça. J'en ai des papillons dans le ventre, mais cette sensation ne me déplaît pas.

Je sors de mon bain, propre et fraîche, enfile le peignoir dont la soie caresse ma peau et me rends dans le salon. Pour la première fois depuis mon arrivée, j'espère à moitié que l'appartement d'en face sera plongé dans le noir mais, évidemment, il n'en est rien. Le store est levé, les rideaux sont ouverts, et je distingue nettement le séjour de Dominic, même si lui ne s'y trouve pas. La vue de son superbe intérieur éclairé d'une lumière douce me donne l'impression d'être toute proche de lui. Jusqu'à présent, j'aimais rester dans l'ombre pour échapper aux regards de Dominic, mais pas ce soir. Je parcours la pièce et allume toutes les lampes de Celia, qui diffusent une douce clarté et font briller les panneaux de laque métallique comme la surface de l'eau sous la lune.

Puis, comme je l'espérais, Dominic entre dans son salon, un verre de liquide ambré à la main – du whisky ou du cognac. En chemise et pantalon de costume, il a l'air de rentrer tout juste du travail, comme s'il avait eu la force de jeter sa veste et sa cravate en vrac sur le lit, mais pas de se changer complètement. Mon cœur s'emballe quand je le vois, et j'ai envie de le prendre dans mes bras, d'embrasser ses lèvres si sensuelles, de caresser son visage fatigué et de passer les doigts dans ses cheveux noirs. Je croirais presque sentir l'odeur délicieusement épicée de sa peau. Presque. La réalité, c'est que nous sommes séparés. À peine a-t-il mis un pied dans le salon que Dominic jette un coup d'œil en direction de l'appartement de Celia. Il se fige en me voyant, je le devine, mais j'évite soigneusement de croiser son regard, comme si j'ignorais tout de sa présence.

Comme une comédienne sur scène, qui feint de ne pas savoir qu'elle a un public.

Je déambule tranquillement, ajustant un cadre par-ci, une babiole par-là, attrapant des livres au hasard et faisant mine de les feuilleter avant de les reposer. Du coin de l'œil, je devine que Dominic s'est approché de sa fenêtre et qu'il m'observe, son verre serré contre sa poitrine, l'autre main dans la poche. Il attend que je tourne la tête vers lui et que je lui fasse signe. Mais je m'y refuse.

Il n'aura pas le signe qu'il attend, en tout cas.

Je commence par allumer le lecteur CD pour me mettre dans l'ambiance. Celia a laissé un album de guitare classique sur la platine, et le son des cordes pincées résonne doucement dans la pièce. J'aurais pu trouver mieux, comme bande-son, mais ça fera l'affaire. Toujours en mouvement, je m'étire langoureusement pour me débarrasser des raideurs de la journée. Un peu plus tôt, j'ai posé un verre de vin rouge sur la table, et je m'arrête le temps d'en prendre une gorgée. Je savoure le bouquet riche et corsé, ainsi que la chaleur qui se répand aussitôt dans mon ventre et dans mes veines – aide précieuse vu ce que je m'apprête à accomplir.

Dominic, immobile, me regarde toujours. Je m'approche un peu de la fenêtre et me caresse doucement les bras avant de me passer une main dans le cou et de la faire glisser sur ma poitrine, l'insinuant sous l'ourlet du peignoir. J'aime la sensation de mes doigts frais sur mes seins. Après mon long bain chaud parfumé à l'essence de rose, j'ai la peau douce et satinée. J'abandonne mes seins et soulève mes cheveux avant de les laisser retomber.

Est-ce que ce geste était sensuel ? Est-ce que je suis sexy ?

Alors même que je me pose ces questions, je sais que je vais devoir dépasser ma gêne et me perdre dans la beauté de l'instant si je veux que mon plan fonctionne.

Fais-le pour toi.

Je ferme les yeux et oublie le Dominic qui m'observe, à quelques mètres seulement, au profit de celui qui m'a fait crier de plaisir. Je revois son visage crispé de désir, la tension sur ses traits tandis qu'il me pénétrait et me faisait jouir dans un va-et-vient enivrant. Je me rappelle la sensation de son sexe dans ma bouche, de son gland sous ma langue, ainsi que les grognements que je lui ai arrachés par ce délicieux supplice.

Avec un frisson, je sens l'excitation me gagner et me fouetter le sang, si bien que je suis prête à passer à l'action.

De nouveau, je glisse une main dans mon peignoir mais, cette fois, je soulève légèrement mon sein et passe le pouce sur mon téton déjà dressé. Cette simple caresse suffit à envoyer une onde de chaleur jusque dans mon sexe, et je soupire doucement. Je titille mon autre sein, en pinçant le bout tendu pour faire monter la pression. Puis, lentement, je laisse le peignoir s'entrouvrir et glisser de mes épaules. Il est toujours maintenu par la ceinture autour de ma taille, mais ma poitrine est exposée. Je porte un soutien-gorge de dentelle noire qui contient à peine les rondeurs pâles de mes seins.

À travers mes paupières mi-closes, je distingue Dominic, toujours immobile, et j'imagine son souffle qui s'accélère alors qu'il comprend à quoi je joue. Soudain, il s'éloigne et, un instant plus tard, son appartement est plongé dans l'obscurité. Puis il revient à sa fenêtre, mais pas aussi près, de sorte que je devine à peine sa silhouette.

Les rôles sont inversés : c'est lui m'épie depuis les ténèbres, à présent.

Sauf que j'en suis consciente et que je sais exactement ce que je fais.

Une nouvelle vague d'excitation me réchauffe, et je me caresse les seins, jouant avec mes tétons devenus extrêmement sensibles au contact de la dentelle un peu rêche. Puis je me passe les mains le long des bras, des épaules et du cou avant d'effleurer la peau veloutée de mon ventre et, enfin, de revenir à mes seins. J'abaisse délicatement les bonnets de mon soutien-gorge. Puis je me penche en avant pour saisir mon verre et en boire une gorgée, avant de plonger un doigt dans le liquide rouge et de me titiller les tétons avec.

Cette petite mise en scène m'a mise en émoi. J'ai le souffle court et le sexe engorgé, les lèvres gonflées et brûlantes. Mon corps, réveillé de sa torpeur par Dominic, en réclame toujours plus, impatient de connaître de nouveau l'extase qu'il m'a offerte. D'instinct, mes mains descendent et j'en glisse une entre les plis du peignoir. Je la pose doucement sur mon sexe et sens la chaleur accumulée là.

Tu me regardes, Dominic ? Ça t'excite ?

D'un geste lent, je tire sur la ceinture du peignoir, qui tombe à mes pieds, révélant ma culotte de dentelle noire. Tout en me massant les seins de la main, j'insinue la droite sous le fin tissu et entre mes lèvres brûlantes. *Oh, mon Dieu !* Je suis dans un état d'excitation indescriptible, prête à répondre à la moindre stimulation. Je caresse la peau humide et satinée de mon sexe, puis remonte mon doigt vers mon clitoris, qui réagit avec la violence d'une décharge électrique.

Je me passe la langue sur les lèvres tout en accentuant le mouvement de ma main droite, passant mon doigt en cercles de plus en plus appuyés sur mon clitoris, qui frémit comme pour demander plus de force, plus de plaisir…

Dominic !

J'imagine que c'est lui qui me touche, qui plonge ses longs doigts puissants à l'intérieur de moi tandis que, du pouce, il masse ce petit point si sensible.

Incapable de me retenir plus longtemps, j'accélère la cadence.

— Dominic ! dis-je dans un souffle tandis qu'un orgasme libérateur me secoue tout entière.

De la main gauche, je prends appui contre la fenêtre pour ne pas tomber. J'ai les jambes qui tremblent tant ma jouissance est profonde, et je baisse la tête, les yeux fermés.

Enfin, je reprends lentement mon souffle et rouvre les yeux. Je me penche pour ramasser mon peignoir et l'enfile avant d'éteindre une à une toutes les lampes du salon.

J'ignore ce qui se passe dans l'appartement d'en face. Il y fait toujours noir et, de toute façon, je ne cherche même pas à voir. Je me suis dévoilée à Dominic d'une façon on ne peut plus intime. Maintenant, il sait que je suis prête à aller plus loin que ce qu'il croyait.

Et encore, Dominic, ça ne fait que commencer.

Chapitre 12

— Vous êtes vraiment sûre de vous ? me demande James en me regardant d'un air inquiet.

Visiblement, il craint de m'entraîner sur une pente dangereuse.

— Certaine, dis-je avec aplomb.

J'ai revêtu ma nouvelle robe noire sexy et utilisé les techniques de maquillage que l'on m'a enseignées le jour où je l'ai achetée dans l'espoir de me rendre aussi sophistiquée que possible.

— Très bien, dit James. En tout cas, vous êtes ravissante. C'est un honneur de vous avoir à mon bras.

Je pose la main sur sa manche et nous nous dirigeons vers Soho dans la lumière déclinante de ce début de soirée. J'espère ne pas me fourvoyer complètement. Malgré ma petite mise en scène d'hier soir, je n'ai reçu aucune nouvelle de Dominic. Je suis sûre qu'il m'a observée jusqu'au bout, mais mon téléphone n'a pas sonné de la journée – ni appel ni texto. Pourvu que mon idée lumineuse n'ait pas eu l'effet inverse de celui escompté.

C'est trop tard, de toute façon.

Mon plan de ce soir est différent. Il s'agit de m'inviter dans le monde de Dominic, sans lui demander son avis. Je prends de gros risques car il m'est impossible de prévoir sa réaction. Sa personnalité change peut-être complètement lorsqu'il se retrouve dans cet autre univers.

James reprend la parole, me distrayant des idées qui fusent dans ma tête.

— Je me suis un peu renseigné sur ce club, m'annonce-t-il tandis que nous déambulons.

Nous pouvons sans doute passer pour l'un de ces couples élégants qui se rendent au théâtre ou vont dîner dans un restaurant chic, mais la réalité est tout autre…

— Et alors ?

— Eh bien, ça n'a pas été évident. Il y a un site Internet, mais le contenu est extrêmement vague, et presque entièrement réservé aux membres. Évidemment, rien n'explique vraiment comment devenir membre. Il s'agit sans doute de connaître la bonne personne, comme souvent. J'ai quand même réussi à passer quelques coups de fil et à dénicher quelqu'un qui fait partie du club.

— Ah oui ? Et qu'est-ce qu'il en disait ?

— Que du bien, répond James, laconique. Il adore. Il a adhéré quand il a rencontré l'amour de sa vie. Comme il n'a pas encore avoué à la jeune femme en question qu'il affectionne particulièrement le lavement anal et la douche dorée, il se rend au club de temps en temps pour y trouver son plaisir. D'après lui, cela mérite largement que l'on paie l'adhésion, pourtant coûteuse.

Me voyant bouche bée, James éclate de rire.

— Oh, ma chère ! Vous n'avez vraiment aucune idée de ce qui vous attend, n'est-ce pas ? Ah, votre innocence me rappelle des temps plus heureux, soupire-t-il en me tapotant la main d'un geste presque paternel. Ne vous tracassez pas, nous n'assisterons pas à ce genre de pratique. Dans les clubs sophistiqués comme *L'Asile*, on ne s'adonne pas à ça devant tout le monde. Vous allez voir.

Heureusement que James connaît bien notre destination, parce que je commence à me sentir nauséeuse. Il avance d'un pas énergique, bien décidé à mener cette expérience à son terme, et c'est la seule chose qui m'empêche de ralentir l'allure avant de faire demi-tour et de rentrer à la maison. Bientôt – bien trop tôt à mon goût –, nous laissons derrière nous les rues animées de Soho et bifurquons à gauche en direction de la place étrangement calme bordée de hautes maisons géorgiennes isolées du monde extérieur par des stores baissés. Le lampadaire d'allure antique éclaire les grilles en fer forgé de sa lueur orangée. Il est facile d'imaginer que j'ai remonté le temps et que, d'un instant à l'autre, je vais entendre claquer les sabots d'un cheval et grincer les roues de la calèche que conduira, peut-être, une silhouette mystérieuse en redingote et chapeau haut de forme.

— Nous y voilà, annonce James en s'arrêtant devant la demeure. *L'Asile*… Et si nous allions nous mêler aux aliénés ?

— D'accord, dis-je après une profonde inspiration.

Nous empruntons l'escalier métallique qui mène au sous-sol et à la porte peinte en noir.

Assis à la table du vestibule, se trouve l'homme que j'ai vu la première fois. Il est aussi effrayant que dans mon souvenir, avec ses tatouages sur la moitié du visage et du crâne et ses yeux étrangement pâles. Il lève la tête lorsque nous entrons et, immédiatement, son regard se porte sur James. J'espère qu'il ne se rappelle pas ma brève incursion ; dans le doute, je baisse les yeux.

— Oui ? lance-t-il d'un ton brusque.

— Bonsoir, monsieur. Je ne suis pas membre de ce club, malheureusement, mais mon ami Cecil Lewis, qui a cette chance, m'a promis de faire en sorte que nous soyons les bienvenus ici ce soir, déclare James.

Je n'aurais jamais réussi à parler avec une courtoisie si ferme.

— Cecil ? répète le videur en inclinant la tête, l'air un peu moins glacial. Bien sûr, tout le monde connaît Cecil. Une minute, je vous prie.

Il se lève et emprunte un couloir obscur qui doit mener à un espace situé sous la chaussée. James et moi échangeons un regard – alarmé dans mon cas, amusé dans le sien – et il lève la main pour me montrer qu'il croise les doigts. Le videur revient un instant plus tard.

— Tout est en ordre, Cecil a fait le nécessaire. Je vais avoir besoin d'établir une carte de membre temporaire pour chacun d'entre vous et, bien entendu, les réjouissances de cette soirée vous seront facturées.

— Bien entendu, reprend James en sortant son portefeuille.

— Nous ne manipulons pas d'argent en ces lieux, proteste le videur, l'air outré par tant de vulgarité. Vous recevrez un courrier relatif au paiement. Veuillez inscrire vos noms et coordonnées dans ce registre et garder à l'esprit que, si vous omettiez de régler votre facture, Cecil serait obligé de la prendre en charge à votre place.

— Je comprends. Mon club fonctionne selon les mêmes règles, répond James sans se départir de son flegme.

Il s'incline pour prendre le porte-plume en argent, le trempe dans l'encrier et note les informations requises sur le cahier. Le crissement de la plume sur le papier résonne dans le silence.

— Voilà, annonce-t-il une fois qu'il a fini.

— À votre tour, grommelle le videur en se tournant vers moi.

Obéissante, je saisis le porte-plume et inscris mon nom suivi de l'adresse de Celia.

L'homme nous tend à chacun une carte faite d'un épais papier couleur ivoire sur lequel sont gravées ces deux lignes en lettres noires : « Membre temporaire de *L'Asile* – Nous comptons sur votre discrétion. » Je prends la mienne et la serre dans ma main. Je détiens enfin mon sésame pour ce monde secret.

— Vous pouvez entrer, à présent, nous indique le videur en désignant l'arche qui mène à l'intérieur du club.

— Merci, dit James avant de me précéder dans l'obscurité du bar.

Je reconnais les lieux, mais, cette fois, j'ai tout le loisir d'observer ce qui m'entoure. J'ai beau m'appliquer à paraître blasée, mon regard est irrésistiblement attiré par les cages disposées au fond de la pièce. Elles sont vides et évoquent de gigantesques cages à oiseaux. Seules des chaînes pendent mollement à l'intérieur.

Je m'approche de James pour lui chuchoter à l'oreille :

— Il y avait des gens là-dedans, la dernière fois. Des filles et un homme entravés par ces chaînes.

— Je me demande pourquoi il n'y a personne ce soir, fait-il remarquer avant de m'entraîner vers une table libre. Asseyons-nous là.

La pièce n'est que faiblement éclairée par les petits photophores rouges disposés sur les tables et quelques appliques presque opaques sur les murs. Cela rend l'atmosphère vaguement inquiétante. Des serveurs vêtus de pantalons et de polos noirs circulent entre les tables en portant des plateaux. Je remarque que personne ne mange. Les appétits que les gens viennent satisfaire ici sont un peu particuliers.

Un garçon s'approche de notre table et nous tend un menu, que James consulte longuement avant d'annoncer :

— Une bouteille de château-pichon-longueville-comtesse-de-lalande, 1996, s'il vous plaît.

— Bien, monsieur, répond le serveur, impassible. Et… quelle sorte de salon souhaitez-vous réserver pour plus tard ?

Pour la première fois de la soirée, James paraît déconcerté.

— Euh… C'est-à-dire que je ne suis pas sûr… Nous n'avons pas encore décidé.

— Vraiment ? demande le garçon, étonné.

— Eh bien… nous sommes membres temporaires, et je ne sais pas exactement quelles sont les différentes possibilités.

— Bien sûr ! s'écrie le serveur, dont le visage s'éclaire. Je vous apporte le menu, monsieur. Vous pourrez consulter l'étendue de nos services.

Sur ce, il s'éloigne, et James se penche vers moi.

— Comme ça, au moins, nous serons fixés.

J'observe discrètement les autres clients. Ils semblent tout à fait normaux à première vue – des couples élégants qui sirotent des boissons hors de prix, en toute décontraction malgré la bizarrerie du décor – mais, petit à petit, je remarque qu'il se joue de drôles de scénarios. Je me rends compte que l'une des deux demoiselles installées à une table non loin est en fait un homme, habillé et maquillé comme une femme. Il garde les yeux soigneusement baissés, ne bouge que pour remplir le verre de sa compagne et ne prend la parole que lorsque cette dernière le sollicite.

— Regardez, dis-je à James, qui jette un coup d'œil discret dans leur direction. Vous croyez que c'est un travesti ?

— Non, je ne pense pas, chuchote-t-il. Mais ne me demandez pas à quoi ils jouent. Je n'en sais rien.

Un peu plus loin, une femme boit seule. C'est du moins ce qu'il me semble, jusqu'à ce que je remarque l'homme accroupi à ses pieds, sous la table. Il me faut un moment pour comprendre ce qu'il fait : il lèche avec assiduité le cuir de ses bottes, d'un geste aussi régulier que celui d'un chat qui ferait sa toilette.

Le serveur revient avec notre commande et le menu des salons.

— Ce soir, c'est cabaret, monsieur, annonce-t-il en posant la bouteille sur la table. C'est un thème extrêmement populaire auprès d'une partie de notre clientèle. Je vous conseillerais de réserver un salon dès maintenant, il y a souvent affluence après le spectacle.

Il débouche la bouteille et s'éloigne, nous laissant parcourir le menu à notre guise. Je l'ouvre et m'efforce de déchiffrer malgré le faible éclairage.

— La nursery, lis-je juste assez fort pour que James m'entende. Deux chambres entièrement équipées pour répondre à tous les besoins de bébé. La salle de classe, spécialement dédiée à l'éducation – et à la punition. La salle du trône, au luxe digne d'une reine. Le mont Olympe, salon divin conçu pour une déesse et son dévoué serviteur mais qui peut convenir à un dieu et à son humble prêtresse. La salle d'eau, où tous les jeux de vilains sont permis. Le donjon : trois pièces indépendantes, situées en sous-sol et équipées des meilleurs instruments, pour que maîtres et maîtresses puissent dompter leurs esclaves avec tout le luxe qu'ils méritent. (Je repose le menu, vaguement écœurée.) Oh, mon Dieu ! Qu'est-ce que c'est que cet endroit ?

— Dominic ne vous a rien expliqué ? demande James en haussant un sourcil.

— Il m'a dit que c'était un refuge où chacun pouvait vivre ses fantasmes en toute sécurité. Il n'a pas précisé de quel genre de fantasmes il s'agissait.

— Il n'y a pas de limites dans ce domaine, ma chère. Aucune limite.

— Mais quand même… Une nursery ?

— Je vous parie qu'on y trouve les bébés les plus trapus et les plus poilus du monde ! plaisante James dans un éclat de rire. Ce n'est pas si absurde, si vous y réfléchissez. Imaginez un puissant dirigeant qui éprouve le besoin de se délasser, de se défaire du fardeau que représentent ses responsabilités ou sa fortune… Quoi de mieux que de carrément retomber en enfance ?

— Oui… je peux comprendre, dis-je d'une voix hésitante. Mais au point de se déguiser en bébé ? Ça les excite ?

— Si vous saviez tout ce qui peut exciter les gens… Je suis sûr que certains prennent leur pied à remplir leur déclaration d'impôts. J'avais une amie que les sudoku mettaient dans tous ses états. Elle en avait toujours une pile sur sa table de chevet et paniquait si elle ne trouvait plus de quoi écrire, explique James dans un éclat de rire. J'exagère, mais vous voyez ce que je veux dire.

Il sert le vin, qui a des reflets rubis à la lueur des bougies.

— Je pense que ça va vous plaire, déclare-t-il en admirant la robe du grand cru. Fabuleux ! s'exclame-t-il après avoir pris une gorgée.

Je trempe les lèvres dans mon verre. James a raison. Je ne m'y connais guère en vins, mais je me rends bien compte que celui-ci est extraordinaire – rond et fruité.

Tandis que nous buvons en silence, des lumières s'allument et révèlent une petite scène que je n'avais pas remarquée. Deux spots bleus convergent en son centre et une femme magnifique s'avance dans ce halo. Elle porte une robe rouge, qui souligne ses formes généreuses, et des talons vertigineux. Sa coiffure et son maquillage sont dignes des plus beaux jours d'Hollywood. Les premières notes d'une mélodie résonnent et elle se met à chanter, d'une voix rauque, son désir d'être aimée, juste un peu. C'est un numéro de cabaret classique, jusqu'à ce que la chanteuse commence à se déshabiller lentement. Sa robe se sépare en deux, révélant un corset serré autour d'une taille de guêpe pour mieux souligner une poitrine impressionnante. Une culotte en soie, un porte-jarretelles et des bas complètent l'ensemble.

— Quelle beauté ! murmure James.

Il s'agit donc d'un spectacle burlesque, comme on en voit de plus en plus ces derniers temps. Tout en chantant, l'artiste défait son corset, qui dévoile des seins plus volumineux que ce que l'on pourrait attendre sur sa silhouette. Elle se déhanche avec grâce, perchée sur ses talons, puis retire ces derniers avant d'enlever ses bas. Vêtue seulement de sa culotte en soie, elle atteint le paroxysme de la chanson et, passant une main dans son dos, décroche quelque chose. Le fin tissu tombe, révélant un imposant pénis et des testicules soigneusement rasés. Une rumeur parcourt l'auditoire, moitié cri de surprise, moitié soupir. La chanteuse se caresse un moment, de sorte que son sexe grossit, sans tout à fait entrer en érection. Puis elle sourit à son public, comme pour l'encourager à s'extasier sur son organe.

— Oh ! s'écrie James. Je ne m'y attendais pas du tout.

Je ris doucement.

Une autre femme vêtue d'un corset monte sur scène et gronde sévèrement la chanteuse, qui semble d'abord étonnée, puis honteuse. La nouvelle venue – qui semble être née femme, elle – brandit une cravache. En voyant cela, la chanteuse prend un air effrayé. Elle se laisse tomber à terre, et l'autre commence à la frapper sans pitié, rouant de coups la peau blanche de son dos et de ses épaules, sans cesser de reprocher à la malheureuse son exhibitionnisme effronté.

Le public manifeste bruyamment son enthousiasme. Ce spectacle explique peut-être la présence des nombreuses dominatrices que j'ai remarquées dans l'assistance.

— Je n'ai aucune idée de ce que je vais dire quand on va revenir nous demander quel salon nous voulons, murmure James tout en nous resservant.

— Nous pouvons peut-être nous éclipser en invoquant un prétexte quelconque, dis-je sans quitter la scène des yeux. D'ailleurs, je crois que le serveur revient, poursuis-je en voyant quelqu'un approcher dans la pénombre. Essayez d'inventer un prétexte…

Mais je me rends bientôt compte que ce n'est pas le serveur qui se dirige vers nous. C'est Dominic, qui me toise d'un regard glacial, le visage pâle et tendu. Mon estomac se noue sous l'effet de la peur conjuguée au plaisir de le voir, et je me fige.

— Qu'est-ce que tu fais ici, Beth ? gronde-t-il à mi-voix avant de jeter un coup d'œil terriblement hostile à James. Et qui c'est, ce connard ?

— Bonsoir, Dominic.

J'essaie de garder mon calme, mais sa proximité me trouble. Il est magnifique avec son pull en cachemire noir et son pantalon sombre. Malgré tout, j'ajoute :

— Je ne savais pas que tu serais là ce soir.

— Pourtant, me voici, rétorque-t-il d'une voix qui tremble de colère contenue.

Non mais de quel droit s'énerve-t-il contre moi ? Je ne lui appartiens pas, que je sache ! C'est lui qui a voulu qu'on se sépare !

Cette idée me donne le courage de l'affronter.

— Comment est-ce que tu as su que j'étais ici ?

— J'ai vu vos noms sur la liste, répond-il.

Cela ne m'apprend pas comment il a eu accès à la liste en question. Dominic jette un nouveau regard à James.

— Qui c'est, lui ?

— Un ami.

Dominic me toise, furieux. Il sait que je n'ai pas d'amis à Londres, mais il ne semble pas vouloir m'interroger davantage devant James.

— Je ne veux pas de toi ici, assène-t-il après un long silence glacial.

Ces mots me blessent terriblement, mais je m'efforce de feindre l'indifférence.

— Je me fiche de ce que tu veux. Je suis libre d'aller où bon me semble.

— Faux. Ceci est un club privé. J'ai le droit de vous demander de partir.

— Nous allons partir, ne vous en faites pas, intervient James. Pourrions-nous finir notre bouteille, d'abord ? C'est un cru remarquable…

Dominic le considère avec une moue de dégoût avant de répondre :

— Soit. Finissez votre bouteille et partez. Beth, je peux t'appeler un taxi si tu ne veux pas de la compagnie de cet homme, ajoute-t-il à mon intention.

Je redresse les épaules et le défie du regard.

— Je n'ai pas besoin de ton aide. Je me débrouille très bien toute seule.

Dominic ouvre la bouche, puis la referme sans rien dire, les yeux étincelants de fureur.

— Très bien, lance-t-il sèchement avant de s'éloigner d'un pas vif.

Nous le regardons partir, tandis que le reste du public demeure concentré sur la scène, où la correction continue.

— Je n'ai qu'une chose à dire, déclare James en portant son verre à ses lèvres : ce jeune homme n'a certainement pas fini de vous désirer. Au contraire. Si le but de la soirée était de donner un coup de pied dans la fourmilière, alors c'est réussi, conclut-il avec un sourire.

Sur le chemin du retour, nous partageons un taxi, même si James habite loin de chez Celia.

— Ce n'est pas grave, me rassure-t-il lorsque nous arrivons devant Randolph Gardens. Ça ne m'ennuie pas du tout de faire un détour. Vous êtes sûre que ça va aller, toute seule chez vous ?

— Oh, oui, j'ai l'habitude. Et puis, De Havilland me tiendra compagnie.

Une méchante déprime s'est abattue sur moi comme un gros nuage noir, si bien que je ne me rappelle même plus ce que j'espérais accomplir ce soir. Si je croyais que Dominic allait m'accueillir à bras ouverts, je me mettais le doigt dans l'œil.

— Bon, si vous êtes sûre…

Il m'embrasse sur la joue et me tapote gentiment la main, puis je descends du taxi.

— À demain, lance-t-il. N'hésitez pas à m'appeler si ça ne va pas.

— Merci. Bonne nuit.

Je monte l'escalier lentement, accablée par mon malheur. Le désastre de cette expérience me fait douter de mes bonnes résolutions. Je voulais faire mes premiers pas dans l'univers de Dominic, pour voir s'il était disposé à m'y accueillir, mais je me suis heurtée à un mur. James m'a déjà apporté toute l'aide qu'il pouvait, et je ne vois pas vers qui d'autre me tourner.

Quoique… Le visage de Vanessa me revient en mémoire. C'est la seule autre personne que je connaisse à Londres, et la seule à avoir une influence significative sur Dominic.

Pourrait-elle… voudrait-elle m'aider ? Cela me paraît peu probable, mais bon… Il faudrait déjà que je trouve un moyen de la contacter.

Une fois chez Celia, je me rends dans le salon et me poste à la fenêtre, mais, évidemment, l'appartement d'en face est plongé dans l'obscurité. Je sais où se trouve Dominic. Alors que je repense à ce que j'ai fait la veille, ici même, une question me taraude.

Est-ce que je me suis ridiculisée ?

Je soupire. Je n'en sais rien, mais il semblerait que pénétrer l'univers de Dominic soit plus compliqué que ce que je croyais.

Chapitre 13

Le lendemain, nous avons une journée bien remplie à la galerie, et James me demande de rester après la fermeture pour l'aider à superviser le décrochage de l'exposition qui vient de se terminer. Lorsque l'artiste vient s'assurer que tout va bien et que ses tableaux sont manipulés avec tout le soin nécessaire, James ouvre une bouteille de vin blanc et nous trinquons. Cette soirée me ravit et me conforte dans l'idée que c'est exactement le genre de carrière qu'il me faut. Côtoyer des artistes et picoler gentiment en compagnie de mon patron ? Je signe tout de suite.

J'essaie de ne pas penser à Dominic et de plutôt me concentrer sur le moyen de contacter Vanessa. La seule solution qui me paraisse valable, c'est de retourner à *L'Asile* et de demander à lui parler, mais je risque de tomber nez à nez avec Dominic, ce qui gâcherait tout. Je ne sais rien de cette fille – même pas son nom de famille.

Lorsque je me retrouve seule ce soir-là, la déprime me gagne, plus sévèrement que jamais. J'approche de la moitié de mon séjour et le temps semble accélérer. J'adore mon nouveau travail, mais comment vais-je pouvoir le garder si je n'habite plus chez Celia ? Mon salaire n'est pas mirobolant et, si je veux trouver un logement à Londres, il va falloir que je me mette à chercher sans tarder. Je n'envisage pas de rentrer à la maison – cette simple idée me fait horreur. J'ai entamé une nouvelle vie et il n'est pas question que je fasse demi-tour si tôt.

Le fait que je n'aie toujours aucune piste concernant Vanessa n'aide pas à me remonter le moral.

Le seul rayon de soleil que je perçois à l'horizon, je le dois à James. Il m'a invitée à l'accompagner au théâtre ce week-end. Après, il a promis de m'emmener dîner dans l'un de ses restaurants préférés où, paraît-il, on croise souvent des célébrités.

Je m'installe dans le salon avec un DVD que j'ai acheté pendant ma pause-déjeuner. Puisque Celia n'a pas la télé, je me suis constitué un petit stock de films à regarder sur mon ordinateur portable. Ce soir, j'ai choisi un classique : *Un cœur pris au piège*, une comédie des années 1940 en noir et blanc, avec Barbara Stanwyck et Henry Fonda. Les dialogues ciselés me font toujours rire aux éclats.

Le générique vient à peine de commencer lorsqu'on frappe à la porte.

Aussitôt, mon cœur se met à battre la chamade. Je mets le film en pause et vais ouvrir, retenant mon souffle. Dominic se tient devant moi, vêtu d'un jean, d'une chemise claire et d'un pull en cachemire dont la couleur gris anthracite fait ressortir le noir de ses yeux.

— Salut, Dominic, dis-je dans un murmure à peine audible.

— Salut, répond-il, le regard froid et cassant. Est-ce que tu aurais quelques minutes à m'accorder ? Je voudrais te parler.

Je m'efface pour le laisser entrer.

— Bien sûr.

Il se rend tout droit dans le salon et aperçoit l'écran de mon ordinateur.

— Oh, pardon. Je t'ai interrompue.

— Ne sois pas ridicule, tu sais très bien que je préfère nettement te parler que regarder un film.

Je retourne m'asseoir sur le canapé. Si seulement j'avais su qu'il viendrait, j'aurais pris le temps de me recoiffer et de retoucher mon maquillage.

Sans un mot, Dominic va se poster à la fenêtre et regarde dehors. Son profil se détache nettement, et j'admire la ligne droite de son nez. Je devine qu'il a les mâchoires crispées et les épaules tendues.

— Quelque chose ne va pas, Dominic ?

De Havilland a sauté sur le canapé à côté de moi et s'applique à se faire un nid douillet, comme une grosse poule noire. Je caresse son épaisse fourrure et il se met à ronronner doucement.

Dominic se retourne vers moi, des étincelles dans les yeux.

— J'ai essayé de garder mes distances, mais ça me tue, finit-il par dire. J'ai besoin de savoir qui est cet homme et ce que tu fabriques avec lui. (En deux enjambées, il réduit l'espace qui nous sépare.) S'il te plaît, Beth, dis-moi qui c'est.

Je le dévisage en silence et, pour garder mon calme, me concentre sur De Havilland qui ronronne, imperturbable, sous mes doigts. J'hésite entre mensonge et vérité, persuadée que ce que je m'apprête à dire peut influencer la suite des événements.

— C'est un ami, dis-je d'une voix douce, suffoquant presque de sentir Dominic si près de moi sans pouvoir le toucher. Un ami qui a promis de m'aider.

— De t'aider à quoi ? demande-t-il aussitôt.

Avant de répondre, je prends tout le temps d'examiner l'expression de son visage. Je ne le connais que depuis peu, pourtant il signifie déjà énormément pour moi. J'ignore si mes paroles changeront quoi que ce soit, mais je ne supporte plus la situation telle qu'elle est, donc je me lance – mais d'une voix presque inaudible.

— C'est un ami qui va m'aider à entrer dans ton univers.

Dominic blêmit.

— Et comment il va s'y prendre ? demande-t-il presque sans remuer les lèvres.

Mes émotions remontent à la surface, et je défie Dominic du regard.

— Tu ne m'en crois pas capable, c'est ça ? Eh bien, moi, si. J'y arriverai grâce à son aide.

— Oh, mon Dieu !

Dominic se laisse tomber dans un fauteuil et se cache le visage dans les mains. Il m'imagine sans doute avec James, qui me fait subir tout ce qu'il a juré de ne jamais me faire, lui. Ça doit le torturer. Quand il finit par relever les yeux vers moi, c'est pour me lancer un regard tourmenté.

— Tu lui permettrais…

Je me penche vers lui.

— Je veux être proche de toi – avec toi. Si c'est le seul moyen d'y arriver, alors je veux essayer.

— Non, dit-il d'une voix cassée. Tout mais pas ça. Je peux supporter de renoncer à toi, mais ça, c'est au-dessus de mes forces.

Je me lève et m'agenouille devant lui, les mains posées sur ses jambes.

— Mais rien ne t'oblige à affronter ça, dis-je d'un ton presque suppliant. Rien ne t'empêche de m'initier à sa place.

Lentement, il relève la tête et me regarde, à la fois hésitant et plein d'espoir.

— Tu es sérieuse, là ? C'est vraiment ce que tu veux ?

— Oui. S'il faut en passer par là pour être avec toi, alors je le veux. Et si tu refuses de m'aider, je trouverai quelqu'un d'autre.

Nous restons un instant immobiles, les yeux dans les yeux, puis il se penche vers moi et me soulève doucement.

— Beth, j'ai tellement envie de toi, murmure-t-il d'une voix rauque. Tu n'as pas idée de ce que tu me demandes, mais ça me tue de t'imaginer avec un autre homme.

— Alors garde-moi pour toi.

Je porte sa main à mes lèvres et y dépose un baiser avant de prendre un de ses doigts dans ma bouche et de le sucer délicatement. Je fais jouer ma langue contre la peau de Dominic et vois ses paupières s'abaisser sous l'effet du désir. Je m'approche de lui et lâche sa main, qu'il glisse aussitôt derrière ma tête pour m'attirer à lui. Avec une délicieuse lenteur, nos bouches se trouvent et se pressent. Je sens la langue brûlante de Dominic passer sur mes lèvres et les entrouvre pour l'accueillir. Tandis qu'il me taquine, m'attirant tout contre lui, je me délecte de sa saveur désormais familière et m'abandonne complètement à ce baiser.

Lorsque nous nous écartons enfin, hors d'haleine, nous nous dévisageons avec fièvre.

— Je t'ai vue, l'autre soir. Ici.

— Tu veux dire…

— Oui. Quand tu étais toute seule. C'était extraordinaire, chuchote-t-il, les yeux brillants.

— Est-ce que ça t'a… Enfin, ça t'a fait plaisir ?

— Plaisir ? Je n'avais jamais rien vécu de tel, dit-il en me caressant la main.

Je souris, un peu gênée mais fière de moi.

— C'est pour toi que je l'ai fait.

— Je sais, et c'était un merveilleux cadeau, dit-il dans un éclat de rire. J'espère juste que le vieux M. Rutherford, qui habite au-dessus de chez moi, n'était pas à sa fenêtre à ce moment-là. Sinon, il a dû la faire, l'attaque cardiaque dont il parle depuis des lustres.

Je ris aussi, et nous nous détendons enfin.

— Tu veux rester un peu ?

— Je ne vois pas comment j'arriverais à partir, répond-il, les yeux voilés de désir.

— Alors, viens, dis-je en me levant.

Je le prends par la main et l'entraîne dans la chambre.

Il me déshabille lentement, en prenant le temps de déposer des baisers à chaque endroit qu'il découvre. La sensation de ses lèvres sur les miennes et de sa langue sur ma peau me met dans un état indescriptible. Le temps que je me retrouve en sous-vêtements, je ne peux plus résister à l'envie de le toucher à mon tour.

— Laisse-moi faire, dis-je en passant les mains sous le tissu de sa chemise, à sa taille.

Dominic obéit et lève les bras pour que je puisse lui retirer son pull. Puis je défais sa chemise en m'arrêtant après chaque bouton pour embrasser son torse nu. Je devine à la bosse de son jean que son sexe se dresse fièrement, et j'ouvre sa braguette avant de faire glisser le pantalon le long de ses cuisses fuselées.

Il ne porte plus que son boxer, et je le mène jusqu'au lit. Nous nous allongeons côte à côte et nous caressons longuement, Dominic soulignant les rondeurs de mes seins et de mon ventre tandis que je parcours les lignes pures de ses muscles.

Je glisse une main vers le bas et passe les doigts dans les fins poils noirs qui dessinent un chemin de son nombril à l'élastique de son boxer. J'effleure le renflement de son gland, et son sexe réagit sous ma main.

Je caresse toute la longueur de son érection, puis me penche lentement pour déposer des baisers sur son ventre et lécher du bout de la langue sa peau chaude tout en descendant vers son pubis.

Je me déplace le temps de lui ôter son boxer, puis remonte doucement, jusqu'à chevaucher ses cuisses. Les paupières mi-closes, il regarde mes seins, encore prisonniers de mon soutien-gorge, et la culotte qui lui dissimule mon sexe.

Je me penche sur lui, laissant mes cheveux lui chatouiller le ventre, et prends son membre à deux mains avant de le masser doucement.

— Tu es énorme, dis-je dans un murmure.

Il ne répond pas mais prend une inspiration audible.

— J'ai envie de t'embrasser, de te prendre dans ma bouche et de te sucer, poursuis-je d'une voix rauque.

Puis je souffle doucement sur son gland et donne de petits coups de langue tout autour avant de le prendre dans ma bouche. Je garde une main serrée autour de sa verge et descends l'autre vers ses testicules. Je fais jouer mon index juste en dessous, à un endroit qui – je le sais – ne manquera pas de faire réagir Dominic.

Il gémit et remue légèrement les hanches, me forçant à prendre son pénis encore plus loin dans ma bouche. Je passe de longues minutes à le sucer et à jouer avec, ivre de joie de sentir l'effet que j'ai sur lui, de voir le désir voiler son regard et de sentir sa cuisse musclée sous mon sexe excité, stimulant mon clitoris.

— Beth, soupire Dominic, je ne vais pas pouvoir tenir beaucoup plus longtemps. Si tu continues, je vais jouir dans ta bouche…

Une partie de moi en a envie, mais, égoïstement, je ne veux pas renoncer à mon propre plaisir. Je m'éloigne le temps de retirer ma culotte puis reviens le chevaucher. Je m'avance au-dessus de son sexe et le prends dans une main pour le maintenir dressé vers moi. Dominic m'observe à travers ses paupières mi-closes, frissonnant d'anticipation. Je descends lentement le bassin et fais jouer son gland entre mes lèvres brûlantes et trempées de désir. Je meurs d'envie de sentir son érection en moi, mais j'aime aussi beaucoup le délicieux supplice que je nous inflige ainsi à tous les deux.

Dominic met les mains sur mes hanches, puis les fait glisser sur mes fesses.

— Vas-y, me supplie-t-il. Viens, j'ai besoin de toi.

À ces mots, je me laisse peser sur lui et le reçois enfin en moi. Il m'atteint si profondément que j'ai presque l'impression qu'il a percé quelque chose. Je rejette la tête en arrière avec un petit cri, le dos cambré tant les sensations qu'il me procure sont intenses. Les mains sur mes hanches, il m'imprime une cadence parfaite qui nous arrache à tous les deux des gémissements de plaisir à chaque mouvement.

Je sens l'extase monter en moi tandis que Dominic accélère. Les longues minutes passées à jouer avec son sexe l'ont amené au bord d'un orgasme dévastateur, et il s'en rapproche dangereusement. Le spectacle de son excitation me rend folle et, chaque fois qu'il touche mon point le plus sensible, une décharge de plus en plus puissante me traverse. Soudain, je sens ses cuisses se contracter sous moi et vois ses traits se tordre sous la force de son plaisir. Alors qu'il jouit dans une succession de violents coups de reins, mon propre orgasme me submerge. Lorsque les spasmes qui me secouent cessent, je pose le front sur le torse de Dominic, épuisée.

Avec un soupir, il me serre dans ses bras et me caresse les cheveux.

— J'ai l'impression d'avoir retrouvé ma place, souffle-t-il.

— Je ne veux plus que tu me quittes, dis-je en caressant sa peau, où perlent quelques gouttes de sueur. Je veux être avec toi ; je suis prête à tout pour toi. Tu veux bien me montrer ? Tu veux bien me faire entrer dans ton univers ?

Il serre ma main dans la sienne et m'embrasse l'épaule avant de me regarder dans les yeux.

— Oui. Je vais t'y emmener. Je te le promets.

Soudain, je me sens envahie par une profonde quiétude. Pourtant, la bataille que je viens de remporter ne m'apportera peut-être pas que du bonheur.

— Merci, dis-je d'une voix douce.

Il me contemple longuement de ses yeux noirs, sans un mot.

Troisième semaine

Chapitre 14

« Beth,

Merci pour cette merveilleuse soirée.

Je m'absente pour affaires ce week-end, mais nous commençons nos leçons lundi. Je passerai te chercher après le travail et t'emmènerai dîner.

D. »

Je trouve ce petit mot sur l'oreiller à côté de moi en me réveillant. Je le lis plusieurs fois, puis le presse contre mon cœur en regardant le plafond. Je tiens enfin la preuve que j'ai réussi à atteindre le but que je m'étais fixé. Dominic va me guider sur ce chemin ténébreux, vers une destination que je n'imagine même pas. Je n'ai pas la moindre idée de ce qui m'attend. Je n'ai jamais reçu la moindre gifle. Mes parents ne m'ont jamais donné la fessée, et mes frères préféraient se battre entre eux plutôt que de s'en prendre à moi.

Et voilà que j'ai demandé à l'homme que je désire plus que tout au monde de me faire subir ça – sans savoir ce que « ça » implique.

Je me lève et me rends dans la salle de bains. J'ai encore tout le week-end devant moi. James a établi un programme des réjouissances, il fait toujours un temps magnifique, je suis jeune et c'est l'été. Pour ne rien gâcher, j'ai rencontré un homme délicieux qui tient à moi. Sous la douche, je me dis que, tout compte fait, la vie est belle.

Je passe le week-end dans l'expectative la plus totale. Alors même que je suis la pièce de théâtre, que je me régale au restaurant hyper chic où James m'a emmenée, ou que je prends le soleil pendant une promenade en bateau sur le fleuve, je n'arrive pas à me défaire d'un frisson d'excitation mêlée d'appréhension.

James veut savoir où j'en suis avec Dominic.

— J'ai cru déceler un tempérament de feu chez ce jeune homme, remarque-t-il. Mais quelle beauté ! Pas étonnant que vous ayez craqué.

Je ne lui raconte pas tout en détail, mais quelques allusions suffisent à lui faire comprendre l'essentiel.

— Restez prudente, Beth. N'oubliez pas qu'il est impossible de séparer le cœur du corps. Ce sont vos émotions qui font votre force. Ce que, d'après vous, votre corps peut endurer… eh bien, ce n'est que ce que vous pouvez endurer vous-même.

Je sais qu'il est sincère lorsqu'il m'assure qu'il sera là pour moi si j'ai besoin de lui.

J'espère juste que je n'aurai pas à accepter son offre.

Lundi arrive, et l'appréhension qui m'agite va croissant. J'ai toutes les peines du monde à rester concentrée sur mon travail et une conversation musclée avec moi-même s'impose.

Face au miroir des toilettes, je m'observe et me trouve changée. Cette impression est peut-être due à la qualité de ma tenue – jupe noire, chemisier blanc et fin gilet agrémenté d'une ceinture, queue-de-cheval soignée – mais je parais plus mûre et plus sage qu'il y a quelques semaines. Plus à même de me montrer courageuse, peut-être.

— Ne t'en fais pas, Beth, dis-je à mon reflet. Il ne va pas te dire « bonjour » et sortir son fouet dans la foulée. Il n'y a aucune raison que ça se passe mal.

Quelles que soient mes peurs, j'ai confiance en Dominic. Il saura me guider avec douceur et compréhension. Je n'ai qu'à me détendre et m'en remettre à lui.

C'est peut-être justement là-dessus que tout repose. Si ça se trouve, je lui ai déjà remis les commandes – je l'ai déjà autorisé à prendre ce contrôle qu'il aime tant exercer.

Je suis frappée par le paradoxe de la situation : il m'a fallu toute ma force de caractère pour oser me livrer entièrement à un autre. Pourtant, je ne doute pas un instant que Dominic saura me protéger, et ce sentiment est profondément réconfortant.

De toute façon, j'en saurai plus ce soir.

J'ai les yeux qui brillent d'excitation à l'idée de la tournure qu'ont prise les événements. Plus que quelques heures à attendre…

Dominic arrive pile au moment où James accroche le panneau « Fermé » à la porte de la galerie. Je ressens une vague de fierté en le voyant entrer d'un pas vif, si grand et si beau dans son costume gris anthracite agrémenté d'une cravate en soie dorée. Soudain, il a l'air éberlué en apercevant James. Il reconnaît aussitôt celui qui m'accompagnait à *L'Asile*.

— Enchanté de vous revoir, le salue James, imperturbable. Passez une bonne soirée.

— Merci, James. Bonne soirée à vous.

J'attrape mon sac et rejoins Dominic à la porte.

— C'est ton patron ? demande-t-il, incrédule, en m'embrassant légèrement sur les lèvres.

— On a vite sympathisé, dis-je avec un sourire espiègle tandis que nous sortons dans la rue.

Dominic fronce les sourcils et je distingue un éclair de jalousie dans son regard.

— Pas trop, j'espère. Tu comptais vraiment entamer une sorte de relation avec lui ?

J'attire Dominic près de moi de façon à pouvoir lui chuchoter à l'oreille.

— Tu veux savoir un secret ? Il est gay.

Dominic semble un peu rassuré mais grommelle néanmoins :

— Ça ne veut pas dire grand-chose, dans le monde où j'évolue. Crois-moi, tu serais étonnée de voir tout ce qui peut arriver quand les barrières tombent.

Tout en marchant, je passe mon bras sous le sien et me love contre lui.

— Où est-ce qu'on va ?

Bizarrement, je ressens un élan d'affection sans précédent pour lui ; je meurs d'envie de le serrer dans mes bras. L'espace d'un instant, j'hésite à lui demander d'annuler cette initiation pour rentrer se faire des câlins dans le canapé à la place. Puis je me rappelle à l'ordre. *Dominic n'est pas le genre d'homme à se contenter de gentils câlins dans le canapé, je te signale. Si tu renonces à ça, tu renonces à lui.*

— On va à *L'Asile*, répond-il d'un ton distrait.

Je tente de me persuader qu'il a choisi cette destination pour s'éloigner de ce quartier où les trottoirs grouillent de monde.

— Oh.

Je ressens une obscure déception. Je m'attendais à ce qu'il m'emmène dans un endroit nouveau, mais, après tout, son choix est logique. *L'Asile* joue un rôle prédominant dans sa vie, je vais donc devoir me familiariser avec.

Quelques minutes plus tard, nous descendons l'escalier métallique qui mène au club. La soirée n'a pas encore commencé ; les lieux semblent déserts et vaguement désolés. Il n'y a personne dans le vestibule, mais Dominic me conduit à l'intérieur sans ralentir le pas. Le videur tatoué se tient derrière le bar. Il est en train d'écrire quelque chose sur un bloc-notes et lève la tête à notre arrivée.

— Bonsoir, Dominic, lance-t-il d'une voix enjouée qui contraste fortement avec sa mine patibulaire.

— Salut, Bob. Elle est là ?

— À l'étage. Je la préviens tout de suite.

Il décroche un téléphone et marmonne quelques mots.

— Il s'appelle Bob ? dis-je dans un murmure incrédule avant de rire doucement.

— Oui. Qu'est-ce que ça a de si étrange ?

— Oh… c'est juste qu'il n'a pas une tête à s'appeler Bob, c'est tout.

— C'est vrai qu'il n'est pas banal, admet Dominic avec un sourire. Il faut croire que j'ai l'habitude.

— Bob…

J'éclate de rire, puis parcours du regard le bar vide. C'est fou à quel point un endroit change de caractère lorsqu'il n'y a personne pour l'habiter. Mes réflexions sont interrompues lorsque Vanessa entre par une porte située vers le fond de la salle.

Elle porte un magnifique tailleur-pantalon rouge foncé sur un chemisier blanc, et des escarpins à talons. Son rouge à lèvres est assorti à son tailleur et ses courts cheveux ondulent autour de son visage, adoucissant ses traits. Ses yeux, en revanche, restent froids.

— Bonsoir, très cher, roucoule-t-elle en s'approchant de Dominic pour l'embrasser sur la joue.

Lorsqu'elle se tourne vers moi, son sourire s'évanouit et elle me toise avant de lancer :

— Bonsoir. Je ne m'attendais pas à vous revoir. C'est un plaisir.

Je la salue d'un timide hochement de tête. Elle est d'une beauté et d'une sophistication qui me semblent inatteignables.

— Allons nous installer dans mon appartement, annonce-t-elle avant de tourner les talons. Suivez-moi.

Le moment est venu de quitter l'espace public où rien ne peut m'arriver.

J'emboîte le pas à Vanessa, Dominic derrière moi, et nous passons une porte matelassée qui mène à la partie la plus privée du club. Tout d'abord, je ne remarque rien de particulier : un couloir, une cage d'escalier, des portes fermées. Lorsque nous arrivons au premier étage, Vanessa se tourne vers Dominic.

— Est-ce qu'elle souhaiterait voir un des salons ?

— Je te suggère de lui demander directement : elle se trouve juste là, répond Dominic d'une voix douce.

Vanessa dirige son regard glacial vers moi.

— Ça vous dirait ?

J'inspire profondément. *Pourquoi pas ?*

— Oui, s'il vous plaît.

— D'accord, dit Vanessa en allant ouvrir la porte la plus proche. La soirée s'annonce calme, et ce salon n'est pas réservé. Nous nous trouvons dans l'aile de la nursery.

Elle s'efface pour me laisser entrer, et je fais quelques pas dans la pièce avant de regarder autour de moi.

Il s'agit d'une chambre d'enfants digne d'un vieux film, avec des imprimés Vichy roses et bleus partout, une commode blanche décorée de mignons petits lapins, un coffre à jouets et un berceau orné de froufrous, sauf que tout est à l'échelle d'un homme adulte. Même le pot rangé dans un coin et dont la base est masquée par une jupette en tissu, ou la table à langer qui contient des lingettes pour bébé, du talc, et une corbeille de couches-culottes XXL. Sur une étagère sont alignés ours en peluche, livres cartonnés et hochets, ainsi qu'un plateau de biberons et de tétines.

J'observe l'ensemble, éberluée. C'est donc bien vrai que des gens s'adonnent à ce genre de mise en scène.

— La nursery fait partie de nos salons les plus prisés, remarque Vanessa. D'ailleurs, l'autre chambre est occupée et, si j'en juge par les bruits qu'on entend, bébé a été très vilain, aujourd'hui. Continuons la visite.

Je la suis dans le couloir, saisie d'une subite envie de rire. Pourtant, je trouve cela étrangement réconfortant de savoir que, s'il prend à quelqu'un l'envie de retomber en enfance de façon aussi radicale, cet endroit rend la chose possible.

— Cette pièce devrait vous plaire aussi, dit Vanessa en ouvrant une porte en face.

Je jette un coup d'œil à l'intérieur : il s'agit d'une salle de classe à l'ancienne, avec un tableau noir, des pupitres et des bancs en bois, des porte-plumes et des encriers, une vieille mappemonde, une bibliothèque sur laquelle sont alignés divers manuels… Évidemment, les instruments de punition sont très présents : un bonnet d'âne côtoie un martinet, un battoir suspendu à un clou par une lanière de cuir et une longue ceinture. Je remarque aussi un objet en bois qui a vaguement la forme d'une tunique.

— Très prisé, constate Vanessa. Extrêmement prisé, même. Mon seul problème, c'est de réussir à trouver suffisamment de gouvernantes compétentes. Croyez-moi, ça vaut son pesant d'or.

Sur ces mots, elle referme la porte et nous poursuivons notre chemin. Je lance un regard inquisiteur à Dominic, qui me répond par un sourire en secouant la tête. Je comprends le message : tout ça est très éducatif mais ne nous concerne en rien.

— Je crois que les autres salons sont occupés, reprend Vanessa. Allons chez moi.

Nous montons à l'étage supérieur, et Vanessa s'arrête devant une porte verte, qu'elle ouvre. Le décor n'a plus rien à voir. Nous nous trouvons dans un appartement décoré avec goût, qui offre une vue magnifique sur les toits de Londres. Vanessa nous fait signe de nous asseoir tandis qu'elle se rend dans la cuisine.

Nous nous installons dans un canapé Chesterfield en velours vert foncé, et je murmure :

— Qu'est-ce qu'on fait là ?

— Je veux que Vanessa t'accepte, et tu auras sans doute pas mal de questions à lui poser. Elle pourra t'offrir un aperçu féminin de cet univers. (Il me prend la main et y dépose un baiser, tout en me couvant d'un regard doux et chaleureux.) Je veux faire ça bien, Beth, et cet endroit me semble constituer un bon point de départ.

Vanessa revient avec un plateau où sont disposés une bouteille de vin, trois verres et un petit bol d'amandes grillées. Elle sert le vin et nous tend un verre à chacun avant de s'asseoir en face du canapé dans un élégant fauteuil de daim beige. Elle m'observe, et semble moins hostile que sur ses gardes.

— Beth, Dominic m'a dit que vous vouliez devenir membre de ce club.

J'acquiesce.

— Qu'est-ce qui vous a attirée vers cet univers particulier ? demande-t-elle en haussant un sourcil. Souhaitez-vous devenir une maîtresse ?

Ne sachant pas très bien ce qu'elle entend par là, je réponds :

— Je ne suis pas sûre.

— Pas sûre ? répète-t-elle en lançant un regard à Dominic. Dans ce cas, je pense pouvoir affirmer que non. En général, une maîtresse sait ce qu'elle veut avec certitude.

— Beth pensait plutôt au rôle de soumise, intervient Dominic.

— Ah. Je vois. Le monde des maîtresses n'est donc pas fait pour vous. On y trouve des femmes soumises, mais rarement. Le schéma classique, c'est un homme dominé par une femme. Vous avez sans doute compris, en visitant les salons que je vous ai montrés, qu'il s'agit de types qui ont besoin de se faire punir et humilier par des femmes fortes et autoritaires. Ils aiment jouer le rôle d'un vilain petit garçon qui a besoin de se sentir contrôlé et de recevoir une sévère correction – et d'en retirer du plaisir. Ça va même plus loin : ils tirent leur jouissance des actes de rébellion qu'ils commettent, de la peur de se faire prendre et, en définitive, de la soumission à cette punition bien méritée.

Vanessa pousse un soupir d'aise, comme si elle se souvenait d'agréables moments. Elle joue avec son verre de vin d'un geste distrait, et je remarque que les ongles de sa main droite sont plus courts que ceux de la gauche. Puis elle reporte son attention sur moi et poursuit :

— L'univers des maîtresses gravite autour des notions de discipline et de punition. Cela implique des costumes, des décors et des accessoires qui peuvent paraître joueurs, mais qui n'excluent pas une réelle dureté. Les vilains garçons subissent des traitements dont la seule évocation vous ferait monter les larmes aux yeux. Les vilaines filles, en revanche… (Elle se penche vers moi, les yeux brillants.) D'après vous, Beth, quels devraient être les sévices encourus par les petites coquines désobéissantes ?

J'ai tout à coup la sensation étrange que le monde accélère sa rotation et m'entraîne avec lui. Je balbutie :

— Euh… je… je ne sais pas.

— Moi, je crois qu'il y a des filles qui meurent d'envie d'éprouver la colère de leur maître, reprend Vanessa d'une voix hypnotique. Il y a des filles qui ne vivent pleinement que lorsqu'elles s'abandonnent à la délicieuse morsure de la cravache, au claquement du fouet qui s'abat sur leur dos et au voyage extraordinaire que leur offre la flagellation. Il y a des filles qui ont besoin de sentir des cordes se serrer autour de leurs poignets et de leurs chevilles, qui ont besoin qu'on introduise des jouets de toutes sortes dans leur chatte en chaleur et qu'on transforme ainsi leur douleur en un plaisir indescriptible. (Elle incline la tête sur le côté et m'adresse un sourire doucereux.) Est-ce que vous faites partie de ces coquines-là, Beth ?

J'ai le cœur qui bat à tout rompre et le souffle court, mais j'essaie de cacher mon émoi.

— Je ne sais pas, dis-je d'une voix enrouée. Peut-être…

Le sourire de Vanessa s'évanouit et elle se tourne vers Dominic.

— J'espère que tu sais ce que tu fais, le prévient-elle d'une voix blanche. Tu n'ignores pas ce qui se passe quand…

— Tout ira bien, Vanessa, l'interrompt Dominic. Je t'assure.

Elle prend un instant pour réfléchir, puis me lance un nouveau regard.

— Je veux juste m'assurer que vous me comprenez bien, Beth. Certains adultes ressentent le besoin de faire des choses que le reste de la société considère avec dégoût, voire avec horreur. Des choses qui ne cadrent pas avec la conception classique de la sexualité et qui peuvent révéler quelques vérités difficiles à encaisser. Pourtant, je suis persuadée que chacun d'entre nous a le droit de rechercher le bonheur et que, si cela implique une fessée de temps en temps, ça ne devrait pas poser de problème. C'est la raison d'être de ce lieu : j'ai voulu procurer à ces gens un espace où ils peuvent vivre leurs fantasmes en toute sécurité. La sécurité et le consentement sont la clé de tout ce qui se passe ici, Beth.

Une fois que vous aurez compris ça, vous pourrez aborder ce nouveau cheminement l'esprit tranquille.

— Oui, je comprends, dis-je tout en mesurant la chance que j'ai de me trouver ici, en présence d'une femme qui détient une telle expertise en la matière.

— Bon, fait-elle avant de reprendre une gorgée de vin. Je dois y aller, une longue soirée m'attend et je crois que Dominic a quelque chose à vous montrer.

Elle repose son verre et se lève avant de me saluer d'un sourire presque amical.

— Au revoir, Beth. Ça m'a fait plaisir de discuter avec vous.

— Au revoir, et merci.

— Dominic, on se reparle bientôt.

Puis elle tourne les talons et sort.

Je lance un regard à Dominic et souffle.

— Waouh !

— Elle maîtrise son sujet, confirme-t-il en hochant la tête. Viens, il nous reste un dernier endroit à visiter.

Nous redescendons au sous-sol, traversons le bar et passons une lourde porte blindée qui mène à une autre porte. Cette dernière ne m'inspire pas confiance, avec ses énormes clous métalliques. Dominic me précède et l'ouvre, révélant un espace plongé dans l'obscurité la plus totale. Puis il appuie sur un interrupteur et, soudain, la pièce s'illumine.

Je pousse un petit cri malgré moi. Ce que j'ai sous les yeux ressemble à une chambre de torture médiévale.

Je distingue un imposant cadre en bois équipé de chaînes et de fers destinés à attacher les poignets et les chevilles. Une croix en X est appuyée contre un mur, également pourvue d'anneaux auxquels on peut passer des chaînes. D'ailleurs, il en pend plusieurs du plafond, mais je serais bien incapable d'en deviner l'usage exact – du moins pour l'instant. Je vois par ailleurs plusieurs bancs d'allure étrange, où les soumis doivent adopter diverses postures. Dans un coin, se trouve une espèce de haute boîte rectangulaire percée de trous. Tout ceci est déjà bien menaçant, mais le pire est à venir. Je tourne la tête vers le mur du fond et aperçois toute une collection d'instruments terrifiants suspendus à des crochets. Tous ces objets sont destinés à la flagellation. Certains sont pourvus d'un solide manche en bois et d'un faisceau touffu de fines lanières de cuir, d'autres ne comptent que quelques sangles, plus épaisses et terminées par un nœud chacune. Je suis frappée par le contraste entre les objets délicats, qui semblent presque doux et utilisent des matériaux souples comme du crin, et ceux qui ont de toute évidence plus de mordant – lanières tressées ou pourvues d'une sorte de langue fourchue et franchement menaçante. Puis il y a les cravaches, minces et dures, et qui doivent infliger une vive douleur sur la peau nue, ainsi que les fouets. Je vois également des martinets, des cannes en bois et des battoirs de tailles et de formes diverses. Certains sont doublés, comme celui que

Vanessa a utilisé sur son client chez Dominic, d'autres sont troués, mais ce sont les plus sobres qui me terrifient le plus.

— Dominic, dis-je en m'agrippant à son bras. Je… je ne suis pas sûre de…

— Chut…, murmure-t-il avant de me prendre dans ses bras et de me caresser les cheveux. Cet endroit est conçu précisément pour faire froid dans le dos. C'est une pièce où l'imagination s'égare et réveille les pires cauchemars. Mais je te promets que ce n'est pas si terrible. Tu entres de ton plein gré, et tu décides si tu veux rester ou non. Il ne t'arrivera jamais rien de plus que ce que tu souhaites.

J'ai du mal à le croire, pourtant il me sourit avec une infinie douceur avant de poursuivre.

— Tu as ma parole. Je ne veux pas te faire de mal – pas comme tu le crois. De toute façon, nous n'allons pas commencer par là. Ne t'en fais pas.

Je tremble de peur. Dans quoi me suis-je embarquée ? Suis-je capable d'aller jusqu'au bout ?

Dominic prend mes mains dans les siennes et y dépose un baiser. Quand il reprend la parole, c'est d'une voix grave et enrouée de désir.

— Fais-moi confiance. C'est tout ce que je te demande : que tu me fasses confiance.

Chapitre 15

Sur le chemin du retour, je ne dis pas grand-chose. Je me sens toute bizarre – vaguement malade. Je n'arrive pas à me défaire de l'image du donjon, et mon esprit s'ingénie à visualiser ce qui doit s'y passer. Je vois des visages tordus de douleur, les yeux fous et la bave aux lèvres, tandis que retentissent cris et coups de fouet. Comment réconcilier cela avec l'amour ? Avec cette impulsion de chérir et de protéger l'autre ? De lui témoigner douceur et affection ?

Dominic a senti ma terreur et me laisse le temps de digérer tout cela, tout en gardant un bras passé autour de ma taille et la tête tout près de la mienne. J'ai l'impression de puiser dans ses réserves de force et d'assurance, et cela me rassure un peu.

— J'ai quelque chose à te montrer, annonce-t-il tandis que le taxi s'éloigne, nous laissant devant Randolph Gardens. Quelque chose qui nous est exclusivement réservé.

Voyant mon air interloqué, il me prend la main avec un sourire enjoué.

— Viens !

Il m'entraîne à l'intérieur, vers l'ascenseur qui mène à son aile de l'immeuble. Mais nous ne nous arrêtons pas chez lui ; nous continuons jusqu'au septième et dernier étage.

Étonnée, je demande :

— Où est-ce qu'on va ?

— Tu verras bien, répond-il avec un sourire.

Nous sortons de l'ascenseur et nous longeons le couloir jusqu'à une porte, que Dominic déverrouille.

J'ai passé la soirée à éprouver tour à tour de l'amusement, de la surprise et de l'horreur chaque fois qu'on m'ouvrait une porte, mais, en cet instant, je suis juste complètement déboussolée. Nous entrons dans un simple appartement, plus petit que celui de Dominic ou de Celia, mais disposé de façon semblable. Je ne distingue aucune extravagance dans le mobilier ou la décoration.

— Viens, dit Dominic en se dirigeant vers la chambre.

Je le suis et regarde à l'intérieur.

— C'est pour nous, m'indique-t-il tandis que j'observe la pièce. J'ai tout organisé ce week-end.

Je me trouve face à un magnifique boudoir où trône un gigantesque lit en fer forgé, avec des draps d'un blanc immaculé, une montagne d'oreillers et un duvet de soie mauve. Cet endroit est un festival de textures douces et sensuelles : un fauteuil en velours, un tapis de fourrure blanche et une collection de petits plumeaux alignés sur une table près du lit. Le reste du mobilier consiste en une commode d'allure ancienne, une armoire de bois blond foncé et un étrange fauteuil. Ce dernier ressemble au banc que j'ai vu chez Dominic, mais en plus long et plus large, avec un rembourrage de cuir blanc et souple, des sortes de rênes fixées sous le siège et un repose-pieds.

— Regarde, souffle Dominic en allant ouvrir l'armoire.

J'y aperçois de la lingerie fine, en dentelle essentiellement noire, ainsi que de longues bandes de soie ou de cuir qui évoquent davantage un équipement de cavalière que des vêtements. Je distingue des anneaux de tailles et de formes diverses mais ne comprends pas bien de quoi il s'agit. Sont également suspendus des corsets lacés et de larges ceintures dotées de grosses boucles et de fermetures Éclair. Un déshabillé de soie prête à l'ensemble une touche de luxe sensuel.

Je me tourne vers Dominic, incrédule.

— Tu as acheté tout ça pour moi ?

— Bien sûr, répond-il en désignant la pièce d'un geste ample. C'est le but de l'opération : tout est flambant neuf… Nous pouvons jouer avec comme bon nous semble. Tu aimes ?

— Mille fois plus que le donjon ! dis-je avec ferveur, ce qui le fait rire. Sérieusement : tu as fait tout ça pendant le week-end ?

Je peine à imaginer l'organisation nécessaire à une mise en scène pareille, sans compter la somme d'argent qu'il a dû falloir débourser pour acquérir un appartement, le mobilier et tous les accessoires qui vont avec.

Dominic hoche la tête et s'avance vers moi en me couvant d'un regard pénétrant.

— C'est fou ce qu'on peut faire quand ça en vaut la peine, murmure-t-il en me prenant doucement le menton pour que je lève le visage vers lui. Je veux te montrer les sommets du plaisir que l'on peut atteindre ensemble.

Une flamme de désir pur s'allume dans mon ventre et chasse toute notion de peur ou de douleur. Nous baignons dans une atmosphère de beauté et de tendre espièglerie.

— C'est tout nouveau pour moi, dis-je d'une voix rauque, mais je ne demande qu'à découvrir.

— Les leçons seront bien plus faciles et délectables que tu ne l'imagines, reprend-il, et nous procéderons étape par étape.

Il effleure mes lèvres des siennes, aussi douces qu'une aile de papillon, puis, quand ce supplice devient insupportable, il m'embrasse avec fougue et, du bout de la langue, m'encourage à ouvrir la bouche. Nous nous abandonnons à ce baiser, donnant vie au désir latent qui n'a cessé de croître entre nous. Je suis ravie de me trouver ici – ni chez Celia ni chez Dominic, mais dans cet endroit qui n'appartient qu'à nous.

Dominic me déshabille rapidement entre deux baisers et, bientôt, je me tiens nue devant lui, les tétons dressés, tandis qu'il me caresse du regard.

— Tu es incroyable, souffle-t-il d'une voix presque étonnée. Tu es faite pour le plaisir. Et ton cul est magnifique, poursuit-il en passant une main sur mes fesses. Je bande rien que d'y penser.

Il me prend la main et la pose sur son sexe tendu.

— Tu vois ?

Oh ! Je meurs d'envie de le sentir sans la barrière du tissu. Je fais glisser sa veste de ses épaules et il se dépêche de la retirer, ainsi que le reste de ses vêtements. Nous nous tenons face à face, nus, le souffle court, à nous dévorer du regard.

Le cœur battant, je demande :

— C'est le début de la leçon ?

Un désir presque douloureux m'envahit. Je ne me serais jamais crue capable de vouloir quelqu'un avec une telle force.

Dominic sourit et se penche pour enfouir son visage dans mon cou, faisant jouer sa langue le long du lobe de mon oreille avant de le mordiller doucement et de chuchoter :

— Ce n'est qu'un avant-goût. Un tout petit aperçu.

La caresse de son souffle sur mon oreille me procure des sensations presque insupportables, et je me cambre de plaisir en gémissant.

Il me prend la main et la porte à sa bouche, refermant les lèvres sur mon index et mon majeur. Je sens la chaleur humide de sa langue sur le bout de mes doigts, puis il les fait passer sur ses canines. Un frisson me parcourt : il pourrait me mordre sauvagement si l'envie le prenait et, même si je sais qu'il ne le fera pas, le danger existe. Le simple fait qu'il me suce les doigts ainsi m'excite terriblement, surtout lorsqu'il les happe plus profondément et fait courir sa langue tout autour. Puis je sens son autre main s'aventurer entre mes jambes. Il commence par effleurer les boucles de mon pubis d'un geste si léger que je le perçois à peine, puis me caresse avec plus de force. Soudain, presque brutalement, il glisse un doigt en moi, aussi loin qu'il peut. J'adore ça, mais j'en veux plus. Les taquineries de sa langue me rendent folle, et je renverse la tête en arrière avec un soupir. Comme s'il m'avait comprise, Dominic introduit un second doigt en moi, et je sens les parois de mon sexe s'ouvrir pour lui. Mais ça ne me suffit toujours pas. Je sais ce que je veux. Je tends la main vers son érection, mais il s'écarte pour m'empêcher de l'atteindre.

Quand, soudain, il cesse de me sucer les doigts et guide ma main vers le bas, je crois qu'il va enfin m'autoriser à le toucher, à caresser son gland chaud et doux, mais il prend une autre direction. Je croise son regard brûlant tandis qu'il pousse ma main vers mon sexe. Je sens les mouvements vigoureux de ses doigts, et cela m'excite follement d'associer à son geste les sensations exquises qu'ils me procurent. Lorsqu'il les retire et les passe sur mon ventre, y laissant une traînée brûlante, c'est pour m'encourager à prendre sa place.

— Caresse-toi, murmure-t-il.

Il m'a vue me donner du plaisir par la fenêtre ; je n'ai donc aucune raison d'avoir honte. Je fais glisser mes doigts le long de mes lèvres brûlantes, sous le triangle de mes poils.

— Oui, c'est ça, souffle Dominic tandis que j'effleure doucement mon sexe trempé. Vas-y !

J'obéis et introduis mon index en entier.

— Maintenant, ressors ton doigt et goûte-le.

J'hésite.

— Allez, m'encourage-t-il.

Pour la première fois, je perçois une note autoritaire dans sa voix. S'agit-il d'un test ?

Lentement, je porte mon doigt à ma bouche et, sous le regard intense de Dominic, le glisse entre mes lèvres.

— Suce-le, chuchote Dominic.

Je m'exécute et découvre la saveur acidulée, presque sucrée, qui se répand sur ma langue. Le goût du sexe.

— Tu es délicieuse, déclare Dominic. Va vers le lit.

Je m'exécute et me retourne.

— Et maintenant ?

Mais son regard suffit à me faire taire.

— Chut. C'est moi qui parle.

Oh, mon Dieu, ça y est. Pourtant, il a dit que ce n'était qu'un aperçu. Je n'ai pas peur. Pour l'instant, je n'éprouve aucune difficulté à le laisser tenir les rênes.

— Allonge-toi sur le dos, lève les bras au-dessus de ta tête et ferme les yeux.

J'obéis. Les draps de coton et la couette soyeuse sont merveilleusement doux sous ma peau nue. Je ferme les yeux et croise les poignets sur l'oreiller.

J'entends Dominic s'approcher, puis le bruit d'un tiroir qu'on ouvre et qu'on referme.

— On va commencer par quelque chose de simple.

Un fin tissu m'effleure le visage et, une seconde plus tard, Dominic l'applique sur mes paupières et me soulève la tête pour le nouer. Le monde devient soudain très noir et je ressens une pointe de panique. *Je n'y vois plus rien ! Ce n'est pas ce que je croyais !*

— Détends-toi, Beth. Je fais tout ça rien que pour toi, murmure Dominic comme s'il lisait dans mes pensées. Tu vas voir, tu ne crains rien.

Il soulève l'un de mes poignets et l'attache à la tête de lit à l'aide d'un tissu tout doux, puis fait de même avec l'autre. Il n'a pas serré les liens, et je ne ressens aucun inconfort, mais je trouve étrange de ne plus disposer de ma liberté de mouvement. Je teste ma marge de manœuvre, qui n'est que d'un centimètre ou deux.

— Fais-moi confiance, souffle Dominic. Je fais tout ça pour ton plaisir, promis. Maintenant, écarte les jambes.

J'hésite un peu à m'exposer ainsi de la façon la plus intime et la plus vulnérable qui soit alors que je ne vois même pas où Dominic se trouve ni ce qu'il fait. En revanche, mes sensations ont acquis une acuité nouvelle à présent que je suis privée de la vue. Je prends conscience d'un léger courant d'air qui passe sur mon sexe ouvert et brûlant. Dominic ne fait pas un bruit, mais je le sens évoluer dans la pièce. J'entends le bruit d'une allumette qu'on craque et hume l'odeur de soufre qui va avec. Un instant après, je perçois un parfum entêtant et doux de jasmin et de cèdre.

D'accord, il vient d'allumer une bougie parfumée. Tout va bien, c'est plutôt agréable.

Jusqu'ici, cette expérience me plaît : la chambre joliment décorée, les tissus somptueux et, à présent, cette senteur délicate... Mais je suis un peu déboussolée par cette inaction, qui fait légèrement retomber mon excitation. Je reviens peu à peu à moi, m'éloignant du merveilleux abandon que je ressentais il y a quelques instants.

Puis, soudain, Dominic revient à mes côtés. Je sens le lit remuer tandis qu'il monte dessus et se positionne entre mes jambes écartées.

— Tu es prête ? demande-t-il d'une voix rauque.

— Oui, je suis prête.

Aussitôt, mon corps recommence à vibrer de désir. Je suis perdue dans le noir, offerte et vulnérable, les mains liées.

— Bien.

Après une pause, j'éprouve une drôle de sensation. Une goutte presque brûlante tombe sur mon sein et se transforme aussitôt en une douce chaleur. La même chose se reproduit sur mon autre sein, puis sur mon ventre, à deux reprises. *Qu'est-ce que c'est ?*

Dominic passe les doigts sur mon sein et les fait glisser sur la source de chaleur. Je comprends : il a fait couler de l'huile chaude sur ma peau et commence à la faire pénétrer. Son lent massage me procure des sensations voluptueuses et me rend toute douce et glissante. Il passe l'huile sur mes tétons, puis les titille légèrement. Comme ils sont rendus presque insaisissables par le liquide, Dominic les pince et les frotte avec vigueur entre son pouce et son index, envoyant des ondes de désir jusque dans mon ventre.

Une question traverse mon esprit engourdi tandis que je me cambre de plaisir. *Comment se fait-il que cette zone soit aussi directement liée à l'entrejambe ?* Dominic me titille les tétons avec toujours plus de force, et je sens qu'ils sont dressés et durs comme des petites billes. Quant à moi, je suis trempée de désir.

— Ne bouge pas, m'intime Dominic.

J'essaie d'obéir, pantelante, mais il m'est difficile de ne pas réagir aux sensations qu'il suscite en moi. Il commence à me masser les seins, les prend dans ses mains, puis se concentre de nouveau sur mes tétons avant de diriger ses caresses vers mon ventre, faisant pénétrer l'huile et me rendant toute glissante.

— Tu es si belle, Beth, souffle-t-il tandis que je sens ses grandes mains puissantes me frotter le ventre et descendre peu à peu, avec une lenteur insupportable. J'adore te voir offerte ainsi, rien que pour moi. Ton corps magnifique est à mon entière disposition.

Ses mots me font frissonner, mais je ne dis rien. Toute mon attention est captivée par les cercles décrits par ses doigts agiles, de plus en plus proches de mon sexe brûlant. Je n'ai qu'une envie, c'est qu'il les plonge en moi de nouveau. Ou, mieux, qu'il me prenne sans tarder. Je veux sentir sa queue au plus profond de moi.

— S'il te plaît, Dominic, gémis-je, je n'en peux plus.

— Tu vas devoir apprendre la patience, ma belle, rétorque-t-il d'une voix amusée.

Ma frustration atteint son comble quand il contourne mon sexe et fait couler de l'huile chaude sur mes cuisses. Tranquillement, avec une minutie insoutenable, il me masse les jambes, puis les pieds, l'un après l'autre. Il taquine chacun de mes orteils avant de se concentrer sur la plante. C'est incroyablement stimulant. Je n'aurais jamais cru que mes pieds avaient un tel potentiel. Mais, alors que je m'abandonne à ces délices, Dominic remonte le long de mes jambes, jusqu'à mes hanches.

J'aimerais pouvoir regarder son visage mais, bientôt, toute pensée cohérente me déserte lorsque Dominic entreprend de passer de l'huile sur mon pubis. Il a posé les mains sur mes hanches et utilise ses pouces pour me masser, approchant toujours plus de mon clitoris, qui, à force d'excitation, me semble aussi gros que mes tétons. Folle de désir, je sens le sang affluer vers mon sexe. Je meurs d'envie de bouger, de remuer les hanches et de me cambrer, mais je me rappelle l'ordre de Dominic. Je suis déterminée à jouer le jeu et à lui obéir de mon mieux.

Alors que je crois devenir dingue d'impatience, il passe enfin le pouce sur mon clitoris, m'arrachant un cri et un sursaut.

—Aujourd'hui, les règles sont exceptionnellement souples, dit-il d'une voix rauque qui laisse transparaître sa propre excitation de me voir dans cet état. Je t'autorise à bouger si tu veux.

Puis il se met à me caresser le sexe avec une insistance croissante, me faisant frissonner de délice. Puisque le bandeau me confine à un monde d'obscurité, je ressens tout avec une acuité extraordinaire et, lorsque je remue, je me rappelle que mes mains sont entravées, ce qui m'enfièvre un peu plus. Je ne peux rien faire. J'ai besoin de Dominic. Sans lui, je ne pourrai pas atteindre le sommet de l'extase, cette délivrance dont j'ai tellement besoin.

Soudain il s'écarte un peu.

—J'avais prévu d'autres jeux, mais je ne peux plus attendre non plus.

Je sens qu'il se lève. J'aimerais tellement voir son érection! Puis il revient se placer entre mes jambes et fait jouer son gland contre mes lèvres enflées, lubrifiées par l'huile et l'excitation.

Je lève les hanches à sa rencontre, mais il prolonge encore un peu le supplice.

— Tu es brûlante, murmure-t-il avant de me pénétrer d'un grand coup de reins.

Je pousse un cri inarticulé. *Oh oui !*

J'ai l'impression de le sentir plus profondément que jamais. Il se retire lentement, puis redonne un violent coup de boutoir, et recommence la manœuvre jusqu'à trouver son rythme. À chaque mouvement, il vient buter contre mon pubis, offrant à mon clitoris toute la stimulation dont il a besoin.

— Je veux te sentir jouir, maintenant, gronde-t-il avant de m'embrasser avec fougue.

J'émets un son que je ne reconnais absolument pas. Je n'avais encore jamais ressenti de sensations aussi intenses. Alors que Dominic atteint des endroits secrets et merveilleusement sensibles au plus profond de moi, je m'abandonne à l'obscurité veloutée que m'inflige le bandeau, ainsi qu'à l'orgasme que je sens monter.

— Jouis ! me commande Dominic.

Aussitôt, je suis soulevée et transportée par une puissante vague d'euphorie qui semble durer plusieurs minutes. Enfin, je sens Dominic se tendre, marquer une pause, puis donner un dernier coup de reins, son pénis plus imposant que jamais, avant de jouir avec une force délicieuse. Incapable de le voir, je perçois d'autant mieux les sursauts de son éjaculation. Il finit par se retirer et s'allonge à côté de moi, haletant.

Moi-même, je n'ai pas encore retrouvé mon souffle, ébahie par la puissance de ce que je viens de ressentir, lorsque Dominic me détache les poignets et me retire mon bandeau.

Il me sourit avec tendresse, puis m'embrasse sur les lèvres.

— Alors, cette première leçon ?

— C'était… hallucinant, dis-je dans un soupir satisfait. Magnifique et explosif.

— Oui, ça, je l'ai senti et entendu. Tes spasmes étaient d'une puissance incroyable. C'était exquis, ajoute-t-il en me déposant un nouveau baiser, sur le bout du nez, cette fois. Je pense qu'on peut considérer que ce lit est bel et bien baptisé.

Je m'étire avec bonheur.

— Mmm. Il est génial.

— Ravi qu'il te plaise. Cet endroit est notre sanctuaire. Nous pouvons y faire tout ce que nous voulons, dit-il en me sondant d'un regard intense. Et, demain, nous commencerons pour de bon.

Chapitre 16

L'EUPHORIE DE CETTE FOLLE SOIRÉE PERDURE JUSQU'AU lendemain. James ne me pose aucune question mais m'affuble d'un joli surnom : « la Joconde » – en raison de mon sourire énigmatique, précise-t-il sur un ton affectueux.

Il n'a pas tort : je sais que j'ai affiché une mine béate toute la journée. Mon expérience de la veille s'est révélée infiniment agréable, et je commence à me demander ce que j'ai raté d'autre pendant toutes ces années.

Si c'était aussi merveilleux, c'est parce que c'était Dominic.

Ce soir, il est prévu que nous sortions. Dominic me l'a annoncé hier : avant que l'on s'aventure plus loin sur cette voie, il faut que l'on discute de plusieurs choses. Sur le coup, ça m'a paru vaguement menaçant, mais il a dû deviner mon inquiétude car il m'a aussitôt assuré qu'il s'agissait d'une simple mise au point.

À 19 heures précises, mon taxi me dépose devant le restaurant où Dominic m'a donné rendez-vous. Je ne connais pas ce quartier, mais nous sommes passés près de la Tour de Londres et de Tower Bridge en chemin. Je dois donc me trouver à l'est de la ville.

Le restaurant est un ancien entrepôt réhabilité, situé au bord de la Tamise et offrant une vue magnifique sur le fleuve et la rive sud.

Le maître d'hôtel m'accueille avec une courbette lorsque je lui explique que j'ai rendez-vous avec M. Stone. En prononçant ces mots, je me rends compte que je ne sais même pas s'il s'agit vraiment du nom de famille de Dominic. C'est juste le nom sous lequel il s'est annoncé en arrivant ici.

— Bien sûr, madame. Si vous voulez bien me suivre.

Il me fait traverser la salle bondée du rez-de-chaussée, et me conduit à un ascenseur qui nous emmène jusqu'à la véranda qui prolonge le toit de l'entrepôt. La vue me coupe le souffle.

— M. Stone vous attend sur la terrasse privée, annonce le maître d'hôtel.

Il m'entraîne vers un ravissant espace isolé du reste par des baies vitrées doublées d'arbustes en pots. La brise du soir agite les feuilles de cette petite haie et fait parvenir jusqu'à nous le parfum iodé du fleuve.

Dominic est attablé devant un verre de vin blanc. Il se lève à mon approche, un demi-sourire aux lèvres. Il est plus beau que jamais dans son costume bleu marine assorti à une chemise bleu pâle et à une cravate de soie gris argenté.

— Mademoiselle Villiers. Je suis enchanté de vous revoir.

— Monsieur Stone. Tout le plaisir est pour moi.

Tandis que le maître d'hôtel tire ma chaise, Dominic et moi échangeons un baiser poli sur la joue.

— Je suis ravi que vous ayez pu vous libérer, ajoute Dominic.

Je m'assieds, et le maître d'hôtel repousse ma chaise doucement derrière moi avant de me servir un verre de vin. Puis il replace la bouteille dans le seau à glace et s'éclipse avec une courbette.

Dominic se penche vers moi, les yeux brillants, et murmure :

— Toute la journée, j'ai senti ton goût sur mes doigts.

Le contraste entre notre attitude polie et le souvenir de nos ébats délicieusement dépravés de la veille me fait rire.

— Tu as pris une douche ce matin, dis-je. J'en déduis donc que cette déclaration est un mensonge éhonté.

— Mon imagination doit me jouer des tours, alors, rétorque-t-il en levant son verre. À nos belles découvertes.

— À nos belles découvertes !

Nous trinquons et buvons une gorgée de vin. Je parcours du regard le panorama de cette soirée d'été, ravie de voir la ville s'illuminer à mesure que la nuit tombe. Je distingue les ponts qui enjambent la Tamise, ainsi que l'activité exubérante qui règne sur les quais. Le monde s'agite en ronronnant autour de nous, mais cette terrasse contient l'intégralité de mon univers – tout ce dont je pourrais avoir envie ou besoin. Parmi les qualités que je recherche chez un homme, il n'y en a pas une dont Dominic soit dépourvu : il est intelligent, cultivé, drôle et d'une beauté incroyable. Par ailleurs, il est gentil, attentionné, et m'amène à des niveaux d'extase dont je ne soupçonnais même pas l'existence. L'intense ravissement que je ressens chaque fois que je pense à lui signifie sûrement que je suis en train de tomber amoureuse. C'est un sentiment à la fois plus profond et plus excitant que ce que j'éprouvais pour Adam. Avec le recul, cette histoire m'apparaît comme une gentille amourette adolescente, qui pâlit en comparaison des plaisirs que je viens de découvrir.

— J'ai commandé pour nous deux, annonce Dominic.

— D'accord, dis-je, un peu surprise qu'il ne m'ait pas attendue.

Tu t'es engagée sur cette voie, je te rappelle. Cela fait sans doute partie du jeu.

Écoutant la voix de la sagesse, je réprime mon agacement. Après tout, je fais confiance à Dominic, et je n'ai aucune allergie à ma connaissance. Certes, il n'a aucun moyen de le savoir puisqu'il ne m'a rien demandé, mais je ne dois pas oublier qu'il ne cesse de parfaire mon éducation. Ce qu'il a commandé ne peut que mériter que j'y goûte.

Il me dévisage, les paupières mi-closes, et je me demande s'il se rappelle notre folle nuit de la veille. Je l'espère, en tout cas. Cette simple évocation me fait frissonner de plaisir.

— Bon, commence-t-il. Nous devons établir nos règles de base.

— Nos règles de base ?

Il acquiesce.

— C'est absolument nécessaire quand on s'embarque dans ce genre d'aventure.

Les paroles de Vanessa me reviennent en mémoire. « La sécurité et le consentement sont la clé de tout ce qui se passe ici, Beth. Une fois que vous aurez compris ça, vous pourrez aborder ce nouveau cheminement l'esprit tranquille. »

— D'accord, dis-je lentement. Je ne sais pas si nous en avons réellement besoin, mais je te fais confiance.

Un sourire s'esquisse sur les lèvres de Dominic.

— Ce sont des mots qu'un homme comme moi ne se lasse jamais d'entendre. Cela dit, nous en avons réellement besoin. On ne peut s'en passer que dans les relations les plus extrêmes, et cela ne m'attire pas du tout. J'aime dominer mais je ne suis pas un vrai sadique.

— Contente d'apprendre qu'il y a une différence.

Je commence tout juste à m'accoutumer à ces termes, mais j'ai bien évidemment entendu parler du sadisme. Il y avait un type, à l'université, qui s'amusait à lire des extraits du marquis de Sade à toutes les soirées étudiantes. En général, il suffisait de quelques minutes pour que je me sauve, le cœur au bord des lèvres.

—Je peux infliger une certaine douleur, reprend Dominic, mais je n'éprouve nullement le désir de torturer mes partenaires comme le font les vrais sados. En fait, je ne connais que très peu de gens qui aiment ça.

Peu désireuse de réfléchir plus longtemps à cette question, je lance, avec une certaine impatience :

—Et donc, ces règles de base ?

Dominic se penche vers moi.

—Alors, la première chose que tu dois comprendre, c'est que le Dominic avec qui tu feras l'amour – tu peux appeler ces expériences comme tu veux – sera le maître dominateur à qui tu as promis d'obéir. En dehors de cette pièce à part, nous nous comporterons selon les usages traditionnels, mais, à l'intérieur, ce sera tout autre chose. Pour signaler ce changement de scénario, j'aimerais que tu portes un collier de cuir.

—Oh, dis-je, surprise. Un truc de bondage, tu veux dire ?

—Oui. Le collier est un puissant symbole de soumission.

J'y réfléchis une minute. Il a raison : le collier est souvent une marque d'appartenance – on en met aux animaux, les esclaves en portaient... Le collier indique que l'on est dressé, domestiqué. *Est-ce vraiment ce que je souhaite ?*

—Je n'ai jamais considéré que j'avais besoin de me faire apprivoiser, dis-je sans vraiment y penser.

Aussitôt, Dominic semble inquiet.

— Tu ne m'as pas bien compris. Il ne s'agit pas vraiment de toi, mais de ton identité fantasmée. Je n'ai aucune envie de te dresser ou de t'apprivoiser dans le monde réel. En revanche, dans notre petit univers privé, tu acceptes de te soumettre à moi. Tu vois la différence ?

J'acquiesce lentement, percevant sa logique. Il m'apparaît soudain que les particularités de ma vie sexuelle avec Dominic ne refléteront pas forcément ce que je suis en réalité. Cela me rassure, pour une raison qui m'échappe.

— Donc tu acceptes de porter un collier ? insiste Dominic.

— Oui.

— Parfait. J'en ai un superbe qui t'attend à l'appartement.

Le souvenir du lieu magnifique qu'il a aménagé rien que pour moi me fait fondre.

— J'aimerais qu'on y soit déjà, dis-je dans un souffle.

Les cheveux ébouriffés par le vent, il joint les deux mains d'un air pensif.

— Moi aussi, mais, d'abord, il faut vraiment qu'on discute de nos limites…

À ce moment-là, la porte de la terrasse s'ouvre et un serveur s'avance, les bras chargés d'un présentoir en métal sur lequel reposent plusieurs grandes assiettes.

Il place le tout sur notre table en annonçant :

— Votre plateau de fruits de mer, monsieur.

Un second serveur apparaît et dispose devant nous des rince-doigts, de petites fourchettes et des espèces de casse-noix, ainsi qu'un ramequin de mayonnaise, un autre contenant une vinaigrette où marine une échalote émincée, des demi-citrons enveloppés dans de la mousseline et une bouteille de Tabasco.

Enfin, le garçon rafraîchit nos verres de vin, puis s'éclipse.

— Les huîtres contiennent beaucoup de sélénium et de zinc, dit Dominic en haussant un sourcil. C'est excellent pour la santé.

Mais il n'y a pas que des huîtres au menu. Chaque étage du plateau contient aussi, disposés sur un lit de glace, des langoustines, des pinces de homard, des bigorneaux et des crevettes.

— Et ce riesling s'accorde parfaitement avec les fruits de mer, ajoute Dominic d'un air satisfait après une gorgée de vin. Bon, nous pouvons commencer.

Je le regarde faire et suis son exemple, m'aidant des petites fourchettes pour déloger les bigorneaux et des espèces de casse-noix pour faire céder les pinces de homard avant de tremper la chair tendre et blanche dans l'épaisse mayonnaise. Je découvre que quelques gouttes de vinaigrette à l'échalote relèvent le goût salin et presque métallique des huîtres. Je comprends à présent pourquoi ces mets sont généralement considérés comme chargés d'érotisme. Le rituel qui consiste à extraire les chairs de leurs coquilles, puis à en attiser les saveurs salées et acidulées, rend ce repas particulièrement excitant. C'est la première fois que je mange des huîtres, mais j'imite Dominic et laisse glisser sur ma langue ces corps ovales et festonnés, accompagnés par l'acidité du vinaigre et du citron ou par la flamme épicée du Tabasco. Leur consistance presque crémeuse me déroute au début, mais je trouve cela délicieux.

— Il nous reste d'autres détails à régler, déclare Dominic au bout de quelques minutes.

— Ah oui ?

Sous les effets conjugués du plaisir culinaire, de la brise du fleuve et de l'atmosphère d'opulence qui nous entoure, je me détends complètement. Le vin blanc sec – l'un des meilleurs que j'aie jamais goûtés – contribue sans doute à mon bien-être.

— Oui. Tout d'abord, je veux que tu comprennes qu'il s'agit avant tout de toi et de ta jouissance. Les gens croient souvent que seul le dom prend du plaisir dans ce genre de relations, mais c'est entièrement faux. Lorsque nous entrerons dans cet univers, tu en seras le centre. Toute mon attention sera dirigée vers toi, et tu y gagneras une expérience riche et intense, la réalisation de tes fantasmes, sans oublier… quelques puissants orgasmes, ajoute-t-il dans un demi-sourire.

Je frissonne à cette idée. *Une offre pareille ne se refuse pas.*

— Mais tu en retires quand même du plaisir, non ?

— Si, bien sûr. Mon plaisir consiste à obtenir ta soumission pleine et entière. Je veux exercer un pouvoir sur toi, t'imposer tes moindres faits et gestes. L'intensité de mes expériences tient à la réalisation de mes fantasmes. Là réside la beauté de la chose : nos fantasmes se rencontrent et se nourrissent mutuellement.

— Je comprends.

Effectivement, dans le boudoir, j'ai tout ressenti de façon plus vive grâce au suspense que Dominic entretenait.

Il trempe une queue de langoustine dans la mayonnaise et la déguste lentement avant de poursuivre.

— Lorsque nous serons dans l'intimité et que tu porteras ton collier, tu devras m'appeler « monsieur » et me vouvoyer. C'est une autre manière de me signaler que tu es prête à m'obéir.

— Et comment tu m'appelleras, toi ?

— Je t'appellerai comme je veux, rétorque-t-il avec un bref éclair dans le regard. C'est justement le principe.

Vaguement humiliée par cette réponse, je proteste néanmoins.

— Ça ne me paraît pas très juste.

— Je n'utiliserai probablement pas ton prénom, concède Dominic, mais je t'appellerai comme j'en aurai envie sur le moment. L'autre chose qu'il nous reste à décider, c'est un élément fondamental de ce genre de relation. Lorsqu'on entre dans l'univers du fantasme, il y a toujours le risque de se laisser emporter. C'est pour ça qu'on utilise un signal d'urgence qu'on appelle un *safeword*. Ça veut dire: « Stop, j'en ai assez ».

— Pourquoi ne pas dire: « Stop, j'en ai assez », tout simplement ?

— Parce qu'il peut t'arriver de crier « stop », « non » ou « je n'en peux plus » alors que tu ne souhaites pas vraiment arrêter. Il faut un terme qui rompe le charme du fantasme et ramène immédiatement à la réalité. Le mot « rouge » est un choix assez usuel, mais je voudrais quelque chose qui n'appartienne qu'à nous. Je te propose donc « rubis ». Tu penses pouvoir t'en souvenir ?

— Bien sûr. « Rubis » signifie « stop ».

À vrai dire, je ne pense pas en avoir besoin un jour. Je n'imagine pas refuser les délices que Dominic me prodigue.

— Bon. Nous pourrions aussi discuter des limites de ce que tu es prête à accepter, mais, pour l'instant, je voudrais que tu me fasses confiance, Beth. Je vais t'emmener sur ce chemin avec lenteur, en évitant de t'infliger des supplices trop extrêmes.

Je fronce les sourcils.

— Tu veux dire, des trucs comme ce qu'on a vu dans le donjon ?

— Oui. Je crois avoir cerné ton expérience passée et ta nature profonde. À mon avis, tu seras ouverte à la plupart des choses que j'aimerais te montrer. Je sais déjà que je prendrai un plaisir immense rien qu'à te faire découvrir tout ça. Et puis, à la moindre objection, tu prononces le *safeword*. Cette proposition te paraît-elle acceptable ?

Je prends un instant pour réfléchir. Tout cela demeure très vague à mes yeux, mais l'équipement que j'ai aperçu dans notre boudoir différait complètement de l'attirail du donjon. Tout y était féminin, sexy et érotique, sans la moindre menace de douleur, contrairement à ce qu'annonçaient les instruments de torture du club.

— Oui, ça me paraît acceptable.

— Formidable, conclut Dominic dans un sourire. Il ne nous reste plus qu'un détail à régler. Je veux que tu me consacres trois nuits cette semaine, à commencer par jeudi soir. Notre accord présent arrive donc à son terme samedi, ce qui te laisse dimanche pour te remettre de tes émotions. Alors, nous pourrons en renégocier les termes, l'un comme l'autre.

Je le dévisage, surprise. Depuis quand notre histoire a-t-elle pris une tournure aussi professionnelle ? Moi qui croyais que nous étions en train d'évoluer avec délices vers une relation de couple ! Voilà que je me trouve face à un contrat à durée déterminée éventuellement renouvelable.

— Je fais ça pour toi, souffle Dominic en décelant mon dépit. Pour te protéger. Le fait de te soumettre à quelqu'un peut te donner l'impression que tu n'as plus aucune prise sur rien, mais la vérité, c'est que tu ne fais que suspendre ton pouvoir. Tu ne donnes rien, tu n'abandonnes rien, tu ne perds rien. Il ne faut surtout pas l'oublier.

— D'accord, dis-je dans un souffle.

Je garde peut-être le pouvoir, mais je ne vois pas comment refuser quoi que ce soit.

— Bien. Maintenant que nous avons établi nos règles de base, terminons ce délicieux repas. Après, je te raccompagne. Tu as besoin de sommeil.

— On ne passe pas la nuit ensemble ? demandé-je d'une petite voix déçue.

Dominic secoue la tête en riant doucement.

— Pas ce soir. On se voit jeudi. Je suis persuadé qu'un peu d'attente ne nous fera pas de mal, au contraire. En plus, je pars en voyage d'affaires demain à l'aube.

— Ah bon ? Où vas-tu ?

— À Rome.

— Pour quoi faire ?

— Une réunion. C'est d'un ennui mortel, crois-moi.

— Rome, ça ne peut pas être mortel, dis-je d'un air rêveur.

— Oh, Rome n'est pas en cause, c'est ma réunion qui est mortellement chiante.

— Je ne sais toujours pas vraiment en quoi consiste ton travail…

— Ça, c'est parce qu'il existe au moins mille sujets de conversation plus intéressants que mon travail, rétorque-t-il en levant son verre. D'ailleurs, parle-moi du nouvel artiste que vous exposez à la galerie.

Nous commençons à bavarder comme n'importe quel couple en train de dîner en terrasse par une belle soirée d'été. On ne dirait pas que nous venons de passer un étrange contrat qui stipule un échange de pouvoir et qui régira à l'avenir nos relations érotiques. Le simple fait de penser à ce qui nous attend m'envoie une onde d'excitation dans le ventre, comme si un noir serpent venait de s'y lover.

Où va-t-il m'emmener ? Est-ce que je peux vraiment le suivre ?

Je le saurai bien assez tôt.

Chapitre 17

SACHANT QUE DOMINIC EST À ROME, JE SUIS SURPRISE lorsque, le lendemain, un coursier m'apporte une lettre à la galerie. Tandis que je signe le reçu, James sort de la petite cuisine en demandant :

— C'est pour moi ?

— Non, dis-je en contemplant l'épais papier couleur crème sur lequel est inscrit mon nom.

— Oh, fait James, interloqué, avant de sourire. Je suppose que ça vient du merveilleux Dominic.

— Sans doute.

J'ouvre l'enveloppe et y trouve une clé, ainsi qu'une feuille de papier, que je déplie.

« Beth,

Je veux que tu te rendes à l'appartement jeudi soir. Voici la clé. Tu devras être impeccablement propre et soignée, avec les cheveux relevés de façon à découvrir ta nuque. Je souhaite que tu portes le collier que tu trouveras à côté du lit, ainsi que les sous-vêtements que j'ai sélectionnés et disposés sur les draps. Sois prête à 19 h 30, lorsque j'arriverai. Je veux te voir agenouillée à côté du lit en entrant.

Dominic. »

Rougissante, je replie la lettre à la hâte.

— Un petit mot doux ? me demande James.

Il s'apprête à partir pour un rendez-vous et ne fait pas trop attention à moi – heureusement.

— Oui… c'est ça.

Au risque de paraître ridicule, je devine une certaine tendresse à travers ces quelques lignes aussi brèves qu'autoritaires. En tout cas, elles contiennent la promesse d'une soirée aussi étrange qu'excitante.

— Comme c'est mignon ! lance James.

Si on veut…

Les yeux rivés sur la lettre, je prends la mesure du sérieux de ce que j'ai entrepris. Dominic m'a prévenue et m'a laissé le temps pour me préparer, physiquement comme mentalement. Cela prouve qu'il sait ce qu'il fait.

Jeudi soir

Je suis à l'appartement bien avant l'heure prévue et j'ai respecté les instructions de Dominic à la lettre. Je me suis frictionnée sous la douche et me suis épilée avec soin avant d'appliquer sur ma peau une lotion qui la rend douce comme la soie. J'ai relevé mes cheveux en un chignon qui dégage mon visage et mon cou. J'ai l'impression de m'être adonnée à une cérémonie de purification – une étape nécessaire avant d'ouvrir ce nouveau chapitre de ma vie.

Mercredi, je me suis rendue dans le centre médical de Harley Street dont m'avait parlé Dominic et où, dans un environnement discret et plutôt luxueux, on m'a fait passer toute une batterie de tests. J'ai reçu les résultats le soir même : je suis en parfaite santé. Cela me semble merveilleusement logique, comme si ces tests confirmaient que je suis également pure de l'intérieur.

Sur le lit, qui n'est couvert que d'un simple drap, je trouve un ensemble de lingerie qui semble, au premier abord, d'une extrême simplicité. J'enfile la culotte, faite d'un assemblage de soie et de tulle noirs. La coupe laisse voir mes hanches par transparence et dessine une sorte de diamant autour de mon sexe, qui est découvert. Lorsque je me regarde dans le miroir, je me rends compte que la culotte révèle également mes fesses, dont la blancheur contraste avec la soie noire. Le soutien-gorge consiste essentiellement en un assemblage de minces lanières. Les bonnets ne couvrent pas mes seins – ils se contentent de les mettre en valeur. L'effet est saisissant : de fines lignes noires soulignent mes courbes comme pour mieux les offrir aux caresses.

Moi qui n'ai jamais porté pareille lingerie, je trouve ce mélange de sophistication et de simplicité terriblement sexy. Les motifs entrecroisés comportent quelque chose d'un peu sévère, mais pas trop. Mon regard est irrésistiblement attiré par mon sexe dénudé, et mes tétons se dressent fièrement. Je me passe une main fébrile sur le ventre et les seins, frissonnant légèrement. Je brûle déjà d'excitation.

J'aperçois le collier sur la table de chevet et m'approche. Je soulève l'objet, qui n'a rien à voir avec le collier de chien en cuir clouté que j'imaginais. Celui-ci est entièrement en latex, et de minuscules trous y dessinent un motif en filigrane, un peu comme de la dentelle. Il y a un petit ruban à l'avant et un bouton-pression à l'arrière. Je le place autour de mon cou.

Mon estomac fait un bond lorsque le latex touche ma peau et que le symbolisme de cette démarche m'apparaît clairement. Cet objet est la preuve de ma soumission. Quand je l'attache, je cède le contrôle de mon corps. À ma grande surprise, cette réflexion me fait frissonner de désir.

Cela fait peut-être partie de ma personnalité profonde, après tout. Le collier me va parfaitement, comme un ruban de fine dentelle.

Un coup d'œil à l'horloge m'apprend qu'il est presque 19 h 30. Puisque je suis apprêtée et habillée comme Dominic me l'a demandé, il ne me reste plus qu'à aller m'agenouiller sur le tapis de fourrure à côté du lit. Au début, je me sens un peu bête, même s'il n'y a personne pour me voir. Je passe une éternité à enrouler des brins de fourrure autour de mes doigts, m'immobilisant au moindre bruit. J'ai beaucoup de mal à contenir mon impatience lorsque l'horloge marque enfin 19 h 30, mais les minutes continuent de s'écouler en silence.

Est-ce qu'il aurait été retardé ?

J'ignore si je dois lui envoyer un texto pour m'assurer que tout va bien ou si je dois rester à ma place.

Toujours agenouillée, j'écoute l'horloge égrener les secondes. Cinq minutes, puis dix. Finalement, n'y tenant plus, je me relève pour aller dans l'entrée, où j'ai laissé mon sac avec mon téléphone à l'intérieur. À peine ai-je mis un pied sur le marbre froid que j'entends la clé tourner dans la serrure. Mon cœur s'emballe et une soudaine terreur s'empare de moi, si bien que j'ai les paumes qui picotent. Je fais volte-face et, moins d'une seconde plus tard, me retrouve agenouillée sur le tapis de la chambre. J'entends la porte qui s'ouvre, puis des pas lents. Je distingue des mouvements, qui alternent avec des pauses, mais Dominic n'entre pas tout de suite dans le boudoir. J'en suis reconnaissante et espère qu'il va laisser le temps à mon cœur de se calmer et à ma respiration de revenir à la normale. Mais il me semble ne plus avoir aucun contrôle là-dessus – je tremble toujours sous le coup de ma culpabilité. Je lui ai désobéi.

Mais qu'est-ce qu'il fait ? Je n'en peux plus d'attendre !

Enfin, les bruits de pas s'approchent et, sans oser lever les yeux, je devine que Dominic se tient dans l'encadrement de la porte.

— Bonsoir, lance-t-il d'une voix grave où je perçois une note autoritaire.

— Bonsoir, dis-je en redressant juste assez le cou pour voir ses jambes.

Il porte un jean. Après une longue pause, je me rappelle ses exigences et reprends :

— Bonsoir, monsieur.

— As-tu respecté toutes mes instructions ? demande-t-il en s'approchant.

J'acquiesce.

— Oui, monsieur.

Je n'ose toujours pas regarder son visage. Ce nouveau Dominic, le Dominic à qui j'ai accepté d'obéir, m'effraie un peu.

— Vraiment ? insiste-t-il d'une voix plus douce qui ne masque pourtant pas une certaine inflexibilité. Lève-toi.

Je me redresse, consciente que mes seins pointent de façon éhontée et que mon sexe dénudé constitue une sorte d'invitation. Mais je sais également que je suis magnifique habillée ainsi et, à en juger par le souffle rauque qui échappe à Dominic, il est du même avis. Pour la première fois de la soirée, je lève les yeux vers lui – et le trouve différent. Il reste d'une beauté à couper le souffle, mais ses prunelles noires me couvent avec une lueur dure, et le pli de sa bouche semblerait presque cruel si je n'y décelais pas également une indéniable tendresse.

— M'as-tu obéi ?

— Oui, monsieur.

À peine ai-je répété ces mots que je me sens blêmir. Je suis en train de lui mentir et il le sait sûrement. Mon cœur s'emballe ; j'ai les mains qui tremblent et les genoux en coton.

— Je t'accorde une dernière chance. M'as-tu obéi ?

J'inspire profondément avant de me lancer.

— Non, monsieur. Comme vous étiez en retard, je suis allée dans l'entrée.

— Oh, je vois, commente-t-il avec une étincelle de plaisir dans le regard et un demi-sourire. Tu me désobéis déjà. Mon Dieu… Il va falloir que tu retiennes la leçon, et sans tarder. Nous devons absolument tuer dans l'œuf toute velléité d'insubordination. Va ouvrir la porte de droite de l'armoire.

M'efforçant de calmer mon agitation et ma respiration, je me dirige vers le meuble et m'exécute. Je me retrouve face à une vaste collection d'objets étranges.

— Sors la corde rouge.

Celle-ci se trouve sur l'étagère du bas et, lorsque je l'attrape, je suis surprise par son extrême douceur. Je m'attendais à quelque chose de rêche.

— Apporte-la-moi.

Je reviens vers Dominic, qui semble tout-puissant dans son jean et son tee-shirt noir, avec ses cheveux coiffés en arrière. Il me prend l'objet des mains sans sourire.

— C'est très mal de désobéir, Beth, souffle-t-il.

Il brandit une des extrémités de la corde, terminée par une longueur de cire rouge, et la promène sur tout mon corps.

Saisie d'une puissante excitation, je sens mon sexe s'ouvrir et se couvrir de rosée. *Oh, mon Dieu ! Rien que ça, c'est torride !*

— Va t'agenouiller près d'un des pieds du lit, m'ordonne Dominic en me retournant.

Je m'exécute, me demandant s'il va me frapper à coups de corde.

— Passe les bras autour du pied et joins les mains de l'autre côté.

Une fois que j'ai adopté la position requise, il m'attache les poignets avec un bout de la corde, dont il fait traîner le reste au sol.

— Écarte les jambes.

J'obéis, sachant que mes fesses sont alors exposées, que mon cul lui est offert, ainsi que mon sexe engorgé. Je suis sûre que Dominic voit mes lèvres luisantes d'excitation, et cette idée attise encore plus mon désir. Je presse mon visage brûlant sur mon avant-bras, qui est étroitement maintenu contre le montant du lit.

Je sens quelque chose à l'entrée de mon sexe. Pendant un instant, je pense que c'est le doigt de Dominic, mais c'est trop gros. Pourtant, c'est également trop fin et pas assez dur pour être son gland. Puis je comprends – il s'agit de l'extrémité de la corde, le bout enduit de cire, qu'il passe entre mes lèvres trempées. Ces sensations délicieuses m'arrachent un soupir.

— Oh !

— Chut. Je t'interdis de parler ou de bouger.

Je sens un léger coup sur mes fesses et devine qu'il m'a fouettée avec la partie soyeuse de la corde. Ce n'est pas douloureux, mais très explicite. Je me force à rester immobile.

— Et maintenant, un petit quelque chose pour commencer ta punition.

Dominic s'éloigne et, du coin de l'œil, je le vois se diriger vers l'armoire. Il en sort quelque chose qu'il dépose sur le lit, dans mon champ de vision. Il s'agit d'un bel objet en verre d'une douzaine de centimètres de long, lisse et légèrement incurvé. Une fois assuré que je l'ai bien vu, Dominic le reprend et passe derrière moi. Il s'agenouille si près que je sens la chaleur de son corps dans mon dos. Il approche son visage de ma nuque et caresse mon collier du bout des doigts.

— J'aime beaucoup, chuchote-t-il. Ça te va à ravir.

Il me dépose un baiser dans le cou avant de me mordre légèrement.

J'ai envie de soupirer de plaisir mais, gardant à l'esprit les ordres qu'il m'a dictés, je reste aussi passive que possible.

De nouveau, je sens quelque chose à l'entrée de mon sexe – quelque chose de froid et de très lisse. L'objet en verre, sans doute.

— Ceci est un gode, Beth. Je vais l'introduire dans ton vagin, et je veux que tu l'y gardes. Tu ne dois pas le laisser ressortir.

Il joint le geste à la parole, et la fraîcheur du verre rend les sensations de la pénétration encore plus intenses. Dominic enfonce profondément le gode avant de le lâcher. Malheureusement, je suis tellement excitée que l'objet commence à glisser et à m'échapper.

— Vilaine fille, gronde Dominic lorsqu'il voit le gode reparaître. Qu'est-ce que je t'ai dit ?

Il repousse le gode d'un geste brusque qui manque m'arracher un soupir. Je contracte mes muscles pelviens de toutes mes forces pour retenir le lisse objet en verre.

— C'est bien. Je vois que tu fais des efforts, murmure Dominic. Maintenant, c'est ton cul qui réclame mon attention.

Il me caresse les fesses, insistant sur les endroits où ma peau est nue entre le tulle et la soie. Soudain il m'administre une petite claque, pas forte, mais saisissante. Je sursaute, ce qui fait tressaillir le gode et m'offre une sensation aussi merveilleuse qu'inattendue. Dominic reprend ses caresses avant de me donner une nouvelle fessée, dont l'écho retentit en moi. Ça ne me cause aucune douleur mais provoque des réactions qui font tressauter le gode, l'entraînant toujours plus profond.

Oh, mon Dieu!

—Tu as un cul magnifique, dit Dominic d'une voix enrouée avant de me fesser une fois de plus.

Oh oui! Je sens que ça vient!

J'appuie le front contre le pied du lit, juste au-dessus de mes bras. La vue de mes poignets liés par la corde de soie rouge m'excite. Mes seins aux pointes tendues et hyper sensibles effleurent le froid métal du montant. Alors que le gode, à présent réchauffé, commence à m'échapper, je contracte les muscles et le sens remonter. Une onde de chaleur se répand dans mon ventre.

—Qu'est-ce que c'est que ça, Beth? Tu ne peux pas le garder? Même pour moi? gronde Dominic d'une voix joueuse. Je n'aurais pourtant pas cru que c'était trop te demander... Soit, puisque c'est comme ça...

Il me donne trois vives claques qui résonnent délicieusement dans tout mon corps. Puis, il attrape l'extrémité du gode et commence à le faire aller et venir avec vigueur. J'éprouve des sensations nouvelles mais délectables tandis que, agenouillée devant Dominic, offerte, je le laisse me baiser violemment avec un *sex toy* en verre. Au bout d'un moment, il approche sa main gauche de mon clitoris surexcité. Je pense que j'aurais pu jouir sans cette stimulation supplémentaire, mais, lorsque Dominic fait glisser son doigt sur ce point si sensible avant de le faire courir le long de mes lèvres et de revenir à mon clitoris, des vagues d'un plaisir complètement euphorique me parcourent tout entière. J'ai les jambes en coton et glisserais sans doute au sol si je n'étais pas attachée. Je tremble de la tête aux pieds, submergée par l'extase.

— Puisque tu n'es qu'une débutante, siffle Dominic d'une voix dure à mon oreille, je t'autorise à jouir, mais seulement si tu jouis de toutes tes forces. Vas-y ! Abandonne-toi !

Il ne m'en faut pas plus. Je pousse un cri tandis qu'un orgasme dévastateur me bouleverse complètement.

— Oh oui, soupire Dominic. C'est exactement ce que je voulais voir. Mais nous n'en avons pas encore terminé. Pas tout à fait.

Il enlève le gode et le fait glisser entre mes fesses. Puis il en positionne l'extrémité, lubrifiée par ma jouissance, à l'entrée de mon anus. Il donne une légère pression, puis, alors que, partagée entre la peur et la curiosité, je me demande s'il compte me pénétrer là aussi, il retire le gode.

Un instant plus tard, il me détache les poignets mais, si je crois que c'est terminé, je me trompe.

— Allonge-toi par terre, m'ordonne Dominic. Lève le cul bien haut et pose la tête sur les bras.

Je m'étends sur le tapis de fourrure et, sans la moindre honte, tends les fesses vers Dominic, offrant à ses regards mes lèvres encore gonflées et humides. Je sens qu'il dessine les contours de mon sexe du bout du doigt, écartant mes quelques boucles et caressant ma peau plus sensible que jamais.

— Quelle vision magnifique, dit-il d'une voix rauque de désir. Et tout ça m'appartient.

Je l'entends déboutonner son jean, mais pas l'ôter. Puis il se positionne derrière moi et, prenant son érection en main, la presse contre mes fesses.

— Je vais te baiser comme une chienne. Tu as le droit de faire du bruit si tu le souhaites.

Je suis reconnaissance pour cette autorisation parce que, lorsqu'il me pénètre d'un violent coup de reins, je ne peux retenir un cri tant il va profond. À chaque poussée, son gland atteint un point hyper sensible où le plaisir confine à la douleur, pourtant j'en veux encore. C'est une exquise torture et je veux offrir à Dominic le même genre de jouissance indescriptible qu'il m'a fait atteindre. Je veux me donner à lui sans réserve.

Le tissu un peu rêche de son jean vient frotter contre mes fesses à chaque coup et je trouve cela insupportablement excitant. Me saisissant la hanche d'une main, Dominic se penche pour, de l'autre, attraper mon sein et en pincer la pointe tendue. Le souffle rauque, il tient sa promesse et me baise vite, fort, son sexe grossissant encore. Soudain, il se raidit, puis, dans un dernier coup de reins, il s'abandonne à son propre orgasme.

Nous sommes tous deux hors d'haleine lorsque, lentement, il se retire de moi. Il se relève et va chercher, sur la table de nuit, un mouchoir en papier avec lequel il s'essuie. Quant à moi, je me laisse tomber sur le tapis le temps de reprendre mon souffle. Je sens la chaleur de son sperme couler le long de ma cuisse…

— C'était merveilleux, dis-je en lui souriant.

Je me sens incroyablement proche de lui ; j'ai envie de le serrer contre moi, de respirer son parfum enivrant et d'embrasser sa bouche sensuelle. Il se tourne et me lance un regard presque impassible. Puis, avec un petit sourire, il répond :

— Merci, Beth. J'ai beaucoup apprécié cette première punition. Tu as fait preuve de beaucoup de bravoure, mais ce n'était que le début.

Surprise, je le regarde s'approcher d'un pas nonchalant tout en reboutonnant son jean.

Est-ce parce que je porte encore le collier ?

Dans le doute, je lève les bras pour le détacher.

Dominic s'agenouille à côté de moi, me prend la main et la porte à ses lèvres.

— Merci, répète-t-il. C'est avec grand plaisir que j'anticipe notre prochaine rencontre.

Puis, il se relève et s'en va, me laissant allongée par terre tandis que son sperme me coule toujours sur la cuisse.

Je reste là, seule, prostrée, horrifiée, blessée. *C'est vraiment censé se passer comme ça?* Moi qui aimerais tant le prendre dans mes bras, me blottir contre sa poitrine, l'embrasser et lui montrer l'étendue de ma tendresse!

J'ai promis de lui obéir. Et puis, ce n'était que la première soirée. Il faut que j'attende de voir où il compte m'emmener. Dominic sait ce qu'il fait. Je dois lui faire confiance.

Vendredi

Je me réveille en sursaut dans le lit de Celia. Il est à peine 4 heures du matin, et je ne sais pas ce qui m'a tirée de mon sommeil. Je devrais être épuisée après les événements de la veille. Cette soirée s'est révélée éprouvante, tant moralement que physiquement. À côté de moi, De Havilland dort tranquillement. Je ne suis pas sûre que Celia lui permette de monter sur le lit, mais je trouve sa présence réconfortante. Je tends la main et caresse son épaisse fourrure. Au bout d'une petite minute, il se met à ronronner doucement.

— Toi, au moins, tu as besoin de moi, dis-je dans un murmure. Pas vrai, petit chat ? Il suffit que je te caresse pour te rendre heureux, hein ?

Pourquoi faut-il que l'amour soit si compliqué ? Pourquoi a-t-il fallu que, de tous les hommes du monde, je tombe amoureuse de celui qui cache une main de fer dans un gant de velours ? Je suis en train de tomber amoureuse, c'est évident.

Sinon, je ne serais pas aussi anxieuse et déroutée, l'esprit encombré de questions sur ses sentiments à lui. Je sais qu'il me désire – qu'il me trouve belle et excitante. Je sais que je lui donne du plaisir – tellement qu'il a été jusqu'à prendre un deuxième appartement et à le meubler exprès pour moi.

Combien est-ce que ça lui a coûté ? Et tout ça pour une semaine de baise ?

Cette réflexion en amène une autre.

À moins qu'il n'ait l'intention de faire durer cette histoire au-delà d'une semaine ?

Je ne sais pas trop quoi penser. Jusqu'ici, ce jeu ne me déplaît pas, mais j'aime bien savoir qu'il y a des limites. Mon avis sur la question serait sans doute différent si cela devait devenir notre mode de vie permanent. Parce que…

Parce que j'ai besoin d'amour, pas de punitions… ?

Parce que j'ai envie de donner autant que de recevoir… ?

Parce que…

Une idée sombre, horrible, effleure ma conscience puis m'échappe aussitôt. Avec un long soupir, je me retourne, et ce mouvement dérange De Havilland. Il s'étire et sort les griffes avec un petit miaulement avant de se rouler en boule et de recommencer à ronronner.

J'aimerais me rendormir, moi aussi, mais le sommeil m'échappe. Alors je m'occupe en comptant les perroquets du papier peint chinois et en suivant du regard leur plumage chatoyant, jusqu'à ce que mon réveil sonne.

Conséquence directe de ma nuit agitée : au matin, je suis lasse et grincheuse.

— Beth ? Tout va bien ? me demande James lorsque j'insulte l'ordinateur, trop lent à mon goût.

— Oui, désolée, dis-je, un peu honteuse. J'ai mal dormi, c'est tout.

— Les nuits blanches, il n'y a rien de tel pour terminer un bon livre, fait-il remarquer d'un ton détaché.

Néanmoins, pendant le reste de la matinée, il se montre particulièrement attentionné à mon égard. Il m'apporte du café et s'assure que j'ai toujours à portée de main ces petits biscuits au gingembre dont je raffole.

Vers midi, un coursier apporte une nouvelle enveloppe adressée à mon nom. Voici la teneur de la lettre :

« Ma chère Beth,

Ton initiation fut une réussite et je t'en félicite. J'espère que tu y as pris autant de plaisir que moi. Sois à l'appartement à 19 h 30 ce soir et tiens-toi prête. Tu porteras ce que tu trouveras sur le lit et, avant mon arrivée, tu devras laver et lubrifier les objets disposés sur la table, puis organiser les instruments destinés à ta punition. Ensuite, tu t'agenouilleras par terre, comme hier.

Dominic. »

Je lis ce message à deux reprises, et l'excitation m'envoie des ondes de chaleur dans le ventre, mais je ne me sens pas aussi joyeuse qu'hier. La fessée que m'a administrée Dominic ne m'a pas vraiment fait mal, mais je sais que c'est dû à l'état dans lequel j'étais quand il a commencé à me frapper. J'avais déjà atteint un stade où le plaisir et la douleur allaient de pair. Les claques qu'il m'a données avaient pour seul but d'amplifier ma jouissance, mais j'ignore quelles vont être mes réactions lorsqu'il va vouloir aller plus loin.

Et ça ne fait aucun doute qu'il va vouloir aller plus loin.

— Beth ? Vous êtes toute pâle, dit James en s'approchant. Vous vous sentez bien ? Tout se passe comme vous voulez avec Dominic ?

J'acquiesce.

Il m'examine en silence, l'air pensif. Depuis que je lui ai fait part des penchants de Dominic, il s'amuse à me taquiner en faisant des jeux de mots ou des plaisanteries. Je m'attends donc à quelque chose de ce genre, mais il reste sérieux et me regarde droit dans les yeux.

— Beth, vous êtes toute seule, loin de chez vous. Si Dominic vous force à faire quoi que ce soit qui vous déplaît, ou si vous n'appréciez plus ce qu'il vous fait, j'aimerais que vous me le disiez. Je suis votre ami et je m'inquiète pour vous. Vous êtes une si petite chose, conclut-il avec tendresse.

Sa gentillesse réveille une tempête d'émotions et me fait monter les larmes aux yeux bien malgré moi.

— Merci, dis-je d'une voix étouffée.

— De rien, ma belle. On vit dans un monde de fous, mais rien ne vous oblige à le subir seule. N'hésitez surtout pas à m'appeler si besoin, même le week-end.

Tandis que je le regarde s'éloigner, une larme s'échappe et roule sur ma joue. Je l'essuie d'un geste vif, replie la lettre et tâche de me concentrer sur mon travail en attendant qu'il soit l'heure d'aller rejoindre Dominic.

Ce soir-là, je trouve un nouvel ensemble de sous-vêtements sur le lit. À ce stade, je n'ose plus appeler ça de la lingerie. On dirait plutôt une sorte de harnais, constitué non pas de lanières de cuir, mais de rubans élastiques noirs. Il me faut un moment pour comprendre comment l'enfiler, mais, une fois que c'est fait, l'objet dessine un schéma osé sur ma peau blanche. Deux longues lanières me passent sur les épaules puis sous les seins et se rejoignent sur mon ventre en formant un V. Deux autres me ceignent les hanches et à la plus large des deux sont accrochées des jarretelles. Ces sangles croisent le V juste sous mon nombril, et le tout est maintenu par une fermeture Éclair. En outre, deux lanières me passent entre les jambes et encadrent mon sexe avant de se rejoindre derrière. Lorsque je me retourne pour me voir de dos dans le miroir, je remarque l'effet de quadrillage créé par les ceintures et les jarretelles, ainsi que par la lanière qui me passe entre les fesses à la manière d'un string. De petits nœuds ornent les intersections du motif, et l'ensemble est d'une beauté toute géométrique.

J'enfile alors les bas qui sont dépliés sur le lit, puis les escarpins à talons aiguilles disposés à côté. Ils sont parfaitement à ma taille.

Reste le collier, qui n'a rien à voir avec la fine dentelle de latex d'hier. Celui-ci est en cuir vernis noir et se ferme par une boucle sur la nuque. Des strass noirs jouent le rôle des clous traditionnels, en beaucoup plus chic. Je le fixe autour de mon cou et l'examine dans le miroir – le symbole de ma soumission.

Puis, me rappelant les consignes de Dominic, je retourne vers le lit et y trouve, à côté d'une petite bouteille violette, un long vibromasseur bleu qui a presque la forme d'un pénis. Je le soulève et l'examine, impressionnée par l'élégance que lui confèrent ses courbes fluides et cette jolie couleur. Les *sex toys* aux teintes trop réalistes me semblent toujours vaguement sordides. À la base du gode, je remarque une petite excroissance, qui sert sans doute à la stimulation du clitoris.

J'emporte le jouet dans la salle de bains et le nettoie soigneusement à l'eau et au savon, même si je suis persuadée qu'il n'a encore jamais servi. Puis je le sèche à l'aide d'une serviette propre et retourne m'asseoir sur le lit. J'attrape la petite bouteille de lubrifiant, m'en verse quelques gouttes au creux de la main, puis entreprends d'en enduire le gode bleu. À ma grande surprise, le simple fait de masser ce jouet de latex m'échauffe. Il s'agit d'un objet inanimé, pourtant cette prise de contact me paraît presque intime, comme si, en faisant connaissance avec cet instrument, j'anticipais déjà les plaisirs que j'allais en retirer. Je commence à ressentir une espèce d'affection pour ses courbes douces et élancées et, à mesure qu'il devient humide et luisant grâce au lubrifiant, j'ai l'impression que lui aussi est excité par mes caresses.

Soudain, je jette un coup d'œil à l'horloge et me rends compte qu'il me reste à peine quelques minutes avant l'arrivée de Dominic. Je repose le vibromasseur sur la serviette, que j'ai étendue sur le lit, et passe en revue les autres accessoires. Eux non plus n'ont rien à voir avec les instruments de torture que j'ai aperçus dans le donjon. Ici, tout est beau, élégant, et semble plus destiné à être exposé qu'à rester rangé dans un coin. Je remarque un fouet doté d'un manche épais, orné d'une boule d'acier, et d'une dizaine de fines mèches de daim. J'y passe les doigts : c'est très doux et cela m'évoque les tentacules d'une anémone de mer. À côté du petit fouet se trouve une cravache, dont la tige mince et dure se termine par une boucle de cuir noir.

Oh. Oh, mon Dieu.

Je frémis, doutant de supporter ça. Puis, sortie de nulle part, une pensée s'invite dans mon esprit :

Si je suis aimée, je pourrai tout supporter.

Je veux prouver à Dominic que je suis digne de son amour, et j'y arriverai.

Dominic n'a que cinq minutes de retard, cette fois, mais j'ai retenu la leçon. Je reste sagement à genoux jusqu'à ce qu'il arrive et, quand il entre, je garde les yeux rivés sur le tapis de fourrure blanche. Du coin de l'œil, j'aperçois le jean de Dominic et ses chaussures noires Paul Smith.

Il m'observe en silence pendant un moment avant de souffler d'une voix douce :

— Très bien, je vois que tu m'as obéi. Tu commences à apprendre. Comment vas-tu, Beth ?

— Très bien, monsieur, dis-je dans un murmure, sans relever la tête.

— Est-ce que tu es impatiente ? À quoi as-tu pensé en nettoyant l'objet bleu ?

J'hésite un peu avant de répondre.

— J'ai pensé à ce que je ressentirai quand vous me le mettrez, monsieur.

— Très bien, murmure-t-il après un long soupir. Mais ne te réjouis pas trop, d'autres surprises t'attendent. Lève-toi.

Je me remets debout et vacille légèrement sur mes hauts talons. Je garde les yeux rivés au sol mais j'entends Dominic retenir son souffle.

— Tu es magnifique. Tourne-toi.

Je pivote lentement pour qu'il puisse voir la façon dont les lanières du harnais se croisent dans mon dos, quadrillent mon cul et disparaissent entre mes fesses, laissant le haut de mes cuisses exposé, la blancheur de ma peau contrastant avec les jarretelles noires.

— Magnifique, répète-t-il d'une voix rauque. Retourne-toi et regarde-moi.

J'obéis et lève timidement les yeux vers lui. Il porte un tee-shirt noir qui souligne les muscles de son torse et la largeur de ses épaules. S'agit-il de l'uniforme qu'il a besoin d'endosser pour me contrôler ? La passion m'envahit quand je vois son visage. Je l'aime tant ! Pas seulement parce qu'il est d'une beauté incroyable, mais parce que c'est le sien. Je veux le sentir près de moi. Je veux qu'il m'embrasse – qu'il m'aime.

Dominic tend la main et caresse mon collier.

— Ravissant, dit-il d'un ton pensif. Celui-ci fonctionne très bien.

Il passe un doigt dessous et m'attire à lui. Il m'embrasse avec fougue, m'écrasant les lèvres et faisant jouer sa langue contre la mienne. J'ai l'impression que c'est notre premier baiser depuis des siècles, mais je n'y retrouve pas la même tendresse qu'avant. Dominic est dur et presque violent dans sa façon de prendre possession de ma bouche, comme s'il ne se préoccupait pas le moins du monde de ce que je ressens.

Puis il s'écarte et sourit.

— Bon, voici la première tâche que tu dois accomplir ce soir. Enlève les objets qui sont disposés sur le lit et mets-les sur la table de nuit. Ensuite, allonge-toi sur le dos, les bras au-dessus de la tête et les jambes écartées.

Je sens une trépidation familière dans mon ventre tandis que mon pouls s'accélère. Et maintenant ? Est-ce qu'il va commencer à me faire souffrir ? J'appréhende la douleur, mais, en même temps, j'anticipe les affres d'un plaisir indescriptible.

Frémissante, je m'allonge sur le lit.

— Ferme les yeux.

Je m'exécute et entends Dominic approcher. Puis je sens qu'il noue un foulard de soie autour de ma tête. Me voici aveuglée de nouveau. L'un après l'autre, il soulève mes poignets et les passe dans des espèces de bracelets tout doux, qu'il fixe à la tête du lit. *Des menottes, sans doute.* Dominic répète ensuite l'opération avec mes chevilles. J'éprouve doucement la solidité de mes liens : je peux à peine remuer.

— Ne bouge pas ! m'ordonne sèchement Dominic. Je ne te le dirai pas deux fois : je t'interdis d'émettre le moindre son et de faire le moindre geste. Si tu désobéis, tu vas le regretter, alors tiens-toi tranquille. Et surtout ne t'avise pas de jouir tant que je ne t'y ai pas autorisée.

Il s'approche de nouveau et je sens la chaleur qui émane de son corps. Je meurs d'envie de le toucher, de caresser sa peau du bout des doigts. Ce que je trouve le plus dur, dans notre pacte, c'est qu'il semble refuser que je lui manifeste mon amour. Je ne m'attendais pas à cela lorsque je me suis soumise à lui.

Dominic effleure mes oreilles, puis y enfonce des bouchons de mousse qui s'adaptent aussitôt de façon à bloquer le moindre bruit. Je ne perçois plus que les battements sourds de mon cœur et le sifflement de ma respiration. Je trouve ça très étrange, et la force de ces sons m'effraie un peu. Si j'essaie de parler, entendrai-je ma propre voix ? Je n'ose pas faire le test – l'avertissement de Dominic résonne encore dans mon esprit.

Pendant un moment, je reste seule avec, pour toute compagnie, l'obscurité et les échos sourds de mon propre corps. Je ne perçois plus le poids de Dominic sur le matelas ni sa chaleur. Il s'est éloigné et je n'ai aucun moyen de savoir où il se tient. Je ne saurais dire combien de temps il me laisse là, mais, avec chaque seconde qui passe, la tension monte. Je sais ce qui m'attend – une sensation imminente, délicieuse ou douloureuse –, et le suspense devient tellement insoutenable que j'ai envie de crier pour qu'il se passe enfin quelque chose. Peu m'importe quoi.

Alors que je suis sur le point de craquer, je sens un drôle de contact au centre de ma poitrine. *Ça brûle !* Quoique… Non, en fait, la brûlure que j'ai ressentie est due à un froid intense – si intense que je devine la chair de poule qui se forme sous… *C'est un glaçon.*

Un second vient se poser sur mon ventre, et je dois faire appel à toute ma volonté pour me retenir de contracter mes muscles. La glace me picote et me brûle en même temps, et je meurs d'envie d'y porter la main. Idée futile : même si je me risquais à bouger, je n'aurais pas la liberté de mouvement nécessaire. Soudain, le glaçon posé sur ma poitrine se déplace – une force invisible le promène sur mes seins, puis sur mes tétons. La brûlure paradoxale du froid fouette mes terminaisons nerveuses et envoie dans tout mon corps un message fiévreux qui résonne entre mes jambes et me laisse ruisselante de désir. *Tout ça pour un glaçon.*

Celui qui se trouve sur mon ventre commence à fondre et à glisser, laissant sur ma peau un sillage frais. Soudain, il rencontre l'une des lanières du harnais et la suit doucement en direction de ma hanche. J'ai toutes les peines du monde à me retenir de soulever le bassin pour faire tomber le glaçon et échapper enfin à cette torture.

Mais alors, tout doucement, quelque chose vient jouer entre mes lèvres gonflées. Ça me rappelle le gode en verre que Dominic a déjà utilisé, sauf que, cette fois, c'est plus gros, plus chaud et bien lubrifié. *Le vibromasseur. Il va me pénétrer avec.* Frémissant de désir, mon bas-ventre s'enflamme et mon sexe se contracte légèrement. Je m'attends à ce que Dominic titille un peu mon clitoris pour me préparer, mais non. Au lieu de ça, il enfonce le vibromasseur d'un coup sec. J'imagine cette élégante forme bleue logée en moi, absorbant ma chaleur en attendant de se mettre en mouvement. Mais, une fois que le gode est en position et que la petite excroissance à sa base vient peser contre mon clitoris, plus rien. Dominic le laisse là, immobile, pendant plusieurs minutes, jusqu'à ce que, incapable de résister plus longtemps, je contracte mes muscles pour faire avancer le gode plus profondément en moi. Clairement, ce n'est pas autorisé car je reçois une vive tape sur le ventre. Je cesse aussitôt.

Est-ce que j'ai dépassé les bornes? La peur se mêle à l'excitation et me fouette le sang. *Qu'est-ce qui va se passer, maintenant?* La réponse met un certain temps à arriver mais, soudain, le *sex toy* se met à vibrer en moi. *Oh! Que c'est bon!*

Tandis que l'espèce de verge est parcourue de pulsations rythmiques, la petite excroissance vient décrire de petits cercles contre mon clitoris, me procurant des sensations extraordinaires. Privée de la vue et de l'ouïe, j'ai l'impression d'entendre le moteur de l'appareil dans ma poitrine, comme le ronronnement d'un chat. Je m'efforce de rester immobile et laisse les ondes de plaisir irradier dans tout mon corps, mais, bientôt, ça va devenir trop fort pour moi. Je vais éprouver le besoin de remuer et, même si je parviens à me retenir, je vais finir par jouir. Ça ne fait aucun doute. Je serre les dents et me concentre sur les ordres que j'ai reçus.

Puis, sans que je perçoive la cause de ce changement, le vibromasseur effectue des mouvements de plus en plus rapides. Mais ce n'est pas tout. J'ai l'impression qu'une petite balle dure me masse de l'intérieur en parcourant toute la longueur de l'objet. Je n'ai jamais connu une stimulation pareille.

Oh, mon Dieu! C'est incroyable! Je ne vais pas pouvoir m'empêcher de jouir.

La petite excroissance se presse contre mon clitoris avec une force presque insupportable, sans jamais ralentir ou marquer de pause, et je commence à m'envoler vers une extase explosive.

Stop ! Je n'arrive plus à penser...

Mon cerveau n'est plus qu'un tourbillon noir constellé d'étoiles aux couleurs vives. Sans réfléchir, je commence à onduler des hanches pour m'accorder au rythme qui me donne tant de plaisir. À travers les brumes sombres de l'état second où je me trouve, je perçois le son de ma voix, lointaine, et je me rends compte que je suis en train de crier.

Brusquement, tout s'arrête et, d'un geste brusque, le vibromasseur m'est arraché. Je subis cette perte avec une immense déception, tremblant de m'abandonner enfin à l'orgasme dont j'ai tant besoin mais qui m'a été refusé.

Puis, on m'enlève les bouchons d'oreilles et j'entends mon souffle court de l'extérieur.

— Tu as bougé, vilaine ! Tu as osé crier ! Tu voulais jouir, c'est ça ?

— O-o-oui, avoué-je au prix d'un immense effort.

— Oui, qui ?

— Oui, monsieur.

— Tu n'es qu'une sale petite coquine voluptueuse dont le corps avide et lascif mérite une punition, annonce-t-il avec un plaisir évident tout en détachant mes menottes.

Il me laisse les yeux bandés, cependant, et je me sens désorientée, comme si je me retrouvais tout à coup dans un endroit que je croyais avoir quitté.

— Lève-toi, m'ordonne Dominic en me prenant le bras.

Je me laisse entraîner et descends du lit. J'ai les jambes en coton et peine à tenir debout. Dominic me fait traverser la pièce et je le suis, à l'aveuglette, sans même savoir dans quelle direction nous allons. Puis Dominic me fait poser les mains sur une surface incurvée et recouverte de cuir souple. Ça y est, je sais où je me trouve : je suis face à l'étrange siège blanc, avec les rênes en cuir et le repose-pieds.

Et maintenant ?

Je devrais peut-être avoir peur, pourtant je ne crains rien. C'est avec des gestes très doux que Dominic m'aide à évoluer, et j'ai toute confiance en lui : il saura quand s'arrêter. La colère qu'il manifeste est feinte – elle fait partie de ce petit jeu destiné à nous rapprocher et à nous emmener vers des sommets illicites et exquis. Forte de cette certitude, je frissonne à l'idée de ce qui nous attend.

Dominic m'installe à califourchon sur le fauteuil, puis m'encourage à m'allonger à plat ventre sur le dossier légèrement incliné tandis que mon sexe encore mouillé se presse contre le doux cuir blanc. Il ne faut que quelques secondes à Dominic pour m'attacher les poignets à la structure sous le siège, et j'ai l'impression d'embrasser le coussin ferme mais moelleux comme si c'était le corps de mon amant. La bordure de mes bas m'irrite légèrement à l'endroit où mes cuisses frottent contre les côtés du siège. Dominic s'affaire derrière moi et, au bout d'un court instant, détache les sangles de mon harnais de façon à laisser mon dos complètement nu.

— Oh, ma chérie, souffle-t-il. J'aimerais tellement ne pas avoir à te faire souffrir, mais, face à une désobéissance aussi flagrante, je n'ai pas le choix.

Je l'entends faire un aller-retour jusqu'à la table de nuit, puis j'attends un long moment, incapable de respirer ou presque, avant de sentir la lente caresse du fouet en daim.

Ça ne fait pas mal du tout, au contraire. Ça chatouille légèrement et agréablement ma peau déjà chauffée à blanc. Dominic dessine des 8 dans mon dos en un mouvement si fluide qu'il m'évoque la danse des algues au gré du courant. Je me détends et ma peur se calme un peu. Soudain, les 8 cessent et je reçois un coup de semonce tout en douceur, suivi d'un deuxième, puis d'un troisième... Les souples mèches de daim me picotent et me procurent une sensation presque revigorante. Mon sang afflue sous ma peau, qui se couvre de chair de poule.

— Tu rosis, murmure Dominic. Tu réponds au baiser du fouet.

Je ne peux m'empêcher de cambrer un peu le dos lorsque les coups gagnent en intensité. Les lanières m'infligent une légère morsure, mais on est encore loin de ce que je qualifierais de douleur. Cela me fait tout drôle de l'admettre, même intérieurement, mais j'aime bien ce bouquet de sensations : mon dos nu et exposé ; ma peau stimulée par les coups caressants du fouet ; mon sexe pressé contre le cuir velouté du siège... Peut-être est-ce dû à l'état d'excitation dans lequel je me trouve après mon presque orgasme. Une image s'impose à moi – le souvenir de l'homme qui s'est fait fesser dans l'appartement de Dominic, sur un banc semblable à celui-ci. Je me rappelle l'horreur et la stupéfaction que j'avais ressenties devant un tel spectacle. Pourtant, me voici dans une posture similaire, à goûter les joies de ma propre punition.

Les coups de fouet s'intensifient sur mon dos. Ça commence à m'élancer et, lorsque les lanières mordent un peu plus fort dans ma peau, je laisse échapper un cri, aussitôt suivi par un soufflet encore plus vigoureux. Je contracte les cuisses à ce contact et, avec un nouveau soupir, presse mon sexe engorgé et mon clitoris durci contre le cuir. J'ai la peau brûlante, et les endroits que Dominic frappe commencent à me faire souffrir. Chaque nouveau coup m'arrache un cri de douleur, à présent.

— Encore six, Beth, annonce Dominic.

Il tient sa promesse, mais ses mouvements sont de plus en plus doux, comme s'il voulait me calmer. J'ai le dos en feu, parcouru d'un picotement à la limite du supportable, pourtant cela m'a terriblement excitée et je suis prête à me laisser conduire à l'extase.

— Et maintenant, je vais m'occuper de ton cul, petite coquine.

Je me demande encore ce qu'il veut dire lorsqu'un vif coup de cravache sur les fesses me fait sursauter. Je ressens aussitôt une douleur aiguë.

— Aïe !

J'ai l'impression qu'on vient de m'appliquer une barre de métal brûlant sur la peau. Une vague de nausée me traverse puis – horreur – un autre coup s'abat sur moi. Je hurle. Cela n'a plus rien à voir avec la caresse du daim ; la cravache claque contre mes fesses et me brûle cruellement. Je ne peux plus – ne veux plus – supporter une chose pareille.

Soudain, les coups cessent.

— Tu as reçu ta punition avec courage, dit Dominic avec tendresse. La prochaine fois, tu n'envisageras même pas de jouir sans ma permission, n'est-ce pas ? Maintenant, je veux que tu embrasses cette cravache. Mais attention, je ne parle pas d'un baiser.

Aussitôt, je sens le dur manche de cuir jouer contre mon sexe. Dominic le fait remonter entre mes fesses, s'arrête au niveau de mon anus et donne une petite poussée. Je retiens mon souffle, puis… plus rien.

Dominic me détache les poignets et dénoue mon bandeau. Me prenant par la taille, il me fait pivoter de sorte que je me trouve face à lui. Il est nu, et son impressionnante érection vient appuyer contre son ventre tellement il est excité.

Je n'ai aucune idée du moment où il a enlevé ses vêtements, mais j'imagine qu'il a eu tout le temps de se déshabiller pendant que j'étais coupée du monde. Il a les yeux plus noirs que jamais, comme si cette petite séance l'avait mis en transe.

Je m'allonge doucement et apprécie le contact du cuir frais contre la peau brûlante de mon dos.

— Maintenant, c'est moi qui vais t'embrasser, Beth...

Il me soulève les jambes, et je remarque des sortes d'étriers de chaque côté du siège. Dominic y place mes pieds puis s'agenouille sur le repose-pieds, le visage au niveau de mon sexe. Il hume profondément.

— Tu sens divinement bon, murmure-t-il avant de passer les bras autour de mes cuisses et de mettre le nez dans mes quelques boucles.

Je sursaute tant la sensation de plaisir qui me parcourt est électrique.

Puis il passe la langue sur mon clitoris. *Oh! Oh...*

Les mots me manquent, mais mon corps répond avec enthousiasme. Quels que soient les ordres, je ne vais pas pouvoir me retenir de jouir. Dominic fait courir sa langue de bas en haut en de lents mouvements avant de titiller mon clitoris déjà hyper sensible. Un courant délicieusement électrique me traverse et me fait trembler. Soudain, mes muscles se raidissent, et je sens que ça vient. Alors, Dominic prend mon clitoris entre ses lèvres et le suce avec avidité, appuyant sa langue dessus avant de la faire descendre, puis remonter…

Oh, je n'en peux plus! Je…

J'ai les poings et les paupières crispés, la bouche ouverte, le dos cambré.

Il faut que je jouisse, je n'en peux plus d'attendre…

L'orgasme explose comme un immense feu d'artifice. Je ne sais plus qui je suis ni ce qui m'arrive; mon univers se résume à d'immenses vagues d'une extase indescriptible.

Alors que je suis encore parcourue de frissons, je sens Dominic approcher son sexe du mien. D'un violent coup de reins, il entre en moi, profitant de mes derniers spasmes. Il se tient aux bras du fauteuil et prend appui dessus pour me pénétrer à fond. Son excitation a quelque chose de ténébreux – il a le feu aux joues et les yeux fous. Sans un mot, il se laisse peser contre moi et m'embrasse avec fougue tandis que je sens son propre orgasme le submerger.

Il reste allongé sur moi un instant et reprend son souffle, la joue appuyée contre le cuir blanc. Puis il fait courir une main le long de mon corps, tourne la tête et me dépose un baiser sur la joue.

— Tu as été parfaite.

Ce compliment me ravit. Je tiens tant à lui faire plaisir – à gagner son amour.

— La cravache… J'ai trouvé ça très dur, dis-je d'une voix humble. Je n'ai pas aimé la douleur.

— Tu n'es pas censée aimer ça, rétorque-t-il avant de se retirer et de se remettre debout. Mais tu obtiens ta récompense, après. Tu ne te sens pas mieux ?

Je le regarde un instant. Il a raison : je baigne dans une merveilleuse torpeur post-orgasmique, mais… Je ne suis pas sûre que cela me suffise. Les yeux rivés sur Dominic, je me rappelle que j'ai toujours mon collier de soumise autour du cou et que nous nous trouvons encore dans le boudoir. J'ignore si j'ai le droit de dire que je meurs d'envie qu'il me manifeste sa tendresse et son affection. Le maître en lui me fascine et m'excite, mais je veux aussi mon autre Dominic, le plus doux des amants. Ce Dominic-là me tenait dans ses bras et me caressait au début et, plus que jamais, c'est lui qu'il me faut après la sévère punition qu'il m'a infligée.

Je le supplie du regard. *S'il te plaît, Dominic, reviens-moi. Aime-moi.*

Mais il s'éloigne déjà, à la recherche de quelque chose avec quoi s'essuyer. J'admire son dos large, ses fesses rebondies et ses cuisses fuselées, mais cette vue ne fait qu'accentuer mon désir de le retrouver. Je voudrais faire courir mes mains sur sa peau ; je voudrais qu'il emploie ce grand corps si puissant à me rassurer autant qu'à me faire souffrir.

— On se voit demain matin, dit-il. Je veux que tu passes une bonne nuit de sommeil. Tu vas avoir besoin de toutes tes forces.

Puis il se retourne et commence à se rhabiller, tandis que je reste allongée sur le fauteuil. Il a beau se trouver juste devant moi, j'ai l'impression qu'il m'a déjà quittée.

Samedi

Le lendemain, je m'examine dans le miroir. Je constate qu'il n'y a pas la moindre trace dans mon dos – de toute évidence, Dominic sait manier le fouet – mais je distingue deux minces lignes rouges sur mes fesses. Je me doutais que la cravache me laisserait un souvenir – j'ai la peau qui marque facilement.

Ça ne me fait plus mal, mais j'ai les muscles raidis d'avoir été maintenue longtemps dans la même position par les menottes. Je m'accorde donc un bon bain chaud pour me détendre. Seule dans l'appartement silencieux, je me demande pourquoi, alors que mon corps va bien, mon cœur saigne. Ce devrait être le contraire : j'ai obtenu ce que je voulais, après tout. Dominic ne fait que tenir ses promesses en m'entraînant dans son sillage aussi loin que j'oserai le suivre. Chaque jour, il me mène à l'extase tout en y puisant son propre plaisir.

Alors pourquoi est-ce que je pleure ? Tandis que les larmes coulent le long de mes joues, j'essaie de trouver une réponse.

Parce que je me sens seule.

Parce que je ne connais pas ce Dominic qui me donne des ordres et me bat.

C'est pourtant toi qui le lui as demandé, me souffle la petite voix. *Il ne voulait pas, mais tu as insisté. Tu n'as pas le droit de le regretter, et il est trop tard pour reculer.*

D'ailleurs, je n'ai pas envie de reculer. J'ai au moins cette certitude. Mais, en acceptant les termes de notre accord, je ne me doutais pas que Dominic le maître remplacerait de façon permanente le Dominic que j'avais appris à connaître et à aimer. La tendresse et l'affection que nous avons pu partager me manquent atrocement. Les aventures qui m'arrivent dans le boudoir une fois que j'ai enfilé le collier qui proclame ma soumission m'apportent peut-être des sensations exquises, mais ont aussi la capacité de m'humilier et de me dégrader. Quand j'autorise Dominic à me traiter comme une sale gosse qui mérite une bonne correction, une part de moi est honteuse de s'abaisser ainsi.

J'ai besoin que Dominic me dise qu'il m'aime et me respecte toujours autant et que, dans le monde réel, je reste la Beth qu'il estime et chérit.

Sauf que, justement, je ne le vois plus du tout en dehors du boudoir !

Ce samedi est le dernier jour de notre petit arrangement. Je n'ai aucune idée de ce qui va se passer ensuite – après le test que Dominic a prévu pour aujourd'hui. J'aimerais vibrer d'excitation, mais je me sens juste vide et froide.

S'il y a bien une chose que je n'aurais jamais cru ressentir pour Dominic, c'est ce terrible néant…

Je m'habille et fais le ménage dans l'appartement pour le rendre aussi pimpant que je l'ai trouvé. J'ai beau me sentir chez moi, je ne saurais oublier que tout appartient à Celia. Alors que je regarde mon téléphone, au cas où j'aurais reçu un message de Dominic, on frappe à la porte.

Je vais ouvrir, m'attendant à le voir en personne, mais ce n'est que le portier.

— Bonjour, mademoiselle, dit-il en me tendant un paquet enveloppé de papier kraft. On m'a demandé de vous livrer ceci. Apparemment, c'est urgent.

Je lui prends le colis des mains.

— Merci.

— C'est votre anniversaire ? demande-t-il avec un regard curieux.

Je souris.

— Non, ce doit être ma mère qui m'envoie quelques affaires.

Une fois qu'il est parti, je m'agenouille sur le marbre de l'entrée et déchire l'emballage marron. À l'intérieur se trouve une boîte de couleur noire autour de laquelle est noué un ruban de satin assorti. Une enveloppe de papier crème est glissée dessous, et je la décachette pour lire la lettre qu'elle renferme.

« Tu dois te reposer, ce matin. Ton déjeuner te sera livré vers midi, et tu devras avoir tout mangé pour 13 heures. À 14 heures, tu auras le droit d'ouvrir cette boîte. Tu y trouveras les instructions concernant la suite de la journée. »

Même en son absence, Dominic me dicte mes faits et gestes, certain que je vais lui obéir. J'ai l'impression qu'il n'ignore rien de ce que je fais, comme si, au-delà du salon, il voyait ce qui se passe dans l'appartement tout entier.

Il a peut-être installé du matériel de surveillance dans chacune des pièces. Il en serait presque capable.

À peine ai-je formulé cette idée saugrenue que je la regrette. Pourtant, je n'arrive pas complètement à me défaire du soupçon que le nouveau Dominic oserait sans doute faire une chose pareille.

Les yeux rivés sur la boîte noire, je réfléchis à ce qu'elle peut bien contenir.

— Oh, et puis zut. Ça ne sert à rien de se prendre la tête, dis-je à voix haute. De toute façon, je ne vais pas l'ouvrir avant 14 heures. Si ça se trouve, il a mis une minuterie qui va lui indiquer le moment exact où je soulève le couvercle.

Je ne veux pas lui fournir la moindre raison de me punir, cette fois. Après tout, c'est le dernier jour, il va pousser l'expérience à l'extrême.

À cette idée, une sorte de froide excitation s'empare de moi. Pour la première fois, mon désir pour Dominic est teinté d'une peur bien réelle.

Fidèle à ses instructions, je passe une matinée calme et tranquille. Ma mère m'appelle pour prendre des nouvelles et, même si j'ai l'impression de parler tout à fait normalement, elle comprend tout de suite que je ne suis pas dans mon assiette.

— Tu es malade ? me demande-t-elle d'une voix inquiète.

— Non, maman, je suis juste un peu fatiguée. La semaine a été longue, et la vie londonienne pompe pas mal d'énergie.

La vie londonienne… et le sexe.

— Tu n'es pas en forme, je l'entends bien. Dis-moi tout : c'est à cause d'Adam ?

— Adam ?

Ma surprise n'est pas feinte. Cela fait des jours que je n'ai pas pensé à lui. À la hâte, j'ajoute :

— Non, non, pas du tout, maman. Londres était exactement le remède dont j'avais besoin pour me guérir d'Adam.

— Bon, ça me fait plaisir, soupire ma mère, soulagée. J'ai toujours pensé que tu pouvais trouver mieux, Beth. Évidemment, je m'étais bien gardée de te dire quoi que ce soit tant que tu étais amoureuse, mais bon… Pour un premier petit ami sérieux, il n'était pas si mal, mais je suis contente que tu aies enfin la chance de déployer tes ailes. Il te faut quelqu'un de curieux, qui te fera découvrir de nouveaux centres d'intérêt, de nouvelles expériences... Quelqu'un d'aussi énergique et heureux de vivre que toi. Je veux que ma Beth soit aimée par le meilleur homme du monde.

Je ne peux plus rien dire tant j'ai la gorge nouée. Des larmes brûlantes me montent aux yeux avant de rouler sur mes joues, et un sanglot m'échappe.

— Beth ?

J'essaie de parler, mais un nouveau sanglot se fait entendre.

— Qu'est-ce qu'il y a ? s'écrie ma mère. Qu'est-ce qui ne va pas, mon bébé ?

Je m'essuie les yeux et parviens à calmer mes pleurs suffisamment pour articuler :

— Ce n'est rien, maman, je t'assure. Je me sens un peu seule, c'est tout.

— Alors rentre à la maison, ma puce ! Toi aussi, tu nous manques.

— Non, maman. Celia revient dans deux semaines. Je ne veux pas gâcher cette chance ni lui faire faux bond, protesté-je en reniflant et partant d'un petit éclat de rire pathétique. Quelle nouille je fais ! Ce n'est rien du tout – juste une petite crise de larmes sans importance.

— Tu es sûre ? insiste ma mère, toujours inquiète.

Oh, maman ! Je t'adore, tu sais. Et je reste ta petite fille, quoi qu'il arrive.

J'agrippe le téléphone, comme s'il avait le pouvoir de me rapprocher d'elle, de la chaleur maternelle de ses bras.

— Ce n'est rien de grave, promis. Si ça ne s'arrange pas, je rentrerai à la maison. Mais je suis sûre que tout ira bien.

À midi pile, on frappe à la porte. J'ouvre et me trouve nez à nez avec un homme en livrée – sans doute celle d'un hôtel ou d'un restaurant chic –, qui porte un immense plateau chargé de plusieurs cloches en argent.

— Votre déjeuner, madame, annonce-t-il.

— Merci.

Je m'efface pour le laisser entrer et lui indique la direction de la cuisine. Il dépose le plateau sur le plan de travail puis recouvre la petite table d'une nappe en lin avant d'y déposer des couverts en argent, un verre à pied et un mince vase contenant une unique rose rouge. Une fois que c'est fait, il soulève les cloches et révèle mon repas : un énorme steak grillé surmonté d'une noix de beurre à l'estragon, des pommes de terre agrémentées de fines herbes, ainsi que des légumes cuits à la vapeur – brocolis, haricots verts et pousses d'épinards. L'ensemble est magnifique et sent divinement bon. Je me rends compte que je meurs de faim. Le serveur dépose une coupe de framboises à la crème sur la table, sort une demi-bouteille de vin rouge de sa poche et m'en sert un verre avant de reculer avec un sourire.

— Votre déjeuner est servi, madame. Lorsque vous aurez terminé, il vous suffira de laisser le plateau vide devant votre porte. Nous viendrons le récupérer ce soir.

— Merci, ça a l'air délicieux.

— Je vous en prie, madame.

Je le raccompagne à la porte et reviens dans la cuisine, où l'horloge m'indique qu'il est 12 h 10. Je m'assieds et attaque mon repas solitaire.

Tout est aussi bon que je m'y attendais. Le steak est grillé à l'extérieur mais rose au centre, les légumes cuits à la perfection. Je devine que Dominic a choisi un menu aussi copieux qu'équilibré afin que je prenne des forces pour l'après-midi qui m'attend. Je termine bien avant 13 heures, mais il me reste encore une bonne heure à patienter avant de pouvoir ouvrir la boîte.

Je commence à bien connaître les effets de l'attente et du plaisir à retardement. Les minutes s'égrènent avec une lenteur infinie, mais je ne sais pas si j'ai envie d'ouvrir ce paquet ou si je le redoute. Je l'ai laissé dans l'entrée, d'où il m'attire presque autant que si Dominic en personne y était caché.

Je déambule d'un pas nerveux et, parfois, je risque un coup d'œil à l'appartement d'en face. Je me demande ce que Dominic fait en ce moment, ainsi que ce qu'il a prévu pour cet après-midi. Son salon reste vide et sans vie.

À 14 heures, je retourne dans l'entrée et regarde la boîte.

OK. Le moment est venu.

Je tire sur les rubans de satin noir, qui tombent au sol en silence. Je soulève le couvercle, si ajusté qu'il me faut un petit moment pour le dégager, puis le dépose à côté de moi et me penche sur la boîte. Je ne distingue que du papier de soie noir et une nouvelle enveloppe couleur crème. À l'intérieur se trouve un petit carton assorti, sur lequel sont imprimées quelques phrases en lettres noires.

« Passe tout ce que tu trouveras dans cette boîte – et je dis bien *tout*. Rendez-vous au boudoir à 14 h 30 précises. »

Je repose le carton et déplie le papier noir.

Waouh. OK. On franchit une nouvelle étape.

Le harnais que je découvre n'est pas fait de soie douce comme celui d'hier – il s'agit cette fois d'épais cuir noir. Au lieu de petits nœuds, les intersections sont décorées d'anneaux argentés. Je soulève cet objet. Si je comprends bien, je dois le passer sur mes épaules et le fixer sous mes seins. Derrière, les bretelles se rejoignent entre mes omoplates et se prolongent en une seule lanière. Celle-ci se termine par un anneau qui m'arrive au milieu du dos et auquel est également fixée la sangle qui me passe sous les seins. Minimaliste, mais efficace.

Je sors un autre objet en cuir de la boîte. Ça ressemble à une grosse ceinture, et il me faut un moment pour comprendre qu'il s'agit d'un serre-taille – un article de lingerie à mi-chemin entre la ceinture et le corset. Il me paraît minuscule. Est-ce que je vais réussir à le fermer ?

Ensuite vient le collier – le plus impressionnant des trois. Façonné dans un cuir épais et noir, il va me couvrir complètement le cou. Il s'ajuste sur la nuque à l'aide d'une grosse boucle, et un anneau est fixé devant.

Oh, mon Dieu.

Me rappelant que je dois mettre absolument tout ce que contient le paquet, je termine de le vider.

J'y trouve une paire d'escarpins à talons aiguilles semblables à ceux que j'ai portés hier, ainsi que deux petites boîtes violettes. L'une d'entre elles renferme deux jolis papillons en argent.

Qu'est-ce que c'est ? Des barrettes ?

Je les examine en détail. Lorsque je serre et relâche les ailes du papillon, une sorte de fermoir s'ouvre et se referme en dessous. Soudain, je comprends.

Ce sont des pinces à tétons.

J'ouvre l'autre boîte et y découvre un œuf de silicone rose avec une base argentée et un cordon noir, disposé à côté d'une télécommande. J'appuie sur l'interrupteur et l'œuf se met à vibrer.

OK.

Voilà donc les accessoires qui vont me permettre de rejoindre Dominic aux portes de l'univers qu'il aime tant.

Le temps presse ; je dois me préparer.

Dix minutes plus tard, je porte le harnais, le corset, qui me serre cruellement la taille, et les escarpins. À part ça, je suis complètement nue.

Je dois y aller. Il doit m'attendre là-bas. Il va se fâcher si j'arrive en retard.

J'attrape un des papillons. Est-ce que ça va faire mal ? Je saisis un de mes tétons entre le pouce et l'index, et il réagit aussitôt, comme s'il savait que quelque chose d'extraordinaire l'attendait. J'ouvre la pince et laisse les élégantes petites dents métalliques se refermer sur la pointe rose de mon sein. On dirait que le papillon vient de se poser là pour butiner quelque nectar. Le picotement de la pince n'est pas désagréable – il faut dire que celle-ci est moins serrée que ce que je craignais –, mais j'imagine que la morsure va devenir plus aiguë avec le temps. J'applique le second papillon. Le contraste avec le harnais est presque absurde, pourtant l'effet est saisissant.

Et maintenant, l'œuf.

J'écarte les jambes et approche le jouet de mon sexe, déjà humide à la perspective de mon rendez-vous avec Dominic. À l'aide de mon index, j'introduis l'objet, qui se loge dans mon vagin, me procurant une agréable sensation. Le cordon pend entre mes jambes pour me permettre de retirer le jouet quand celui-ci aura terminé son office. J'attrape la télécommande et appuie sur l'interrupteur. L'œuf commence à vibrer en moi sans le moindre bruit ou le moindre indice. C'est mon petit massage secret.

Comment je vais faire pour aller jusqu'au boudoir ? Je ne vais quand même pas traverser l'immeuble comme ça !

Les instructions de Dominic ne mentionnent pas de veste, mais je vais bien devoir en porter une. Dominic ne s'attend tout de même pas à ce que je sorte de l'appartement presque nue. Je prends le trench dans le placard de l'entrée et l'enfile. Me voilà présentable. À part le collier qui me prend tout le cou, rien n'indique à un œil extérieur que je m'apprête à me soumettre. Je glisse les clés de l'appartement dans ma poche et sors.

Traverser l'immeuble habillée comme ça, en sachant où je me rends, s'avère bien plus excitant que je ne l'aurais cru. Tandis que le petit œuf vibre en moi, je descends dans le hall et vais prendre l'autre ascenseur au bout du couloir.

— Alors ? C'était une bonne surprise ? me demande le portier lorsque je passe devant lui.

Je sursaute. J'étais tellement concentrée sur ma destination que je ne l'ai pas vu.

— Quoi ?

— Votre colis. C'était une bonne surprise ?

Je le dévisage un instant, presque nue, tandis que les pinces à tétons commencent à me faire un peu mal et que l'œuf vibre en moi.

— Oui, merci. C'était super… Une nouvelle robe.

— Oh, très bien.

— Au revoir, le salué-je avant de m'éloigner d'un pas rapide.

Je sais qu'il me reste au mieux deux minutes. L'ascenseur met du temps à arriver et je sens l'angoisse monter. *Je vais être en retard !*

Lorsque, enfin, les portes s'ouvrent, je m'engouffre à l'intérieur et appuie sur le bouton.

Allez, plus vite !

Après une lente ascension, j'atteins enfin le septième étage et avance dans le couloir d'un pas rendu hésitant par mes talons. Je frappe à la porte du boudoir, hors d'haleine.

Pourvu que je sois à l'heure !

La porte ne s'ouvre pas. Je frappe une deuxième fois et attends. Toujours rien. Je cogne le battant de mon poing fermé.

Soudain, la porte s'ouvre. Dominic se tient devant moi, vêtu d'un long peignoir de soie. Il me toise d'un regard d'acier, les lèvres pincées.

— Tu es en retard, lance-t-il d'un ton sec.

Mon estomac se noue sous le coup de la frayeur.

— J'ai… Je…

Je tremble tellement que j'arrive à peine à prononcer :

— L'ascenseur…

— J'avais dit 14 h 30. Tu n'as aucune excuse. Entre.

Oh, merde. Je suis terrifiée ; mon cœur bat la chamade et l'adrénaline me fouette le sang. Une petite voix me souffle de me sauver – de l'envoyer bouler, de lui dire que je ne joue plus. Mais je sais que je vais obéir. Je ne vais quand même pas reculer maintenant, alors que je suis parvenue jusqu'ici.

— Enlève ton manteau. D'ailleurs, je ne me rappelle pas t'avoir autorisée à en porter un.

Je veux protester, mais je comprends qu'il m'a délibérément poussée à la faute. Mon retard ne fait qu'exacerber sa colère. Le trench tombe à mes pieds, et je me tiens devant Dominic vêtue seulement de mon harnais, de mon serre-taille et de mes papillons. Ces derniers me font franchement mal, à présent. J'ai les tétons rougis par la pression des pinces – et par l'excitation que je ne peux m'empêcher de ressentir face à Dominic. Mon traître de corps frémit d'impatience. Le petit œuf qui vibre dans mon vagin n'arrange pas mon affaire, avec ses caresses secrètes.

— Très bien, murmure Dominic, les yeux brillants. Oui, c'est parfait. C'est pile ce que je voulais. Maintenant, mets-toi à quatre pattes.

— Oui, monsieur.

Je m'exécute, et il se penche en tendant la main vers l'anneau fixé à mon collier. Lorsqu'il se redresse, je me rends compte qu'il y a attaché une longue laisse en cuir.

— Viens.

Il s'éloigne dans le couloir et je le suis comme une chienne. Il ne tire pas sur la laisse, mais j'en ressens la présence et la symbolique : je lui appartiens. En arrivant dans la chambre, je remarque qu'il a tamisé les lumières et fait installer un long banc au pied du lit. Une fois que nous sommes à l'intérieur, Dominic s'incline pour me retirer les pinces. C'est un immense soulagement, même si mes tétons sont à présent étirés et hyper sensibles.

— Va près du banc, m'ordonne Dominic en se relevant. Place-toi à un bout et pose le buste dessus.

J'obéis sans savoir ce qui va m'arriver. Je m'étends sur la surface de bois lisse, toujours à genoux mais les fesses offertes.

— Passe les bras autour du banc.

Je m'exécute, et mes tétons me font souffrir à ce contact.

Derrière moi, Dominic fait les cent pas. Je n'ai aucune idée de ce qu'il prépare, mais j'entends un claquement rythmique et devine qu'il se frappe la paume avec l'instrument qui m'est destiné.

— Tu m'as désobéi, déclare-t-il sur un ton d'une sévérité sans appel. Tu étais en retard. Crois-tu vraiment qu'une soumise puisse se permettre de faire attendre son maître ne serait-ce qu'une seule seconde ?

— Non, monsieur, dis-je dans un murmure.

J'anticipe avec terreur ce qu'il va bien pouvoir me faire subir.

— Ton devoir était d'arriver en avance afin de pouvoir te trouver dans le boudoir sur le coup de 14 h 30, poursuit-il en ponctuant le mot « coup » d'un nouveau claquement contre sa paume.

Oh, non ! Qu'est-ce qu'il a dans la main ?

— À ton avis, qu'est-ce qu'il faut que je fasse ? demande-t-il dans un murmure.

— Il faut me punir, monsieur, réponds-je d'une petite voix honteuse.

— Quoi ?

Je répète, plus fort :

— Il faut me punir, monsieur.

— Exactement. Il faut que je t'apprenne les bonnes manières, vilaine. Tu as été vilaine, n'est-ce pas ?

— Oui, monsieur.

À ces mots, mon excitation s'accroît. Je me demande s'il a oublié la présence de l'œuf, qui vibre toujours en moi.

— Dis-le : qu'est-ce que tu es ?

— Je suis vilaine, monsieur.

— Oui, tu es très vilaine. Et désobéissante, par-dessus le marché. Il va falloir six coups, assenés avec application, pour que tu retiennes la leçon.

Il cesse d'arpenter la pièce et fouette l'air de l'instrument qu'il manie. À en juger par le sifflement produit, il s'agit de la cravache. Une vague de terreur me submerge. Je ne veux pas de coups de cravache – ça fait trop mal. Intérieurement, je m'exhorte à être forte. *Ne lui montre pas que tu as peur.*

Un long silence s'installe, et je sens ma peau picoter par anticipation à l'endroit où il va sans doute frapper. Soudain, alors que je n'en peux plus d'attendre, *schlack* !

Je reçois un coup vif sur les fesses, mais ce n'est pas la violente morsure que je craignais. Je m'efforce de rester immobile.

Schlack !

Le deuxième coup s'abat un peu plus fort que le premier, et je retiens mon souffle. Avant que je n'aie pu reprendre mes esprits, un troisième coup m'atteint, suivi d'un quatrième. Je laisse échapper un cri. J'ai déjà la peau en feu, mais le coup suivant m'inflige une morsure atroce qui fait rayonner la douleur dans tout mon corps. Je n'aime pas du tout cette horrible brûlure. L'œuf de silicone continue de vibrer, mais je ne remarque plus ses caresses. Tout ce que je sens, c'est la cravache qui me cingle les fesses une cinquième fois et m'arrache un sanglot. Les larmes aux yeux, je m'arme de courage pour le dernier coup, qui s'abat avec une force impitoyable, si bien que j'ai l'impression qu'il s'agit d'un fer chauffé à blanc.

J'ai besoin de faire appel à toute ma volonté pour réprimer le sanglot qui menace. Je ne veux pas que Dominic me voie pleurer.

C'est fini. C'est fini.

En revanche, je vais lui dire que je ne veux plus jamais subir ça. Je ne supporte pas la morsure de la cravache, et il ne s'agit pas que de la torture physique provoquée par cet instrument. Je déteste l'humiliation que j'éprouve à me faire violemment fesser de la sorte.

Dominic se penche et tire sur le cordon de l'œuf, qui sort avec un petit bruit sec. Puis il l'éteint.

— C'est bien, Beth, souffle-t-il tout en caressant doucement ma peau endolorie. J'y ai été un peu fort. Je n'ai pas pu résister à la vue de ton cul magnifique rougissant de désir pour moi. J'avais envie de le frapper de toutes mes forces, explique-t-il en inspirant profondément avant de pousser un soupir. Tu m'as excité. Lève-toi.

Je m'écarte du banc, mais mes fesses m'élancent et je tiens à peine debout.

— Non, finalement, je préfère que tu viennes à genoux, reprend Dominic.

J'obéis et, me voyant approcher, il dénoue son peignoir, révélant sa nudité. Son sexe est dressé en une impressionnante érection – résultat de cette fessée qui l'a tant ému. Le regard assombri par le désir, il observe mes seins, que le harnais met en évidence. Je tiens la laisse pour éviter de trébucher dessus.

— Donne-moi ça.

Je lui tends la sangle en cuir, sans lever les yeux, de peur de l'offenser. Il prend la laisse et tire doucement dessus jusqu'à ce que je sois collée à lui et que son érection vienne se presser contre ma joue. J'ai les seins écrasés contre ses jambes, le collier au niveau de ses cuisses.

Une montée de désir me fait presque oublier la douleur de ma fessée. L'odeur de Dominic est merveilleuse, familière et réconfortante. Il va enfin me laisser l'occasion de l'aimer comme j'en ai envie. Je vais pouvoir le toucher, le caresser, lui montrer ce que je ressens pour lui.

— Prends-moi dans ta bouche, m'ordonne-t-il. Mais sans me toucher avec tes mains.

La déception m'envahit. *Au moins, je peux l'embrasser, le lécher, le goûter…*

Je passe la langue sur toute la longueur de son sexe durci, qui irradie de chaleur. Lorsque j'arrive au gland, je le saisis entre mes lèvres et fais jouer ma langue tout autour, suçant et léchant. Dominic glisse les doigts dans mes cheveux et referme les poings. Je le laisse enfoncer son pénis dans ma bouche aussi profondément que possible. La position dans laquelle je me trouve ne me facilite pas la tâche, et son érection est telle que j'en ai mal aux mâchoires, mais la joie de pouvoir l'aimer ainsi m'aide à oublier ce léger inconfort. J'adore ça – j'adore sentir son odeur musquée et goûter la saveur un peu salée de son excitation.

Tandis que je le suce avec plus de vigueur, il crispe les poings dans mes cheveux et pousse un gémissement. Puis il s'écarte et se dirige vers le fauteuil en cuir blanc, tirant sur la laisse pour que je le suive. Il s'installe sur le siège, jambes écartées, et m'invite à m'agenouiller sur le repose-pieds comme il l'a fait hier.

Je me penche en avant, une main de chaque côté, et le reprends dans ma bouche. Il gémit un peu plus fort. J'ai terriblement envie de saisir son érection et d'augmenter son plaisir, mais je me rappelle que c'est interdit. Je m'ingénie donc à le titiller avec ma langue, alternant de longues caresses sur toute sa longueur et de petits coups autour de son gland.

— Oh, oui, c'est exquis, murmure-t-il.

Les yeux mi-clos, il m'observe tandis que j'entoure son pénis de toutes les attentions. J'imagine de quoi j'ai l'air, à genoux devant lui dans mon harnais, mon serre-taille et mon collier, occupée à rendre hommage à son sexe tendu. Je suis terriblement excitée, à présent, et je meurs d'envie de sentir cette formidable érection au plus profond de moi.

Le souffle court, Dominic pousse une sorte de grondement et son sexe se gonfle encore. Il se met à remuer les hanches et à pousser son sexe plus avant dans ma bouche, comme s'il me baisait. J'ai envie – non, besoin – de le toucher. J'ai un peu peur qu'il n'aille trop loin et que je ne doive le retenir avec mes mains pour l'empêcher de m'étouffer. Lorsqu'il donne un violent coup de reins, je dois réprimer un haut-le-cœur. Son orgasme approche, je le sais. Après quelques mouvements brefs, je sens un liquide chaud et salé sur ma langue. Je prends un instant pour le goûter, puis avale. Étrangement, son sperme laisse dans son sillage une drôle de brûlure. Sans réfléchir, je pose une main sur le sexe de Dominic lorsqu'il se retire de ma bouche.

— C'était merveilleux, Beth, commente-t-il d'une voix douce et menaçante à la fois. Mais tu m'as touché, alors que je te l'avais strictement interdit.

Je lui lance un regard nerveux. Évidemment, même quand je lui donne du plaisir, je demeure sa soumise. Je dois obéir. Est-ce que je vais recevoir une nouvelle punition ? J'espérais qu'il ferait quelque chose pour soulager le désir brûlant qui ne cesse de monter en moi.

— Je... Toutes mes excuses, monsieur, je...

Il m'interrompt d'une voix sèche.

— Lève-toi et va dans l'entrée. Remets ton manteau et attends-moi.

Je m'exécute. *Et maintenant ?* Quelques minutes plus tard, Dominic sort du boudoir, vêtu d'un jean et d'un tee-shirt noir.

— Suis-moi.

Je lui emboîte le pas jusqu'à l'ascenseur ; ma laisse pend à l'intérieur du trench. Pendant que nous descendons, Dominic m'ignore royalement et compose des messages sur son téléphone. Lorsque nous arrivons au rez-de-chaussée, il traverse le vestibule à grandes enjambées, si bien que je dois trottiner pour le suivre, faisant claquer mes talons sur le carrelage. Dehors, une Mercedes noire nous attend. Dominic ouvre la portière et monte, me laissant le soin de le rejoindre à l'intérieur. Le chauffeur est dissimulé par une vitre teintée. Aussitôt que je suis installée à côté de Dominic, la voiture démarre en douceur.

J'ai envie de demander où nous allons, mais je n'ose pas. Dominic continue de pianoter sur son téléphone en silence.

Cette journée s'avère très étrange – et Dominic se montre encore plus étrange qu'elle. Je risque un regard dans sa direction. Il semble terriblement distant.

Ce n'est pas ça que je veux. Pas du tout.

J'essaie de ne pas écouter la petite voix qui me souffle ces mots. Si, c'est ça que je veux. Forcément, puisque j'ai insisté pour l'obtenir.

Je rassemble mes forces et mon courage afin d'affronter ce qui m'attend à l'issue de ce trajet.

Je ne suis pas surprise lorsque nous nous arrêtons dans la ruelle de Soho où se trouve *L'Asile*. Depuis le début, je me doutais que je finirais ici – et cet instant fatidique est arrivé.

Un frisson de terreur me parcourt l'échine.

— Sors, m'ordonne Dominic.

Une fois que j'ai obéi, il me rejoint sur le trottoir puis descend l'escalier métallique qui mène à l'entrée du club. Là, il tire une clé de sa poche et ouvre la porte. Je le suis à l'intérieur et il referme derrière nous. Je devine que les lieux sont déserts. Dominic me retire mon trench, saisit ma laisse, puis, sans un mot, prend la direction du bar en m'entraînant à sa suite. Une fois de plus, il marche si vite que je dois presque courir derrière lui. Je sais où nous allons.

Avoue : tu l'as toujours su.

Mon intuition ne m'a pas trompée : Dominic me mène à la lourde porte cloutée et l'ouvre. Puis il se tourne vers moi et, pour la première fois depuis que nous avons quitté Randolph Gardens, il me regarde.

— Maintenant, tu vas apprendre ce qu'est une vraie punition.

Je suis terrifiée, paralysée par une peur bleue qui me noue la gorge. J'avance dans la pénombre du donjon, et Dominic appuie sur un interrupteur. L'éclairage est de toute évidence électrique mais semble provenir d'authentiques chandelles disposées le long des murs, dans des appliques en fer forgé.

Pour la seconde fois, je distingue les divers instruments de torture présents : les croix, les barres, la rangée de fouets et de battoirs tous plus menaçants les uns que les autres. Mon estomac se tord et j'ai peur de vomir.

Pas question de reculer. Je dois aller jusqu'au bout, coûte que coûte.

Je me rappelle ma décision de faire confiance à Dominic. Après tout, il a promis de ne pas dépasser les bornes.

Il me guide vers les barres horizontales qui longent le mur du fond, puis décroche mon harnais et me le retire. Il le laisse tomber négligemment par terre et fait de même avec mon serre-taille avant de me positionner face aux barres et dos à lui. Il me lève le bras de manière à passer mon poignet dans des menottes qui me laissent un peu de liberté de mouvement, puis répète l'opération de l'autre côté. Ensuite, il me fait écarter les jambes et m'attache les chevilles. Je l'entends haleter – ça l'excite.

— Bien, souffle-t-il une fois que je suis entravée. Nous allons pouvoir commencer.

Je crispe les paupières, l'estomac toujours noué. Je peux surmonter cette épreuve. Je vais y arriver. Après, je pourrai lui expliquer que le donjon ne fait pas partie de mes fantasmes.

Il sait déjà que cet endroit te terrifie… Alors pourquoi t'y a-t-il amenée ?

Je refuse d'écouter cette satanée petite voix – je refuse d'entendre ses arguments. Il faut que je me concentre pour supporter ce qui m'attend.

Le premier contact est léger et sensuel ; je devine la caresse du crin sur mes épaules. Dominic semble presque dessiner quelque chose sur mon dos, un peu comme s'il délimitait son territoire et en apprenait les contours avant de se mettre à frapper.

— Maintenant, je vais te punir pour m'avoir désobéi, déclare-t-il.

Je sens sa présence derrière moi et sais qu'il se repaît du spectacle : une fille menottée aux barres et éclairée par la lumière des bougies tandis qu'il brandit son fouet.

Le premier coup est plutôt doux, de même que les suivants. Dominic me prépare, m'échauffe. À mesure que mon sang afflue sous ma peau et la rend plus sensible, j'ai l'impression que les crins rugueux m'infligent de fines coupures. Je garde les yeux fermés et tente de contrôler ma respiration, mais mon cœur bat à tout rompre. La brûlure de mon dos rayonne quand Dominic accentue la force de ses coups et en accélère le rythme.

C'est donc ça, une flagellation. Je suis en train de me faire fouetter dans un donjon.

Je redoute la suite des événements avec un certain détachement. J'analyse la délicate situation dans laquelle je me trouve, comme si je n'habitais plus mon propre corps, ce qui veut dire que la flamme de mes fantasmes vacille et menace de s'éteindre.

Trop tard.

Les coups cessent, et j'entends Dominic s'éloigner, puis revenir. Je devine qu'il a changé d'instrument et qu'il fait tourner le nouveau fouet en l'air, comme pour s'échauffer. Soudain, des dizaines de mèches s'abattent sur mon dos avec une violence inouïe, et chacun des nœuds qui les ponctuent me meurtrit sauvagement.

Je rejette la tête en arrière avec un cri de surprise et de douleur mêlées, mais, avant que je n'aie pu réfléchir, le fouet m'attaque depuis l'autre côté. Dominic me frappe de grands coups latéraux, à une cadence rapide et soutenue.

Oh, mon Dieu! C'est infernal!

Il me fouette avec une violence et une régularité implacables. Ma vive souffrance a raison de ma volonté et m'arrache des hurlements. Dominic se déchaîne de plus en plus, comme si mes cris l'incitaient à redoubler d'ardeur. Il a le souffle court et saccadé.

J'ai la peau à vif sous les assauts répétés du chat à neuf queues. C'est plus que je n'en peux supporter. Je tremble de la tête aux pieds et, entre deux cris de douleur, je pleure.

Le signal. Il faut que je dise le mot de secours.

J'ai perdu toute foi en Dominic. Il est évident qu'il ne se rend pas compte de l'état dans lequel il m'a mise. Il me bat avec une férocité inouïe, et mon esprit embrumé me souffle que mon maître ne répond plus de rien.

Terrifiée, je sanglote de plus en plus fort tandis que les mèches du fouet me labourent le dos et les côtes sans faiblir ni ralentir, atteignant parfois mon ventre et mes seins.

C'est quoi, déjà, le mot ?

Je souffre trop pour réfléchir. J'ai la tête qui ballotte en arrière, le dos cambré et les bras raidis. Je suis à peine capable de redouter le coup suivant.

Le mot… C'est…

Je rassemble toutes mes forces et hurle :

— Rouge !

Vlan ! Dominic me frappe de plus belle, et des centaines de lames lacèrent mon dos meurtri.

— Rouge ! Arrête, Dominic ! Stop !

Ce n'est pas « rouge », c'est… Oh putain ! Ça fait trop mal ! C'est atroce ! Je vais mourir… Je…

Enfin, je hurle :

— Rubis ! Rubis !

Je me contracte en prévision du prochain coup, puis, quand rien ne se passe, je commence à trembler comme une feuille, secouée de sanglots incontrôlables. Je n'avais encore jamais connu une telle souffrance, physique ou morale.

— Beth ? demande une voix que je n'avais plus entendue depuis des jours.

C'est la voix du vrai Dominic – mon ami, mon tendre amant, l'homme qui m'a tellement manqué.

— Beth ? Ça va ?

Je pleure trop fort pour parler ; les larmes roulent le long de mes joues et j'ai le nez qui coule.

— Oh, ma chérie ! Qu'est-ce qu'il y a ? insiste Dominic, l'air paniqué.

Il lâche son fouet et vient me détacher. Dès que mes bras sont libérés, je m'écroule au sol et, la tête sur les genoux, commence à me balancer d'avant en arrière.

— Beth, s'il te plaît !

Dominic me pose une main sur le bras en prenant soin d'éviter mon dos martyrisé.

Folle de rage, je hurle :

— Ne me touche pas ! Ne t'approche pas de moi !

Il recule légèrement, interloqué.

— Tu as dit le *safeword*…

— Parce que tu étais en train de me tabasser, espèce de connard ! Enflure ! Après tout ce que j'ai fait pour toi ! Tout ce que je t'ai donné, tout ce que j'ai enduré… Putain ! Je n'arrive pas à croire que… (Les sanglots menacent de m'étouffer, pourtant je persiste.) J'ai vraiment été trop conne ! Je t'ai fait confiance, espèce d'ordure ! Je m'en suis remise à toi, et regarde ce que tu m'as fait !

J'ai tellement mal – d'avoir été battue et trahie à la fois – que j'en suis finalement réduite à pleurer en silence.

Pendant plusieurs minutes, Dominic m'observe, muet. Il semble se demander comment nous en sommes arrivés là ou comment il pourrait me consoler. Puis, sans un mot, il va chercher ma veste et me la pose sur les épaules. Même le doux coton du trench me brûle comme les flammes de l'enfer.

Doucement, Dominic m'aide à me relever et me fait sortir du donjon, du bar et du club. La voiture nous attend dans la rue, et nous nous installons. Je n'arrive ni à calmer mes pleurs ni à m'adosser au fauteuil.

Nous rentrons à Randolph Gardens sans échanger un mot.

Quatrième semaine

Chapitre 18

Ce dimanche est le pire jour de ma vie. Je souffre le martyre, et mon dos est couvert de marques rouges dont la vue me fait frémir. N'ayant aucun moyen de passer de la pommade dessus, je prends un long bain frais pour tenter de calmer la sensation de brûlure.

Quant à mon état émotionnel… Je n'arrête pas de pleurer en repensant à ce que m'a infligé Dominic. Je ressens tout cela comme une horrible trahison. Quand il m'a demandé de lui faire confiance, j'ai accepté. Quand il s'est engagé à évaluer mes limites, je l'ai cru. Je lui ai dit que je n'aimais pas ce fichu donjon, pourtant il m'y a emmenée pour m'y faire subir un châtiment atroce.

Et tu l'as laissé faire.

Ça aussi, ça fait mal. Dominic tenait le fouet, certes, mais uniquement parce que je lui ai permis d'aller aussi loin. Aussitôt, je me rappelle que c'est Dominic qui a perdu les pédales en faisant franchir à cette expérience un cap que je n'étais pas capable de passer. Dans le feu de l'action, il a dû oublier que j'étais novice en la matière. Pourtant, c'était à lui de s'assurer que j'allais bien et qu'il ne dépassait pas les bornes. Il a lamentablement échoué.

Par ailleurs, je souffre de ne pas avoir eu de ses nouvelles. On dirait qu'il est devenu muet. Tout ce que j'ai reçu, c'est un texto.

« Désolé. D. »

Il croit vraiment qu'un pauvre message peut suffire à racheter ce… cette agression ?

Non. Il va devoir trouver mieux.

Lundi matin, j'appelle James pour lui annoncer que je suis trop malade pour venir travailler. Il semble un peu méfiant, comme s'il se doutait que je ne lui disais pas tout, mais il fait preuve de sa gentillesse habituelle et me souhaite un prompt rétablissement. Je passe une journée solitaire à revivre de façon presque obsessionnelle mes derniers jours en compagnie de Dominic, en essayant de déterminer à quel moment tout a dérapé. Je me pelotonne sur le canapé avec De Havilland et puise un certain réconfort dans sa douce chaleur et ses allègres ronronnements.

Au moins, le chat m'aime toujours, lui.

Les marques dans mon dos demeurent rouges et sensibles, mais la douleur s'est estompée. La sensation de brûlure qui m'a empêchée de dormir dimanche soir se calme peu à peu. J'arrive même à envisager le moment où je n'aurai plus mal du tout – le jour où je serai guérie.

Mardi, je rappelle James pour lui dire que je me sens encore patraque. Cette fois, il paraît franchement inquiet.

— Tout va bien, Beth ?

— Oui… si on veut…

— Est-ce que ça a quelque chose à voir avec Dominic ?

— Oui et non. J'ai juste besoin d'un jour de plus pour me remettre, James. Je vous promets que je reviens demain et que je vous raconterai tout.

— D'accord, ma belle. Prenez tout le temps qu'il vous faut. Je comprends.

J'ai vraiment une chance incroyable d'avoir un patron pareil.

Au cours de la journée, je commence à me sentir mieux. Mon dos ne me fait presque plus souffrir. En revanche, je suis malade de n'avoir toujours pas de nouvelles de Dominic. Chaque fois que j'y repense, je suis anéantie qu'il ait osé me traiter comme il l'a fait avant de m'abandonner. Il doit pourtant se douter que je suis une véritable épave.

En fin d'après-midi, on frappe à la porte. *C'est peut-être Dominic.* Mon cœur s'emballe.

Non, me dis-je intérieurement en allant ouvrir, *ce doit être James qui vient m'apporter du bouillon de poule et des chocolats.* Pourtant, je ne peux pas m'empêcher d'espérer.

À mon plus grand étonnement, l'homme qui se tient devant moi dans le couloir n'est ni Dominic ni James. C'est Adam.

— Surprise ! s'écrie-t-il avec un grand sourire.

Je le dévisage, bouche bée. Je n'en crois pas mes yeux tant il me paraît différent – tout en étant exactement le même qu'avant. Il porte une chemise à carreaux tout élimée, un sweat-shirt gris sur lequel figure le nom d'une équipe de foot, un jean trop large qui souligne sa bedaine naissante et une paire de vieilles tennis blanches. Il a en outre un sac de sport sur l'épaule. Il me contemple, l'air absolument ravi de sa petite surprise.

— Ben alors ? On ne dit pas bonjour ? finit-il par demander face à mon silence.

— Euh…

Mon pauvre cerveau a du mal à analyser les images que mes yeux lui envoient. Ça n'a aucun sens. Adam ? Ici ? Dans l'appartement de Celia ?

— Salut, dis-je mollement.

— Je peux entrer ? J'ai super envie de pisser et de boire une tasse de thé. Pas en même temps, bien sûr.

L'idée de l'inviter chez Celia me déplaît, mais il a besoin d'aller aux toilettes et je ne me sens pas capable de lui refuser ça. Je m'écarte donc pour le laisser passer. C'est extrêmement étrange de voir ce chapitre de ma vie – chapitre que je considère révolu – bousculer ma nouvelle existence. Je n'apprécie pas du tout.

— C'est par là, dis-je en indiquant la direction de la salle de bains.

Tandis qu'Adam s'y précipite, je rassemble mes esprits. Dès qu'il ressort en sifflotant gaiement – habitude que je trouvais adorable à l'époque mais qui me fait grincer des dents aujourd'hui –, je lui demande :

— Qu'est-ce que tu fais ici, Adam ?

Il semble surpris par la sécheresse de ma voix.

— Ta mère m'a expliqué où tu étais, et j'ai eu envie de venir te voir.

Il ouvre les bras, comme pour exprimer son étonnement que j'ose remettre en question quelque chose d'aussi naturel.

Je le dévisage et me rappelle vaguement avoir aimé cet homme au point d'être accablée de chagrin quand il m'a brisé le cœur, mais tout cela me paraît ridicule, à présent. Comparé à Dominic, il est blafard et mal fichu, avec ses cheveux tout plats coupés n'importe comment et son visage poupin aux yeux bleu pâle.

Je m'efforce de rester calme et posée.

— Pourtant, Adam, la dernière fois qu'on s'est vus, c'était pour rompre. Tu ne te souviens pas ? Tu te tapais Hannah dans mon dos. Tu m'as larguée pour elle.

Il fait une grimace, accompagnée d'un geste impatient.

— Ouais, ça... Écoute, je suis venu m'excuser, justement. C'est fini, ces conneries. J'ai fait une bourde et je le regrette. La bonne nouvelle, c'est que j'ai vraiment envie qu'on se donne une seconde chance, toi et moi !

Il me décoche son plus beau sourire et me regarde comme s'il s'attendait à ce que je saute de joie.

— Adam...

Désarmée, je ne sais pas quoi lui dire de plus.

— Qu'est-ce qu'il faut faire pour avoir droit à une tasse de thé, dans cette maison ?

Joignant le geste à la parole, il commence à ouvrir les portes au hasard.

— Gagné ! s'exclame-t-il en trouvant la cuisine.

Je le suis à l'intérieur, horripilée de le voir envahir ma petite vie bien ordonnée. Ça me rappelle sa fichue habitude de débarquer, de se servir avec un sans-gêne incroyable et de laisser un bazar pas possible dans son sillage.

— Adam, ça ne se fait pas de se pointer sans prévenir. Tu aurais dû m'appeler.

— Mais je voulais te faire une surprise, rétorque-t-il, l'air un peu blessé, avant de remplir la bouilloire. Tu n'es pas contente de me voir ?

Il me fait son regard de petit garçon triste – celui qui me faisait fondre il n'y a pas si longtemps.

— Franchement, tu ne tombes pas super bien.

Mais enfin ! Pourquoi tu t'échines à ménager sa petite susceptibilité ? Il n'a pas eu autant d'égards envers toi, lui ! Dis-lui de prendre ses cliques et ses claques et de se tirer, qu'on en finisse !

— Pourtant, tu n'as pas l'air débordée. Ta mère m'avait conseillé d'attendre pour passer te voir parce que tu serais peut-être encore au travail, mais j'ai quand même décidé de venir directement en descendant du train. Et te voilà ! Si ça, c'est pas le destin !

Il replace la bouilloire sur son socle et la met en marche.

OK, un thé et il dégage.

Je sors deux mugs et place un sachet dans chaque tandis qu'Adam me raconte son périple en train et sa première expérience du métro londonien. Je l'emmène dans le salon où, près de la fenêtre, De Havilland garde un œil vigilant sur les pigeons, comme à son habitude. Lorsque nous entrons, il nous lance un regard doré, cligne des yeux, puis reporte son attention au-dehors, la queue enroulée autour des pattes.

— Il déchire, cet appartement ! s'exclame Adam en examinant les lieux. C'est chez qui ?

— La marraine de mon père. Elle s'appelle Celia.

— Oh. C'est cool. Si tu joues bien tes cartes, tu pourrais peut-être en hériter un jour, reprend-il avec un clin d'œil lourd de sens. Ce serait sympa.

Nous nous asseyons dans le canapé, et je me demande déjà ce que je vais bien pouvoir lui raconter. Faute de mieux, je me rabats sur son passé proche.

— Alors, comme ça, c'est fini, avec Hannah ?

Adam fait une grimace, comme si j'avais évoqué quelque chose de dégoûtant.

— Ouais. Ça ne collait pas, entre nous. C'était purement physique et… Tu sais bien… au bout d'un moment, ça devient lassant.

Je les revois au lit, tous les deux, et cette image ne me fait plus ni chaud ni froid. Rétrospectivement, je les trouve plutôt bien assortis. Je me rappelle soudain nos propres ébats, à Adam et moi. Il me baisait comme un métronome en haletant dans mon oreille, sans jamais rien changer. C'était rapide et fonctionnel. Je trouvais ça merveilleux parce que j'étais amoureuse, mais les adjectifs « émouvant », « passionné » ou « excitant » ne me seraient jamais venus à l'esprit. Repoussait-il les frontières du plaisir ? M'amenait-il à découvrir des aspects de ma personnalité dont j'ignorais l'existence ?

Bien sûr que non. Pour ça, il a fallu que je rencontre Dominic.

Brusquement, je comprends que mes récentes aventures m'ont changée à jamais. Après ce que je viens de vivre, je serais parfaitement incapable de retourner avec quelqu'un comme Adam. Dominic a peut-être des prédilections inhabituellement osées, mais, au moins, je ne me suis jamais ennuyée avec lui.

Adam m'observe, tenant sa tasse à deux mains.

— C'est pour ça que je suis venu te retrouver – parce qu'on partageait vraiment quelque chose de spécial, toi et moi. J'ai été stupide et je t'ai fait du mal, mais c'est derrière moi, tout ça. Je veux qu'on se remette ensemble.

— Euh, je… je ne pense pas que… (J'inspire un grand coup.) Non, Adam. Il est hors de question qu'on se remette ensemble.

— Sérieusement ? demande-t-il, l'air déçu.

— Sérieusement. J'ai une nouvelle vie, un travail…

— Un copain ?

— Euh… pas vraiment, non. *(On dirait bien que ma petite histoire avec Dominic est finie, après tout.)* Mais ça ne change rien. On n'a aucun avenir ensemble, toi et moi.

— Beth, je t'en prie, insiste-t-il en me suppliant du regard. Tu ne peux pas m'effacer comme ça. Je sais que ça a dû être un choc pour toi de me voir débarquer à l'improviste, mais je voudrais que tu prennes le temps d'y réfléchir.

— Je ne changerai pas d'avis, dis-je, implacable.

Adam pousse un gros soupir et prend une gorgée de thé.

— Est-ce qu'on peut en reparler plus tard ?

— Comment ça, « plus tard » ?

— Beth… je n'ai nulle part où dormir. Je pensais passer la nuit ici.

Exaspérée, je m'écrie :

— Tu délires ou quoi ? On est séparés, je te rappelle !

— Mais je veux que tu reviennes !

Je soupire, agacée. Nous voilà revenus à la case départ.

— Il n'y a plus de trains pour rentrer ce soir, plaide Adam. S'il te plaît, dis-moi que je peux dormir ici. Allez…

Il ne me laisse pas vraiment le choix. Je ne vais quand même pas le jeter à la rue.

— OK, tu peux dormir sur le canapé, mais c'est juste pour une nuit, d'accord ? Je ne plaisante pas.

— Message reçu ! s'exclame-t-il, tout joyeux.

Je déchiffre sans mal l'expression de son visage : il croit qu'il ne lui en faudra pas plus pour me reconquérir.

Une fois que je me suis habituée à la présence d'Adam, je commence à apprécier sa compagnie, d'une certaine façon. Il me raconte tous les potins de notre petite ville, ainsi que les dernières lubies de son frère. Je nous prépare un plat de pâtes tout simple, que nous partageons tandis qu'il bavarde gaiement. Je trouve étrange d'entendre autant de bruit dans l'appartement de Celia, d'habitude tellement silencieux.

Après dîner, nous retournons dans le salon, et Adam essaie de m'amadouer en évoquant le bon vieux temps, ainsi que les promesses que nous nous étions faites à l'époque. Je n'ai rien contre ces souvenirs, mais je sais qu'ils n'auront pas l'effet escompté par Adam. Lorsque je lui apporte un oreiller et une couverture, il tente de m'embrasser, mais je le repousse fermement et il semble prendre la chose avec philosophie.

Je suis certaine que, dans sa petite tête, ce n'est qu'une question de temps avant que je lui tombe dans les bras.

Je retourne dans la chambre de Celia, toujours déboussolée par la présence d'Adam dans l'appartement, et me couche en me demandant s'il va essayer de s'inviter dans mon lit. Heureusement, il me laisse tranquille.

Le lendemain matin, j'ai retrouvé ma bonne humeur et suis pressée de retourner travailler.

Après le petit déjeuner, tandis que je me prépare à partir, je demande à Adam :

— Tu pars vers quelle heure ?

— Ben, en fait…, commence-t-il d'un air retors. Je pensais rester un peu, si ça ne t'ennuie pas. J'aimerais bien en profiter pour visiter Londres, et comme tu as de la place…

— Adam…, dis-je d'un ton menaçant.

— Juste une nuit, plaide-t-il.

Je le toise un instant. Une nuit n'y changera rien, de toute façon.

— OK. Une nuit, et tu repars.

— Ça marche, fait-il avec un grand sourire.

James m'a manqué ; je suis absolument ravie de le revoir.

— Ma Joconde est de retour ! s'exclame-t-il lorsque j'entre dans la galerie. Je me suis fait du souci, vous savez.

Il s'approche pour me serrer dans ses bras, mais j'ai un mouvement de recul accompagné d'une grimace.

— Ah, je vois, dit-il d'un air compréhensif, bien qu'un peu triste. Oh, Beth, il vous a fait du mal ?

J'acquiesce lentement, soulagée de pouvoir enfin me confier.

— Le salaud ! Est-ce que c'était contre votre volonté ?

De nouveau, je hoche la tête, mais j'ai l'impression de trahir Dominic.

— C'est contraire aux règles, déclare James avec le plus grand sérieux en me regardant par-dessus la monture de ses lunettes. Je suis désolé, Beth. Au risque de froisser vos sentiments à son égard, je vous rappelle que les principes du BDSM sont très clairs : sécurité, lucidité et consentement mutuel. S'il n'a pas su s'y tenir, vous ne devriez plus vous approcher de lui.

À ces mots, ma dernière bulle d'espoir éclate, mais James a sans doute raison. Si seulement la vérité était moins dure à encaisser !

Nous passons une agréable matinée à rattraper le temps perdu et à rire des pauvres tentatives d'Adam pour regagner mon cœur. Je précise à James que j'ai la ferme intention de mettre mon ex à la porte dès le lendemain, quoi qu'il en dise.

C'est mon tour d'aller chercher le déjeuner et, peu après midi, je sors sur Regent Street en direction de notre traiteur japonais préféré pour nous rapporter des sushis. À deux pas de la galerie, je passe devant une vieille église à moitié dissimulée par un mur de brique et un portail en fer forgé – ouvert pour permettre aux curieux de visiter les lieux. À ma grande stupéfaction, quelqu'un sort de l'enceinte en courant et m'attrape par le bras.

Je sursaute et lève les yeux vers Dominic, agrippé à mon coude, l'œil fou et la mise étonnamment débraillée. Mon estomac se noue sous l'effet de l'excitation.

— Dominic !

— Il faut que je te parle, lance-t-il d'une voix essoufflée avant de m'entraîner dans la cour de l'église.

Il va me présenter des excuses ! Mon cœur bondit de joie à cette perspective. *Tout n'est peut-être pas perdu…*

Dominic me dévisage d'un air fiévreux – il semble en colère contre moi.

— Qui c'est, Beth ?

— Quoi ?

— Ne fais pas l'innocente, je l'ai vu ! L'homme qui vit dans ton appartement. Qui c'est, putain ?

Sans réfléchir, je réponds :

— C'est Adam.

Dominic retient son souffle et me lance un regard lourd de chagrin avant de me lâcher le bras et de s'enfuir à grands pas, sans se retourner.

— Et merde !

Je m'élance à sa suite, mais il a disparu au coin d'une rue adjacente. Pourquoi j'ai dit ça ? J'aurais pu prétendre qu'il s'agissait de mon frère ! Maintenant, Dominic va croire que je me suis remise avec Adam. Je lance un nouveau juron. Je vais devoir l'appeler pour lui expliquer.

Et pourquoi, d'abord ? Il ne s'est pas excusé pour ce qu'il t'a fait, lui ! Ça ne lui fera peut-être pas de mal de mariner un peu.

Le temps que je revienne à la galerie, les bras chargés de sushis, je n'ai toujours pas pris de décision quant à la marche à suivre.

J'y réfléchirai plus tard.

En moins de vingt-quatre heures, Adam a réussi à répandre dans tout le salon le contenu de son sac de sport – ainsi que les restes de ce qu'il a mangé au cours de la journée. J'éprouve des sentiments mêlés à la vue de ce spectacle. Je suis à la fois irritée par la négligence dont il fait preuve dans l'appartement de Celia et soulagée à l'idée que, après tout, je ne passerai pas ma vie à nettoyer derrière lui.

— Salut ! La journée a été bonne ? s'enquiert-il lorsque je rentre. J'ai bien envie de t'inviter à dîner quelque part. Qu'est-ce que tu en penses ?

— C'est gentil, Adam, mais… je te propose déjà qu'on aille boire un verre, et on avisera après. D'accord ?

Je suis déterminée à lui signifier sans la moindre équivoque qu'il a vraiment intérêt à dégager le lendemain matin. Un pub semble tout indiqué pour ce genre de conversation.

— OK, super. C'est parti.

Nous sortons de l'immeuble et déambulons dans les rues. Il fait une chaleur étouffante et, pour la première fois depuis des semaines, de gros nuages blancs obscurcissent le ciel. Un orage se prépare, je le sens. Ce sera probablement un soulagement après une canicule pareille.

— Tu sais quoi, Beth ? lance Adam tandis que je retrouve le chemin du premier pub où Dominic m'a emmenée. Tu as changé. Vraiment. Tu parais… je ne sais pas… plus mûre, plus sophistiquée. Et plus sexy, aussi. Carrément plus sexy, conclut-il avec un coup d'œil qui se veut sans doute séducteur mais semble vaguement vicieux.

— Vraiment ?

Malgré moi, son avis m'intéresse. Je me suis déjà demandé si mes récentes expériences m'avaient marquée. On dirait bien que c'est le cas.

— Oh, oui, répond gentiment Adam. Tu es très belle.

— Merci ! dis-je dans un éclat de rire avant de me rappeler que je m'apprête à lui jeter un seau d'eau froide sur la tête. C'est adorable, Adam, mais ça ne veut pas dire qu'il va se passer quoi que ce soit entre nous.

Il s'immobilise sur le trottoir pour me regarder dans les yeux, puis sourit d'un air un peu triste.

— C'est vraiment fini, hein ?

— Oui. Je ne t'aime plus. C'est terminé.

— Il y a quelqu'un d'autre ?

Je ne dis rien mais me sens rougir violemment.

— Je m'en doutais, poursuit Adam avec un soupir. Tant pis ! Au moins j'aurai essayé. J'ai été très con, Beth, j'en suis conscient. Je ne me rendais pas compte de la chance que j'avais et j'ai tout gâché. En tout cas, ton nouveau mec est un petit veinard.

Je lui rends son sourire, la gorge nouée.

— Merci, Adam. Ça me fait du bien de t'entendre dire ça. Vraiment. On peut rester amis, si tu veux.

— Bien sûr ! Mais j'ai comme l'impression qu'on ne va pas te revoir souvent dans notre trou paumé. Je me trompe peut-être, mais c'est presque une certitude.

Il réfléchit un moment avant de lancer :

— Bon, on va la boire, cette bière ? En souvenir du bon vieux temps ?

— Oui, ça me dit bien.

— Super ! Et demain matin je te laisse tranquille.

Nous échangeons un long regard, le temps de faire de paisibles adieux à cette période de nos vies où l'on comptait tant l'un pour l'autre. Puis nous reprenons notre route vers le pub.

Quand nous rentrons, bien plus tard, Adam – un peu saoul après quatre pintes – parle fort et ne remarque pas l'enveloppe couleur crème glissée sous la porte de l'appartement.

Le cœur battant, je la ramasse vivement et m'enferme dans la chambre pour l'ouvrir d'une main tremblante, laissant Adam parler tout seul.

« Maîtresse,

Avec tout le respect qui vous est dû, votre esclave sollicite une soirée en votre compagnie. Honorez-le de votre présence demain soir dans le boudoir. Il vous y attendra à partir de 20 heures. »

Je serre la lettre contre mon cœur.

Oh, mon Dieu ! Mon esclave ? Que veut-il dire ?

Je suis obligée d'y aller. Comment refuser ?

Chapitre 19

Le lendemain, je fais mes adieux à Adam et le regarde reprendre le chemin de la gare et de la petite vie provinciale que j'ai quittée. Cela me rappelle que Celia rentre bientôt. Que vais-je faire, alors ? L'inquiétude commence à me ronger. Je n'aurai plus de logement et, dès que l'assistant de James sera sorti de l'hôpital, je n'aurai plus de travail non plus.

Je décide d'envoyer un e-mail à Laura pour lui annoncer que j'accepte de prendre un appartement en colocation avec elle. Qui sait ? Peut-être que James trouvera un moyen de me garder à la galerie.

Une chose est sûre : je ne retournerai pas à mon existence d'avant. Plus maintenant.

Je passe la journée dans un état de fébrilité extrême, mais je ne suis pas sûre de ce que j'éprouve à l'idée de rencontrer Dominic ce soir. Je n'en parle pas à James, mais retourne la question dans ma tête pendant des heures, me demandant ce que cette lettre peut bien signifier. L'excitation et la peur se succèdent sans cesse. Mon dos ne me fait plus souffrir et les cicatrices ont disparu, mais la tournure qu'ont prise les événements reste douloureuse à mon cœur. J'ai fait de mon mieux pour offrir à Dominic ce dont il avait besoin et il a pris plus que je ne pouvais donner, en définitive. Le pire, c'est qu'il ne m'a toujours pas présenté d'excuses. Cela m'humilie davantage que la flagellation en soi. Je l'aimais – je m'en suis entièrement remise à lui – et il a subitement disparu de ma vie, comme s'il n'en avait jamais fait partie.

Je me rappelle l'étincelle de folie dans son regard lorsqu'il m'a demandé qui était Adam. Il doit croire que nous nous sommes remis ensemble. Oh, et puis zut, il comprendra bien assez tôt quand il ne verra plus Adam par la fenêtre du salon.

Par ailleurs, quelque chose m'intrigue : mon « esclave » ? Dominic n'aime pas se soumettre. Je n'ai pas oublié que c'est comme ça qu'il a commencé – en permettant à Vanessa d'exercer ses talents de dominatrice –, mais je me rappelle aussi qu'il a renoncé à être le jouet d'une femme.

Quelque chose d'important est sur le point de se produire – sauf que j'ignore quoi.

De retour à Randolph Gardens, je prends un long bain pour faire passer le temps. Puis je m'habille avec soin. Rien d'exotique, juste ma petite robe noire. Ce soir, je ne porterai pas de culotte ouverte ou de harnais en cuir, mais j'enfile quand même mes plus jolis sous-vêtements.

On ne sait jamais.

J'espère secrètement que Dominic va me prendre dans ses bras, m'embrasser et m'avouer qu'il a commis une grave erreur – qu'il n'est finalement pas dominateur du tout, juste un type normal qui aime offrir des fleurs et des chocolats à sa compagne, mais avec une sexualité un peu plus excitante et beaucoup plus épanouie que la moyenne. Surtout, j'espère qu'il va me dire qu'il veut toujours de moi. Ce scénario résoudrait tous nos problèmes, mais je doute qu'il se réalise.

Il est plus de 20 h 30 quand je me rends au boudoir. C'est un peu puéril de faire poireauter Dominic, mais je jubile à l'idée de me venger de toutes les fois où il m'a fait attendre. Le cœur battant à tout rompre, des papillons dans le ventre et les paumes moites, je me décide à frapper à la porte. Je suis impatiente de revoir le Dominic que j'ai connu et qui était mien, mais j'ai également peur de ce qui pourrait se passer une fois que j'aurai pénétré dans ce boudoir. C'est le lieu où j'ai promis de me soumettre.

Oui, mais tu ne portes pas de collier, aujourd'hui.

Après un moment, la porte s'ouvre lentement. Je jette un coup d'œil au vestibule, plongé dans l'obscurité, avant de me risquer à faire un pas à l'intérieur.

— Dominic ?

Une lumière tamisée émane de la chambre, et je m'approche. Si le siège en cuir blanc demeure, le banc qui était disposé au pied du lit a disparu, remplacé par deux fauteuils qui se font face. Dominic est assis dans l'un d'entre eux et se lève à mon arrivée, tête basse, comme s'il examinait le sol.

— Merci d'être venue, commence-t-il d'un ton ténébreux. Je n'en méritais pas tant.

— Je voulais entendre ce que tu avais à me dire, réponds-je d'une voix plus ferme que je ne l'aurais cru possible. Je me demandais combien de temps il allait te falloir pour oser m'adresser de nouveau la parole – ou même si tu oserais un jour.

Il lève vers moi des yeux tellement assombris par le chagrin que j'ai envie de le serrer dans mes bras et de lui assurer que tout va s'arranger, mais je me retiens. Je suis terriblement curieuse de l'écouter.

— Assieds-toi, Beth, reprend-il en désignant le second fauteuil. Je vais tout t'expliquer.

Une fois que nous sommes installés face à face, il se lance :

— J'ai vécu un véritable enfer depuis notre dernière rencontre. Ce qui s'est passé samedi – cet épisode affreux – m'a fait traverser une crise terrible. J'ai eu besoin de quitter Londres pendant un jour ou deux pour aller voir quelqu'un auprès de qui me confesser et demander conseil.

— Un thérapeute ?

— Pas vraiment. Plutôt une sorte de mentor. Il s'agit de quelqu'un qui m'a parfois éclairé en la matière et dont je respecte la sagesse et l'expérience. Je n'en dirai pas davantage à son sujet, sauf pour préciser qu'il m'a fait prendre conscience de la gravité de mes actes.

Dominic baisse la tête et joint les mains sur ses genoux en un geste de supplication.

Mon cœur saigne pour lui. Il est tellement beau dans la lumière tamisée de la lampe qui dessine sa silhouette. J'ai envie de le toucher, de caresser son magnifique visage et de lui murmurer que je lui pardonne.

Tu lui pardonnes ? Vraiment ?

Non, pas encore. J'ai des choses à lui dire avant.

Dominic relève ses yeux d'un noir d'encre.

— Comme tu le sais, un certain nombre de principes régissent ce genre de relation. Or j'ai fait preuve d'une grande arrogance en les ignorant sciemment. Quand nous avons discuté des termes de notre accord, je t'ai affirmé être capable d'évaluer moi-même tes limites. Je ne t'ai pas laissé l'occasion de me les exposer. Tu m'avais fait comprendre que tu n'aimais pas le donjon, mais je t'y ai emmenée malgré tout. Avec le recul, je me rends compte que j'en avais décidé ainsi depuis le début, au mépris de tes sentiments. Je… (Il fait une grimace avant de poursuivre.) On m'a dit que je reproduisais les relations dépourvues d'amour que j'avais connues jusque-là, et où mes soumises ne servaient qu'à assouvir mon plaisir sexuel. Mais là… nous… Ça n'a plus rien à voir. Je sais que tu t'es offerte par amour, pas parce que ça t'excitait. Quand je repense à la façon dont j'ai détourné ce don précieux pour mon plaisir égoïste, ça me fait mal.

— Tu n'étais pas entièrement égoïste, le contredis-je doucement. J'ai adoré une bonne partie – plus, la majorité – des expériences que nous avons partagées. J'ai passé des moments merveilleux. Tu m'as fait connaître des plaisirs dont je ne soupçonnais même pas l'existence. Cela dit, quelque chose clochait.

Dominic hoche la tête.

— Je crois savoir quoi, mais vas-y, dis-moi.

J'ai passé tellement de temps à y réfléchir que les mots me viennent tous seuls.

— Quand tu endossais le rôle de maître, le Dominic que je connaissais disparaissait complètement. Tu ne m'embrassais plus – ou alors sans la moindre tendresse – et tu me touchais à peine. Je m'en accommodais dans le cadre de notre mise en scène – tant que je jouais la soumise. C'est après que ça devenait bizarre. Je me sentais à la fois proche de toi et terriblement vulnérable d'avoir subi tes désirs, surtout quand tu me frappais. C'était dans ces moments-là que j'avais besoin que tu me montres ton amour, que tu me réconfortes. J'aurais voulu que tu me prennes dans tes bras, que tu m'embrasses et que tu me confirmes que j'avais bien fait tout ce qu'il fallait, dis-je, les larmes aux yeux. Mais, surtout, j'avais besoin de savoir que je n'étais pas qu'une minable esclave pour toi. J'aurais voulu que tu me dises que je demeurais précieuse à tes yeux.

—Arrête, Beth, m'interrompit-il d'une voix rude, comme si mes paroles le faisaient souffrir. Je sais que j'ai complètement déconné, crois-moi. J'ai du mal à l'admettre, parce que ça ne m'était encore jamais arrivé de perdre le contrôle. Jamais. Je me considérais au-dessus de ça. Je croyais maîtriser mon art, mais j'étais bien loin du compte ! s'exclame-t-il avec un petit rire amer. Je ne sais pas pourquoi j'ai réagi comme ça. La seule explication qui me paraisse plausible, c'est que je n'ai pas l'habitude de ressentir de tels sentiments pour quelqu'un.

Il se lève et va chercher, dans l'armoire, un objet qu'il revient poser sur mes genoux.

—C'est pourquoi je veux que tu te serves de ça, annonce-t-il.

Je baisse les yeux et aperçois le chat à neuf queues avec lequel il m'a fouettée dans le donjon. La vue de cet instrument me donne la nausée.

—Non, Dominic. Je ne peux pas...

—S'il te plaît, Beth. Je te le demande. J'ai besoin de ressentir un peu de ta souffrance pour pouvoir me pardonner, plaide-t-il en me dévisageant.

Je résiste à l'envie d'envoyer valser cet ignoble engin de torture et hurle :

— On ne peut pas être normaux ? Tu ne pourrais pas t'excuser, comme tout le monde ? Pourquoi est-ce qu'il fallait que tu rapportes ce truc ?

— Pour ma pénitence, répond-il d'une voix basse, comme s'il répétait les mots de quelqu'un d'autre. J'en ai besoin.

Il retire sa veste et son tee-shirt et se tient devant moi, torse nu.

Oh, Dominic ! Tu es tellement beau ! Je veux t'aimer, pas te frapper.

— Non, dis-je dans un souffle.

Dominic vient s'agenouiller à mes pieds, tête basse. Je regarde son dos large et bronzé, les boucles noires sur sa nuque, les muscles puissants de ses épaules. J'ai envie de sentir sous mes doigts la douceur enivrante de sa peau, la fermeté de sa chair… Je lui passe doucement la main dans les cheveux.

— Je veux te présenter mes excuses, Beth, murmure-t-il. Je veux me racheter pour les atrocités impardonnables que je t'ai infligées. Notre relation reposait sur la confiance et, justement, j'ai abusé de ta confiance. Je m'en veux tellement. Je suis désolé.

— Je te pardonne. Je n'ai pas envie de te punir.

— S'il te plaît, Beth…, m'implore-t-il. J'en ai besoin. Je dois éprouver ta souffrance. C'est le seul moyen.

Je baisse les yeux vers le fouet posé sur mes genoux. Il a l'air inoffensif, comme ça. Pourtant, animé par le désir d'un être humain, il a le pouvoir d'écorcher vif.

— S'il te plaît, répète Dominic en me suppliant du regard.

Comment lui refuser ça ?

Je me lève, le chat à neuf queues à la main. Ne s'agit-il pas d'une soumission ultime de ma part ? Mon magnifique Dominic, si autoritaire et dominateur, exige que je lui donne un aperçu de ce qu'il m'a fait subir. Il l'a demandé, et je m'apprête à obéir.

— D'accord. Si c'est ce que tu veux.

— Merci ! s'écrie-t-il d'un air soulagé, presque heureux. Merci.

Il va s'installer sur le siège en cuir blanc, et je me rappelle l'extase incroyable à laquelle il m'a menée à cet endroit précis. Allongé sur le ventre, les mains crispées sur le montant de la structure, il m'offre son dos, nu de la taille à la nuque.

— Je suis prêt.

Je m'approche ; le fouet pèse dans ma main et la poignée est un peu trop grande pour moi. Ce n'est pas sans doute pas l'instrument que choisirait une dominatrice amoureuse pour administrer sa première flagellation. Dominic a toujours commencé par échauffer ma peau à l'aide de matériaux doux qu'il manipulait avec délicatesse avant de passer à l'artillerie lourde.

Tu vas vraiment lui faire ça ?

Oui, si c'est ce qu'il désire. Malgré tout, je l'aime.

Je lève le fouet et l'abats sur le dos de Dominic en un mouvement circulaire. J'oserais à peine qualifier ça de coup – je l'ai à peine effleuré –, mais le maniement d'un instrument pareil m'est tellement étranger que je ne peux y mettre davantage de force. Je fais une deuxième tentative, suivie d'une troisième, mais je n'arrive toujours pas à le frapper pour de bon : ma répugnance à lui faire mal atténue mes coups.

— Essaie un geste différent, me conseille Dominic. Ramène ton bras en arrière, fais partir le fouet en ligne droite de sorte que les mèches me passent sur le dos, puis fais-le revenir en arrière. Évite d'engager tout le corps, limite le mouvement à ton bras et à ton poignet.

Écoute les leçons du maître, me siffle la petite voix, perfide. Néanmoins, j'obéis et le premier coup digne de ce nom s'abat sur le dos de Dominic. Je retiens mon souffle en sentant l'impact résonner dans mon bras.

— C'est ça, lance Dominic d'une voix ferme. Continue, plus fort.

Je répète l'opération pendant quelques minutes et vois la peau de Dominic rougir sous les lanières du fouet. Coup après coup, je frappe au même endroit.

— Très bien, Beth. C'est ça, continue, s'il te plaît.

Peu à peu, je trouve mon rythme et m'habitude au poids du chat à neuf queues ainsi qu'aux secousses que je ressens chaque fois que les mèches mordent la chair de Dominic.

Je prête l'oreille aux sons qui semblent battre la cadence et, bientôt, j'oublie que ces impacts font mal à Dominic, même si je sais que ça doit être le cas.

Peu à peu, mes gestes gagnent en intensité, et je vois la peau de Dominic se boursoufler. Je commence à comprendre ce qu'on éprouve quand on détient un tel pouvoir – et comment on peut en arriver à s'acharner sur une pauvre victime consentante. Je sens s'exprimer une sorte de force primitive. Peut-être suis-je plus brutale que je ne le soupçonnais ?

Peut-être que les dominateurs ont avant tout besoin de se contrôler eux-mêmes. Leurs désirs doivent se plier à ce que leurs soumis peuvent encaisser, après tout.

C'est précisément en cela que Dominic a échoué – et qu'il m'a trahie.

Une fois que j'ai compris ça, je ne ressens plus la moindre envie de prendre du plaisir à lui faire mal. La vue des morsures du fouet sur sa peau me rend infiniment triste.

Pourtant, je continue.

D'instinct, je change de position et me place à côté de Dominic. Je frappe chaque coup comme si je servais pour un match de tennis, mais, au lieu de ramener le bras en arrière pour faire revenir les mèches, j'arrête mon geste de sorte qu'elles atteignent Dominic à pleine vitesse, avec une intensité redoublée.

Chaque coup lui arrache un cri, et cela me déchire le cœur, surtout lorsque je remarque qu'un liquide clair commence à suinter sur son dos. Les larmes me brûlent les yeux, et mes sanglots s'accordent aux mouvements rageurs de mon bras. C'en est trop, pourtant je serre les dents et continue. Dominic a cessé de se plaindre. Les yeux fermés et les mâchoires crispées, il lutte visiblement pour se contenir et supporter la douleur en silence. Je sais que chaque coup le lave de sa faute et lui apporte la rédemption à laquelle il aspire.

Mais c'est un procédé barbare, impitoyable. Je ne sais pas combien de temps je vais encore pouvoir tenir.

— Ne t'arrête pas ! lance Dominic entre ses dents serrées. Continue !

« Continue » ? Je pleure à chaudes larmes, à présent, mais je me force à poursuivre. Sur le dos de Dominic, les traces du fouet forment une masse rouge et suintante. On dirait que sa peau pleure, elle aussi.

— Je ne peux pas. Je n'en peux plus ! dis-je entre deux sanglots.

C'est alors que j'aperçois de petites gouttes couleur rubis perler sur son dos ravagé, comme autant de minuscules volcans en éruption. Le sang commence à couler.

— Non !

Je relâche mon bras et le chat à neuf queues redevient inoffensif le long de mon corps.

— Je ne peux pas continuer, ajouté-je, le visage baigné de larmes. Tu saignes !

Bouleversée, je tombe à genoux. Le manche du fouet m'échappe des mains et je baisse la tête, secouée par des sanglots incontrôlables. Comment ai-je pu en arriver là ? J'ai fouetté l'homme que j'aime jusqu'à le faire saigner !

Dominic se redresse doucement, raidi par la douleur. Lorsqu'il se tourne vers moi, je vois qu'il a lui aussi les yeux brillants de larmes.

— Beth, ne pleure pas ! Tu ne vois pas que je refuse de te faire souffrir ?

L'ironie de cette remarque me fait sangloter de plus belle.

— Eh, ma belle, souffle-t-il en se levant du siège pour venir s'agenouiller à côté de moi et me prendre les mains. Ne pleure pas.

Son visage est empreint de tristesse, et je ne peux même pas le prendre dans mes bras – l'état de son dos ne me le permet pas. Alors je pose doucement les paumes sur ses joues et murmure :

— Comment on en est arrivés là ? demandé-je en me relevant lentement. Je ne peux pas continuer comme ça. Je sais que tu as besoin d'évacuer la culpabilité insensée qui te ronge, mais je refuse d'être l'instrument de tes délires. Ça me fait trop mal, Dominic. Désolée.

Là-dessus, je tourne les talons et quitte la pièce. Je répugne à abandonner Dominic comme ça mais je sais que, si je ne pars pas tout de suite, mon cœur va éclater.

Chapitre 20

Le lendemain, James me traite avec une douceur infinie. Il a dû deviner que je me débattais avec un nœud d'émotions tourmentées et contradictoires. Il regrette sans doute de m'avoir embauchée. Depuis mon arrivée, je ne lui ai valu que des problèmes.

Heureusement, j'arrive à me concentrer sur mon travail, ce qui m'aide beaucoup. Au moins, pendant que j'organise l'exposition à venir, j'oublie les terribles événements de la veille. Quand j'y repense, c'est avec une espèce d'angoisse innommable. J'ai l'impression d'être aux prises avec un cauchemar dans lequel l'amour et la douleur sont totalement indissociables. Pour la première fois, j'envisage d'y renoncer, purement et simplement.

Je repense à Adam, qui m'attend à la maison, placide et prévisible. Là réside peut-être la réponse, après tout.

Peut-être que je ne suis pas faite pour les grandes passions et les drames qui vont avec.

Je me trouve face à un problème sans issue : si je m'entête, c'est au risque d'avoir le cœur brisé, et si je renonce, c'est pareil.

— J'ai des nouvelles de Salim, m'annonce James dans l'après-midi en m'apportant une tasse de thé.

Salim est l'assistant que je remplace et, d'après ce que j'ai pu constater en reprenant ses dossiers, il est d'une efficacité remarquable.

— Il sort de l'hôpital la semaine prochaine et, le lundi suivant, il reviendra travailler ici, reprend James d'un ton presque penaud.

— Bien sûr. Vous m'aviez prévenue, James, il n'y a pas de problème.

— Je sais, soupire-t-il en retirant ses lunettes. Mais j'ai beaucoup apprécié le fait de vous avoir ici, Beth. Je dois dire que vous avez ajouté un peu de piquant à ma vie. J'aimerais bien trouver un moyen de vous garder parmi nous.

— Ne vous en faites pas pour moi, dis-je en souriant. Je dois quitter l'appartement de Celia à la fin de la semaine prochaine, de toute façon. Je savais bien que ce n'était qu'une parenthèse enchantée.

— Oh, Beth ! lance James en posant une main sur mon bras. Vous allez me manquer. J'espère que vous n'oublierez pas votre vieil ami, ajoute-t-il avec un clin d'œil.

— Bien sûr que non ! Si vous croyez que vous allez vous débarrasser de moi aussi facilement…

J'essaie d'adopter un ton joyeux, mais le doute me noue la gorge. Qu'est-ce que je vais bien pouvoir faire après cette ultime semaine ? Même si Laura est d'accord pour que nous prenions une colocation, elle ne revient qu'à l'automne et, en attendant, je vais devoir rentrer chez mes parents. Sans travail ni appartement, qu'est-ce qui pourrait bien me retenir à Londres ?

Dominic ?

Je refuse d'y penser. L'alternative – vivre avec lui ou sans lui – est trop douloureuse.

— Si j'entends parler d'un poste qui pourrait vous convenir, je vous ferai signe, reprend James.

— Merci beaucoup. C'est très gentil de votre part.

— Comment ça va, avec Dominic ? demande-t-il d'un ton hésitant. Ça évolue ?

Je m'accorde un petit moment pour réfléchir à ce que je peux me permettre de lui raconter, puis je me lance.

— Je pense que ça ne pourra jamais marcher entre nous. On est trop différents.

— Ah, fait James d'un air sage. C'est un peu comme quand une femme tombe amoureuse d'un homo, j'en ai bien peur. Vous avez envie de croire que vous pouvez le faire changer, mais, la vérité, c'est que vous n'y arriverez pas.

Je suis désolé, ma puce, dit-il en me caressant gentiment le bras. Je suis sûr que vous rencontrerez quelqu'un d'autre.

Je n'ose pas ouvrir la bouche et me contente d'acquiescer. Puis je baisse la tête et fais mine de me replonger dans la mise à jour du fichier de clientèle pour que James ne voie pas mes yeux s'emplir de larmes.

Lorsque je rentre à Randolph Gardens, les rues bruissent de la joyeuse animation caractéristique d'un vendredi soir. Le soleil a bel et bien disparu derrière une épaisse couche de nuages gris, pourtant il fait encore chaud et lourd.

Dans l'ascenseur, j'ai l'impression que quelque chose a changé, et cette intuition est confirmée lorsque j'ouvre la porte de l'appartement. Déjà, De Havilland ne vient pas m'accueillir en trottinant, la queue en l'air. Puis j'aperçois deux grosses valises dans l'entrée.

— Bonjour ! lance une voix enjouée depuis le salon.

Quelques secondes plus tard, une dame âgée se tient devant moi. Elle est grande et très élégante dans sa robe portefeuille en soie bleue imprimée. Elle a le visage ridé, mais sa peau paraît néanmoins douce comme celle d'un bébé. Ses cheveux gris sont coupés à la garçonne. *Celia*.

Je la regarde, bouche bée.

— Je sais, je sais, déclare-t-elle en s'approchant, les bras tendus. J'aurais dû t'appeler ! J'en avais l'intention, mais, chaque fois que j'y pensais, mon téléphone ne captait pas et, quand j'avais du réseau, j'étais accaparée par des histoires de passeport et de contrôles de sécurité à la noix.

J'en suis encore à essayer de comprendre ce qui se passe lorsqu'elle prend mes mains dans les siennes et m'embrasse sur les deux joues.

— Celia ! Est-ce que j'avais compris de travers ? Je pensais que tu ne rentrais que dans une semaine.

— Non, non, tu as raison, mais je n'en pouvais plus de cette maudite retraite ! Je ne m'étais encore jamais retrouvée enfermée pendant aussi longtemps en compagnie d'une telle bande de vieux schnocks sans intérêt. Franchement, je m'épate d'avoir tenu jusqu'ici. Et qu'est-ce qu'on mangeait mal ! s'exclame-t-elle en levant les yeux au ciel. Au risque de passer pour une snob, je refuse de croire qu'une nourriture exécrable contribue à l'assainissement de l'âme ! Au contraire, ma chérie, je me sens bien plus charitable quand j'ai le droit de me flatter les papilles trois fois par jour. J'espère que tu n'es pas déçue par mon retour anticipé.

— Bien sûr que non !

C'est un gros mensonge, évidemment.

— Tu peux rester ici aussi longtemps que prévu, tu sais, même si je me vois dans l'obligation de récupérer mon lit. C'est triste à dire, mais les vieillardes de soixante-douze ans ont besoin de leur matelas de luxe et de leurs oreillers profilés. Cela dit, il paraît que mon canapé vaut largement certains lits d'hôtels, si ça ne t'ennuie pas d'y dormir, conclut-elle avec un sourire lumineux.

Elle a vraiment une peau magnifique. On dirait de la soie.

— Eh bien, puisque tu le proposes…, dis-je d'un ton hésitant.

Après tout, je n'ai nulle part où aller, et il me reste une semaine entière à la galerie. Je pourrais peut-être trouver un arrangement pour ces derniers jours, mais je ne vois pas bien comment.

— Entendu ! reprend Celia d'un ton enjoué. L'appartement est impeccable et De Havilland a l'air heureux comme un pape. Je vois que tu t'en es bien occupée, de mon petit amour. Bon, et sinon : est-ce que tu as quelque chose de prévu ce soir ou est-ce que je peux t'inviter à dîner quelque part ?

Mes seuls projets pour la soirée consistaient à essayer d'apercevoir Dominic par la fenêtre. De toute évidence, ça va devoir attendre.

— Oh, merci, Celia ! Je suis libre, et j'accepte avec plaisir, dis-je dans un sourire.

— Parfait. Je vais t'emmener au *Monty's*. Leur cuisine est à tomber par terre et j'estime avoir amplement mérité ça après ces semaines de torture.

Le dîner au *Monty's* est à la hauteur des louanges de Celia. Pourtant, c'est plus fort que moi, je regrette de ne pas être seule à l'appartement pour voir si Dominic se trouve chez lui ou non. Celia est une véritable mine d'anecdotes aussi amusantes qu'intéressantes, et elle me pose de nombreuses questions sur mon séjour à Londres et sur mon travail à la galerie. Malgré cela, j'ai le sentiment que je devrais me trouver ailleurs. Nous rentrons tard et, quand je peux enfin m'isoler dans le salon pour regarder chez Dominic, son appartement est plongé dans l'obscurité.

Même pelotonnée dans le lit douillet que m'a improvisé Celia sur le canapé, je ne parviens pas à trouver le sommeil. Les yeux rivés sur la fenêtre de Dominic, je me demande où il est et ce qu'il fait.

Lorsque je me réveille samedi matin, je me dis que Celia a sans doute besoin de défaire ses bagages et de se réapproprier son espace. Je pars donc de bonne heure et passe la journée à arpenter Londres en solitaire. J'ai l'impression d'être revenue à la case départ, tandis que je fais la queue pour entrer au British Museum puis au Victoria and Albert Museum au milieu de centaines d'autres touristes. Je consulte mon téléphone toutes les demi-heures dans l'espoir de trouver un message de Dominic, même si c'est peu probable. La dernière fois que nous nous sommes vus, je l'ai quitté en lui affirmant être incapable d'accéder à ses demandes. Il a dû estimer que j'étais une cause perdue. Et puis, maintenant qu'il a fait pénitence à sa manière, il n'a plus besoin de moi.

Pourtant, je ne peux m'empêcher d'espérer qu'il va se battre pour me garder ou même – qui sait ? – qu'il va essayer de changer. Mais les heures se succèdent sans que je reçoive de ses nouvelles.

Lorsque je rentre à l'appartement en fin d'après-midi, Celia m'accueille, calme et détendue.

— Toi, tu as besoin d'une bonne tasse de thé, déclare-t-elle en me voyant arriver, fatiguée et déshydratée.

Elle fait infuser un délicieux Earl Grey, qu'elle accompagne de petits biscuits à l'abricot. Nous prenons notre thé en bavardant tranquillement, jusqu'au moment où Celia s'écrie :

— Oh, pendant que j'y pense ! Quand je suis rentrée, hier, j'ai trouvé une lettre qui t'était adressée. Je l'ai posée sur la petite table pour te la donner à ton retour, et puis j'ai complètement oublié. Évidemment, je ne l'ai revue que ce matin, après ton départ.

Je repose ma tasse d'un geste vif et me précipite dans l'entrée. Je reconnais aussitôt le papier couleur crème de l'enveloppe, ainsi que l'écriture de Dominic. Je l'ouvre d'une main tremblante et en sors la carte sur laquelle Dominic a écrit à la main.

« Ma chère Beth,

Je ne cesserai jamais de respecter ton courage et ta bravoure. Il en fallait beaucoup pour faire ce que j'ai exigé de toi hier soir. Je sais que je t'ai poussée dans tes retranchements et je comprends totalement que tu ne veuilles pas aller plus loin. Si quelqu'un a besoin de prendre sur soi, dans cette histoire, c'est moi, Beth, pas toi. J'ai fait preuve d'un égoïsme monstrueux, mais j'ai compris quelque chose d'important : tout ça ne m'apportera pas ce dont j'ai besoin plus que tout, c'est-à-dire toi.

Tu m'as déjà donné ma chance, j'en suis conscient. Tu m'as supporté plus longtemps que n'importe quelle autre ne l'aurait fait et, pourtant, j'ai réussi à tout gâcher. Je sais aussi que je n'ai pas le droit d'attendre de faveur de ta part, mais je serai chez moi toute la soirée, si tu veux qu'on discute.

Si je n'ai pas de nouvelles de toi, je comprendrai que tu ne souhaites plus avoir affaire à moi et je respecterai ta décision.

Je te souhaite le plus grand des bonheurs avec Adam.

Bien affectueusement,

D.

P.-S : le boudoir reste à ton entière disposition, aussi longtemps que tu en auras besoin. »

Un cri d'horreur m'échappe. Dominic m'attendait hier ! Pendant que je dînais dehors avec Celia, il m'attendait chez lui en se demandant si j'allais venir.

Sa lettre laisse à penser qu'il veut changer – qu'il est prêt à essayer un nouveau mode de relation.

Oh, mon Dieu ! Est-ce qu'il est trop tard ?

Je retourne en courant dans le salon et me penche à la fenêtre. Les fins rideaux de voile sont tirés, mais je distingue une silhouette qui se déplace.

Il est là ! Je peux encore tout arranger.

Je me tourne vers Celia, qui m'observe depuis le canapé, non sans une certaine surprise.

— Il faut que j'y aille, Celia. Je ne sais pas exactement quand je serai de retour.

— Mais je t'en prie, ma chérie, dit-elle en caressant De Havilland, lové sur ses genoux. Fais ce que tu as à faire. À plus tard.

Je suis tellement pressée que j'en oublie de lui dire au revoir.

Chapitre 21

Il me faut quelques minutes de légère hystérie pour descendre au rez-de-chaussée, courir jusqu'à l'ascenseur qui dessert l'aile où se trouve l'appartement de Dominic, puis remonter jusqu'au cinquième étage. Enfin arrivée devant chez lui, je frappe violemment en criant :

— Dominic ! Tu es là ? C'est moi, Beth !

Après une insupportable attente, je perçois des bruits de pas, puis la porte s'ouvre sur la mince silhouette et les traits aristocratiques de Vanessa.

Qu'est-ce qu'elle fait là ?

— Beth. Ça alors, remarque-t-elle d'un ton froid.

— Où est Dominic ? dis-je d'une voix essoufflée. Il faut absolument que je le voie.

— C'est un peu tard pour ça, vous ne croyez pas ? lance-t-elle en tournant les talons.

Le cœur battant à tout rompre, je la suis à l'intérieur.

— Qu'est-ce que vous voulez dire ?

Elle fait volte-face et me toise d'un air hautain.

— Vous ne trouvez pas que vous avez fait assez de dégâts comme ça ? Tout allait à merveille avant votre arrivée, mais vous avez tout chamboulé.

— Je... je ne comprends pas. Qu'est-ce que j'ai fait ?

Vanessa entre dans le salon et je lui emboîte le pas. C'est horrible de se trouver ici sans Dominic. Les lieux semblent avoir perdu leur âme.

— Eh bien, on peut dire que vous avez flanqué une belle pagaille. Dominic est parti, conclut Vanessa avec un regard appuyé.

Je me sens blêmir et j'ai la tête qui tourne.

— Parti ? Mais où ?

— Franchement, ça ne vous regarde pas... Enfin, si vous voulez tout savoir, il est en route pour la Russie. Son employeur a besoin de l'avoir à ses côtés pendant un certain temps.

— Combien de temps ?

— Oh, je n'en sais rien. Ça peut se compter en semaines ou en mois, répond Vanessa avec un haussement d'épaules. Quand son patron l'appelle, il fonce. Si, après la Russie, ce dernier lui demande d'aller à New York ou à Los Angeles – voire au Belize ou au pôle Nord –, il ira. Qui sait quand il rentrera...

— Mais... il habite ici, non ?

— Il habite où ça l'arrange. S'il a besoin de changer de décor pendant quelque temps, il n'a que l'embarras du choix, poursuit Vanessa en arpentant la pièce pour rassembler divers objets dans un sac de toile. J'ai bien peur que votre petite amourette de vacances ne soit morte et enterrée.

Je la dévisage, interloquée. Que sait-elle, au juste ? Dominic m'a dit qu'ils étaient très proches, mais… au point qu'il lui confie les détails de notre relation ?

Soudain, Vanessa s'immobilise et se tourne vers moi, une main sur la hanche, l'air sévère.

— Si vous voulez mon avis, vous n'êtes qu'une pauvre conne. Dominic était prêt à faire plus de sacrifices pour vous que pour n'importe qui d'autre. Il envisageait de changer, mais vous l'avez jeté.

— Non ! C'est un malentendu, finis-je par dire. Dominic croit que je me suis remise avec mon ex, mais c'est faux. Et je serais venue le voir hier soir si j'avais su, mais, le truc, c'est que je viens tout juste de trouver sa lettre.

Vanessa hausse les épaules, comme si ces détails l'ennuyaient au plus haut point.

— Quelles que soient vos raisons, vous avez raté le coche, constate-t-elle avec un sourire amer. Dominic s'est bel et bien envolé. La plupart des femmes auraient donné n'importe quoi pour garder un mec pareil, même avec ses petits défauts. Je doute qu'il vous accorde une seconde chance.

Ses mots me vrillent le cœur. Ai-je vraiment été stupide à ce point ?

Soudain, Vanessa se penche vers moi et son expression s'adoucit.

— Écoutez, Beth, rentrez chez vous et oubliez Dominic. Ça vaudra mieux, je vous assure. Cette aventure n'avait ni queue ni tête, de toute façon. Alors, maintenant que vous vous êtes bien amusée, retournez dans votre province.

Je soutiens son regard et toute volonté de me battre me déserte. *Elle a sans doute raison. Elle connaît Dominic mieux que personne.* Si Dominic et moi avions eu un avenir ensemble, nous n'aurions pas mené cette histoire à la catastrophe comme nous l'avons fait. Si je n'ai pas lu la lettre à temps, c'est peut-être parce que le destin en a décidé ainsi. Et puis Dominic est parti de toute façon.

— OK, dis-je dans un souffle. Je comprends. Est-ce que vous pourrez lui dire que... ? Dites-lui que j'aurais aimé que les choses se passent différemment entre nous et que je ne regrette absolument pas de l'avoir rencontré. Ce que nous avons partagé comptera toujours énormément pour moi.

— Bien sûr, lance-t-elle avec un sourire, comme si elle était heureuse de mettre un terme à notre conversation. Au revoir, Beth.

— Au revoir.

Je tourne les talons et quitte l'appartement de Dominic – probablement pour la dernière fois.

Lorsque je rentre chez Celia, elle est en train d'écouter du Haendel avec un livre dans une main et un verre de vin blanc dans l'autre. En me voyant arriver, elle va chercher un second verre, le remplit et me le tend.

— Ma pauvre Beth, soupire-t-elle d'un ton compatissant. La vie fait parfois des misères, n'est-ce pas ? Laisse-moi deviner : chagrin d'amour ?

Je hoche la tête, toujours sonnée par cette vérité atroce : Dominic est parti.

— Ne te sens pas obligée de me raconter quoi que ce soit, ma chérie, mais sache que je suis là si tu as besoin de te confier.

Je m'assieds et prends une gorgée de vin, dont la fraîcheur minérale m'aide à retrouver mes esprits.

— Je croyais… je croyais que j'allais réussir à rejoindre quelqu'un à temps et que ça pourrait marcher entre nous, mais je suis arrivée trop tard. Il est parti.

— Oh, non ! s'écrie Celia en secouant la tête. Est-ce qu'il y a eu un malentendu entre vous ?

J'acquiesce de nouveau, les yeux brûlants de larmes. Je lutte pour garder le contrôle de mes émotions parce que je sais que, si je me laisse aller, je ne pourrai plus m'arrêter.

— Oui. Enfin, je crois. Je n'en suis même plus sûre. Je trouvais ça trop douloureux de rester avec lui, mais, maintenant, je me demande comment je vais faire pour vivre sans lui.

— Oh, misère, soupire Celia. Ça y ressemble bien.

— Ça ressemble à quoi ?

— À de l'amour, ma belle. Beaucoup de gens préfèrent fuir l'amour et se contenter de quelque chose de plus facile, de moins dévorant – de moins dangereux. Comme l'a écrit Shakespeare, les joies violentes ont des fins violentes. Les grandes passions apportent leur lot de souffrances. Pourtant… est-ce que ça vaut la peine de vivre sans ? demande-t-elle, les yeux brillants. Je n'en suis pas sûre… Tout le monde n'a pas la chance d'éprouver des sentiments d'une telle force, que ce soit les délices des débuts ou l'agonie de la fin. J'ai eu le privilège de connaître ça à plus d'une reprise, et c'est pour cette raison que je suis parfaitement heureuse de vivre seule, à présent. Maintenant que j'ai goûté à ce merveilleux nectar, je préfère en chérir le souvenir que me contenter de moins.

Je l'observe et l'imagine, plus jeune, perdue dans les affres exquises de l'amour, marchant sur le fil du rasoir, entre émerveillement et désespoir, comme je l'ai fait ces dernières semaines.

— Évidemment, tout ça, c'était il y a très longtemps, reprend-elle avec un sourire malicieux. Tu as sans doute du mal à croire qu'une vieille dame comme moi ait pu ressentir ce que tu ressens en ce moment.

— Non ! Pas du tout !

— Laisse-moi seulement te dire ceci, ajoute-t-elle avant de se pencher vers moi. Ne te satisfais jamais d'une petite vie bien tranquille. La jeunesse s'écoule bien plus vite que tu ne pourrais le soupçonner. Rassemble toute la force et la vigueur qui t'animent, saisis-les à pleines mains et profites-en à fond. Il t'arrivera de souffrir, mais, même ça, ça prouve que tu es bien vivante et ça t'aide à vraiment apprécier les moments de plaisir. Les hommes ne sont pas éternels. « Humbles et puissants, tous doivent pourrir un jour. » Ne l'oublie jamais. Nous aurons tout le temps d'être tranquilles dans la mort.

Ses mots sont comme un déclic.

Elle a raison ! L'idée que j'aie pu envisager de rejeter Dominic et tout ce qu'il m'a offert me paraît complètement absurde, à présent. Certes, il a dépassé les bornes, mais j'ai la certitude absolue qu'il n'aurait jamais laissé une chose pareille se reproduire. Il était prêt à m'écouter et à faire des compromis. Mais cette chance m'a filé entre les doigts. Dominic est parti.

Il n'y a pas de plaisir sans douleur – pas de passion sans souffrance. Je préfère la vie à la tranquillité.

Où te caches-tu, Dominic ?

Ce n'est que bien plus tard, une fois couchée sur le canapé, que je me rappelle ce que Dominic a écrit au sujet du boudoir. La clé se trouve toujours dans la poche du trench de Celia, et je me relève en silence pour aller la récupérer. Elle est étrangement froide et lisse dans ma main.

On dirait bien que je peux m'en servir aussi longtemps que je le veux. J'ai du mal à mesurer la portée de ce geste extraordinaire, mais je me rends compte que cela résout mon problème de logement. Je peux aller habiter dans le boudoir dès que l'envie m'en prend – dès ce soir, même, si je le décide.

Mais le sujet est encore trop sensible. Il me paraît impensable de retourner dans cet appartement en sachant que c'est là que j'ai vu Dominic pour la dernière fois – et en sachant ce que nous y avons fait. Y a-t-il laissé tous les accessoires ? Les sous-vêtements, les *sex toys*, le siège en cuir blanc ? Je ne sais pas si je supporterais de les revoir. Je range donc la clé en lieu sûr en attendant de prendre une décision.

Le lendemain, l'orage éclate et un véritable déluge s'abat sur Londres, accompagné de violents coups de tonnerre et d'éclairs aveuglants. La tension accumulée pendant des jours et des jours est enfin libérée.

Je regarde la pluie tomber par la fenêtre en réfléchissant au problème du boudoir. Il va falloir que j'en parle à Celia. Elle va forcément se demander comment je me suis débrouillée pour avoir accès à un appartement situé dans son immeuble. Elle risque également d'en parler à mes parents, ce qui ne manquera pas d'entraîner un tas de questions gênantes. Pourtant, je n'ai pas envie de lui mentir.

Quand mon téléphone sonne, je me précipite pour répondre, dans l'espoir d'entendre la voix de Dominic, mais c'est James qui m'appelle.

— Bonjour, ma belle. Je suis désolé de vous déranger en plein week-end, mais j'ai eu vent de quelque chose qui pourrait vous intéresser. Est-ce qu'on peut se voir ?

— Euh… oui, bien sûr. Tout va bien ?

— Oui, très bien, mais j'aimerais vous parler. Retrouvez-moi dans une heure à la *Pâtisserie Valerie* de Piccadilly.

Munie d'un parapluie, je sors dans les rues luisantes de pluie. Il ne me faut que quelques minutes pour arriver à Piccadilly. L'atmosphère du dimanche a quelque chose de particulier et je m'en imprègne avec bonheur. Le quartier reste animé, mais sans la folle agitation des jours de semaine.

Quand j'arrive, je trouve James attablé devant un expresso fumant, le nez dans un journal. Il lève les yeux vers moi et me sourit gentiment.

— Ah, vous voilà ! Merveilleux. Je vais vous chercher un café.

Après m'avoir rapporté un *latte* et un pain au chocolat, James entre dans le vif du sujet.

— Je sais que ça peut paraître bizarre, mais il fallait absolument que je vous voie. Ce matin, j'avais rendez-vous avec un de mes clients – un homme particulièrement intéressant. Il s'appelle Mark Palliser et se charge d'acquérir des œuvres d'art pour un personnage fortuné. Mark voulait me voir pour discuter affaires et, vu qu'il lui arrive de dépenser de grosses sommes d'argent à la galerie, j'ai tout naturellement accepté de me rendre chez lui.

Je trempe mon pain au chocolat dans mon café, puis mords dedans et laisse la pâte feuilletée fondre sur ma langue. Je ne comprends pas bien pourquoi James me raconte tout ça, mais je le laisse poursuivre.

— Nous avons discuté autour d'un petit déjeuner dans sa maison de Belgravia. Comme vous vous en doutez, Mark est un homme de goût qui, accessoirement, cherche à embaucher quelqu'un pour l'assister. Je lui ai parlé de vous. Travailler pour lui serait une formidable expérience ; vous apprendriez beaucoup à son contact.

— Vraiment ?

La perspective d'un emploi potentiel est une excellente nouvelle, mais pourquoi James ne pouvait-il pas attendre lundi matin pour m'en faire part ?

— Bref, nous étions en train de conclure une affaire lorsqu'un autre visiteur est arrivé. Mark m'a donc demandé de patienter dans le grand salon pendant quelques minutes. Le grand et le petit salon étant originellement séparés par un mur dans lequel une fort jolie arche a été ménagée, j'ai pu voir le visiteur en question et entendre l'essentiel de sa conversation avec Mark. C'était Dominic, conclut-il en me regardant dans les yeux.

— Dominic ? dis-je dans un souffle. Ce n'est pas possible, il a quitté Londres. Il est parti en Russie.

— Pas encore, corrige James. Si j'ai bien compris, il décolle ce soir à bord d'un jet privé et ne reviendra pas avant un moment.

J'ai le cœur qui bat la chamade.

— Je croyais qu'il était déjà parti. C'est ce que m'a dit Vanessa.

— Je me suis demandé si vous étiez au courant de ses projets, mais il m'a semblé d'une humeur tellement exécrable que j'en ai déduit que non, poursuit James avec un sourire. Beth, j'ai longuement réfléchi avant de vous appeler. Comme vous le savez, j'ai l'impression que Dominic n'applique pas à la lettre les règles du BDSM. Mais une chose est sûre : ce n'est pas à moi de décider ce que vous devez savoir ou ignorer. Vous aimez cet homme, c'est évident. Il fallait donc que je vous raconte ce que j'ai appris ce matin et que je vous laisse faire votre propre choix. Soyez prudente, quand même. D'accord ?

— Entendu. Merci infiniment de m'avoir prévenue. J'apprécie votre sollicitude. Mais… Dominic ne vous a pas vu ?

— Je ne pense pas. Il ne semblait pas se douter que quelqu'un se trouvait dans la pièce voisine et, de toute façon, il y avait un grand vase chinois judicieusement placé entre lui et moi. Je m'en suis assuré, ajoute-t-il d'un air malicieux.

J'inspire profondément, les yeux écarquillés.

— Qu'est-ce que je vais faire, James ?

— Vous voulez le revoir une dernière fois avant son départ ?

J'acquiesce, les larmes aux yeux. À l'idée que je vais pouvoir expliquer à Dominic que j'ai commis une erreur en le quittant l'autre soir, mon cœur s'emballe et l'adrénaline me fouette le sang.

James se penche par-dessus la table.

— Si ça peut vous aider, il a précisé qu'il comptait repasser chez lui vers 15 heures. Un chauffeur viendra le chercher pour le conduire à l'aéroport.

J'ai l'impression qu'une petite bulle de bonheur explose dans ma poitrine.

— Merci, James ! Merci de tout cœur.

— Je vous en prie. Je tenais à voir votre tête lorsque je vous apprendrais la nouvelle. Maintenant, filez. Vous pouvez peut-être apprendre à amadouer ce grand méchant loup.

Chapitre 22

Je me dépêche de retourner vers Randolph Gardens, m'arrêtant juste dans une papeterie pour acheter une carte et une enveloppe de couleur crème. Je n'ai pas beaucoup de temps pour mettre mon plan à exécution.

La pluie ne me paraît plus du tout déprimante, au contraire. Je marche d'un bon pas, sans chercher à éviter les flaques d'eau. Je n'ai même pas ouvert mon parapluie – je me moque bien d'être trempée. J'ai une chance de revoir Dominic, de passer quelques instants avec lui et de lui dire ce que j'ai tant besoin qu'il entende.

Je vais frapper à sa porte mais, heureusement, personne ne vient ouvrir. Vanessa a dû repartir.

Je me demande pourquoi elle m'a menti et pourquoi elle me tient à l'écart, mais je n'ai pas le temps d'y réfléchir pour l'instant. Je me précipite au septième étage et déverrouille la porte du boudoir. Quel sentiment étrange d'y pénétrer alors que je sais qu'il n'y a personne à l'intérieur ! J'allume la lumière dans l'entrée : rien n'a changé. Je me dirige donc vers la chambre et, là, c'est une autre histoire. Le siège en cuir blanc a disparu et la commode est fermée à clé. L'armoire ne contient plus aucun accessoire de bondage, mais la lingerie en dentelle et le peignoir de soie sont toujours là. Dominic a retiré tout ce qui pourrait évoquer les activités inhabituelles auxquelles nous nous sommes livrés ici, mais il a laissé ce qu'il estime être à mon goût.

Hum… Ce n'est pas grave. Après tout, on peut s'amuser sans forcément utiliser des instruments et des sex toys *faits sur mesure…*

Avant de me pencher sur la question, j'écris ma petite carte pour Dominic.

« Rejoins-moi au boudoir tout de suite. C'est urgent.

Beth. »

Cela devrait suffire. Je redescends chez Dominic, glisse l'enveloppe sous la porte et remonte dans le boudoir pour me préparer.

À 15 heures, je suis une véritable boule de nerfs. J'ai eu tout le loisir d'examiner l'appartement, qui est meublé sans grande imagination mais parfaitement fonctionnel. Il est plus petit que celui de Celia ou de Dominic, mais largement assez grand pour moi. Est-ce que je peux vraiment m'y installer comme si j'étais chez moi ?

Je me promets de poser la question à Dominic, mais je suis trop agitée par cette attente insoutenable pour rester durablement concentrée sur quoi que ce soit. Je porte un des magnifiques ensembles de sous-vêtements que Dominic a laissés dans l'armoire, la paire d'escarpins qu'il avait réservée pour le deuxième soir, ainsi que le trench que j'ai emprunté à Celia pour sortir rejoindre James. J'ai noué mes cheveux en un chignon et entrepris de me maquiller – sachant que je n'avais que du fond de teint et du gloss dans mon sac à main.

Pourtant, quand je m'examine dans le miroir de la salle de bains, je me trouve pas mal du tout. J'ai les yeux brillants et les joues roses d'excitation – le blush le plus naturel du monde. Je regarde mon reflet dans les yeux et lance à voix haute :

— Bonne chance.

À 15 h 10, un coup vif frappé à la porte me fait sursauter. Il est venu. C'est ma dernière chance. Quoi qu'il arrive, je n'ai pas droit à l'erreur.

Je prends une profonde inspiration pour essayer de calmer les papillons qui s'agitent dans mon ventre, puis vais ouvrir. Devant moi se tient Dominic, d'une beauté à couper le souffle dans un magnifique costume noir, les cheveux en bataille et le regard anxieux.

— Beth ? Tu vas bien ? J'ai eu ton message.

Je perçois l'inquiétude dans sa voix, mais parviens à rester neutre et ferme.

— Entre.

Il obéit en fronçant les sourcils.

— Qu'est-ce qui se passe ? Dis-moi au moins si tu vas bien…

Je referme la porte derrière lui, m'y adosse dans la pénombre et murmure d'une voix grave :

— Non. Ça ne va pas du tout.

— Quoi ? Raconte-moi !

Je m'efforce de prendre un ton inflexible.

— Je suis très, très fâchée contre toi.

— Hein ? fait-il, interloqué. Mais, Beth, je…

— Tais-toi ! Plus un mot. Je suis furieuse que tu aies osé envisager de partir sans m'en informer. Je sais parfaitement ce que tu t'apprêtes à faire. Un chauffeur va venir te chercher dans quelques heures pour te conduire à l'aéroport, où tu prendras un jet privé pour la Russie.

— Comment est-ce que tu sais tout ça ? s'exclame-t-il, surpris.

Je m'ingénie à le prendre à contre-pied.

— Ne pose pas de questions. Tu étais sur le point de t'enfuir sans ma permission, et ça me met très, très en colère. (Je m'approche de lui et décèle une lueur de compréhension dans ses yeux.) Alors je vais m'assurer que tu n'aies plus jamais l'idée saugrenue de faire une chose pareille. Me suis-je bien fait comprendre ?

Il me dévisage un long moment avant de répondre à voix basse :

— Oui, j'ai compris.

— Très bien. Suis-moi.

Je le précède dans la chambre, où j'ai tiré les rideaux et tamisé la lumière, puis je pivote et laisse glisser le trench, qui révèle lentement ma quasi-nudité. Dominic retient son souffle et caresse du regard mes seins, mis en valeur par un soutien-gorge pigeonnant, mes hanches et mon ventre, puis la culotte de soie noire qui épouse la rondeur de mes fesses.

— Est-ce que ça te plaît, Dominic ?

Il acquiesce, les yeux dans les miens.

— Parfait. Maintenant, déshabille-toi.

— Beth…

— Tu m'as bien entendue. Allez.

Il semble sur le point de protester, mais il s'immobilise et, après une courte hésitation, s'exécute. Il retire d'abord sa veste et son pantalon, puis tout le reste – sauf son boxer. Je devine l'érection qui commence à en tendre le tissu.

— À quoi tu joues ? Il me semble t'avoir demandé de te déshabiller, non ? Est-ce que tu es nu, là ?

Il secoue la tête.

— Alors enlève-moi ça tout de suite !

Aussitôt, il retire son boxer et se tient devant moi dans toute sa gloire, avec son torse large et musclé, son ventre plat et ses longues jambes fuselées. Son sexe dressé semble dur comme la pierre. Enfin nu, Dominic me dévore d'un regard fiévreux.

— Et maintenant, tu vas comprendre ce que signifie la colère de ta maîtresse. Va te mettre à côté du lit.

Dominic fait demi-tour et je retiens à grand-peine un cri d'horreur. Son dos est parcouru de longues lacérations rouges qui ont tout juste commencé à cicatriser. J'ai envie d'aller déposer de doux baisers sur ces blessures que je lui ai infligées moi-même, avant d'y passer un baume rafraîchissant pour les aider à guérir. Mais j'ai d'autres projets pour l'instant. Je veux lui montrer que je peux lui faire subir une torture d'un genre différent.

— Allonge-toi sur le dos, dis-je d'un ton sans appel.

J'espère qu'il protestera si c'est trop douloureux, mais il obéit sans broncher. Je m'approche, munie de la ceinture de soie du peignoir, saisis les poignets de Dominic, les lie ensemble, puis les attache à la tête de lit.

Dominic suit mes gestes du regard, visiblement de plus en plus excité à mesure qu'il se soumet à ma volonté.

Je m'étends à côté de lui et le caresse doucement, faisant courir mes doigts sur son torse ferme, autour de ses tétons et le long de son ventre. Je hume avec bonheur son délicieux parfum à la fois musqué et citronné. Quelle merveille! Aussitôt, je sens une flamme de désir courir dans mes veines.

—Je veux te punir à ma manière, dis-je dans un murmure. Comme ça, tu y réfléchiras à deux fois avant de me quitter.

Puis, je consacre toute mon attention à son corps, déposant de légers baisers partout sur sa peau. Je descends jusqu'à ses pieds et m'amuse à lui sucer et à lui mordiller les orteils, avant de remonter le long de ses jambes et vers son buste, sans jamais effleurer sa formidable érection. Je le chatouille doucement là où je sais qu'il est le plus sensible, lui lèche les tétons avant de les aspirer dans ma bouche. Voyant qu'il est presque hors d'haleine, je m'installe à califourchon sur son ventre et, lentement, dégrafe mon soutien-gorge. Je le laisse tomber avant de me pencher pour que mes seins se trouvent à portée des lèvres de Dominic. Il les saisit goulûment, les titille et les mordille jusqu'à ce qu'ils soient rougis et durcis. Puis je passe de longues minutes à lui faire des baisers dans le cou et à donner de petits coups de langue le long des lobes de ses oreilles. Enfin, lorsqu'il n'en peut plus, j'approche ma bouche de la sienne et l'autorise à m'embrasser – ce qu'il fait aussitôt avec fougue.

J'ai suffisamment feint de ne pas remarquer son érection. Je meurs d'envie d'y consacrer mes baisers et mes caresses. Tandis que je me penche sur son sexe tendu, celui-ci est agité d'un soubresaut, témoin de son impatience. Je fais courir ma langue sur toute sa longueur et, d'une main, joue avec les boucles noires de Dominic avant d'effleurer ses testicules, lui arrachant soupirs et gémissements. Je prends un malin plaisir à contourner son gland, retardant le moment où il y sentira la chaleur de ma bouche. Quand je n'en peux plus d'attendre, j'enroule ma langue autour de sa peau infiniment douce, sans cesser de caresser la base de son érection pour intensifier les sensations que je lui procure. Je vois qu'il s'affole, qu'il en veut davantage.

Moi-même, je suis terriblement excitée et meurs d'envie de subir ses assauts – d'éprouver son adoration.

Je retire ma culotte et m'allonge sur Dominic, les seins pressés contre son torse, son érection contre mon ventre. Le visage dans mes cheveux, Dominic grogne :

— Oh, Beth ! Tu es si belle ! J'aime tellement quand tu prends les rênes, comme ça ! Tu es magnifique…

— Je veux que tu m'aimes, Dominic. Jusqu'ici, on n'a fait que baiser. C'était fantastique, mais, maintenant, je veux que tu me fasses l'amour. Je vais te détacher, et tu vas me montrer à quel point je suis belle – me montrer ce que mon corps t'inspire.

Joignant le geste à la parole, je tire sur le lien de soie, qui se dénoue et libère Dominic. Aussitôt, il m'attrape les fesses à pleines mains et les caresse en murmurant :

— Oh ! C'est merveilleux… Je ne me lasserai jamais de ton cul.

— Tu sais ce que je veux, dis-je dans un souffle. Obéis.

— Tes désirs sont des ordres, rétorque-t-il, le regard brûlant.

Il se tourne sur le côté et chuchote :

— Ouvre-toi pour moi, Beth.

J'écarte les jambes pour qu'il voie à quel point je suis prête. Aussitôt, il descend déposer des baisers sur mes lèvres gonflées et taquiner du bout de la langue mon clitoris durci, m'arrachant des soupirs d'extase.

— Tu es délicieuse. Tu as le goût du miel…

J'ai envie qu'il accentue ses caresses, mais, soudain, il m'attire contre lui et s'allonge sur moi, utilisant son poids et sa force pour m'écarter encore plus les jambes et se positionner entre mes cuisses.

— Est-ce que tu me veux ? demande-t-il entre deux baisers.

— Oui…

— Alors serre-moi dans tes bras.

Jusque-là, j'ai évité de toucher son dos, mais je lui obéis et sens le relief de ses plaies sous mes doigts.

— Tu me guéris, chuchote-t-il en plaçant son érection à l'entrée de mon sexe pour me pénétrer doucement. Ton amour me guérit.

Je suis incapable de parler, captivée par la sensation incroyable de son pénis me comblant doucement. Je soulève les hanches pour aller à sa rencontre et l'encourager à avancer encore plus profondément. Pendant de longues minutes, nous nous perdons dans le mouvement de nos corps, dans la fougue de nos baisers.

Puis, soudain, nous accélérons la cadence. Nos coups de reins se font plus longs et plus forts à mesure que le désir d'atteindre l'extase nous gagne. Je noue les jambes autour de la taille de Dominic pour l'attirer toujours plus près, de sorte que son pubis vient peser contre mon clitoris, me promettant une volupté incomparable.

Dominic halète près de mon oreille, et je devine à la façon dont il crispe les mâchoires qu'il est proche de l'orgasme.

— Dominic, dis-je d'une voix qui ressemble à un grognement, ne t'arrête pas, s'il te plaît ! Continue comme ça…

— Mais je veux te sentir jouir, mon amour.

Il ne m'en faut pas davantage. Je rejette la tête en arrière et pousse un long cri d'extase tandis que, en moi, Dominic jouit à son tour. Je suis parcourue de violents spasmes qui font écho aux siens et, quand mes tremblements finissent par se calmer, je suis hors d'haleine et hébétée de plaisir. Dominic, haletant, a posé le front contre ma poitrine.

Lorsque nous retrouvons l'usage de la parole, il s'écrie :

— Oh, Beth ! C'était incroyable !

Il éclate de rire et m'embrasse sur le visage et dans le cou. Pour la première fois depuis très longtemps, il semble parfaitement heureux.

— Merci ! lance-t-il.

— Merci à toi, dis-je, les yeux brillants.

— Quel plaisir inattendu ! reprend-il avec un petit rire avant de se retirer pour s'allonger à côté de moi. J'ignorais qu'une petite maîtresse au caractère bien trempé m'attendait ici.

— Tu n'es plus obligé de partir, si ? dis-je en me lovant contre lui pour mieux savourer sa présence. Est-ce que ton chauffeur t'attend ?

— Probablement, oui, répond-il après un coup d'œil à sa montre. Je n'ai pas envie d'y aller. Je préférerais rester ici avec toi.

Une merveilleuse sensation de chaleur m'envahit. Voilà ce que j'espérais obtenir de lui. Une généreuse dose d'amour pour calmer la douleur.

— Sauf que… c'est impossible. Je suis désolé, ma belle, mais je dois y aller d'une minute à l'autre.

Mon cœur se serre.

— Tu n'as pas le choix ?

— Non, et j'ignore quand je serai de retour.

— Mais alors… qu'est-ce que ça veut dire, pour nous deux ?

— J'en déduis que tu ne t'es pas remise avec Adam, fait remarquer Dominic en me lançant un regard en coin.

— Non ! Pas du tout. Il n'en a jamais été question. Il est venu me trouver et je lui ai annoncé que c'était bel et bien fini. Sérieusement !

Dominic contemple le plafond pendant une petite minute avant d'articuler lentement :

— Je t'avoue que je suis un peu perdu, Beth. Il y a une heure, je croyais que tu ne voulais plus jamais me revoir et je faisais de mon mieux pour encaisser le coup – pour digérer toute cette histoire. Je sais que tu as beaucoup souffert, Beth, mais moi aussi, poursuit-il en se tournant vers moi, la tête appuyée sur la main. Pour être honnête, je n'en ai pas encore fini. Ce qui s'est passé entre nous – ce que je t'ai fait… ça m'a vraiment secoué.

Je tends le bras pour lui caresser les cheveux.

— Mais… ça va mieux, entre nous, non ? Tu sais que je veux toujours de toi, pas vrai ?

Il referme sa main libre sur la mienne et part d'un rire tendre, presque mélancolique.

— Oh, Beth ! Si seulement c'était aussi simple ! Mais ce que je t'ai fait… ça m'a terrifié. J'ignorais que j'étais capable de perdre les pédales comme ça. J'ai besoin de comprendre pourquoi et comment c'est arrivé avant de pouvoir me faire confiance quand je suis avec toi, tu comprends ?

Il s'approche tout près, et je remarque que ses yeux ne sont pas noirs du tout, mais d'une riche couleur chocolat. Ses magnifiques cils longs et fournis soulignent la beauté et la tristesse de son regard.

— Si je ne parviens pas à analyser l'origine de ce problème et à le régler une bonne fois pour toutes, je risque de recommencer. Et ça… ça, je ne le supporterais pas. J'ai besoin de savoir que, si nous entamons une vraie relation, tu y seras en sécurité.

— Évidemment que je serai en sécurité avec toi !

— Ta confiance me touche, Beth, mais je ne suis pas certain de la partager.

L'angoisse m'étreint.

— Qu'est-ce que tu veux dire ? Qu'est-ce que tu comptes faire ?

— Je n'en suis pas sûr, mais, avant de revenir ici, il faut que j'affronte mes démons et que j'arrive à les vaincre. Je pense que j'ai besoin de guérir mon côté obscur.

Je fronce les sourcils.

— Tu veux dire… ton désir de dominer ?

— Non, ce n'est pas si simple, souffle-t-il en secouant la tête. C'est tellement complexe que je n'y comprends rien moi-même. Ça fait si longtemps que j'ai dissocié le sexe de l'amour que j'ai eu l'impression d'un cataclysme, avec toi. Tu m'as profondément bouleversé, et je veux être sûr que tu ne risques rien avant d'envisager une relation. Tu vois bien, poursuit-il après un soupir, même quand je t'ai demandé de me punir, je t'ai forcée à me frapper contre ta volonté. Je l'ai compris, depuis, et c'est difficile à avaler. Ma pulsion de domination détermine mon comportement à tel point que je ne contrôle plus rien, résume-t-il en riant de l'ironie de la chose. J'espère que tu me comprends ; j'ai du mal à m'expliquer. Je ne veux pas te faire de promesses en l'air, Beth. Mais, si tu acceptes de m'attendre pendant que je démêle ce sac de nœuds, peut-être qu'on pourra essayer de construire un avenir ensemble.

— Évidemment que je vais t'attendre ! dis-je, même si j'ai mal à l'idée d'être séparée de lui. Combien de temps il va te falloir, à ton avis ?

Du bout du doigt, il dessine les lignes de ma main avant de répondre.

— Je n'en sais rien. Tu veux bien essayer quand même, Beth ?

— Oui. Je t'attendrai aussi longtemps qu'il faudra.

— Merci, souffle-t-il en m'embrassant sur le front. Évidemment, rien ne nous empêche de rester en contact pendant mon absence. Tu prends soin de toi, d'accord ?

Je hoche la tête. L'heure des adieux a fini par arriver. Dominic s'en va loin, à un endroit où je ne peux pas le suivre. Peut-être qu'il reviendra changé. En admettant qu'il parvienne à dominer ce côté obscur qui l'effraie tant, sera-t-il toujours Dominic ? Deviendra-t-il quelqu'un d'autre ? Soudain terrifiée, je le serre contre moi en criant :

— Ne pars pas ! S'il te plaît !

Il m'embrasse longuement et tendrement.

— J'aimerais pouvoir rester… Mais je te promets qu'on se retrouvera, Beth.

Puis, comme à regret, il s'arrache à mon étreinte et se redresse avant de me contempler avec une douceur infinie.

— Je vais revenir, Beth, je te le promets. Ne m'oublie pas, d'accord ?

Comme si je pouvais t'oublier !

— Promis, dis-je dans un souffle. Au revoir, Dominic.

Je ferme les yeux pour échapper à la torture de le voir se rhabiller et me quitter. Je sens le matelas bouger quand il se lève, puis j'entends Dominic s'affairer dans la chambre. Une douleur sourde me pique les paupières, et je devine qu'il s'agit des larmes que je lutte pour retenir. Une fois qu'il est prêt, Dominic vient s'agenouiller à côté du lit. Il prend ma main dans la sienne, grande et chaude, et presse sa joue contre la mienne. Un faible sanglot m'échappe et une larme perle au coin de mon œil avant de rouler le long de mon nez.

— Ne pleure pas, ma belle, souffle-t-il avec une telle douceur – une telle gentillesse – que je dois me concentrer pour ne pas craquer.

Dominic cueille cette larme solitaire d'un baiser puis effleure mes lèvres des siennes.

— Je te donnerai des nouvelles.

Je ne peux pas me résoudre à ouvrir les yeux. C'est trop horrible de le voir partir. Il me lâche la main et s'éloigne du lit. Puis il quitte la chambre, et j'entrouvre les paupières juste à temps pour apercevoir son dos large et ses cheveux noirs avant qu'il referme la porte derrière lui. J'entends celle de l'entrée claquer avec la solennité d'un couperet qui tombe.

Et voilà. Je crispe les yeux pour effacer l'image du boudoir. Celle-ci est aussitôt remplacée par celle de Dominic, debout au milieu du parc, souriant, fort, heureux. Il me dit que quelque chose l'a poussé à sortir de chez lui et à venir me chercher – et qu'il m'a trouvée.

Sauf qu'il est parti.

Mon attente ne fait que commencer.

Achevé d'imprimer par NIIAG en mai 2014 pour le compte de France Loisirs, Paris
N° éditeur : 76877 - Dépôt légal : Mars 2014 - Imprimé en Italie